中国古代文学论丛

明代杜诗接受研究

金生奎 · 著

北京师范大学出版集团
BEIJING NORMAL UNIVERSITY PUBLISHING GROUP
安徽大学出版社

图书在版编目(CIP)数据

明代杜诗接受研究/金生奎著. —合肥:安徽大学出版社,2019.9
(中国古代文学论丛)
ISBN 978-7-5664-1431-1

Ⅰ.①明… Ⅱ.①金… Ⅲ.①杜诗—诗歌研究 Ⅳ.①I207.227.423

中国版本图书馆 CIP 数据核字(2017)第 163194 号

明代杜诗接受研究

Mingdai Dushi Jieshou Yanjiu

金生奎 著

出版发行:北京师范大学出版集团
安 徽 大 学 出 版 社
(安徽省合肥市肥西路 3 号 邮编 230039)
www.bnupg.com.cn
www.ahupress.com.cn
印 刷:合肥创新印务有限公司
经 销:全国新华书店
开 本:170 mm×240 mm
印 张:20.25
字 数:291 千字
版 次:2019 年 9 月第 1 版
印 次:2019 年 9 月第 1 次印刷
定 价:57.60 元
ISBN 978-7-5664-1431-1

策划编辑:王 黎 李加凯
责任编辑:李加凯 钱翠翠
责任印制:陈 如 孟献辉
装帧设计:李 军
美术编辑:李 军

序

记得十多年前，金生奎学棣在南京大学攻读博士学位期间，在一次同门学友每周例会上，以“踏花归去马蹄香”的作者归属问题作专题发言，意赅言据，不乏风趣。在诸学友的赞许声中，我责其成文，以为可以投稿。于是，生奎从师训而文其说，不久即见发表矣。由于生奎引起的话头不仅限于考证，而是追述了宋朝画院考画以这句诗为题的一则故事，并牵涉到目前学术界时髦的“文·图”关系的言说，所以当时大家的讨论兴浓而意酣。因为“踏花”“归去”“马蹄”乃具体事物，易于画面展示，唯一“香”字写气味，如同声响类，皆抽象事物，难以图像表现，所以在众画中，有幅描绘几只蝴蝶追逐马蹄蹁跹起舞者中魁。虽然，生奎考述的是诗句作者，但引起他对此诗的兴趣，显然与这则故事有关，而如何辨“香”，自然成为纷纷然言说中有关“治学”的一个延伸话题。也正是通过这次讨论，我觉得生奎治学既擅长考论，又精于分析，这在继后批读他的博士论文《明代唐诗选本研究》时得到进一步的印证。

近读生奎《明代杜诗接受研究》文稿，颇感欣慰，这一则因他抛却俗务烦扰重新回归向学之路，一则因该成果可谓他当年已出版之博士论文的具体深入与批评拓展。说到具体深入，是由明代唐诗选本再到明代杜诗评说、选注的研究。从某种意义上讲，杜诗从唐宋以来渐成唐诗研究之大宗，其经典意义的建构，最根本的是历代杜诗选本的贡献。从唐代樊晃的《杜甫小集》选杜诗290首，到顾陶《唐诗类选》选杜而品杜谓之“李杜挺生于时，群才莫得而并”(《唐诗类选序》)，甚则如元稹所言“至于子美，盖所谓上薄风骚，下该沈宋，言夺苏李，气吞曹刘，掩颜谢之孤高，杂徐庾之流丽，尽得古今之体势，而兼文人之所独专矣”(《唐检校工部员外郎杜君墓志铭》)，杜诗之“诗史”“诗圣”之地位的建构就已经展开。到宋人尊杜，以致千家注杜，意态纷呈，然对杜公之“儒家化”形象及“忠君”思想的强化，已然成为主流，所以明代作家选诗评杜，在继承这份厚重的儒学型杜甫之遗产后，又如何从诗“用”转向诗“体”，开辟新径，这正是生奎深入探讨的寄情着意处。说到批评拓展，是作者采用“接受史”的方式研究明代杜诗学，所以又由诸多选本扩大到文集与诗话中大量的杜诗批评文献，归纳整理，剔抉爬梳，辨其伪而存其真，以凸显明人研究杜诗的主旨与价值，我想这既是生奎书写文稿的主观意图，也是该书将呈示给读者的客观效果。

研究讲求方法，尤其是当今学子申报国家社科基金类项目时必填采用什么方法，于是苦思冥想，编造数端，为的是填补表格之空，其实不考虑方法，或许才是研究的最好方法。生奎是书以“接受”为题，固然借鉴了西方的“接受”理论方法，但此题已多，堕入陈套，也就不成其为方法。以我读其文的感受，书稿重点在“史”与“论”两端。出于历史的视野，书稿以“非宋”为逻辑起点，展示明代杜诗研究异于前人而辟启来者的内涵与意义。同时，书稿上编的“进程论”分三阶段叙述，则俨然明代杜诗学历史，至于所言“儒学观视野”“格调观视野”，以及其“尊杜”“非杜”“辨杜”之批评，皆为历史视野下的观照与辨析。出于理论的思考，书稿下编以“专题论”立目，其意自明，具体观之，作者又从宏观与微观两种视角展开其“论”。如宏观辨析之大家说、变体说与诗史说等，堪称重要，至于微观辨析，亦不可轻忽。例如明人托名元代虞集的《杜律虞注》如何取法于元末张性之《杜律演义》，并以其浅薄而荒唐又如何风行一代，作者的考证与省思，值得治杜学者一读。又如对杜甫《柏学士茅屋》诗句“碧山学士焚银鱼，白马却走身岩居”中“银鱼”的考论，辨明人“误读”之伪，举证翔实，剖析细密，这又使我想起当年生奎谈“踏花归去马蹄香”时的神情与意态。

先君子平生好杜嗜杜，治杜学而和杜诗，如和杜公《戏为六绝句》之五云：“古人曾亦是今人，相承肸蚃必有邻。气盛自劘千载垒，文衰宁步六朝尘。”又和之六云：“存真裁伪复何疑，祖述先谁欲问谁？玉振金声寥亮处，多师还拜杜陵师。”余不肖，未承其业，于杜诗之学毫无建树，今读生奎文稿，肸蚃承传，亦“必有邻”，而“存真裁伪”，尤所企盼。

许　结

丁酉初春草于南京秦淮河畔

目　录

下编　明代杜诗接受专题论

引　言

一

明代的杜诗接受，从其发生背景看，自中唐以来，历经五代、两宋、金、元等不同朝代，形成了杜诗接受的基本范式与主要观念。明代的杜诗接受以此为基础，或继承前说，结合时代之演进而变化其意，有所发展、扩充；或另创别论，在反驳前人的基础上构建属于明人自己的杜诗批评话语。

作为一名伟大的现实主义诗人，杜甫虽然生前漂泊流离、困顿失意，其诗歌创作也没有得到足够的认可与关注，但在其身后不久的中唐时期，很快得到了当时诗坛领袖人物韩愈、白居易、元稹等人的充分肯定。尤其是元稹在《唐故工部员外郎杜君墓系铭并序》中的一段评论，首创杜甫集大成之说，云："至于子美，盖所谓上薄风骚，下该沈宋，古傍苏李[①]，气夺曹刘，掩颜谢之孤高，杂徐庾之流丽，尽得古今之体势，而兼人人之所独专矣。"杜诗作为唐代诗歌之代表与典范的地位从此确立，"集大成"成为其后宋元时期关于杜诗创作

① 元稹本集中此句作"古傍苏李"，但自《旧唐书》以来诸家著作引用元氏本篇序文时皆作"气夺苏李"。

成就与艺术特点的主导性评价。而晚唐孟棨《本事诗》中又提出了杜诗“诗史”之说，为后来宋人对杜诗“即事名篇”纪实品格的推崇而张目。就诗歌创作上的影响看，自中唐的韩愈、李贺到晚唐的李商隐、陆龟蒙等人，都或多或少受到杜诗的影响。不过，从整个杜诗接受史来看，在中晚唐以及五代时期，人们对杜诗的认知与言说还只是整个杜诗接受历程中的初始阶段。

入宋以后，对杜诗的研究很快进入全盛期，宋人奠定了杜诗接受的文本基础、审美范式及核心概念。宋人在杜诗接受进程上的贡献至少有四个方面：一是通过校勘、编年等方法，完成了杜集的整理编定工作，以王洙二十卷本《杜工部集》为代表的宋代杜集的编撰与刊刻，确立了宋以后杜诗接受的文本基础。二是以笺注杜诗字句出处、阐释杜诗大意为主的杜诗接受方式，完成了杜诗经典化的进程。宋代杜诗研究兴盛的一个重要标志，就是当时文人学士笺释杜诗的高度热情，形成了所谓“千家注杜”的局面。持续不断的杜诗笺释工作，极大地促进了杜诗的传播。对杜甫作品逐首进行“拟经”式的解读与阐释[①]，进一步促成了杜甫各体诗作的经典化。特别是南宋后期刘辰翁的杜诗评点，开创了后世杜诗接受的新形式，对杜诗的通俗化、大众化传播贡献良多。三是在诗学批评层面，以王禹偁、王安石、苏轼、秦观等人为代表，承续了元稹“集大成”之说，对杜诗的诗学地位与特点一再给予崇高的评价，并结合时代精神，建立了从伦理角度去接受杜诗的策略。此后，杜甫诗圣说的内涵也由此基本确立。与此同时，晚唐出现的诗史说在两宋时期也得到极大的充实，使之成为宋以后杜诗接受史中的一个核心概念。严羽等人的杜诗评说是后来格调论杜诗接受观念的最早源头，明人的杜诗“变体”之说也是由此生发。四是在诗歌创作层面，以黄庭坚、陈师道、陈与义等人为代表，北宋中期以后的两宋诗人以杜诗“无一字无来处”相号召，以模仿杜诗的技法与风范作为致敬杜诗的一种方式，形成了一股学杜、仿杜的杜诗接受热潮。所以，无论是从过程还是从建树看，宋代的杜诗接受都开创了前所未有的局面。杜诗的

① 关于宋人杜诗接受上的“拟经阐释”，参见周兴陆：《试论杜诗的正典化》，载《杜甫研究学刊》，2000 年第 2 期，第 17～21 页。

研究成为一门学问，以至于北方的金朝大诗人元好问专门编著了一本名为《杜诗学》的研究专著。

元代立国日短，文化不昌，其杜诗接受主要表现为对宋代成果的继承，创新较少。方回的《瀛奎律髓》提出了“一祖三宗”的说法，把杜诗与以江西诗派为代表的宋人诗作之间的关系进行了梳理。高楚芳编撰《集千家注批点杜工部诗集》，汇集了宋代以来诸家笺释的精华，成为后世流行的主要杜集版本之一。元末张性的《杜律演义》因为托名虞集的缘故，在有明一代大行其道，广泛传刻，形成了明代杜集传播最重杜律的风气。

二

入明以后，杜诗接受除了受到前代确立的接受范式与诗学观念的影响之外，还受到明代独特的政治、经济、思想、文化等各种外在社会因素的影响。而在诗学批评领域，明中期以后风起云涌的诗学论争，对明人杜诗接受的策略与内容产生了重要的影响。从整体来看，明代的杜诗接受在前代的基础上获得了更进一步的发展，形成了自身的特色，构建了明代独特诗学偏向下的杜诗认知，对清代杜诗接受产生了十分重要的影响，是中国古代杜诗接受进程中不可或缺的一个阶段。

首先，明代是一个全面尊杜的时代，同时杜诗接受的具体状况又体现出非常明显的阶段性。与宋初杜诗接受有着几乎半个世纪的空白期不同，明人的杜诗接受是全程性的，从明初的台阁大臣到明末的竟陵派诗人，对杜诗的尊崇是普遍性的。虽然祝允明的《罪知录》、杨慎的《升庵诗话》、郑善夫的《批点杜诗》等著作中有一些对杜诗的非议乃至尖锐的批评，但他们无一例外地都在总体上保持对杜诗的正面评价与肯定。所以，有明三百年间的诗学批评领域，对杜诗的推重是其中的核心内容与主导倾向。在全面尊杜的同时，明人的杜诗认知又反映出明显的阶段性特征。明代前期，因为政治上专制色彩突出，思想上理学文化主导天下，以咏盛世、颂皇恩为核心内容的台阁诗风成为主导性的诗学追求，从人格伦理、政治道德的视角去评价杜诗是百年间最为主流的杜诗认知。除了高棅等少数人之外，杜诗艺术成就与特点层面的内容，很少得到人们的认真看待与分析。无论是身居庙堂之高的台阁重臣，还是处江湖之远的理学名家，都习惯用带有明显道德意味的“性情”一词去评判杜诗。整个明前期的杜诗接受，除了高棅这样的特殊个例之外，呈现出非常狭隘、浮浅的面貌。弘治以后，杜诗接受进入中期。随着政治经济、思想文化等外在条件的变化，以前、后七子为代表的文学复古思潮兴起，在“诗必盛唐”的口号中，作为唐诗“大家”的杜甫，成为诗坛学习与模仿的首要对象。为了更好地学习古人诗作，明代中期诗学辩体意识高涨，在尊杜、学杜之外，辨杜乃至非杜也是当时杜诗接受的主要方面。对杜诗艺术风貌、创作方法等方面的细致辨析与深入总结，体现了明代杜诗接受的深入发展。明代后期，杜诗接受进入一个更加多元的阶段。在格调论杜诗接受仍然保持相当的影响力的同时，受王学左派个性解放思潮的影响，以公安三袁为代表的性灵说诗论家既反对道德化的杜诗接受，也厌弃格调论者的字比句拟作风，他们从求“真诗”的角度去发现杜诗的价值。而续出的竟陵派诗论家试图在格调论与性灵说之间进行调和，其杜诗接受也具有明显的调和格调与性灵的痕迹。与此同时，万历以后的明代诗学进入总结集成时期，出现了一批学者型的诗论家，对杜诗的接受也包含了非常明显的总结、集成的倾向，呈现出前代杜诗接受中所未曾具备的思辨性、体系化的特质。

其次，明代的杜诗接受是一种整体性接受。明人对杜诗的辨析、评说，并不是将杜甫作为一个孤立的个案来研究，而是将杜诗置于唐代诗歌的演变历程中进行审视。对杜甫诗歌成就与特点的归纳与总结，都是建立在与其他唐代诗人的对比基础之上。尤其是与李白的对比性研究，始终是明代杜诗接受的核心议题之一。所以说，明代的杜诗接受是以当时的唐诗接受为背景，也同时构成了当时唐诗接受的核心部分。以杜诗大家说为例，高棅在《唐诗品汇》中创设这一概念，就是从整个唐诗流变历程的角度来作判断的：“初唐为正始，盛唐为正宗、为大家、为名家、为羽翼，中唐为接武，晚唐为正变、为余响，方外异人等诗为旁流。”[1]高棅区分唐诗为九品，以唐代不同时段诗歌的思想内容与外在风貌等方面的特征为依据，并与初、盛、中、晚的四唐分期紧密关联，反映高棅是从唐代诗歌史的角度去推重杜诗的。在高棅看来，杜甫“大家”地位的明确有赖于同四唐诗歌尤其是盛唐诗歌的对比，而杜诗又是唐诗尤其是盛唐诗歌的有机组成部分。具体到杜甫不同诗体的成就与特点，比如杜甫七律、排律的高华绝代，与五、七言绝句的稍有不足等，也都是在与李白、王维、高适、岑参、王昌龄等一批诗坛名家的对比中突显出来的。从文集传播的角度看，明代杜诗接受中具有关键影响力的诗集，并不是杜诗本集——从明初单复的《读杜愚得》到明后期的各种杜诗选注本，都没有对当时杜诗接受的进展产生明显的激发作用，而是高棅《唐诗品汇》、李攀龙《唐诗选》、钟惺《唐诗归》等这些整体性的唐诗选本——高棅的大家说、李攀龙的强烈辩体意识、钟惺的“求古人真诗”等主张，都对当时乃至后世的杜诗接受产生了深远的影响。

最后，明代的杜诗接受与非宋思想有着比较紧密的联系。宋代是杜诗接受的昌盛时代，奠定了明代杜诗接受的基础。同时，宋人的诗歌创作也一向被认为与杜诗有一定的相似性与关联度。但是在明代的杜诗接受进程中，尤其是明中期的杜诗接受，关于杜诗的种种批评往往是和对宋人的非议联系在一起的。比如，祝允明是明代李杜之争中扬李派的代表，他对杜诗的一些负面看法，都是和非宋的心理紧紧相关联的，云：“谓甫字字有出为高，是何等见！……宋人有天解绝时者，亦堕彼见，用事塞满章句，人已交爱。诚谛思之，胜耶？劣耶？亦当自哂，而误人多矣！”[2]而杨慎对杜诗诗史说有所不满，但其着眼点不在于从根本上否定杜诗“诗史”之说，而是对宋人的“诗史”主张不以为然[3]，杨慎云：“宋人以杜子美能以韵语纪时事，谓之‘诗史’。鄙哉宋

① （清）纪昀等：《四库全书总目》卷一百八十九《唐诗品汇》，《文渊阁四库全书》本。

② （明）祝允明：《祝子罪知录》卷九，明刻本。

③ 详见第四章第三节相关论述。

人之见，不足以论诗也。”[①]明人在杜诗接受上的非宋，与他们对宋代诗歌的认识是一致的。从追寻诗家“第一义”的角度出发，明代诗坛，尤其是明中期以后的诗坛，古体诗学汉魏，近体诗学盛唐，是当时最主流的诗歌复古观念。在明人视野下的古代诗歌发展史中是没有宋人的位置的，有云：“自《三百篇》以迄于今，诗歌之道，无虑三变：一盛于汉，再盛于唐，又再盛于明。”[②]明人著作中对宋诗的非议，比比皆是。有从总体上来否定宋诗的，“盖诗自唐后大厄于宋，始变终坏……可谓《三百》之后，千年诗道至此而灭亡矣，故以为死”[③]。有从细节处批评宋诗的，“宋人亦有巧句，宛如村妇盛涂脂粉，学徐步以自媚，不免为傍观者一笑耳”[④]。明人的这种非宋的思想，在明前期与“驾轶汉唐，锐复三代”的民族心态有关，在明中后期则和因阳明心学的兴起而形成的反理学思潮有关联[⑤]。

三

本书以明代的杜诗接受为研究对象，全书分为上、下两编。上编为明代杜诗接受进程论，共分为三章。按照明前期（洪武到成化年间）、明中期（弘治到隆庆年间）、明后期（万历到崇祯年间）的顺序，对有明一代杜诗接受的发展历程进行梳理。每一章的论述都是选择具有代表性的杜诗接受者，结合当时社会政治、思想文化、诗学批评等方面的背景因素，探讨不同阶段杜诗接受的具体内容与时代特征，力图揭示从洪武到崇祯年间杜诗接受的传承线索与演变轨迹。下编为明代杜诗接受专题论，分别从宏观和微观两种视角去审视明

① （明）杨慎：《升庵诗话》卷十一《诗史》，见《历代诗话续编》，北京：中华书局，1983 年，第 868 页。

② （明）胡应麟：《诗薮》续编卷一，上海：上海古籍出版社，1979 年，第 341 页。

③ （明）祝允明：《祝子罪知录》卷九，明刻本。

④ （明）谢榛：《四溟诗话》，见《历代诗话续编》，北京：中华书局，1983 年，第 1215 页。

⑤ 查清华《明代唐诗接受史》第一章第一节“明代唐诗接受的社会文化背景”对此有较详细的论述。上海：上海古籍出版社，2006 年，第 5～7 页。

代杜诗接受的有关情况。其中，第四章“宏观视角下的明代杜诗批评”主要以明代主导性的杜诗接受观念为中心，辨析相关杜诗批评概念的发展与流变，突显明人在两宋杜诗接受高潮之后的努力与建树。第五章“微观视角下的明代杜诗接受”则主要着眼于明代杜诗传播与阐释等方面的具体事例，通过对这些具体对象的研究与分析，从微观层面反映明代杜诗接受的相关情况。对明代杜诗接受状况的准确把握，必须建立在丰富的材料之上。我们知道，明代诗学批评特别发达，与杜诗接受相关的大量材料散见于明人序跋、诗话、评点等著作之中。笔者在正式撰写本书前，翻检相关文献资料，搜集整理了明人涉及杜甫其人其诗的相关材料约60万字，这些材料是全书之立论与辨析的基础。

自20世纪80年代后期开始，特别是近十年以来，对中国古代杜诗传播与接受状况的关注渐成一个学术热点，出现了一大批与杜诗接受相关的研究成果。比如，许总先生《杜诗学发微》是一部杜诗学专题论文合集，该书“内编”按从唐到清的顺序，分段对杜诗学的历朝概况做了宏观把握，其中“明清杜诗学概观”一节对明代杜诗学的发展过程有初步归纳。廖仲安先生《杜诗学》、许德楠先生《杜诗学的五大争论问题》等论文也是在许著基础上的进一步展开宏观性思考。胡可先先生《杜甫诗学引论》以“通论”“史论”“专论”等三部分，对明代以前的杜诗学进行了系统的研究。杨经华博士《宋代杜诗阐释学研究》则主要关注宋代杜诗的笺注、评点等方面的特点，探讨两宋时期论杜者在杜诗阐释路径、方法及内容上的突出贡献。赫兰国博士《辽金元杜诗学》一书，结合时代与文化背景的变化，梳理了辽、金、元三朝杜诗传播与接受的基本情况。简恩定先生《清初杜诗学研究》主要是对顺治、康熙时期杜诗的校订、考证、评点、笺注、批评、刊刻等情况的整理与研究。孙微先生的《清代杜诗学史》，分清初、中、后期三个时段对清代杜诗学的基本文献进行了梳理、考证，并具体分析了每一时段内杜诗学的特点、代表性著作和兴衰的原因等。就明代杜诗接受而言，孙学堂先生《明代诗学与唐诗》与吴中胜先生《杜甫批评史研究》二书有部分内容涉及了明代杜诗接受研究：前者的第七章以格调、风韵、情境等不同主题为线索，探讨了明代杜诗接受的理论框架；后者的第三章分为明前期、明中期与晚明三节，对明人的杜诗批评做了相对简略的梳理。查清华先生《明代唐诗接受史》与孙春青博士《明代唐诗学》等书，在论述明人唐诗接受状况之时，对当时的杜诗接受情况也有一定的探讨与辨析。另外，与明代杜诗接受研究直接相关的单篇论文有二十余篇，主要是针对明代杜诗接受的有关具体案例进行分析、研究。

同时，专门的杜诗文献整理与研究著作也有多种：周采泉先生《杜集书录》、郑庆笃先生等《杜集书目提要》、张忠纲先生《杜集叙录》等对历代与杜诗、杜集有关的文献进行了整理、汇编与研究。其中，《杜集书录》《杜集书目提要》属同期开山之作，各有所长；《杜集叙录》新出，资料收罗最全，全书梳理了自唐迄今的国内外有关杜甫诗文的全集、选集、评注本及各类研究著作、文艺作品等。另外，张忠纲先生还有《山东杜诗学文献研究》一书，是一本从地域角度来研究杜诗学的专著，对中唐以来山东地区的主要杜诗学文献作了介绍和考订。

以上这些与明代杜诗接受有着直接或间接关联的学术成果，为本书的研究提供了坚实的基础：其议论精辟之处，为本书的撰写开示门径，提供参考；其所忽视或欠缺之处，则为本书的研究工作留下了可以用力的空间。

上编　明代杜诗接受进程论

第一章

明前期儒学视野下的杜诗接受

明代前期，从洪武至成化年间，尊唐崇杜是当时诗学的主流。不管是明初的诗人文士高启、宋濂，还是永乐以后的台阁重臣杨士奇、黄淮，乃至成化前后的理学家陈献章、胡居仁，尊杜之言时见其文集之中。总的来看，此时的杜诗接受有两个基本特点：一是诸家之论杜，一般都是比较浅层化、片段化，除了高棅等少数人外，缺少深入的、体系性的杜诗批评。二是从当时杜诗接受依托的诗学思想背景看，以性情说评论杜诗，从伦理角度判断杜诗的思想内涵与艺术价值，是明前期杜诗接受的普遍状况。杜诗接受在明代前期显得琐碎、不成体系，这和当时诗歌创作相对萧条、诗学论争比较沉寂的大背景有关。至于性情说在杜诗接受中突显，原因主要有二：首先是明前期诗风受到元代诗学的很大影响。比如，奠定明人唐诗学批评基本规范的《唐诗品汇》，其主要的理论来源就是元人杨士弘的《唐音》；元代的各种真伪难辨的诗法、诗格著作，在明代前期得到集中刊刻；托名虞集的《杜律虞注》等元人杜诗选注，在明前期广泛传播。而元代是性情说比较兴盛的时代，从元初的吴澄、程钜夫到后期的虞集、杨维桢，都喜欢以性情论诗。元人评价唐诗，往往从"性情”入手：“唐诗主性情，故于风雅为近；宋诗主议论，则去风雅远矣。”①在本身诗学建树寥寥的明前期，人们承袭前朝以性情论诗的风潮，以之评论杜诗，也是自然而然的选择。其次，明前期的诗论家偏爱以性情论杜，除了内在的诗学继承的因素外，还与外在的思想文化背景有关。明朝建立后不久，就把程朱理学作为官方的意识形态，加上八股文考试等因素的进一步推广，理学思想成为明前期社会意识领域的主导思想。而具有浓厚儒学色彩、强调教化的性情说，对于当时主要由上层文士主导的诗坛而言，自是一种非常容易被接受的杜诗批评的方法和视角——在一个重视政教的时代，无论是以鸣颂圣德为主旨的台阁诗人，还是以涵养心性为追求的理学作家，从伦理教化角度解读杜诗，无疑是一种“正确”且具有现实意义的选择。

性情说是中国古代最基本的诗学批评概念之一，是从先秦儒家哲学的有关思想转化而来②。“性情”一词由“性”和“情”两个字组合而成，先秦儒家典籍《尚书》《论语》《孟子》《礼记》等书中屡见关于“性”“情”的论述，但基本上是作为两个独立的概念来使用的。“性”和“情”关联使用较早的见于郭店竹简和《荀子》一书。郭店竹简《性自命出》其开篇言：“性自命出，命自天降。道始于情，情生于性。”又郭店竹简《语丛·二》：“情生于性，礼生于情。”③《荀子·正名》则云：“性之好恶、喜怒、哀乐谓之情。”④作为儒家哲学里的基本概念，“性”“情”本来内涵是非常复杂的。但在《性自命出》和《荀子》中两个概念联用时，其含义相对固定：“性”即天性，是包含着至高伦理道德意味的先验性存在；“情”由“性”出，包含了喜、怒、哀、乐等不同的表现。到了南宋时期，理学家朱熹曾总结“性情”一词的含义云：“心之所得于天之理则谓之性，仁、义、礼、智是也；性之所感于物而动则谓之情，恻隐、羞恶、是非、辞让是也。”⑤在

---

① （元）戴良：《九灵山房集》卷十九《皇元风雅序》，《文渊阁四库全书》本。

② 有学者认为和庄子的道家思想也有关联，见殷国明《论性情关于中国文学的主体论》，载《文艺理论研究》，1998年第4期，第40～46页。

③ 李零：《郭店楚简校读记》，北京：北京大学出版社，2002年，第105、169页。

④ （战国）荀况：《荀子》，上海：上海古籍出版社，1996年，第232页。

⑤ （宋）朱熹：《朱子全书》第24册《答徐景光》，上海：上海古籍出版社，2002年，第3128页。

朱熹看来，“性”是一种先验的伦理存在，“情”是“性”对外物的感发而来；“性”是天理，所以是至善完美的；“情”则分是非、善恶。可见，无论是早期儒学思想中的“性情”，还是后世理学家眼中的“性情”，作为一个哲学概念，“性情”一词具有很强的伦理属性，这一点直接影响了作为诗学概念的“性情”的教化特征。

“性情”一词从哲学范畴进入诗学批评领域，始自汉代的《诗大序》：“至于王道衰，礼义废，政教失，国异政，家殊俗，而变风、变雅作矣。……吟咏情性，以风其上，达于事变而怀其旧俗者也。故变风发乎情，止乎礼义。发乎情，民之性也；止乎礼义，先王之泽也。”[①]汉儒认为“变风”“变雅”等是“情”的吟咏抒发，其对社会混乱之状的讽喻批评体现了“民之性”，社会认识与伦理教化既是文学的功能，也是其义务；同时，“情”的表现，也必须受到先王制定的“礼义”的节制。这时，“‘情性’主要不指诗人个体的感情而是社会的情志，‘吟咏情性’表达的是一种强烈的社会功利意识和政治干预意识，同时也具有很强的教化意识”[②]。魏晋六朝时期，随着儒学的低落和玄学的渐起，在文学创作中，对社会情志的推崇让位于个体意识的张扬，性情说的内涵也因此发生了变化。钟嵘《诗品序》有云：“气之动物，物之感人，故摇荡性情，形诸舞咏。……动天地，感鬼神，莫近于诗。”[③]钟嵘笔下的“性情”一词显然倾向于作为生命个体的情感体验，是一己之情，而汉代性情说中包含的那种教化意味则显著降低。在这之后，作为诗学概念的“性情”一词，虽然在具体诗学批评中众说纷纭，但大体上都是在汉代与六朝两种取向之间游移。

明代前期，人们以性情论杜诗，更多地体现为从伦理教化的角度去评说杜甫诗歌的内涵及其价值。百余年间，人们看到的杜甫，是一个秉承风雅之趣、讲究温柔敦厚、深得“性情之正”的被圣贤化的诗人形象，而杜甫诗集中更具现实批判性的一面则被自动屏蔽了。

① （汉）毛亨：《毛诗正义》上，北京：北京大学出版社，1999 年，第 14～15 页。
② 查洪德：《元代诗学性情论》，载《文学评论》，2007 年第 2 期，第 173 页。
③ （梁）钟嵘著，曹旭集注：《诗品集注》，上海：上海古籍出版社，1994 年，第 1 页。

第一节　性情与格调：明初洪武年间杜诗接受的两种角度

明初主导文坛的大都是经历了由元入明时代变局的诗人和文士，受到元朝末年相对自由的文学风气的影响，洪武年间的诗坛保持了整个明前期少有的活跃，“明之初年，作者林立”[①]，诗歌创作形成了浙籍诗人、吴中诗人、闽中诗派、江右诗人、岭南诗人等众多区域性诗人群体。这些诗人群体因为不同的地域文化、学术渊源等方面的差别，形成了各有偏重的诗学主张。就杜诗接受来说，理学气息较多的浙籍文人群体偏向于伦理化解读杜诗，以性情评说杜诗是其基本风貌；吴中、闽中等中下层文人群体的杜诗接受虽然也标举“性情”，但又包含了相当的格调论色彩，其中尤以高棅为代表。

一、以性情论杜诗：宋濂等洪武初期浙籍儒学文臣的杜诗接受

宋濂(1310—1381)，字景濂，号潜溪，浙江浦江人，累官至翰林学士承旨。作为明代开国文臣之首，宋濂是浙东儒学的代表，以文著名，诗歌并非其所长，其诗歌作品只有330余首。但他却写有诗论50余篇，大多是为他人诗文集作的序文，共两万余字[②]。宋濂对自己的诗论还是比较自信的，他曾宣称：“濂虽不善诗，其知诗却决不在诸贤后。”[③]总体来看，宋濂的诗论多是针对他人索序之请的随机而作，缺少有意识的系统性阐述。但是其作为一个朝廷重臣兼儒学大家的身份，决定了其诗论有一个相对统一的主体倾向：“重视宗经原道与政治教化是宋濂的一贯主张，并形成了其‘发乎情，止乎礼义’的诗歌

---

① (清)纪昀等：《四库全书总目》卷一百六十九《耕学斋集》，北京：中华书局，1965年，第1475页。

② 张涤云：《论宋濂的诗学理论》，载《华中师范大学学报》(社会科学版)，1997年第5期，第59页。

③ (明)宋濂：《文宪集》卷六《刘兵部诗集序》，《文渊阁四库全书》本。

创作观念”[①]。虽然他在诗论中也曾涉及个体情志、诗歌格律等问题，但对诗歌社会功用的强调始终是宋濂诗学的主导。翻检其诗论，我们会发现，性情说在宋濂的诗学视野中得到了关注。据《文宪集》全书统计，以性情论诗的情况出现了20余次。稍举数例，以见其一斑：

> 圣人与天地参，以天地之文发为人文，施之卦爻而阴阳之理显，形之典谟而政事之道行，咏之雅颂而性情之用著，笔之《春秋》而赏罚之义彰，序之以礼，和之以乐，而扶导防范之法具。[②]
>
> 发于性情，无非雅颂正音。[③]
>
> 诗者，发乎性情者也。触物而动，则其机应类随，自有不容遏者。[④]
>
> 盖诗者，发乎情，止乎礼义者也。情之所触，随物而变迁。其所遭也忳以郁，则其辞幽；其所处也乐而艳，则其辞荒。推类而言，何莫不然，此其贵乎止于礼义也欤？……诗者本乎性情，而不外于物则民彝者也。舍此而言诗，诗之道丧矣。[⑤]
>
> 诗之为教，著于礼经；温柔敦厚，本诸性情。[⑥]

宋濂认为，诗歌是由“性情”而来，触物而动，诗中所表达的性情“不外于物则民彝”。所谓“物则民彝”，就是日常事物中蕴含的合乎儒家伦理的道理，“性情”并非单纯的个体情志的表现；在诗歌“性情”的表达程度上，宋濂主张“发乎情，止乎礼义”，认为“性情”的抒发要受到儒家伦理规范约束，以“哀而不伤，怨而不怒”的儒家温柔敦厚之旨为尚，不然“诗之道丧矣”。所以，宋濂特别强调诗歌要“得性情之正”。同时，宋濂还追溯“性情”的源头至《诗经》，不

---

① 左东岭：《论宋濂的诗学思想》，载《首都师范大学学报》（社会科学版），2009年第4期，第101页。

② （明）宋濂：《文宪集》卷二《华川书舍记》，《文渊阁四库全书》本。

③ （明）宋濂：《文宪集》卷六《寄和右丞温德亨诗卷序》，《文渊阁四库全书》本。

④ （明）宋濂：《文宪集》卷六《王氏梦吟诗卷序》，《文渊阁四库全书》本。

⑤ （明）宋濂：《文宪集》卷六《霞川集序》，《文渊阁四库全书》本。

⑥ （明）宋濂：《文宪集》卷十九《故朱府君文昌墓铭》，《文渊阁四库全书》本。

过他推崇的是“雅颂”不是“国风”。其原因在于，以歌咏朝廷雅会、廊庙祝颂为内容且风格雅正平和的诗篇，与以“里巷歌谣”、男女之情为主要内容的风诗相比，显然更符合一个带有明显理学色彩的朝廷重臣的社会身份和审美选择。

杜诗批评在宋濂的诗论中并不占主要地位，检点其全集，也只有四条关于杜诗的意见。其《与章秀才论诗书》云：“开元、天宝中，杜子美复继出，上薄风雅，下该沈宋，才夺苏李，气吞曹刘，掩颜谢之孤高，杂徐庾之流丽，真所谓集大成者，而诸作皆废矣。……为诗当自名家，然后可传于不朽。……何者？诗乃吟咏情性之具，而所谓风雅颂者，皆出于吾之一心，特因事感触而成……近来学者，类多自高，操觚未能成章，辄阔视前古为无物，且扬言曰：曹、刘、李、杜、苏、黄诸作虽佳，不必师。吾即师，师吾心耳。故其所作，往往猖狂无伦，以扬沙走石为豪，而不复知有冲和纯粹之音。”[①]《与章秀才论诗书》是宋濂最重要的一篇诗论，核心内容是辨析诗歌创作是师古还是师心的问题。他主张作诗要学习前贤，反对师心自用。宋濂在文中详细地梳理了自《诗经》到元代的诗歌流变史，对有唐三百年诗歌的演变论述尤其精细，他通过对唐初、开元至天宝期间及元和以后诗歌创作的区分来概括唐诗的进阶，可以看作高棅四唐说的先声。宋濂关于杜甫“上薄风雅”云云，基本上是中唐诗人元稹《唐故工部员外郎杜君墓系铭并序》集大成论的照搬，反映了宋濂对杜甫盛唐大家地位的推崇备至。但就杜诗接受的创新而言，这一段话其实并无自己的发明。值得注意的是，随后论及诗歌的功用以及对师心派进行批评之时，他惯性地运用了性情论的说辞，认为像杜甫这样被其推许的诗人都是遵从“吟咏情性”的原则，他们诗作的成功就在于诗中包含了“冲和纯粹之音”。在其他论及杜诗的序文中，宋濂或是褒奖杜甫的忠君之心，“世言杜甫一饭不忘君，今考其诗，信然”[②]；或是以《诗经》之风、雅比附杜诗，“杜子美诗实取法《三百篇》，有类国风者，有类雅颂者”，并认为宋末遗民俞浙之推扬杜诗，是因

① (明)宋濂：《文宪集》卷二十八，《文渊阁四库全书》本。

② (明)宋濂：《方凤传》，见《蒲阳人物志》卷下，明刻本。

为“忠君之言随寓而发者，唯子美之诗则然”[①]。可见，宋濂杜诗接受的出发点都是基于传统的儒家诗学观念，同《与章秀才论诗书》所言甚为相似。不过，作为一个学养深厚的诗歌批评者，他从性情说出发，以伦理批评审视杜诗之内容与价值的时候，也能够注意到杜诗思想内涵的深沉博大，“少陵之作，顿挫沉郁，高不可攀，深不可探”[②]，反对宋人注杜时泛伦理化倾向，“注者无虑数百家，奈何不尔之思！务穿凿者，谓一字皆有所出，泛引经史，巧为傅会，楦酿而丛脞；骋新奇者，称其一饭不忘君，发为言辞，无非忠国爱君之意，至于率尔咏怀之作，亦必迁就而为之说。说者虽多，不出于彼则入于此，子美之诗不白于世者五百年矣”[③]。有学者认为上面这段话反映了宋濂反对从政教立场接受杜诗的态度，并进而推论说：“明人主要从审美的角度研究杜诗的艺术价值，宋濂当属开风气之先者。”[④]这显然忽视了宋濂整体的杜诗接受态度，误解了宋濂的本意并不是反对以伦理教化研判杜诗，而是反对杜诗接受之伦理性判断的极端化。明初杜诗接受的审美视角，不是由宋濂这样的浙籍儒学家提出的，而是由吴中、闽中等地诗人提出的。

与宋濂同朝为官的贝琼、王袆等人，也表达了与宋濂类似的杜诗观。

贝琼(1314—1379)，字廷琚，号清江，浙江崇德人，有《清江集》。洪武初年入国子监为助教，与宋濂多有交往唱和。贝琼论诗宗唐反宋，称赞赵孟頫等“务铲宋之陈腐以复于唐”，称元末诗人的唱和之作“骎骎然有李、杜之气骨，而熙宁、元丰诸家为不足法矣”[⑤]。贝琼比较重视杜诗，尤其欣赏杜甫夔州以后诗作，屡次加以褒扬，云：“少陵自入夔州诸诗，若轮扁之斫，有不能传之妙。山川之助，亦不可诬者。”[⑥]又云：“昔杜少陵在夔州西阁曝日，见之于

① (明)宋濂：《文宪集》卷五《杜诗举隅》，《文渊阁四库全书》本。
② (明)宋濂：《文宪集》卷七《詹学士文集序》，《文渊阁四库全书》本。
③ (明)宋濂：《文宪集》卷五《杜诗举隅》，《文渊阁四库全书》本。
④ 查清华：《明代唐诗接受史》，上海：上海古籍出版社，2006年，第20页。
⑤ (明)贝琼：《清江文集》卷二十九《陇上白云诗稿序》，《文渊阁四库全书》本。
⑥ (明)贝琼：《清江文集》卷三《跋胡季诚南征诗后》，《文渊阁四库全书》本。

诗者，可谓极其形容矣。”[1]又称杜甫之流落夔州，与李白、韩愈、苏轼等之贬谪夜郎、揭阳、黄州相类似，兹后“道益彰，文益奇，誉益崇”[2]。最能反映贝琼诗学观的是《乾坤清气序》一文：

> 诗盛于唐，尚矣。盛唐之诗，称李太白、杜少陵而止。乾坤清气常靳于人，二子得所靳而形之诗，潇湘、洞庭不足喻其广，龙门、剑阁不足喻其峻，西施、南威不足喻其态，千兵万马不足喻其气。若夜郎、夔子诸篇，天发其藻，神泄其秘，二子亦岂知其诗之至于如此哉。予尝读二集而玩之，其凡则约乎情而反之正，表里国风而薄乎雅颂，代之作者，咸嗜其味矣。不过醯一于酢，醝一于咸，而忘其醇且和者。长庆以降，已不复论。宋诗推苏黄，去李杜为近，逮宋季而无诗矣。非无诗也，于二子之诗嗜而不知其味，故曰无诗。岂乾坤清气至是益靳，而得之者益寡欤？有元混合天下，一时鸿生硕士，若刘杨虞范出，而鸣国家之盛。而五峰、铁崖二公，继作瑰诡奇绝，视有唐为无愧。或曰刘杨而下善诗矣，岂皆李杜乎？则应之曰：韶濩息而鼓吹作，衮冕弃而南冠出，固有非李杜而李杜者也。[3]

这段话包含了两层内涵：一是从诗歌史的角度看，贝琼推崇以李杜为代表的盛唐诗歌，贬低宋诗，认同元诗对以李杜为代表的盛唐诗歌的追步——尊唐贬宋乃明初人常调，是元朝以来主流诗学观念的延续。对元诗给予相当的认可，这大概和贝琼本身与元末大诗人杨维桢等人关系密切有一定的联系。二是从杜诗接受看，贝琼以李杜并论的方式，给予了杜诗最高的礼赞。他认为杜甫代表了盛唐诗歌的顶点，杜诗之内容深广高峻兼有，杜诗之气概柔美壮阔并具。其非凡的艺术魅力殆非人力，实得于天授神赐，是天地之间“清气”之所钟。在贝琼看来，杜诗之所以能够取得“表里国风而薄乎雅颂”这样至高

---

① （明）贝琼：《清江文集》卷五《炙背轩记》，《文渊阁四库全书》本。

② （明）贝琼：《清江文集》卷二十《送郑千之序》，《文渊阁四库全书》本。

③ （明）贝琼：《清江文集》卷一，《文渊阁四库全书》本。

的诗歌成就，是因为杜甫诗歌创作能够“约乎情而反之正”，也就是宋濂诗论中常常提到的“得性情之正”。而后世宋人之学杜者，往往偏于一味，忘记了杜诗的“醇且和者”，以致学杜而不知其真味，结果到宋末就变成了“无诗”的窘境。而元人之所以无愧唐人，是在于其能“鸣国家之盛”，即便不刻意学李杜，也可有类似于李杜的风雅性情。可见，贝琼虽然已经意识到杜诗内容与形式丰富多样，但还是免不了以风雅、性情之类的概念来归纳杜诗。所以，当他给朋友的葵轩作记的时候，很自然地联想到杜甫“葵藿倾太阳”的自喻，忍不住以伦理的褒扬来突显杜甫的价值：“唐杜甫落落不偶，间关兵马之间。至奉先所述，引葵自况。人之葵己，计当时势位之尊、显融一时者，何可胜数？禄山破关中，忍忘所事而北面臣虏，则如葵之倾阳，抑何鲜邪！”[①]

王祎(1322—1373)，字子充，浙江义乌人。王祎出身儒学世家，早年受业于浙东儒学大家黄溍，“志乎圣贤之学”[②]，以儒学文章与宋濂齐名。王祎之论诗，多有同于宋濂之处。比如他的《练伯上诗序》是一篇诗歌专论，其对诗歌演变历史的归纳，同于宋濂的《与章秀才论诗书》。其中涉及对杜甫的评价，也是借鉴元稹之说：“开元、大历，杜子美出，乃上薄风雅，下掩汉魏，所谓集大成者。”[③]王祎立论的诗学依托，也主要是伦理性情之说。王祎有云：“诗至于唐盛矣，然其能自名家者其为辞各不同。盖发于情以为诗，情之所发，人人不同，则见于诗固亦不得而苟同也。……(唐人)所以为辞者，即其情之寓也。而今世之为诗者，大抵习乎其辞而不本于其情，故辞虽工而情则非有。”[④]王祎认为，唐诗之盛，就在于以情为诗，唐人“所以为辞者”都是“情之寓”；元末诗人的创作主于外在之辞，轻视内在之情，所以“辞虽工而情则非有”，不能比肩唐人盛况。王祎认为诗歌能感动人心，尽在于情。他举诵杜诗而疾愈的轶事，认为杜甫之杰出就源于诗歌之中“至情迫切”。他推许的

---

① (明)贝琼：《清江文集》卷二十六《葵轩记》，《文渊阁四库全书》本。
② (明)王祎：《王忠文集》卷四《原儒》，《文渊阁四库全书》本。
③ (明)王祎：《王忠文集》卷五，《文渊阁四库全书》本。
④ (明)王祎：《王忠文集》卷七《盛修龄诗集》，《文渊阁四库全书》本。

“情”，并不是单纯的个体之情感意绪，而是融合了儒家伦理意味的“性情”，所以他最赞赏杜甫的一点是“每多杜甫能自期，许身欲比稷与契”[①]。杜甫诗歌中忠君体国的情怀，使得以圣贤自期的王袆深有知音同调之叹。其感兴、纪行之作，往往喜欢与杜甫的人生际遇相关联，云：“常怪栖栖杜少陵，愁篇苦句每相仍。只今世故多离乱，欲写艰难愧未能。”[②]又云：“水积从天降，山连与蜀通。遗碑李广宅，废寺隗嚣宫。度陇迟回际，游秦感慨中。长怜少陵老，曾此叹途穷。”[③]评价杜甫的《七歌》云：“杜工部《七歌》，乾元庚子岁，由华州司功弃官，自秦州入同谷所作。当艰难险阻之时，发激烈悲慨之语，读者犹为感愤，而况于亲履之乎？”[④]王袆对杜甫记录其乱离漂泊生涯的“愁篇苦句”产生共鸣，并非着眼于杜甫相关诗歌之社会批判内涵，而是就杜甫怀致君尧舜之志而处窘迫沦落之境的个人际遇而言的，所谓“政图事主尽愚疏，岂意谋身转迂拙”。[⑤] 作为一代纯儒，王袆元末即进入朱元璋政治集团，在洪武六年(1373)死于云南，前后约十六七年。王袆以房谋杜断自期，以唐太宗寄望于朱元璋，立朝进言，一本于儒学理念，对于朱元璋祭祖、登基等不合礼制处，往往抗言直谏。自谓一片忠君赤诚之心，但其实已忤皇纲极权之逆鳞，加上政敌的攻击，虽然曾有过待制翰林、草拟诏诰的仕途荣耀，但也屡遭贬谪，并前后出使西北、西南等偏远艰危之域，远离政治中心。所以他经秦过陇之时，想到杜甫当初亦曾漂泊于此，遂不禁要以自我政治失意、人生落拓的心绪去判读杜甫“愁篇苦句”中的情怀，反映了个人际遇对杜诗接受视野的影响。

与宋濂等人稍有不同，刘基是明初浙籍文臣中少数能够对杜诗的写实性给予关注的人。他文集中谈论杜诗的地方并不多，但寥寥数条的着眼处都在

① (明)王袆：《王忠文集》卷二《二月望在巩昌客馆夜梦归里中与金十二丈傅九文学同游高五处士别业既觉有感而赋》，《文渊阁四库全书》本。

② (明)王袆：《王忠文集》卷二《漫兴四首》其三，《文渊阁四库全书》本。

③ (明)王袆：《王忠文集》卷二《秦州》，《文渊阁四库全书》本。

④ (明)王袆：《王忠文集》卷十七《跋七歌六歌后》，《文渊阁四库全书》本。

⑤ (明)王袆：《王忠文集》卷二《二月望在巩昌客馆夜梦归里中与金十二丈傅九文学同游高五处士别业既觉有感而赋》，《文渊阁四库全书》本。

杜诗的感时伤世之义。他在《题鲜于伯机书杜工部诗后》中云："少陵昔避乱，买屋西枝村。卜邻得赞公，聊可与晤言。四郊斗豺虎，烟尘塞乾坤。中宵望北辰，宅戚衰老魂。我今亦漂泊，不得归本根。感此一太息，欲语声复吞。"[①]安史之乱前期，杜甫曾先后两度与僧人赞公为邻，作诗多首相赠，表达了杜甫在家国不堪、乱离无依的窘迫境遇下能够得到友情温暖的欣慰之情。刘基在元末或仕或隐，乱世中出处难以自主，漂泊无寄之状一类于杜甫，所以看了元代书法家鲜于伯机所书写的杜诗相关作品，既感慨于杜甫诗中流离之情，又遗憾于不能如杜甫遇赞公那样得良友结伴比邻，不禁太息不已。除了诗作中表达了对杜诗写实特征的认可之外，在诗论中刘基也反复表达了类似的意思。比如，刘基在《项伯高诗序》中说："言生于心而发为声，诗则其声之成章者也。故世有治乱，而声有哀乐，相随以变，皆出乎自然，非有能强之者。是故春禽之音悦以豫，秋虫之音凄以切，物之无情者然也，而况于人哉。予少时读杜少陵诗，颇怪其多忧愁怨抑之气，而说者谓其遭时之乱，而以其怨恨悲愁发为言辞，乌得而和且乐也。……比五六年来，兵戈迭起，民物凋耗，伤心满目，每一形言则不自觉其凄怆愤惋，虽欲止之而不可。然后知少陵之发于性情，真不得已。"[②]刘基说，诗为心声，诗情之哀乐与世之治乱相随，杜甫生遭时乱，所以诗歌中都是"怨恨悲愁"的言辞，没有"和且乐"的意趣。刘基早年对杜诗"多忧愁怨抑之气"有些不以为然，现在亲身经历"兵戈迭起，民物凋耗"的社会纷乱后，才真正地理解了杜诗的即事抒情品质。刘基的这种比较直露的杜诗接受角度，与性情说中蕴含的那种"发乎情，止乎礼义"的儒家温柔敦厚的诗教观显然有别。刘基是明初作乐府诗最多的诗人，据学者统计有274首之多。乐府一体本身就是以即事而咏的现实性为特点，刘基偏向于从写实的角度解读杜诗，正是其一贯诗学思想的体现。另外，与宋濂、王祎等比较纯粹的儒士身份不同，刘基的思想虽然以儒学为主导，但同时也出入佛道，兼及星算、方伎之学，学缘庞杂，其推崇诗风诗艺并不拘泥于儒家诗学的温柔

① (明)刘基:《诚意伯文集》卷十三,《文渊阁四库全书》本。

② (明)刘基:《诚意伯文集》卷七,《文渊阁四库全书》本。

敦厚之见。在诗歌创作上，刘基相对注重个体性情感体验的直接抒发，其中后期诗歌往往以“即事”“漫成”“感兴”“遣兴”“漫兴”“遣怀”等为题，因而他对杜甫那些包含了个人行迹际遇、宣发乱世苦闷之情的作品最为认同。即便如此，明初诗坛整体上推重以性情解诗，流风所及，刘基的杜诗批评也可见“性情”之说，比如刘基说杜甫诗歌之动人，是因为“发于性情，真不得已”。刘基杜诗评说中的“性情”一词，偏重于“情”之一端，弱化或忽略“性”之色彩，强调更多的是个体性的生命感受，很少突出性情说中最常见的社会性内涵，类似于当时吴中诗人的诗学偏好。

总的来看，以宋濂为首的浙籍文人群体是洪武前期文坛的主导力量。他们大多是接近权力中心的立朝大臣、儒学名家，交往密切，具有较为一致的积极事功的人生态度。明道宗经是他们基本的思想取向，论文评诗有着鲜明的功利实用色彩，“明道”“立教”“辅俗化民”[①]是他们对文学价值的基本认识，温柔敦厚是其最核心的审美倾向。上述种种，构成了他们以性情论诗的基础。浙籍文人伦理化的杜诗接受态度，原是元末明初浙东区域文化特质——儒学兴盛的表征，因为与当时政治语境的契合，加上浙籍文人主柄文坛的影响力，以性情论杜就成为明初最主流的杜诗认知策略。

二、“本于伦理之正，发于性情之真”：方孝孺与洪武后期性情说视野下的杜诗接受

洪武中期以后，随着宋濂等人先后退出政治舞台，浙籍儒学文臣重教化的功利文学观之大旗转肩于后起的方孝孺。作为宋濂的学生，一个更加纯粹的儒学之士，方孝孺强化了以性情说诗、以伦理评杜的浙籍士人的诗学传统。

方孝孺(1357—1402)，字希直，一字希古，号逊志，浙江海宁人。方孝孺出身儒学世家，弱冠入宋濂门下受学，洪武十六年(1383)二十七岁时奉召廷对。朱元璋视其为“庄士”，认为其将来可以成为子孙的股肱大臣。后归乡，十年间潜心著述之事。洪武后期被蜀王聘为世子傅，当时已有“当代程朱”之

① (明)宋濂：《文宪集》卷二十六《文说》，《文渊阁四库全书》本。

誉。后建文帝登基，方孝孺始进入朝廷。朱棣篡位后，方孝孺因为拒绝起草登极诏书，被残杀。作为一个醇正的儒者，方孝孺服膺程朱理学，早年便以儒家伦理价值观自期自励，自述“平居好议古今，称说政教”，“求古圣贤所用心者而学之”[①]，慨然以天下自任，怀抱着治国平天下的事功思想，有强烈的“以道辅主”的政治情怀。所以，方孝孺成年以后，虽然文名远扬，有“读书种子”之誉，但他自己并不以文人自任，视文艺为余事。黄宗羲评说云：“直以圣贤自任，一切世俗之事，皆不关怀。朋友以文辞相问者，必告之以道，谓文不足为也。”[②]《明史》本传也有相似的评价：“孝儒顾末视文艺，恒以明王道、致太平为己任。”[③]

受到理学家立身处世原则的影响，方孝孺的诗学观充满了工具论的色彩。其文集中的诗论都比较集中地表达了两个方面的判断：诗之为道，伦理教化；大雅之音，朴质无华。在方孝孺看来，诗歌的内容与价值就在于颂扬伦理，教化人心，“古之诗，其为用虽不同，然本于伦理之正，发于性情之真，而归乎礼义之极。《三百篇》鲜有违乎此者，故其化能使人改德厉行，其效至于格神祇、和邦国……苟出乎道，有益于教，而不失其法，则可以为诗矣。于世教无补焉，兴趣极乎幽闲，声律极乎精协，简而止乎数十言，繁而至于数千言，皆苟而已，何足以为诗哉。”[④]又云：“大而明天地之理、辨性命之故，小而具事物之凡、汇纲常之正者，诗之所以为道也。”[⑤]在方氏看来，如果诗歌于世事教化无补，即便“兴趣极乎幽闲，声律极乎精协，简而止乎数十言，繁而至于数千言”，也是“苟而已，何足以为诗哉”。与这种功利性的诗歌功能论相对应，方

① (明)方孝孺著，徐光大点校：《逊志斋集》卷九《与苏先生二首》其一，宁波：宁波出版社，2000 年，第 276 页。

② (明)黄宗羲：《明儒学案》卷四十三《文正方正学先生孝孺》，《文渊阁四库全书》本。

③ (清)张廷玉：《明史》卷一百四十一，北京：中华书局，1974 年，第 4017 页。

④ (明)方孝孺著，徐光大点校：《逊志斋集》卷十二《刘氏诗序》，宁波：宁波出版社，2000 年，第 405～406 页。

⑤ (明)方孝孺著，徐光大点校：《逊志斋集》卷十二《时习斋诗集序》，宁波：宁波出版社，2000 年，第 406 页。

孝孺的诗歌审美是反对藻饰字句、精求声律，崇尚质朴无华的诗风。他在《宁野轩铭》中明确表示："文过为偷，质甚为野。以偷况野，如郑与雅。大雅之音，淡泊无华。靡曼姱都，乃声之邪。质直无文，其朴则美。以饰丧真，为诐为诡。"①

在这样的立身处世原则和诗学观念的影响之下，方孝孺对杜诗的接受视野自然地带有非常明显的伦理批评的色彩。在对方孝孺的杜诗批评进行具体分析之前，需要特别提出的是，作为一个以天下为己任、视诗歌等文学之事为细末的儒士，方孝孺对诗歌的兴趣乏乏，其诗作甚少，今传世的 24 卷《逊志斋集》只有 1 卷是诗歌，文集中的诗论较少。可是，就其对杜甫的关注而言，从整个明初儒士论杜的情况看，《逊志斋集》中涉及杜甫的诗文却远比他人多。细细推究，当与其入蜀为官有关：一则居蜀有年，当多有机会接触成都等地杜甫旧闻遗迹；二则洪武二十六年(1393)年底蜀王重修杜甫草堂，方孝孺奉命参与其事，并作长篇《成都杜先生草堂碑》，对杜甫一生形迹、诗歌作品有过更深入的了解。从而使得原本轻视诗歌之事的方孝孺，不期而遇地"发现"了以诗歌闻名的杜甫，并试图以自我的人生期待和伦理情怀去"解读"这个曾寓居蜀地数年的唐代漂泊者。另外，方孝孺的诗歌，单从其诗题看，大约有将近一半的作品是写于蜀地，其对诗歌的兴趣在蜀期间似乎得到很大的提升。这一点可能正是引发他特别关注杜甫之原因，但也可能是其关注杜甫之后继效应。无论如何，从杜诗接受的角度看，旅蜀之经历是方孝孺成为明初主要杜诗批评者的关键因素。

方孝孺之论杜，从诗学批评的角度看，有三个特点：

首先是人格评价多于作品评价，即方孝孺之论杜，着眼点更多的是杜甫而不是杜诗。我们前面提到方孝孺的诗学观是一种工具化的、功利性的判断，他是从伦理道德、性情教化的角度来衡量一切诗歌。他之所以习惯性地追溯诗歌典范至《诗经》，是因为对于伦理之正、性情之真，"《三百篇》鲜有违

① (明)方孝孺著，徐光大点校：《逊志斋集》卷七，宁波：宁波出版社，2000 年，第 222 页。

乎此者”；他推重朱熹的诗作，是因为“其于性命之理昭矣，其于天地之道著矣，其于世教民彝有功者大矣”[①]。所以他评论杜甫的时候，也是不外性情伦理之辞。但是，方孝孺的批评往往并不是针对杜甫的诗歌而言，而是针对杜甫之事迹履历而言。他文集中所有涉及杜甫的展开性的论述，往往都是对杜甫人格的推崇与褒扬；如是对杜诗本身发表看法，则往往一笔带过，少有展开。比如，《答阕乡叶教谕》一文论杜，云：“唐人之能诗者，莫如李白、杜甫。”[②]随后的文字中，对于杜甫之如何“能诗”，唐人之如何“莫如”，根本不作解说辨析，而是转到作序传名的问题上。《畸亭记》评及杜甫等的诗歌成就，也只是一句“诗人之绝群拔类者也”[③]，前无铺垫，后无展开。所以说，方孝孺之论杜是论人而非论诗。

在方孝孺看来，杜甫人格之伟大光明处，就在于他时刻怀抱忠君体国、济世救民之心，具有古代贤能大臣的情怀与节操。方孝孺将杜甫与韩愈同举并称，认为他们“所师则周公、吉甫、卫武公、史克之徒也”[④]，他又在《成都杜先生草堂碑》一文中云：

> 以古昔命世圣贤自拟，不知者笑之以为狂，而知其粗者怜之以为诗人之大言，而孰能果识其所存哉！……以宇内之治乱、生民之安危为喜戚，而劳思极虑，必期有以济之，此则所谓人而能天，而可以谓之大儒君子矣乎！自孔、孟没，圣学不传，士之卑者多以私智小数为学，枉道以取富贵，视斯民之困穷不少介于心，甚者或罔之以自利，圣贤仁义之道不绝如发。先生独有感于此，其心愿世之人咸得其所而已。虽饥寒有不暇顾，视夫自私之徒如蝼蚁之求穴，则叹而

① (明)方孝孺著，徐光大点校：《逊志斋集》卷四《读朱子感兴诗》，宁波：宁波出版社，2000年，第121页。

② (明)方孝孺著，徐光大点校：《逊志斋集》卷十一，宁波：宁波出版社，2000年，第349页。

③ (明)方孝孺著，徐光大点校：《逊志斋集》卷十五，宁波：宁波出版社，2000年，第494页。

④ (明)方孝孺著，徐光大点校：《逊志斋集》卷十二《时习斋诗集序》，宁波：宁波出版社，2000年，第406页。

哀之。是心也，使幸而达诸天下，虽致治如唐虞之盛可也。[①]

杜甫诗歌中言及早年志向，曾有“致君尧舜上”“窃比稷与契”等语。对于杜甫这样轻以圣贤自拟的做派，后世一直有讥讪之辞，以为是诗人大言，是狂语。方孝孺对此竭力辩护，认为杜甫是大儒君子，在孔孟之后，杜甫独传“圣贤仁义之道”；杜甫的圣贤之心“使幸而达诸天下”，当时的朝政将“治如唐虞之盛可也”。而杜甫的作品，也因此有了特别的价值——方孝孺称杜诗“为唐一经，上配典坟”[②]，可谓把杜诗推崇到无以复加的程度了。可是，考察杜甫之生平：困守长安期间，奔走干谒权贵之门，赠诗献赋，以求谋取一官半职；任职左拾遗期间，得近权力中枢，除疏救房琯、早朝唱和外，余事别无所闻；流转陇蜀湖湘期间，若不论诗歌创作，也只是辗转依附，谋食求存。无论是言论主张还是实际建树，杜甫的一生很难说有什么大儒贤臣之痕迹。所以，方孝孺眼中的那一个兼济天下的杜甫形象，实在是他自己作为积极入世的理学家的情怀投射。与洪武前期诸家相较，宋濂等论杜者，大都有意忽视杜诗中带有鲜明现实批判意味的灰暗之色，竭力试图寻找杜诗中遵循诗教观念、雅正和平的性情之光；方孝孺之论杜，也是试图建构一个合乎儒家政治伦理的入世者形象，而竭力忽视杜甫是带有一定愤怒与怨望、自怜兼自哀色彩的诗人。虽论人论诗角度有别，但方法论上都是以伦理教化为基准的一种选择性接受。

与人格形象上以事功相推许对应的是，方孝孺对杜甫之“不遇”深有戚戚之感。他曾直接赋诗表达自己对杜甫天宝以后遭遇的同情：“徒抱稷契心，莫睹唐虞禅。……使获遭圣明，宁令老贫贱。人生鲜遇合，自昔共嗟惋。”[③]在《成都杜先生草堂碑》一文中，方孝孺对杜甫一生落魄的境遇给予了强烈的同情和至高的赞誉。他认为杜甫之所以成为杰出的诗人，是因为他怀抱大臣之

① (明)方孝孺著，徐光大点校：《逊志斋集》卷二十二，宁波：宁波出版社，2000年，第717页。

② (明)方孝孺著，徐光大点校：《逊志斋集》卷二十二，宁波：宁波出版社，2000年，第718页。

③ (明)方孝孺著，徐光大点校：《逊志斋集》卷二十三《四月一日蒙赐宴浣花新建草堂感恩怀古偶作》，宁波：宁波出版社，2000年，第769页。

才而不遇明主，只好将一腔忠忱寄托于诗："士之立言为天下后世所慕者，恒以蓄济世之道、绝伦之才，困不获施而于此焉寓之……少陵杜先生在唐开元、天宝间，怀经济之具而弗得施，晚更兵乱，益为时所简弃，由是敛所得于古人者悉于诗乎寓之。"[①]对后世只是以诗人视杜甫，方孝孺深为不平："先生不遇圣哲之君为知己，汝阳、汉中二王虽与友善而不能用其言，数百载之内在位而尊慕者间有其人，然皆以诗人称先生，而未能察其所存"，"其寓于言，岂众人之所能识哉！"[②]方孝孺曾作《题万间室》一诗，这是一篇感情激荡的七言古体诗，淋漓尽致地展现了一代大儒哀民生疾苦的正大宏博的胸怀。诗的前半段从杜甫《茅屋为秋风所破歌》诗意入手，作者自称是"侯城小儒愚独甚"，一反"闻者交笑嗔"的薄俗庸识，坚称杜甫的诗作"厚且真"[③]，对杜甫由己溺己饥而推及人溺人饥的崇高人格给予了热烈的赞扬。另外，方孝孺也力图去解释杜甫"不遇"的原因，他说，"凡特立之士，多不合于人，非天欲困之也。取乎天者已多，其不能兼得乎人，亦其势然也"。[④] 他认为但凡特立杰出之士，上天所赋已多，不能取合于当世，也是历史上的常见之事，所以庄周、荀况、李白、杜甫等人"不遇"于当世。

方孝孺对杜甫一生际遇深有同道之感，这和其本人的经历密切相关。在45年的生命历程中，怀抱强烈事功思想的方孝孺虽然早早名满天下，但其真正进入朝廷、施展抱负的时间只有短短数年。在之前漫长的磨炼、等待的时间里，方孝孺自身"不遇"的感受应该是相当强烈的。所以，当他于洪武末年入蜀后并较频繁地接触杜甫的诗作后，因为自身"不遇"的苦闷与孤寂体验，

① （明）方孝孺著，徐光大点校：《逊志斋集》卷二十二，宁波：宁波出版社，2000年，第716页。

② （明）方孝孺著，徐光大点校：《逊志斋集》卷二十二，宁波：宁波出版社，2000年，第717年。

③ （明）方孝孺著，徐光大点校：《逊志斋集》卷二十四《题万间室》，宁波：宁波出版社，2000年，第814页。

④ （明）方孝孺著，徐光大点校：《逊志斋集》卷十五《畸亭记》，宁波：宁波出版社，2000年，第494页。

方孝孺从异代前贤那里寻获了现实中少有的知音同道之感，对杜甫处窘迫之境仍持济世之怀的精神产生了强烈的共鸣——这种共鸣显然会给方孝孺对自我人生信念的坚持提供精神上的支撑。所以，他常会特意地从杜甫的诗篇中“发现”那些能够砥砺操行的精神资源，并从中“凝练”出符合其自我期待的人格力量。比如，他在洪武末年为蒋文旭的居室“味菜轩”作记，文中在表扬蒋氏的以菜为味的品格时，引出对杜甫行迹的点评和有关诗作主旨的提炼，他说：“(菜)味和平清苦，善除物之毒而不生疾以病人，若是者其惟菜为然乎？世之名人贤士，每惩厚味之腊毒，而顾深嗜乎菜。若杜子美之于韭薤，陆龟蒙之于杞菊，苏子瞻之于芦菔蔓菁，莫不遂称之，见于咏歌。而黄鲁直谓士大夫不可不知此味，尤为笃论。盖贫贱者之所易得，则无逾分之思。而求之不劳，不为富贵者之所甚好，则享之也安，而用之也无愧。身不劳而心无愧，此君子之所以有取于斯欤！”[①]这一段文字，由日常的话题，引出对君子处贫自安品格的褒扬。文中所称引的“杜子美之于韭薤”云云，指的是乾元二年(759)杜甫避走秦州时所作的《秋日阮隐居致薤三十束》，该诗云：“隐者柴门内，畦蔬绕舍秋。盈筐承露薤，不待致书求。束比青刍色，圆齐玉筯头。衰年关鬲冷，味暖并无忧。”[②]这首诗内容比较简单，没有什么比兴象征的意味，只是因邻居的慨然赠薤而回诗一首略表答谢之意，是典型的日常交际之作。方孝孺从中得出君子守贫的主旨，与其说来源于诗作本身，还不如说出自评说者内在心志的附会。

最后，方孝孺之论杜，还有一点异于当时主流诗学观：整个洪武年间，尊杜往往是与崇唐相提并论的，对杜诗的推赏是属于唐诗崇拜的组成部分，对宋诗的冷淡是诗家常态，非宋批宋的言论比比皆是。比如，刘绩曾从比较纯粹的诗学审美角度，对唐宋之别作了非常精细的区分：“唐人诗一家自有一家声调，高下疾徐，皆合律吕。吟而绎之，令人有闻《韶》忘味之意。宋人诗，譬

① (明)方孝孺著，徐光大点校：《逊志斋集》卷十六《味菜轩记》，宁波：宁波出版社，2000年，第514页。

② (宋)黄鹤：《补注杜诗》卷二十，《文渊阁四库全书》本。“并无忧”又作“腹无忧”。

则村鼓岛笛，杂乱无伦。”又云：“或问予唐宋人诗之别，余答之曰：唐人诗纯，宋人诗驳；唐人诗活，宋人诗滞；唐诗自在，宋诗费力；唐诗浑成，宋诗饾饤；唐诗缜密，宋诗漏逗；唐诗温润，宋诗枯燥；唐诗铿锵，宋诗散缓。唐人诗如贵介公子，举止风流；宋人诗如三家村乍富人，盛服揖宾，辞容鄙俗。”①而方孝孺在尊杜的同时，推崇的却是宋人诗歌。其崇宋诗的思想集中见于他的《谈诗五首》，诗云：

举世皆宗李杜诗，不知李杜更宗谁。能探风雅无穷意，始是乾坤绝妙词。

前宋文章配两周，盛时诗律亦无俦。今人未识昆仑派，却叹黄河是浊流。

发挥道德乃成文，枝叶何曾离本根。末俗竞工繁缛体，千秋精意与谁论。

天历诸公制作新，力排旧习祖唐人。粗豪未脱风沙气，难诋熙丰作后尘。

万古乾坤此道存，前无端绪后无垠。手操北斗调元气，散作桑麻雨露恩。②

第一首诗是说诗歌的至高范本并非李杜诗篇，而是具有风雅之意的《诗三百》；第二首宏观地肯定宋代文学的整体价值，认为两宋诗歌世无匹敌，正是诗家的昆仑正脉；第三首则具体指出道德的“发挥”是宋诗的“千秋精意”；第四首批评元代后期祖唐诋宋的风气，认为虽制作一新但未脱粗豪之气；第五首总结，认为诗中大道正是调理元气、教化天下的工具。总的来说，方孝孺的《谈诗五首》包含了强烈的卫道意味。而他对宋诗之推许也正是缘于对以卫道为核心的宋学的推崇。他在《正俗》一文中云：“至于近世，惟宋之俗为近

① (明)刘绩：《雪菲录》卷下，《文渊阁四库全书》本。

② (明)方孝孺著，徐光大点校：《逊志斋集》卷二十四，宁波：宁波出版社，2000年，第858～859页。

古。尊尚儒术，以礼义渐渍其民。”[①]所以，方孝孺推崇宋诗，是有明确的对象的，如朱熹《感兴》等相关诗作——检索《逊志斋集》，方孝孺对一向被视为宋诗代表的苏轼、黄庭坚等人的诗作基本上未置一词。他在《读朱子〈感兴〉诗》中说：“《三百篇》后无诗矣。非无诗也，有之而不得诗之道，虽谓之无，亦可也。夫《诗》所以列于‘五经’者，岂章句之云哉？盖有增乎纲常之重，关乎治乱之教者存也。非知道者，孰能识之？非知道者，孰能为之？人孰不为诗也，而不知道，岂吾所谓诗哉！呜呼，若朱子《感兴》二十篇之作，斯可谓诗也已。其于性命之理昭矣，其于天地之道著矣，其于世教民彝有功者大矣，系之于《三百篇》，吾知其功无愧。虽谓《三百篇》之后未尝无诗，亦可也。”[②]可见，方孝孺之看重朱熹的《感兴》组诗，是由于其包含了纲常性命之理，能够有助于社会教化，这和他一贯的工具论文学观是完全一致的。而他之所以会将杜诗与朱熹这样理学家为代表的宋诗作品同称并举，就在于他在杜甫其人其诗中发掘的伦理教化价值，与朱熹《感兴》诗中的内涵大体相似——而他在盛唐诸家的诗作中很难发现如此类型的系乎道德伦理的表达，故而方孝孺很少视杜诗与唐人为同调，而是更愿意将杜甫带入宋学的圣贤语境中去。

三、“性情”之外的别调：高启、袁凯等吴中诗人的杜诗接受

“吴中盛文史”[③]。元末明初，以苏州为中心的吴中地区是诗歌创作最为兴旺的区域之一。前有元末以顾瑛、杨维桢等为核心的“玉山文人”群体，后有明初以高启等“吴中四杰”为核心的“北郭诗人”群体。因为特殊的地理环境与文化传统的影响，明初吴中地区诗人群体的人生取向、政治际遇、文学创作的实践与观念等，与以宋濂、方孝孺为代表的浙籍文士集团差别明显。故而，明初洪武年间吴中地区诗人的杜诗接受情况，也与浙籍文士的伦理性情批评有较明显的差别——与宋濂等主要以伦理性情为杜诗评价的角度不同，

---

① （明）方孝孺著，徐光大点校：《逊志斋集》卷三，宁波：宁波出版社，2000年，第88页。

② （明）方孝孺著，徐光大点校：《逊志斋集》卷四，宁波：宁波出版社，2000年，第121页。

③ （唐）韦应物：《韦苏州集》卷一《郡斋雨中与诸文士燕集》，《文渊阁四库全书》本。

吴中诗人的杜诗认知更贴近诗歌本身的审美属性与艺术价值。明人唐元荐曾评吴中诗人在明初诗坛的影响，举高启、袁凯为例，云：“洪武初，高季迪、袁景文一变元风，首开大雅，卓乎冠矣。”①按：高启被称为“明三百年诗人之冠冕”②，“论者推为明初诗人第一”③，是明初吴中诗歌创作影响最巨者；袁凯以《白燕》成名诗坛，是明初吴中诗坛重要人物，也曾被何景明视为“国初诗人之冠”④，以学杜著名于明初，“诗非少陵不道”⑤。下面以二人为例，对吴中诗人的杜诗接受情况稍作辨析。

我们先看看高启的杜诗批评情况。首先，作为个性独立、崇尚自由的诗人，入明以后的高启，其诗学观念也多少受到了当时整体诗学风尚的一些影响。在以性情论诗占据主流的大背景下，我们也能在高启的文集中看到一些相关的论述。高启在为自己早年的诗集作序时说：“古人之于诗，不专意而为之也。国风之作，发于性情之不能已，岂以为务哉。”⑥高启认为诗歌是“性情”的自然流露，不能“专意而为之”，主张诗歌是主体情感的自然抒发，反对因文设辞。他在《姑苏杂咏序》中也曾道：“然而登高望远之情，怀贤吊古之意，与夫抚事揽物之作，喜慕哀悼，俯仰千载，有或足以存劝戒而考得失，犹逾于饱食终日而无所用心者也。”⑦《姑苏杂咏》是高启从南京辞官归乡后所作的 123 首咏物诗，时间在洪武三年(1370)七月到洪武四年(1371)年底。高启在序中申言，自己诗中的“情”与“意”可以“存劝戒而考得失”，表达的正是明初性情说中常常蕴含的社会教化之意。所以，他作文送别同乡好友徐以文时，称赞对方“讲义理之微，咏性情之正，薰然和，粹然温”⑧。此评价依循的

① (明)杨慎：《丹铅馀录・续录》卷十《〈胡唐论诗〉引》，《文渊阁四库全书》本。

② (清)王士祯：《香祖笔记》卷一，上海：上海古籍出版社，1982 年，第 10 页。

③ (清)赵翼：《瓯北诗话》卷八，北京：人民文学出版社，1963 年，第 124 页。

④ (明)何景明：《大复集》卷三十四《海叟集序》，《文渊阁四库全书》本。

⑤ (请)朱彝尊：《明诗综》卷十八引莫如忠语，《文渊阁四库全书》本。

⑥ (明)高启：《凫藻集》卷三《缶鸣集序》，《文渊阁四库全书》本。

⑦ (明)高启：《凫藻集》卷三，《文渊阁四库全书》本。

⑧ (明)高启：《凫藻集》卷三《送徐以文序》，《文渊阁四库全书》本。

显然是类似于宋濂等理学家的伦理原则。然而，从性情伦理角度论诗，主要见于他被征召以后，是明初文人阶层普遍的“鸣国家之盛治”[①]心态的反映，在高启的诗论体系中不占主导地位。就高启的杜诗评说言，高启也没有尝试从伦理角度切入。

高启论杜，主要体现为两个方面：一是对杜甫诗艺的评价；二是对杜甫人生际遇的评价。

高启关于杜甫诗歌风貌的批评，见于《独庵集序》，其内容如下：

> 诗之要三：曰格，曰意，曰趣而已。格以辨其体，意以达其情，趣以臻其妙也。体不辨则入于邪陋，而师古之义乖；情不达则堕于浮虚，而感人之实浅；妙不臻则流于凡近，而超俗之风微。三者既得，而后典雅、冲淡、豪俊、秾缛、幽婉、奇险之辞，变化不一，随所宜而赋焉。如万物之生，洪纤各具乎天；四序之行，荣惨各适其职。又能声不违节，言必止义，如是而诗之道备矣。夫自汉魏晋唐而降，杜甫氏之外，诸作者各以所长名家，而不能相兼也。学者誉此诋彼，各师所嗜，譬犹行者埋轮一乡，而欲观九州之大，必无至矣。盖尝论之：渊明之善旷而不可以颂朝廷之光，长吉之工奇而不足以咏丘园之致，皆未得为全也。故必兼师众长，随事摹拟，待其时至心融，浑然自成，始可以名大方而免乎偏执之弊矣。[②]

这篇序文代表了高启最核心的诗学思想，向来为论者所关注。序文中高启将诗体的要素概括为“格”“意”“趣”三点。其中，“格”是对诗歌外在形式风貌的描述，反映的是高启的诗歌辩体意识，具体的要求就是“声不违节”；“意”是就诗歌内容而言，表达的是高启主情的文学观，其关键是“言必止义”；“趣”概括的是诗歌整体审美问题，有类似于神韵、性灵诸说的成分，其最高境界是“浑

① (明)谢徽：《凤台集序》，见《珊瑚木难》卷五。按：谢徽是高启任翰林编修时同事，《凤台集》是高启任职金陵期间的作品集。

② (明)高启：《凫藻集》卷三，《文渊阁四库全书》本。

然自成”。在详细地表达了何谓“诗之道”后，高启还进一步就诗歌创作如何才能达于“道”给出了意见——“兼师众长，随事模拟”，然后“时至心融，浑然自成”。即诗家要广泛学习，勤于模拟，在足够的实践积累后，融会贯通，最终达到浑然一体的境界。纵观全文，高启是从“自汉魏晋唐而降”的整个古代诗歌史的宏大视野来主张其诗学观念的，而论述中他特意点出“杜甫氏之外”五个字，从全文的文意看，高启显然是认为杜甫的诗歌创作是兼具“格”“意”“趣”诗歌三要素的，认为杜诗能够“兼师众长”，达到了“浑然自成”之境。高启“兼师众长”的主张，从其来源看，很可能是受杜甫“转益多师是汝师”之论的启发，而且于创作中也确实践行了自己广收博取的主张。比如，就高启学唐人情况，清人赵翼《瓯北诗话》中曾有详细的分析：“青丘乐府及《拟古》十二首……正是学青莲处。……如《游龙门》……则竟学杜。《太湖》及《天平山》……则又学韩。……集中本有《效乐天体》一首……亦神似《长庆》。《中秋玩月张校理宅》又似李义山。《玉波冷霜莲》及《凤台曲》……又似温飞卿。”①另外，从明洪武一朝杜诗接受的历程看，如果我们将视线往后推到洪武末年高棅的《唐诗品汇》，就会发现高启在序文中通过间接的方式所表达出的关于杜诗的判断，与高棅以杜甫为“大家”的理念是非常相像的，都是从诗歌史的角度去总结、归纳杜诗的成就与特点。所以，与明初宋濂等台阁化文士的片段化、伦理型的杜诗接受方式不同，高启在《独庵集序》中有关于杜诗的更具有体系性、更侧重于诗歌本身特质的辨析。

除此之外，高启对于杜甫的人生际遇给予了较多的关注。比如，高启曾写了一首《夜闻谢太史诵李杜诗》，诗云：“前歌《蜀道难》，后歌《偪仄行》。商声激烈出破屋，林鸟夜起邻人惊。我愁寂寞正欲眠，听此起坐心茫然。高歌隔舍与相和，双泪迸落青灯前。李供奉，杜拾遗，当时流落俱堪悲。严公欲杀力士怒，白首江海长忧饥。二子高才且如此，君今与我将何为？”②诗中所云《蜀道难》为李白作，《偪仄行》（又名《偪侧行》）为杜甫作。高启夜闻邻屋谢太

① (清)赵翼：《瓯北诗话》卷八，北京：人民文学出版社，1963年，第125页。

② (明)高启：《大全集》卷十一，《文渊阁四库全书》本。

史吟诵这两首诗，忍不住隔舍相和，心潮激动，以至于“双泪迸落”。高启在诗中解释了自己心情动荡的原因，是感于二人虽然“高才”但“流落俱堪悲”。李白《蜀道难》且放一边不论，就高启对杜甫《偪仄行》一诗的接受态度看，考虑到杜诗原作本身的思想内容和高启当时的处境，高启的心情激荡似乎颇值得玩味。按：《夜闻》一诗作于洪武二年(1369)在南京编修《元史》之时，诗中所云“谢太史”即同修《元史》的好友谢徽，当时二人一同借居在明初第一禅寺天界寺①。杜甫的《偪仄行》作于唐肃宗乾元元年(758)春，有自注云“赠毕曜”，时杜甫任职左拾遗，毕曜为御使大夫。就杜甫自己的行迹看，这是杜甫一生最接近权力中枢的时期，高启吟此诗而生“流落”之悲实在有点文不对题。可见，激起高启共鸣的是别的因素。据杜诗篇末“速宜相就饮一斗，恰有三百青铜钱”看，这本是一首招饮诗。但就诗作的主导内容言，描写的则是作者当时居左拾遗期间的状态：居住在逼仄的陋巷，贫无骑乘，雨天上朝倍感酸辛；官事繁冗，与好友同居一巷竟然十日不得一见。加上官长严苛，年纪已老(杜甫时年 47 岁)，生活上贫困窘迫，精神上“终日心拳拳”，压抑不乐，使得杜甫对官场生涯、政治生活已是厌烦透顶。我们知道，高启本人个性潇洒，崇尚自由无拘的生活状态，并没有特别强烈的事功思想，在元末明初从元政府到张士诚再到朱元璋的不同阶段，高启从来都没有主动表现过对仕途的盼望与期待之情，“君子贵独立，依附非端良”②。他所渴望的是在比较太平的社会环境下流连山水、嘲风弄月，过着隐士般的生活，所以他的诗作里面的高频词是“隐”(121 次)“闲”(58 次)“散”(39 次)“睡”(36 次)等③。洪武二年(1369)高启被征召后入京编修《元史》，虽然也写了部分鸣盛颂平的诗作，但思亲怀友、对吴中山水的想念一直潜伏在心头，对官场生活始终不能适应。所以，即便是在被视为歌赞升平气象之代表作《登金陵雨花台望大江》中，他也明白地表现出“我怀郁塞”的情绪。左东岭先生将高启等吴中诗人的这种情形总结为

① 贾继用：《高启年谱》，广西师范大学文学院 2003 级硕士研究生毕业论文，第 63 页。

② (明)高启：《大全集》卷六《瞻目轩》，《文渊阁四库全书》本。

③ 据电子版《四库全书》本《大全集》检索统计所得数字。

“旁观者”心态[①]，实为卓见。因而，当听到好友在隔舍高歌杜甫的《偪仄行》时，高启自身厌恶政治生活而又惧于皇权淫威(他的好友有很多被朱元璋流放、诛杀)的隐曲心绪，和杜甫诗篇中包含的那种厌弃官场的情绪一下子产生了强烈的共鸣，“严公欲杀力士怒”的忧惧由此得到了宣泄，出现“双泪迸落”的情形也就可以理解了。也正是因为高启不喜官场生涯，所以他对杜甫早年困守长安期间的处处干谒之举，深不以为然：“西风驴背倚吟魂，只到庞公旧隐村。何事能诗杜陵老，也频骑叩富儿门?”[②]诗中借孟浩然的清高自守，对杜甫的干谒权贵给予了直白的讽刺。

由上面的分析，我们可以看到，洪武初年的高启与洪武末年的方孝孺，都曾对杜甫的“流落”“不遇”产生过强烈的共鸣。但二人一个是视自由为生命的诗人，一个是以事功为旨归的儒士，虽是同对杜甫命运之一叹，却并非出于同一心理：高启是厌弃官场，欲去而不得，于杜诗《偪仄行》中找到知音；方孝孺是渴慕进用建功，欲求而不得，于杜甫“致君尧舜”却身老江湖的际遇中找到同道。

袁凯是与高启同时而辈分稍早的吴中地区代表性诗人，字景文，松江华亭人，曾师从杨维桢，有《海叟集》四卷传世。袁凯博学有才辨，议论飙发，性诙谐。元末为府吏，明初任监察御史，惧祸佯狂，罢官归乡，以95岁高寿终[③]。袁凯在后世以学杜著名，比如清前期大诗人王士祯云：“今读其诗，古诗学魏晋，近体学杜，皆具体而微者。”[④]而持论一向比较严谨的四库馆臣也评论云：“凯古体多学《文选》，近体多学杜甫。”[⑤]但是，如果仔细考察相关材料，我们会发现，视袁凯为明初诗坛学杜第一人，是一个似是而非的说法。

从袁凯的诗集看，与高启较多的论杜言辞不同，现传世的袁凯诗集中几

---

① 左东岭：《高启之死与元明之际文学思潮的转折》，载《文学评论》，2006年第3期，第102页。

② (明)高启：《大全集》卷十七《题孟浩然骑驴吟雪图》，《文渊阁四库全书》本。

③ 万德敬：《袁凯年谱》，河北大学2005年硕士研究生毕业论文，第56页。

④ (清)王士祯：《香祖笔记》卷二，上海：上海古籍出版社，1982年，第28页。

⑤ (请)纪昀等：《四库全书总目》卷一百六十九《海叟集》，《文渊阁四库全书》本。

乎看不到任何的杜诗评说。检索袁凯传世的《海叟集》，只是卷四《醉书壁》一诗提到了杜甫，诗云："芙蓉花开满高岸，还如杜老蜀江边。田夫野客频来看，白酒黄鸡不用钱。"诗中涉杜甫的文字只是说袁凯当时所见荷花盛开之状类似于杜甫当年于蜀地所见，无关乎杜诗评价，也不涉及对杜甫其人的评说。而且袁凯诗集中也找不到"集杜""和杜"之类的作品。所以，就袁凯传世的作品本身看，我们可以说在明初的杜诗接受进程之中，袁凯其实是从来没有出过场的。与此同时，我们可以从袁凯的诗集中检索到他论及陶渊明、杜牧等其他诗人的例子多处。这时，一个令人奇怪的问题便自然而然地出现了：一个被视为典型的学杜的诗人，为什么其文集中竟然几乎看不到任何关于杜甫及其诗歌的论说称引呢？

不仅袁凯自己的诗集中见不到学杜的证据，而且在袁凯同时代其他人的文集中也从未看到关于袁凯学杜的记录和传闻。仔细排比与袁凯学杜相关的说法，笔者发现，袁凯学杜是迟至明中期才被人"发掘"出来的。明中期正德初年，陆深从京中得到袁凯诗集的旧刻本，他精心编校后，请了李梦阳等一帮好友为袁凯诗集作序，袁凯诗学杜甫的说法便在这些序言里第一次出现了。李梦阳《海叟集序》云："叟诗法子美。"这还只是一个笼统模糊的判断，未作任何展开与辨析。何景明《海叟集序》亦云："歌行近体法杜甫，古作不尽是。要其取法，亦必自汉魏以来者。其所造就，盖具体而未大耳。"他具体指出了袁凯学杜是落实到歌行与近体这两类诗体上，而且就袁凯学杜的成就还下了"具体而未大"的断语。稍后的刘诜在《海叟集跋》也说："海叟宗杜，有大名于国初。"按：李梦阳、何景明作为前七子的代表，其诗学主张一向是以古体学魏晋、近体学杜甫著名。袁凯《海叟集》卷一是"琴操""乐府""四言诗"等模拟汉魏诗歌的作品，著名的有《杨白花》等拟乐府之作。后面的五七言律诗则有一部分诗作是描写作者在元末之见闻与感慨，即事抒情，颇见沉郁之致。比如《老夫五首》皆以"老夫避兵"起句，写乱世逃窜、妻子失色之状甚为真切，有杜甫《同谷七歌》之况味；《病阿苏》写杭州城中所见因兵败而流落乞讨于街头的下层士兵，也很有杜甫《无家别》的情怀。其他如《远客》《将帅》《江上早秋》《兵后大醉陶与权宅》《秋日海上书怀》等作，写乱世流离之世态与心理，也十分动人。所以，在笔者看来，李梦阳、何景明之断定袁凯学杜，是因为他们从自我的诗学观出发，发现袁凯的部分诗作有类似于杜诗的风调，与元末吴中整体的纤细柔靡之风不同，遂径作判断，给出了“海叟学杜”的命题。因为李、何二人的影响力，袁凯学杜的论调在后世得以广泛传播，遂逐渐成为定论。比如莫如忠云：“景文志穷骚、雅，力挽颓靡，诗非少陵不道。”[①]何元朗云：“袁景文古诗学《选》，近体宗杜，格调最正。”[②]程嘉燧云：“自宋元来学杜，未有如叟之自然者。”[③]又云：“野逸玄谈，疏荡傲兀，往往得老杜兴会。”[④]至清代王士祯、四库馆臣也如此说。然而就其实际看，说袁凯近杜，尚未远离事实；说袁凯学杜，却是无据之说。今察袁凯集中并无学杜、尊杜之一语；同时之人也未有关于他学杜的记录。且《海叟集》中类杜之作为数不多，更多的诗作都以含蓄蕴藉为主，以“逸思”和风致见长，不是杜甫那种顿挫、慷慨的风格。[⑤] 就袁凯个性而言，忠君体国、济世救民等并非其心中所看重者，实非与杜甫同调，独善、隐逸的思想是其人生的主导——他洪武三年(1370)被举荐为监察御史，赴任时家人垂泪，自己也“深为难”[⑥]。及至辞官归来，直以陶潜自比，其欣慰喜悦之情难遏[⑦]。明中期李、何之后，诸家称袁凯学杜，皆难逃

① (清)朱彝尊:《明诗综》卷十八“袁凯”条引,《文渊阁四库全书》本。

② (清)朱彝尊:《明诗综》卷十八“袁凯”条引,《文渊阁四库全书》本。

③ (清)朱彝尊:《明诗综》卷十八“袁凯”条引,《文渊阁四库全书》本。

④ (清)钱谦益:《列朝诗集》甲集第三《袁御史凯》,北京:中华书局,2007年,第866页。

⑤ 孙学堂:《明代诗学与唐诗》第一章第一节,济南:齐鲁书社,2012年,第35页。

⑥ (明)袁凯:《新除监察御史辞贯泾别业》云:“侧席念贤俊,旁求逮凡鄙。谬当南宫荐,重此柏台委。命严孰敢后,中夜去田里。邻友赠予迈,切切语未已。妻孥独无言,挥泪但相视。于时十月交,悲风日夜起。轻舟泝极浦,瑟瑟响枯苇。惊凫乱沙曲,孤兽嗥荒市。回首望旧庐,烟雾空迤逦。抚膺独长叹,胡为乃至此。顾予久纵诞,远迹随鹿豕。乃兹年已迈,精气固销毁。趋事深为难,速戾将在是。皇恩倘嘉惠,还归卧江水。”见《海叟集》卷二,《文渊阁四库全书》本。

⑦ (明)袁凯:《京师归别业》:“郊园草已遍,杂卉驻余春。游丝牵木杪,孤莺鸣水滨。羁人怀旧居,日夕自伤神。遥遥千里途,岂复念苦辛。欣然入场圃,儿女各来亲。当轩释负担,拂去衣上尘。老夫行役久,归来志复伸。陶潜爱清风,张生思故莼。援笔为此诗,示我邻里人。”见《海叟集》卷二,《文渊阁四库全书》本。

人云亦云之讥也。

四、格调与性情兼举——江右陈谟与闽中高棅的杜诗接受

洪武间诗坛，大约浙籍儒士、吴中诗人为主导，江右、闽中等诗人对诗坛的主导性影响还要等到永乐以后。但就明初的杜诗接受而言，江右与闽中两地诗人学士的杜诗批评，其理论建树有区别于浙籍性情论者。其中的代表，江右为陈谟，闽中为高棅——陈谟是接近于浙派的儒士，高棅则类似于吴中的布衣诗人，但他们在杜诗批评上，都同样既包含性情之论，又标举格调之说。其杜诗接受的策略，都是兼具内容情理的批评，又关注艺术风貌的考察。

陈谟（1305—1387）①，字一德，号心吾，江西泰和人，洪武初年曾任江西、广东等地考试官两年左右，一生以居乡著述、教学为主，传世有《海桑集》。陈谟在明前期江右诗坛有较大的代表性和影响力，杨士奇、梁兰等皆为其弟子。陈谟的思想有比较强的儒士色彩，曾经著有《书经会通》《诗经演疏》等书。苏伯衡说他是“道德宗前代，诗书启后人”②，杨士奇也称赞他是“纯明程伯子，洒落邵尧夫”③。所以陈谟的诗论，有较明显的以性情、伦理说诗的倾向。其《雪篷记》：“凡有形色性情，无远近巨细、朴野华丽，皆足以寄兴得其神。”④又《答或人》云：“诗之正变，则诗人之性情而辞气不同耳。”⑤在陈谟的杜诗接受之中，可以找到一些伦理评价的例子。比如他在《哦松集序》中云：“夫诗之元气，萃于杜工部。其散为万象，则百家千割焉。然少陵论诗，盖曰：‘于道未为尊。’其度越百家，卓卓以此道者何？仁义孝弟而已矣。”⑥陈谟在这里首先指

---

① 陈谟生卒年各家说法不一。如吴文治《明诗话全编》第一册认为是1297—1388年，孙学堂《明代诗学与唐诗》认为是1305—1400年，高文杰《洪武至天顺江西籍文人研究》认为是1305—1390年。本文从郑莹说，见南昌大学2013级硕士研究生毕业论文《陈谟诗文研究》第11～16页。

② （清）朱彝尊：《明诗综》卷十六“陈谟”条引，《文渊阁四库全书》本。

③ （清）朱彝尊：《明诗综》卷十六“陈谟”条引，《文渊阁四库全书》本。

④ （明）陈谟：《海桑集》卷七，《文渊阁四库全书》本。

⑤ （明）陈谟：《海桑集》卷十，《文渊阁四库全书》本。

⑥ （明）陈谟：《海桑集》卷六，《文渊阁四库全书》本。

出了杜甫诗歌萃集诗之元气、开创后世百家的崇高地位，然后总结杜诗所承载者，“仁义孝弟而已”，从伦理角度肯定杜诗的价值。在《竹间集序》中陈谟又云：“予尝慨乎天地之英华散于万物，其在人则为文章事业，不得于事业则得于文章。李杜光焰万丈，炳烈千古，将非不得于事业然耶？彼在天者，吾无如之何。顾吾所以自立与传后，何如斯贤达之高致也。”[①]他说李杜等都是“贤达”之人，都是“不得于事业则得于文章”，是天地精华所钟，可以“炳烈千古”。可见陈谟眼中之杜甫，与浙籍儒士论诗的主流论调颇有相类似处。

但是作为一个地方性文人，长期远离政治中心，陈谟的诗论并没有完全为明初主流的伦理批评倾向所拘束。在从性情、伦理角度去解读杜诗的思想内容的同时，陈谟也尝试从外在艺术审美风貌的角度评说杜诗。他是明初少数将格调论辩体思想引入杜诗批评者之一。《答或人》是陈谟的一篇核心的诗论，其辩体意识在此篇诗论中体现得较为明显。他说：

> 或问：诗至唐而拘四声，始有律之名。律者，取其可歌也。今人律唐之律，若填曲腔，然亦皆可歌乎？曰：曷为而不可也。夫情发于声，诗言志也，声成文谓之音。歌永言也，五声依夫歌之永，十二律和。夫声之依诗歌，固有自然之律，而声律缘以起也。……曰：或命唐诗为音，可乎？曰：可。曰：谓中唐无盛唐之音，晚唐复无中唐之音，然乎？曰：非然也。朱子论风、雅、颂部分，盖曰辞气不同音节亦异；论风、雅、颂正变，盖曰其变也。事未必同，而各以其声附之。盖变风，风之声，故附正风；变雅，雅之声，故附正雅。时异事异，故辞气亦异。然而以声相附者，声犹后世所云调，若腔也。盛唐、中唐、晚唐，律同则音同，谓其辞气不同可，谓其音不同不可。况盛唐亦有辞气类晚唐者，晚唐复有类盛唐者乎。尝欲取盛唐诸家和平正大、高明俊伟者，不分古体律绝，类为盛唐诗。其辞气颇类晚唐者，类为晚唐之祖，合为一卷。中唐、晚唐各为一卷；其辞气颇类盛唐者，则

① （明）陈谟：《海桑集》卷五，《文渊阁四库全书》本。

类为各卷之首。中唐、晚唐、盛唐，所谓系一人之本者，诗之正变，则诗人之性情而辞气不同耳。使学习之，审如是，晚唐可入盛唐；不如是，盛唐则至晚唐。靡靡而后已，亦少补也。[①]

陈谟的这段话主要涉及了两个方面的问题：一是从唐代诗律入手，讨论了诗歌创作中的“声音”与“辞气”的问题。陈谟认为“声音”主要是指诗歌外在的声调韵律问题，而“辞气”则是一个类似于风格的概念，既包含了诗歌外在的声调韵律问题，也兼指诗中蕴含的时代风貌。二是从唐诗的发展流变角度，讨论了唐诗正变的问题。他认为盛唐到晚唐的诗歌，“时异事异”，其声律或同，但“辞气”有别，盛唐、中唐、晚唐便由此区分。不过，陈谟论唐诗之正变，不作绝对化判断，他也看到了“盛唐亦有辞气类晚唐者，晚唐复有类盛唐者”，原因就在于“诗人之性情”具体有别而导致其“辞气不同”。陈谟的这种格调论思想，前承元末杨士弘《唐音》之意，后启洪武末年高棅《唐诗品汇》之说。

从辩体意识出发，陈谟还进一步讨论了作诗取法古人的具体问题。他说：“近古莫如《选》，次古莫如唐，后来者莫或尚之。……尊《选》者易唐，李杜以为剩出；右唐者弱《选》，魏晋几成绝响。剽掠潜窃以为工，其为《选》也固不难；点缀花草以为媚，其为唐也亦安在？必若阮嗣宗、王仲宣所制，不犯《十九首》句字，而音节气韵酷似之，始可言《选》矣。必若李杜为律为长句，天纵浑成，关涉浩瀚，始可名唐矣。”[②]在这里陈谟以“近古”和“次古”两个概念指代古体和近体两种诗歌体裁。在充分尊重中国古代诗歌发展历史的基础上，他认为，古体应当以汉魏古诗为正宗，近体则是以唐诗为圭臬，二者不可偏废；《选》诗为汉魏古诗代表，李杜为唐诗象征。陈谟这种明辩体制而论诗的策略，正是明代格调论诗学的常调。其古体学《选》、近体学唐诗，正是明中后期通行的古体学魏晋、近体学盛唐之说的发端。而且，与明初尊唐论者的泛泛而谈不同，陈谟还从审美风范上对唐诗不同的类型作了区分，他说：“称诗之

① (明)陈谟:《海桑集》卷十,《文渊阁四库全书》本。

② (明)陈谟:《海桑集》卷五《永言序》,《文渊阁四库全书》本。

轨范者，盖曰寂寥乎短章，舂容乎大篇。短章贵清夐缠绵，涵思深远，故曰寂寥。造其极者，陶、韦是也。大篇贵汪洋闳肆，开阖光焰，不激不蔓，反复纶至，故曰舂容。其超然神动天放者，则李杜也。……此诗之至也。”[①]在陈谟看来，典范的唐诗主要有两种类型：一是“清夐缠绵，涵思深远”的短章小诗，以韦应物为代表（也包括前代的陶潜）；一是“汪洋闳肆，开阖光焰，不激不蔓，反复纶至”的长篇巨作，以李杜为代表。他还拓展开来说：“不及乎寂寥者为柳子厚、王摩诘、储光羲、孟浩然。……过乎舂容者为韩退之、苏子瞻。韩公慷慨论列，如河出昆仑，极海而止，其忠愤激切，殆与少陵一饭不忘君者同机。”其以李杜为标准，从诗学风貌的角度对唐代代表性诗人进行区别，可以看作高棅《唐诗品汇》以“九品”区分唐人做法的先声。总的来说，陈谟从格调论思想出发，无论是对古、近体的分别，还是对短章与大篇的辨析，杜诗都是他标举的诗学典范。在整个洪武一朝的杜诗接受过程中，崇杜是常调，但从诗歌形式、风貌角度论杜者，则寥寥矣。作为一名儒学思想较明显的诗人，陈谟的杜诗格调批评显示了其杜诗接受视野的宽阔性及诗学思想的包容性。比如，除了从性情、格调等角度评说杜诗外，他还特别注意杜诗的“诗史”品质，说：“昔贤称杜诗似《史记》，岂不以天宝以来间事，不得少陵载而传之，安能如画？此史传所不及也。”[②]

与陈谟的杜诗接受情形主要见于其各种序文不同，高棅主要的诗学理论及与杜诗有关的评说见于洪武后期编辑的《唐诗品汇》等诗选之中。

高棅（1350—1423），字彦恢，号漫士，永乐初年出仕后改字廷礼，福建长乐人，有《啸台集》《木天清气集》等传世。高棅出生于元末，明王朝建立之际，高棅将近弱冠之年，洪武一朝正是高棅最具创造力的时期，其文学建树以此时为重，“就其在洪武年间的情况看，他是闽中诗派最具代表性的人物”[③]。

---

① （明）陈谟：《海桑集》卷六《郭生诗序》，《文渊阁四库全书》本。

② （明）陈谟：《海桑集》卷五《周石初集序》，《文渊阁四库全书》本。

③ 左东岭：《闽中诗派与主流诗坛关系研究》，载《北方论丛》，2009 年第 3 期，第 22 页。

一则他此时的诗作正好代表了闽中诗派“以山水隐逸为主要特色”[①]，作为其前期诗作汇集的《啸台集》20 卷 800 首诗以“风骨”[②]见长，颇能反映明初闽中地区一代布衣之士的生活面貌与精神状况。而永乐四年（1406）被征入仕后，诗学思想主动向台阁体靠拢，在丧失了原有特长之后，成就十分有限，收录后期诗作的《木天清气集》660 余首，“大率应酬冗长之作，‘清气’之云，殆名不副实”[③]。钱谦益曾感慨云：“漫士以诗遇，出山之后，遂无片什可传。”[④]二则他先后编撰了《唐诗品汇》《唐诗正声》这两部唐诗选本，构建了明代最为重要的唐诗学理论体系。其中《唐诗品汇》90 卷始编于洪武十七年（1384），完成于洪武二十六年（1393），稍后又补《拾遗》10 卷；《唐诗正声》22 卷是《唐诗品汇》的精选本，稍后而出[⑤]。可见，无论是作为诗人还是诗学理论家，高棅的成就主要有赖于洪武年间的创作。故而，这里我们将其纳入明初杜诗接受的考察范围，以审视其在洪武中后期杜诗接受中的贡献。

作为诗论家的高棅，其诗学主张主要体现于《唐诗品汇》。其中，《唐诗品汇》全书受元杨士弘《唐音》以“始音”“正音”“遗响”规范唐诗的影响，将唐代诗歌明确区分为初、盛、中、晚四个阶段，并按体裁细分唐诗诸体为正始、正宗、大家、名家、羽翼、接武、正变、余响、旁流等九格，“大略以初唐为正始，盛唐为正宗、为大家、为名家、为羽翼，中唐为接武，晚唐为正变、为余响，方外异人等诗为旁流。间有一二成家特立，与时异者，则不以世次拘之”[⑥]。全书合

---

① 左东岭：《闽中诗派与主流诗坛关系研究》，载《北方论丛》，2009 年第 3 期，第 2 页。

② （清）纪昀等：《四库全书总目》卷一百七十五《啸台集》，《文渊阁四库全书》本。

③ （清）纪昀等：《四库全书总目》卷一百七十五《木天清气集》，《文渊阁四库全书》本。

④ （清）钱谦益：《列朝诗集》乙集第三《高典籍棅》，北京：中华书局，2007 年，第 2310 页。

⑤ 关于《唐诗正声》的具体编成时间，历来未有定论。孙春青认为“完成时间应在洪武年间”，见《明代唐诗学》，上海：上海古籍出版社，2006 年，第 41 页。丁雪艳认为《唐诗正声》编成于永乐二十一年（1423）高棅去世前，见《高棅研究》，河南大学 2013 年博士研究生毕业论文，第 32 页。

⑥ （明）高棅：《唐诗品汇》卷首《凡例》，上海：上海古籍出版社，1981 年，第 14 页。

计百卷，收诗 6724 首[①]。其论诗主旨为崇正黜变，标举盛唐，以李杜为宗，远绍严羽绪论[②]，近得同道接引[③]，集中体现了明初“闽中十子”诗派的理论主张，也是南宋以来闽中一贯的诗学传统的理论总结。书成之后，“虑博而寡要，杂而不纯”，复从《唐诗品汇》中选取“声律纯完而得性情之正者”[④]编为《唐诗正声》22 卷，是高棅诗以声律格调观念的更具体之表现。《唐诗品汇》编成之后，高棅的唐诗理论便由之得以传诸身后，并随着格调论诗学的兴盛而日益为人尊崇，后来之选唐诗者往往取资高氏，遂成一代唐诗选本之经典。其影响甚至超出诗学范围，以致出现了他类著作效法其体例的情况[⑤]。作为明代格调论唐诗学的奠基者，高棅在唐诗学领域的贡献已有多种专文专书论及。笔者在这里就从简省略，下面主要谈谈高棅唐诗批评架构中包含的杜诗评说内容。

高棅的杜诗接受主要体现在《唐诗品汇》“总叙”、凡例、各诗体“叙目”及书中的一些评点上。主要有下面几点：

一是对杜甫诗学地位与整体诗歌风貌的总结、归纳，建立了杜诗“大家”之说。高棅在《唐诗品汇》中以正始、正宗等九品区分有唐三百年各家诗歌品次，独以“大家”标举杜诗。在高棅的心目中，盛唐诗是诗歌的典范，杜甫和李白则是盛唐的代表，李杜二人处于同等重要的地位（《唐诗品汇》收录李白诗作 408 首，杜甫诗作 301 首，远超其他诗人），所以他说：“夫诗莫盛于唐，莫备

---

① 据高棅自序所言，合计《唐诗品汇》与《拾遗》当为 6723 首。本人据陆允中本、汪宗尼本、张恂本等比照逐卷统计，《唐诗品汇》90 卷按其各诗体“叙目”中数字合计为 5840 首，但卷中收诗与“叙目”所记每有增减，其实际收诗合计为 5770 首，合《拾遗》10 卷共计 6724 首。又，陈国球先生据汪宗尼本统计《唐诗品汇》90 卷收诗则为 5802 首，当有误。

② 《唐诗品汇·历代名公叙论》共引《沧浪诗话》14 条，其数量之多，居所引诸“名公”语首位。

③ （清）纪昀等：“明初闽人林鸿始以规仿盛唐立论，棅实左右之。是集，其职志也。”见《四库全书总目》卷一百八十九《唐诗品汇》，《文渊阁四库全书》本。

④ （明）高棅：《凡例》，见《唐诗正声》卷首，明刻本。

⑤ （清）纪昀等：“杂抄诸子之文，以备科举之用。仿高棅《唐诗品汇》例，分正宗、接武、余响之类，尤为效颦。”见《四库全书总目》卷一百三十一《诸子纂要》，《文渊阁四库全书》本。

于盛唐，论者惟杜李二家为尤。”[①]但在区分品目之时，李白各体诗歌皆列为“正宗”，杜甫则独设“大家”一品以名之。高棅在李杜之间作如此区别，原因就在于他从格调论辩体意识（高棅在“总叙”中提出的“声律”“兴象”“文词”“理致”四大标准）出发，认为李白的诗歌正是盛唐之音的代表，杜甫的诗作是集合盛唐众家之长而又有超越盛唐之处者，即所谓“诸家得其一概，少陵独得其兼善者”[②]。在高棅看来，“兼善”是杜诗最为突出之特征。他在《唐诗品汇》中反复论及这一点：“长篇排律，唐初作者绝少。开元后，杜少陵独步当世，浑涵汪洋，千汇万状，至百韵千言，气不少衰。”[③]又云：“若夫张皇气势，陟顿始终，综核乎古今，博大其文辞，则李杜尚矣。”[④]又引宋人王安石的话，从审美风格角度印证杜诗“大家”的兼容风范：“王荆公尝谓杜子美之悲欢穷泰，发敛抑扬，疾徐纵横，无施不可，故其所作有平淡闲易者，有绮丽精确者，有严重威武若三军之帅者，有奋迅驰骤若泛驾之马者，有澹泊闲静若山谷隐士者，有风流酝藉若贵介公子者。盖其绪密而思深，观者苟不能臻其阃奥，未易识其妙处。夫岂浅近者所能窥哉！此子美所以光掩前人，后来无继也。余观其集之所载，《哀江头》《哀王孙》《古柏行》《剑器行》《渼陂行》《兵车行》《洗兵马行》《短歌行》《同谷歌》等篇，益以斯言可征，故表而出之为大家。”[⑤]高棅的杜诗大家说在明代杜诗接受进程中有着特别重要的意义（详见本书后文专节论述），从其诗学渊源上说，是中唐以来杜诗集大成说在明代的演化。所以，他在《五言古诗叙目》中特地全文引用了杜诗集大成说的肇始者元稹“兼人人之所独专”那一段话。与此同时，闽中地区的诗学传统也给高棅的理论提供了支援。比如，宋末严羽曾云：“少陵诗，宪章汉魏而取材于六朝。至其自得之妙，则先辈所谓集大成者也。”[⑥]明初张以宁的诗论也对杜诗的大家兼善的品

---

① （明）高棅：《唐诗品汇》，上海：上海古籍出版社，1982年，第48页。

② （明）高棅：《唐诗品汇》，上海：上海古籍出版社，1982年，第618页。

③ （明）高棅：《唐诗品汇》，上海：上海古籍出版社，1982年，第621页。

④ （明）高棅：《唐诗品汇》，上海：上海古籍出版社，1982年，第268页。

⑤ （明）高棅：《唐诗品汇》，上海：上海古籍出版社，1982年，第267～268页。

⑥ （宋）严羽：《沧浪诗话·诗评》，见《历代诗话》，北京：中华书局，2004年，第697页。

格多有称引，认为杜甫于唐诗"萃然为之冠"，认为杜诗博大兼善，"气格浑完，骨肉匀称，浩浩乎若元气块圠充两间、周万汇而厚且重者"[①]。又说："诗至于唐而盛，盖其选无虑五百余家，人各不同，而故同于为唐。唐之大家，首推杜陵氏。善于学杜者，必本于二《南》风雅，干之于汉魏乐府古诗，而枝叶之晋、宋、齐、梁众作，而后杜可几也。盖必极诸家之变态，乃能成一家之自得。"[②]张以宁的立论已经非常接近高棅《唐诗品汇》中的"大家"之说了。

二是在较严格的诗歌辩体意识下，高棅注意到了杜诗的"变体"特征。杜诗变体说迟至明中期才正式由前七子的代表人物何景明提出（详见后文专节论述），但高棅早在洪武年间就已经"发现"了杜诗这一特点。高棅《唐诗品汇》的编排是诗分七体，在以"声律纯完"为标准评判杜诗时，他明确地将杜甫的五绝、七绝归类于"羽翼"一品。他认为，"杜少陵所作虽多，理趣甚异"[③]，即杜甫绝句的做法异于盛唐诸家。自宋元以来，对杜甫诗歌的推崇已经达到无以复加的地步。在这种杜诗接受的背景下，高棅将杜甫的绝句定为盛唐诗坛的"羽翼"，不仅诗学识力超群，且勇气可嘉。杜甫的律诗一向被视为唐代近体诗的代表，高棅在肯定杜甫律诗的"大家"地位的同时，也同样指出了其"变体"的色彩。高棅云："杜公律法，变化尤高，难以句摘。"[④]又云："少陵七言律法独异诸家，而篇什亦盛。如《秋兴》等作，前辈谓其大体浑雄富丽，小家数不可仿佛耳。"[⑤]杜甫晚年于诗律特别用心，夔州前后诗作，为了避免凡庸，有意以拗怒之体抒写沉郁之情。从抒情达意角度言，自是诗家新创，于后来宋诗影响甚大。但高棅从唐诗的"声律纯完"角度看，就是有别于盛唐正音之处，所以不称杜甫律诗为"正宗"，而标以"大家"之名。其他比如五言古诗等，高棅也同样察觉杜甫异于诸家。他说："至其铺陈终始，排比声韵，大或千言，次犹数百，辞意曲折，队仗森严。人皆雕饬乎语言，我则直露其肺腑；人皆专

① （明）张以宁：《翠屏集》卷三《钓鱼轩诗集序》，《文渊阁四库全书》本。

② （明）张以宁：《翠屏集》卷三《马易之金台集序》，《文渊阁四库全书》本。

③ （明）高棅：《唐诗品汇》，上海：上海古籍出版社，1982 年，第 428 页。

④ （明）高棅：《唐诗品汇》，上海：上海古籍出版社，1982 年，第 507 页。

⑤ （明）高棅：《唐诗品汇》，上海：上海古籍出版社，1982 年，第 706 页。

犯乎讳忌，我则回护其褒贬。”[①]高棅既肯定了杜甫五言长篇的成就，也点出了其写作方法上有超越于他人处。总的来说，高棅将杜诗批评纳入其宏大的唐诗学批评体系中，以格调论诗学思想为基准，对杜诗的成就与风貌既有宏观的概括，又有微观的审察。就明初各家杜诗接受的理论建树言，无有其匹，而且还对明中期格调论诗学观下的杜诗接受影响甚大。

三是在“别体制之始终，审音律之正变”[②]的格调论视野之外，高棅并没有绝对排斥以性情论杜。在《唐诗品汇》卷首《总叙》中，高棅自述编撰此书的初衷是“使吟咏性情之士，观诗以求其人，因人以知其时，因时以辨其文章之高下、词气之盛衰，本乎始以达其终，审其变而归于正，则优游敦厚之教未必无小补云。”可见，《唐诗品汇》之编撰是为了让“吟咏性情之士”能够辨识诗家正体，并有补于“优游敦厚之教”。高棅好友马德华为《唐诗品汇》作序时也说：“全闽学古者，振发欲动，能相与鸣国家之盛，必廷礼为之倡。”[③]不过，《唐诗品汇》中蕴含的诗学思想主要还是格调论，儒家的性情之说、诗教观念并没有成为高棅区分唐诗四期九品的主要标准。他评价杜甫诗歌依据的是外在的声律体制、情韵风貌等诗性特征。以性情论杜诗，更多地体现在《唐诗正声》的编撰中。高棅说：

> 诗者，声之成文也，性情之流出也。情感于物，发言为声，故感有邪正，言有是非。唯君子养其浩然，存其真宰，平居抱道，与时飞沉，遇物悲喜，触处成真，咨嗟咏叹，一出于自然之音，可以被音律而歌者，得诗之正也。其发于矜夸忿詈，谤讪侵凌，以肆一时之欲者，则叫噪怒张，情与声皆非正也。失诗之旨，得诗之祸也。观者先须遗妄返真，秉心明目，然后辨是非，察邪正，以定其取舍，而有迷谬者寡矣。……上追风雅，而所谓集大成者，唯唐有以振之。因编《唐诗品汇》一集，自贞观迄于龙纪，三百年间，观时运之废兴，审文体之变

---

① (明)高棅:《唐诗品汇》，上海：上海古籍出版社，1982年，第53页。

② (明)高棅:《唐诗品汇》卷首《总叙》，上海：上海古籍出版社，1982年，第10页。

③ (明)马德华:《唐诗品汇叙》，见《唐诗品汇》，上海：上海古籍出版社，1982年，第48页。

易……切虑博而寡要，杂而不纯，乃拔其尤，汇为此编，亦犹精金粹玉，华章异彩，斯并惊耳骇目，实世外自然之奇宝。题曰《正声》者，取其声律纯完，而得性情之正者矣。[①]

高棅的这一段文字与明初浙籍文士的诗学观非常类似。他认为，诗歌即性情，情正则声正，情邪则声邪。因此，所谓唐诗之“正声”就包括了两个方面的含义：一是外在体制格调上的“声律纯完”；二是内在思想情感上的“性情之正”。高棅诗学上的这种变化，体现了明初以来高压政治气氛的影响：他主张君子涵养，反对诗中“叫噪怒张”，是为了避免“失诗之旨，得诗之祸”。所以《唐诗正声》之选诗，“所取者非旧选所常取，予于欲离欲近而取之矣”[②]，诗中所选多是盛唐中正和平之音，“既无苍莽之格，亦无纤靡之调，而独得和平之体”[③]。就杜甫的诗歌言，因为杜诗中更多地包含了忠君体国、济民救世的情怀，更合于“性情之正”，所以《唐诗正声》中杜诗的总入选量超过了李白。而杜甫的绝句因为大多数不具有委婉含蓄、意在言外的情貌，则一首未选。《唐诗正声》中表现出的这种偏向“性情”的诗学认知变化，或可间接地证明该诗选是编定于永乐后期——从地方诗人到馆阁之士的身份转变，加上京中尚性情、主伦理的主流诗学风气的包围、熏染，高棅论杜一改初调，也是可以想象的事。

第二节　从“性情之正”到“性情之真”：永乐至成化间杜诗接受策略之转移

进入永乐以后，诗歌创作的风尚发生了较大的变化。明初那种相对活跃、多样的诗歌创作状况一去不返，鸣盛颂恩的台阁之作成为诗坛主流。与之相对应的诗学理念与认识，也从多元趋向单一，以儒家诗教为核心内容的“性情”之说成为其时主导性的诗歌批评意识。但因为具体的时代氛围与诗

① （明）高棅：《凡例》，见《唐诗正声》卷首，明刻本。

② （明）高棅：《凡例》，见《唐诗正声》卷首，明刻本。

③ （明）许学夷：《诗源辩体》卷三十六，北京：人民文学出版社，1987年，第364页。

坛主导者的消歇变化，永乐到成化之间的以性情论诗，也就产生了从“性情之正”到“性情之真”的微妙变化。所以，就此阶段的杜诗接受而言，在总体上以儒家诗教观念评说杜诗的大背景下，对杜诗的具体接受视角也就因此有了一定的差异。

一、性情之正：台阁诗人核心诗学观的具体内涵

永乐以后，台阁体诗人之诗学批评话语系统中最为常见的高频词是“性情之正”。无论是御前宴乐唱和之时，还是朋友诗文推赏之际，以“性情之正”论诗成为永乐至正统之间台阁诗人不约而同的选择。检点诸家文集，倡言“性情之正”者比比皆是。比如，作为台阁体诗人之代表的杨士奇（1365—1444），其《东里集》中直接言及“性情之正”的材料有 7 例。他为梁兰《畦乐诗集》作序，云：“诗以道性情，诗之所以传也。古今以诗名者多矣，然《三百篇》后得风人之旨者，独推陶靖节。由其冲和雅澹，得性情之正，若无意于诗，而千古能诗者卒莫过焉。故能轻万钟，芥千驷，翛然物表，俯仰无慚，岂非足乎己而无待于外者乎。是虽不必以诗名，而诵其诗者慨然想见其为人。……盖先生于诗……志平而气和，识远而思巧，故见诸篇章，渢渢焉，穆穆焉，简寂者不失为舒徐，疏宕者必归于雅则。优柔而确，讥切而婉，先生之于诗可谓至矣。……使闻先生之名，因诗而求之，以知其性情之正。”[①]梁兰是杨士奇同乡姻亲，隐居不仕，故杨士奇作序时以陶渊明比之。杨士奇认为梁兰与陶渊明一样，诗风冲和淡雅，都能够“得性情之正”。杨荣（1371—1440）亦云：“君子之于诗，贵适性情之正而已。盖人生穹壤间，喜愉忧郁，安佚困穷，其事非一也。凡有感于其中，往往于诗焉发之。苟非出于性情之正，其得谓之善于诗者哉。”[②]杨荣认为人之性情有种种，喜怒哀乐不一，安佚困穷不定，抒写“性情之正”为诗家第一要义，否则就不能称为“善于诗者”。

台阁体诗人提倡的“性情之正”，就其内涵而言，主要涉及了三个方面的

---

① （明）杨士奇：《畦乐诗集序》，见《畦乐诗集》卷首，《文渊阁四库全书》本。

② （明）杨荣：《文敏集》卷十一《省愆集序》，《文渊阁四库全书》本。

问题：

一是诗歌本体论。在台阁大臣看来，“性情之正”首先指的是诗歌的主题内容要以儒家的人格修为、礼义道德为核心。曾辅佐朱棣争夺皇权的姚广孝(1335—1418)于永乐七年(1409)为韩奕的诗集作序，云：“凡作诗者，必读经书为然，何哉？诗乃吟咏性情，其意止乎礼义，不读经书，昧于义理，必不合乎其作也。……虽才气不同，志趣有异，至其乐于吟咏，皆出乎自然而得其性情之正者也。”①姚广孝认为，诗歌是人性情的表现，而作诗必须从读经开始。其原因就在于，熟读经书后，会自然而然地将“礼义”“义理”等儒家思想观念融入诗歌中，不管诗人本身的才情与志趣的差别，都能“得性情之正”。类似于姚广孝的看法，杨士奇也曾表达过。杨士奇云：“夫君子之刚，以直乎内。盖本于道义之正，所谓浩然之气是也。而发于外者，固雍容不迫，无所乖戾而适乎大中，所谓性情之正也。士不务出此，而徒肆意以行之，《传》不云乎：‘心有忿懥贱恶，则不得其正。’夫以是感之，亦必有以是应之者矣。古之人所以为佩韦之戒也。”②杨士奇认为士人立身，要以得“性情之正”为要务。他从《孟子》的君子人格切入，认为“性情之正”就是那种雍容适中的浩然之气，而诗歌创作就是以此种正大浩然之气为内容。金幼孜也从诗歌本体论的角度谈到了“性情之正”的问题，他在《吟室记》中说：“大抵诗发乎情，止乎礼义。古之人于吟咏，必皆本于性情之正，沛然出乎肺腑，故其哀乐悲愤之形于辞者，不求其工而自然天真呈露，意趣深到。虽千载而下，犹能使人感发而兴起，何其至哉。……吟室，盖俊民所居。据眉湘之胜，得山水之秀，有烟霞泉石之萧爽，有园池鱼鸟之闲适，触目兴怀，即物起兴，皆可发而为诗，其必有得于性情之正，而非世之流连光景、徒事于风花雪月为藻绘涂抹者之比矣。”③金幼孜认为“性情之正”是诗歌的本体，是诗歌艺术感染力之来源。而他对好

① (明)姚广孝：《韩山人诗集序》，见《韩山人诗集》卷首，《续修四库全书》第1325册，上海：上海古籍出版社，2002年，第97页。

② (明)杨士奇：《东里集》文集卷四《赠萧照磨序》，《文渊阁四库全书》本。

③ (明)金幼孜：《金文靖集》卷八，《文渊阁四库全书》本。

友饶俊民诗作的欣赏，就在于其诗在流连光景之外还“有得于性情之正”，即在单纯的触景抒情外，还有礼义道德等内容在其中，使得个体化的感性体验得到了社会化的伦理意识的节制。

二是诗歌价值论。在台阁诗人的诗学视野中，诗歌的价值就在于对社会教化功能的实现。如此才可谓“得性情之正”。梁潜（1366—1418）在《雅南集序》中云：“诗以道性情，而得夫性情之正者尝少也。《三百篇》风雅之盛，足以见王者之泽。及其变也，王泽微矣。然其忧悲欢娱哀怨之发，咏歌之际尤能使人动荡感激。……至唐，作者益盛，然皆有得乎此而后能深于诗也。”[①]梁潜认为，所谓“性情之正”，就是《诗经》中包含的风雅教化之义，能够反映王道昌兴、泽被天下的治世盛况。即便是王泽衰微的时代，包含着“性情之正”的诗作也能感动人心，抒发哀乐悲欢之情。永乐七年（1409）中秋，梁潜和胡广等人曾在北京城南集会，分韵赋诗。他在序中称这些诗作：“讽其和平要妙之音，有以知夫遭逢至治之乐；谂其劲正高迈之气，有以明夫培植养育之功。”[②]可见在实际的诗歌创作中，梁潜也是积极践行诗家社会教化职责的。与梁潜基本同时代的胡俨（1360—1443）曾云：“凡人之修身，莫先于得其性情之正，躬行莫安于循乎规矩之常。诗三百篇，不越乎六义。六义之词有善有恶，或劝或惩。而讽咏之间，优柔浸渍，善心由是而感发，逸志因之以惩创，得于其心，发于其言，言满天下，必无口过，此性情之得其正者也。”[③]胡俨认为，吟咏诗歌具有发善心、惩逸志的作用。

三是诗歌风格论。台阁诗人所标举的“性情之正”，也指的是诗歌审美上要具有温柔敦厚、平和雅正的特点。金幼孜在《吟室记》中谈到“性情之正”，他说：“大抵诗发乎情，止乎礼义。古之人于吟咏，必皆本于性情之正。”他又在为陈仲进的文集《南雅》作序时说：“予观天下文章，莫难于诗。诗发乎情，止乎礼义。其辞气雍容而意趣深长者，必太平治世之音。……（《南雅》）辞气

---

① （明）梁潜：《泊庵集》卷五《雅南集序》，《文渊阁四库全书》本。

② （明）梁潜：《泊庵集》卷七《中秋宴集诗序》，《文渊阁四库全书》本。

③ （明）胡俨：《颐庵文选》卷上《诗礼庭记》，《文渊阁四库全书》本。

之间雍容不迫，而悠然有深远之趣，其太平治世之音欤。”[①]在金幼孜看来，“性情之正”不仅是诗歌的来源，也包含了诗歌审美上的要求：诗人对性情的抒写，必须“发乎情，止乎礼义”，要讲究“辞气雍容而意趣深长”。王英（1376—1450）对“性情之正”的强调，也表达了相同的意思：“诗本性情，发为声音，而形于咨嗟叹咏焉，有美恶邪正，以示劝诫。敦彝伦，兴孝敬，厚风俗，莫先乎诗。……（《蓼莪》等）言约而明，肆而深，悲而不怨，可以观感兴起，诗之谓乎！后世不然，亡风雅之音，失性情之正，肆靡丽之辞。忧思之至，则噍杀愤怨；喜乐之至，则放逸淫辟，于风何助焉。”[②]在这段话里，王英除了宣扬诗歌的教化功用外，特地强调了诗歌审美上的“性情之正”：他先以《诗经》中《蓼莪》等篇章为例，正面地赞美了“约而明，肆而深，悲而不怨”的诗风；又以后世诗人为例，批评了那些一味肆意于“靡丽之辞”，对“忧思”“喜乐”等情绪的表达缺乏节制的诗歌作风。而胡广在评论孔子“《关雎》乐而不淫，哀而不伤”一句时，认为《关雎》一诗“得其性情之正，是以哀乐中节而不至于过”。[③]由上述三例可见，台阁诗人论诗歌“得性情之正”，其内涵之一就是对先秦儒家诗学批评中温柔敦厚诗歌审美原则的继承。

以性情论诗是明初以来诗学批评的常调，但台阁诗人的性情论包含了诗歌思想内容、社会功用、审美风尚等不同方面的规定与要求，较明初诗论中的性情说要具体得多。

台阁诗人对“性情之正”的普遍强调，是前所未有的现象。他们强调诗歌在内容上要突显合乎儒家思想的人格伦理、道德意识，在风格上以温柔敦厚、平和雍容为标准，认为诗歌的价值就在于政治教化、歌咏升平。台阁作家的这种诗学理念的选择，显然受到当时特殊的社会政治背景的影响。一方面是台阁诗人作为当时上层人物，身处相对安定的大一统帝国之中，其政治身份

① （明）金幼孜：《金文靖集》卷十《书南雅集后》，《文渊阁四库全书》本。

② （明）王英：《王文安公诗文集》卷二《涂先生遗诗序》，见《明诗话全编》，南京：江苏古籍出版社，1997年，第552页。

③ （明）胡广：《诗传大全》卷首《序》，《文渊阁四库全书》本。

决定了他们有天然的颂美鸣盛的思想基础。尤其是仁、宣之际，皇帝本身雅意于文学，“三杨”等台阁重臣与皇帝之间君臣相得，所以当时的台阁诗人有吟咏“性情之正”的内在情感冲动。比如，杨士奇认为文学创作应该“推明义理，纪述功德，作为风雅，以鸣国家之盛”[①]。杨荣在《重游东郭草堂诗序》中称：“惟圣天子在上，治道日隆，辅弼侍从之臣仰峻德，承宏休，得以优游暇豫，登临玩赏而岁复岁，诚可谓幸矣。意之所适，言之不足而咏歌之，皆发乎性情之正，足以使后之人识盛世之气象者。”[②]另一方面，对“性情之正”的宣扬也是迫于严峻的政治压力。靖难之役后，朱棣以武力获得皇权。从稳定统治的实际需要出发，在思想文化的管控上，朱棣有“润饰鸿业，照耀天下”[③]的强烈意愿，永乐年间层出不穷的献瑞呈祥活动便是一个表征[④]，故而台阁大臣扈驾宴赏、分韵赋诗时，颂美圣恩便是一种合乎时宜的为臣之道。同时，在御臣之道上，朱棣如其父朱元璋一样猜忌多疑，永乐年间的主要台阁大臣多数都遭逢牢狱之灾，甚至有性命之虞。比如，杨士奇、梁潜、夏元吉、李时勉等大批台阁重臣在永乐间都曾先后下狱；解缙于永乐九年(1411)被构陷下狱，四年后冤死狱中；黄淮、杨溥等代太子受过，系狱十年，一直到朱棣死后才被释放。在这种君威难测的高压之下，避祸求全是台阁众臣现实的生存策略。因而在文学理念上，先秦以来儒家诗学中的“美刺”精神只能保留下颂美部分，包含着社会批判意识的“刺”的成分被有意无意地忽略了。台阁大臣们诗歌创作中秉持“性情之正”，粉饰太平，歌赞皇恩，虽“言满天下”，也“必无口过”。当然，除了上述两方面因素之外，永乐以后台阁诗人对“性情之正”的强调，也还有其他因素的影响。比如，以杨士奇为代表的台阁诗人很多是来源于江西，

---

① (明)杨士奇：《东里集》文集卷十四《礼部左侍郎曾公墓碑铭》，《文渊阁四库全书》本。

② (明)杨荣：《文敏集》卷十一，《文渊阁四库全书》本。

③ (明)徐有贞：《青城山人诗集序》，见《青城集》卷首，清抄本。徐氏该序文又见于《吴都文粹续集》卷五十六，而《武功集》未收。

④ 汤志波：《永成间帝王与台阁体兴衰》，载《文艺评论》，2013年第6期，第43～44页。

其诗学观念受到了其地台阁文学传统的影响[①]；而永乐间随着《四书五经大全》《性理大全》等书的修订、颁行，修持道德，约束情性，讲究名教，成为当时士人最基本的立身处世之准则。这种状况作用于文学活动，便是“此时之文学思想观念，都可以在《四书五经大全》和《性理大全》中找到来源。……杨士奇们提倡性情之正，思想源头在此。”[②]

这种以“得性情之正”为要务的诗学观念，反映于诗歌创作上，就是当时诗歌创作的选择空间被大大地缩小，那种张扬个性色彩或包含社会批评意味的诗作被严厉地限制或排斥。台阁诗人不仅是在应制进呈的公共政治场景下竭力歌功颂德，而且在友朋酬唱、抒发私人情感之际也多有颂世鸣盛之作。这种状况，不仅导致了他们自身诗歌创作的空洞苍白，也同时决定了永乐以降杜诗接受的偏狭浅薄。

二、台阁诗人从“得性情之正”角度对杜诗的接受

台阁诗人对“性情之正”的强调，影响了当时杜诗阐释与批评的基本空间，对杜诗认知的深度与广度大为弱化。

首先，从整体来看，除了金幼孜等个别人外，对杜甫其人其诗的推赏是台阁诗人的普遍倾向。在杨士奇、杨荣、胡俨、黄淮、胡广、王直、梁潜等人的文集中，尊杜、用杜、学杜的言论与事例，或长或短，比比皆是。以尊杜言，解缙称美杜诗“大篇短章鬼神惊”[③]的艺术感染力；胡俨赞赏杜诗中“百年朋友交，万世君臣义”[④]的伦理价值；梁潜肯定杜甫的“学问之富”，认为杜诗能够“穷极夫人情物理变化”[⑤]；杨士奇视杜甫为诗家之海岳，称“学诗者必求诸李杜，

---

① 魏崇新：《明代江西文人与台阁文学》，载《中国典籍与文化》，2004 年第 1 期，第 33～37 页。

② 罗宗强：《明代文学思想史》，北京：中华书局，2013 年，第 152～153 页。

③ （明）解缙：《文毅集》卷四《题双鹤图》，《文渊阁四库全书》本。

④ （明）胡俨：《颐庵文选》卷下《阅杜诗漫述》，《文渊阁四库全书》本。

⑤ （明）梁潜：《泊庵集》卷五《送许鸣时诗序》，《文渊阁四库全书》本。

譬观山必于嵩华，观水必于河海者焉”[①]。集杜、步韵杜诗等情况远多于明初，杨士奇、胡俨等人诗集中尤为多见。台阁众臣雅集之时，以杜诗分韵赋诗的情况也十分常见，比如，永乐二十一年(1423)正月祭祀南郊时，杨士奇与余学夔、钱习礼、陈光世等11人以杜诗《春夜喜雨》“随风潜入夜，润物细无声”一句为韵，“各赋五言六韵一首”[②]；王直等人曾在立春之日，“取唐杜甫立春日诗‘忽忆两京梅发时’之句，书为丸，投器中，各探一言为韵，赋诗一首”[③]。而台阁诗人在吟诗作序中，描写自我或友朋当下生活境遇、人生感喟时，会习惯性地以杜甫之人生际遇或类似题材诗作为比照对象。比如，黄淮为杨处士挽诗集写序，便追述至杜甫的《八哀》，认为杜诗“备述出处履历行业……后作挽诗者多仿效焉”[④]。胡俨雨后咏怀，便想到了杜甫的咏雨诗作[⑤]。杨荣为朱鉴作字说，由朱某名字中的“鉴”字，联想到杜甫有“清鉴悬明镜”“持衡留藻鉴”之句[⑥]，等等。在对杜诗的称引中，杜甫或者杜诗往往是一种符号化了的象征之物，并不能体现出什么具体的内容，而是泛化为一种仅具有表层修辞意味的应景之辞。比如杨士奇《早发安家堡》云：“上马逐西风，风寒夜正中。众星斜转北，一水背驰东。不恨冯唐老，虚怀杜甫忠。祗勤扈龙驭，何暇恤微躬。”[⑦]永乐二十年(1422)朱棣第三次亲征，师出宣府(今宣化)，安家堡在宣府北，杨士奇《早发安家堡》当是作于此次扈驾途中。诗上半部分写大军不畏风寒夜半出征之景，下半部分抒自己不虑辛苦、扈驾讨虏之情。杜甫当年虽有“麻鞋见天子”、凤翔奔肃宗之举，但其事与杨士奇陪扈永乐帝北征并不能类比，且皇帝亲征，近臣听命从行，乃职责所在，谈不上什么忠君与否的问题。

---

① (明)杨士奇：《东里集》续集卷十九《李诗》，《文渊阁四库全书》本。

② (明)杨士奇：《东里集》文集卷五《对雨诗序》，《文渊阁四库全书》本。

③ (明)王直：《抑庵文集》卷四《立春日分韵诗序》，《文渊阁四库全书》本。

④ (明)黄淮：《介庵集》卷三《杨处士挽诗集序》，《文渊阁四库全书》本。

⑤ (明)胡俨《雨后咏怀四首》其一：“少陵悲旧雨，尼父叹孤邻。”《颐庵文选》卷下，《文渊阁四库全书》本。

⑥ (明)杨荣：《文敏集》卷十六《朱鉴士明字说》，《文渊阁四库全书》本。

⑦ (明)杨士奇：《东里集》诗集卷二，《文渊阁四库全书》本。

由此看，杨士奇诗中以“杜甫忠”抒写自己伴君征讨之情，谈不上切题与否，只能算是一种出于律诗修辞之需的应景之言。从整体看，永乐以后台阁诗人用杜之例虽然本身并不具有诗学批评意味，但它们反映出了当时台阁诗人对杜甫熟悉、推赏的程度。台阁诗人创作中模仿杜诗风调的例子也非少数。但限于颂恩鸣盛的需要，台阁诗人学杜主要限于杜甫某一类型的诗作——以诗体言，多为律体；以内容言，多为宴赏酬酢之作。比如杨士奇有一首《东郭草堂宴集》，诗云：“帝城南畔寻韦曲，浩荡风光三月中。衢路尘埃过雨净，园林草木竞春红。主人置酒兴非浅，众客题诗欢不穷。一杯一曲日西下，莫待银蟾生海东。”[①]这首诗是正统二年(1437)三月十七日春假期间，杨士奇与杨荣等10人京郊雅集时所作。该诗应景抒情，雍容典雅，一向被视为杨士奇台阁体诗作的代表。比杨士奇稍迟的曹安曾评价此诗，认为“有杜意”[②]。而叶盛更明确地指出，杨士奇此诗是学杜甫《何将军山林》[③]。

其次，在“得性情之正”的诗学认知思维下，台阁诗人的杜诗接受有明显的单面化和选择性接受倾向。所谓“单面化”，是指台阁诗人绝大多数情况下只是从杜诗的伦理内容、人格精神等视角进行评说，对于杜诗用韵造句、篇章结构、体制格调等一切外在艺术风范方面的特点很少涉及。而所谓“选择性接受”，是指台阁诗人在关注杜诗的思想内容时，只局限于非常狭小的范围。那些曾引起高启、方孝孺等人强烈共鸣的流离漂泊、愁苦牢骚之作基本上被弃置不顾，台阁文臣的目光只限于那些表现忠君爱国情怀、“得乎性情之正”的作品。比如，杨士奇是永乐以来台阁诗人的代表，其对杜诗的关注也较诸家为多。杨士奇文集中那些零碎简短的杜诗评说且不论，但就其相对系统的杜诗批评文章看，往往都是局限于“得性情之正”的认知层次。他对杜诗的整体成就有很高的评价，认为杜甫“学博而识高，才大而思远，雄深闳伟，浑涵精

① (明)杨士奇:《东里集》续集卷五十九,《文渊阁四库全书》本。

② (明)曹安:《谰言长语》卷上,《文渊阁四库全书》本。

③ (明)叶盛《评〈诗林广记〉》:“杜子美《何将军宴》诗。胡苕溪云云。杨东里《东郭南园宴集》三诗,皆用此体。”《水东日记》卷三十六,《文渊阁四库全书》本。

诣，天机妙用”，是“正宗大家”。这种观点很接近于洪武末年高棅等人的看法。但他随后又指出，杜诗之所以能够如此，则是因为杜甫的创作“一由于性情之正”，诗中包含着爱君忧国、伤时悯物的“唐虞三代大臣君子之心”[①]。他对杜诗律诗风貌也曾给予极高的评价，说杜律“雄深浑厚，有行云流水之势、冠冕佩玉之风，流出胸次，从容自然……所谓从心所欲不逾矩，为诗之圣者”，而探究杜甫达于此境的原因时，却又归结于“皆由夫性情之正”[②]。黄淮、王直等其他台阁诗人也表达了类似的观点。比如黄淮称杜诗：“铺叙时政，发人之所难言，使当时风俗世故了然如指掌。忠君爱国之意，常拳拳于声嗟气叹之中。而所以得夫性情之正者，盖有合乎《三百篇》之遗意也。”[③]王直云：“开元、天宝以来，作者日盛，其中有奥博之学、雄杰之才、忠君爱国之诚、闵时恤物之志者，莫如杜公子美。其出处劳佚、忧悲愉乐、感愤激烈，皆于诗见之。粹然出于性情之正，而足以继风雅之什。”[④]相同的措辞、相似的立论思路，这种几乎千人一面的杜诗评说，反映了永乐以后杜诗接受的狭隘与浅薄。从诗学理论建树看，明初二三十年间的杜诗接受虽然是以“性情”为主，但尚能兼包他说，像杜诗“大家”之说这样具有诗学创建性的理念能够产生，并影响整个有明一代的杜诗认知。但在永乐后半个世纪左右的时间内，关于杜诗稍具规模的批评，都概莫能外地陷入“性情之正”的藩篱，在重复性的泛泛而谈中，没有产生任何具有影响力的杜诗批评理念。台阁诗人从狭小的视野去审视杜诗，不仅使得当时的杜诗评论流于浮泛，还很容易扭曲失真，导致背离杜诗文本实际的判断与认识。比如杨士奇在《玉雪斋诗集序》中主张“诗以理性情而约诸正，推之可以考见王政之得失，治道之盛衰”，而杜甫的诗歌“浑涵博厚，追踪风雅，卓乎不可尚矣。……读其诗者有以见唐之治盛于此”[⑤]。胡广

① (明)杨士奇:《东里集》续集卷十四《读杜愚得序》,《文渊阁四库全书》本。

② (明)杨士奇:《东里集》续集卷十四《杜律虞注序》,《文渊阁四库全书》本。

③ (明)黄淮:《读杜愚得后序》,见《读杜愚得》卷后,《四库全书存目丛书》集部第4册,济南:齐鲁书社,1997年,第342～343页。

④ (明)王直:《抑庵文集》后集卷十一《虞邵庵注杜工部律诗序》,《文渊阁四库全书》本。

⑤ (明)杨士奇:《东里集》文集卷五,《文渊阁四库全书》本。

也在《送曾教授序》中宣称"杜诗多美政"[①]。杜甫的诗歌创作，就时间论，大多数作品都是作于安史之乱爆发之后；就内容言，对乱世流离的种种描写是杜诗的主导性内容；就文学精神言，社会批判是杜诗的主要特征之一。杨士奇、胡广等人称杜诗能够"见唐之治盛"和"多美政"，这样的杜诗认知，与杜甫作品的实际状况距离太过明显，反映了在"得性情之正"的教条化思维下台阁诗人对杜诗的一种臆想性接受态度。

三、台阁诗人对《读杜愚得》《杜律虞注》等杜集的特别关注

《读杜愚得》与《杜律虞注》是明前期传刻的两种杜集，台阁诗人对这两种杜集给予了特别的关注。这种关注一方面表现为台阁诗人比较集中地参与了两书的早期传播。杨士奇《东里集》中多次提及《读杜愚得》，他在该书付梓前曾亲笔抄录全书，促成了是书的首次刊刻，并为之作序，与杨士奇同时的黄淮等人也为《读杜愚得》作序。《杜律虞注》则得到了更多台阁诗人的关注，杨士奇、王直等与《杜律虞注》在江西和江苏等不同地方的刊刻者都有较紧密的联系，他们与黄淮、杨荣等人都曾为该书作序。没有杨士奇等台阁诗人的介入，《读杜愚得》与《杜律虞注》在明代的传播与接受当是另外一种面貌。另一方面，台阁诗人不仅较深地介入了这两种杜集的早期传刻活动，而且对两书的价值给予较高的评价与大力的肯定。杨士奇认为单复的《读杜愚得》不仅"考事究旨，必归于当"，而且"简直明白，要其得杜之心为多"[②]；又云："昔之注杜诗者多矣，而简直明白、得古诗人之意者惟此为优。"[③]黄淮认为前代杜诗注本"繁而寡要"，单复的注杜避免了此弊端，"士君子操觚秉翰以求风雅之音，必于是编始焉"[④]。对于《杜律虞注》，杨士奇认为虞集"学广而才高，味杜

---

① (明)胡广:《胡文穆公文集》卷十一,《文渊阁四库全书》本。

② (明)杨士奇:《东里集》续集卷十四《读杜愚得序》,《文渊阁四库全书》本。

③ (明)杨士奇:《东里集》续集卷十九《读杜诗愚得二集》,《文渊阁四库全书》本。

④ (明)黄淮:《读杜愚得后序》,见《读杜愚得》卷后,《四库全书存目丛书》集部第4册,济南:齐鲁书社,1997年,第342～343页。

之言，究杜之心，盖得之深矣”[①]，王直称此书“疏其事实，述其旨趣，而公所以作诗之意了然明白，其有益于学者不少”[②]。考虑到这两种杜集本身的状况，以及明代以前杜诗评注的兴盛，台阁诗人对《读杜愚得》与《杜律虞注》的推许，甚可玩味。

《读杜愚得》是浙江人单复在湖北任上所著，成稿于洪武十五年(1382)。全书19卷，未及刻印而单复去世。丁鹤年看重其书，在单复身后曾收集、整理了该书。后来经过杨士奇、严颐、张从善等人推动，由江阴书商朱善庆、朱善继兄弟在宣德九年(1434)刊刻传世。该书包括正文18卷，《杜子美年谱诗史》1卷。其基本撰述体例是诗歌正文之后汇集前代注释，然后是单复自己对诗意的解读，其解读原则是“尊朱子说经例，通其所可以通，不强其所难通，以免穿凿之弊”。又，“于长短古、律诗，仿朱子说《诗》《骚》赋比兴例，分段以详作诗命意之由，及遣词用事之故，且于承接相照应处略提掇其紧要字面”[③]。这本书是明代最早的一本杜诗全集笺释本，但在后世的影响却比较微弱，原因在于此书本身的水准十分有限。一是“其笺释典故，皆剽掇千家注，无所考证”[④]，在最基础的文献考订方面，贡献少有而错误较多。其书中《杜子美年谱诗史》一卷，以杜甫生平为绳，将杜诗逐年编排，是单复自谓用力颇多且深为自豪处。杜诗编年早在宋代已经有很多人参乎其事，单复所撰年谱，本应后出转精，然细查其书，粗糙不当随处可见。比如，杜甫的《赠卫八处士》是一篇五古名作，诗中所描写的杜甫好友卫八处士一般都认为是卫宾，两人订交是在开元二十三四年(737—738)杜甫漫游齐赵期间，根据诗中“焉知二十载，重上君子堂”等诗句，今天学界断此诗为唐肃宗乾元二年(759)春杜甫辞官华州司功参军时所作。宋代时，杜诗笺注者对杜甫与卫宾的交谊已有比较详细的考证，他们认为此诗写的是太平之世的生活场景，所以梁权道等

① (明)杨士奇:《东里集》续集卷十四《杜律虞注序》,《文渊阁四库全书》本。

② (明)王直:《抑庵文集》后集卷十一《虞邵庵注杜工部律诗序》,《文渊阁四库全书》本。

③ (明)单复:《读杜愚得》卷首《凡例》,《四库全书存目丛书》集部第4册,济南:齐鲁书社,1997年,第5页。

④ (清)纪昀等:《四库全书总目》卷一百七十四《读杜愚得》,《文渊阁四库全书》本。

都是将诗作系于天宝末年，取其约数，也符合杜诗中“二十载”之数。后来，黄鹤又进一步发现天宝九载(751)春杜甫自东都回长安后一直居住京中，未曾再东返，故而不可能在天宝末年遇到卫宾，限于该诗描写的是太平之世的成见，黄鹤没有考虑杜甫安史之乱后任职华州的经历，将该诗的创作时间提前到天宝九载。面对前人已经比较深入的考证材料，单复并没有在前人的基础上更上层楼，得出更合理的诗歌创作时间，而是在书中未作说明地径直将此诗系于天宝十载(752)。四库馆臣称他是“无所考证”，信不诬也。二是该书对杜诗作品主旨的阐释，“隐括大意，略为训解，循文敷衍，无所发明”，流于肤浅，而且机械地模仿朱熹训解《诗经》之例，每一首杜诗作品都要强行以赋比兴相区分，“尤多所牵合矣”[①]。

而《杜律虞注》是一本杜集伪书，是明前期书贾将元末张性《杜律演义》一书稍稍改头换面，托名于元代大诗人虞集而行世。杨士奇等台阁文士们号称学识渊博，却推赏该书而不辨其真伪，单就此一点已经反映其杜诗接受的水准如何了。就该书本身的情况看，与《读杜愚得》十分类似。其注解杜甫七言律诗 151 首，也是和单复《读杜愚得》一样，都是模仿朱熹《诗集传》之例，训解杜诗，都是随文演义；引用典故，往往失于考订。故全书对杜甫七律之解读、评说，不仅流于浅近，且多有一些常识性错误。杨慎在《闲书杜律》一文中，就曾对该书解杜的荒唐可笑作了详细的批判：

> 世传虞伯生注杜七律，本不出自伯生笔，乃张伯成为之，后人驾名于伯生耳。其注首解《恨别》云：“杜公初至成都，未得所依，故以别为恨。”不知唐室板荡，故园陷虏，虽得所依，岂不以别为恨。公岂如江估淮商，风水为乡船作宅，一得醉饱不思家者乎？解“摇落深知宋玉悲”云：“惟深知其故，故千年之后，且为悲欢。惟其亦吾之师，故闵其萧条。”解“生长明妃”一首云：“惟其去紫台，故春风面不可见；为其独留青冢，故环佩声归月下闻。”此乃村学究腐烂讲套语，岂

① (清)纪昀等:《四库全书总目》卷一百七十四《读杜愚得》,《文渊阁四库全书》本。

可笺杜乎？解“曾闪朱旗北斗闲”云：“亦尝树旌旗于北斗城中，以享安闲之富贵。”“北斗闲”三字，而上下添十二字乃成文，何异世传“怒挥门不报，打铺路无笼”之谑谣耶！“织女机丝虚夜月，石鲸鳞甲动秋风”本言乱离萧条之状，而解云：“织女不能机杼，故曰虚；石鲸，相传有灵，故曰动。”此何异眯目而道黑白者！“彩笔昔曾干气象”本说登山，而云：“以文采弄笔，干动时贵以拟飞胜。”此又视老杜为钻刺乞哀之徒矣！“幽栖地僻”一首，本是喜客至之意，乃云曰：“亦姑以觇其诚意否?”是杜之阴险逆诈也。岂所谓以小人之心，而度君子者乎！“预传籍籍新京兆，青史无劳数赵张”本是期以古贤，乃注云：“此去朝廷定有升擢，既为京兆少尹，必升三辅大尹。”此何异星士寿书，预为赏帖耶？可恶可厌！其他尚多，聊举一二耳。牵缠之长，实累千里。此既晦杜意，又污虞名，曷铲其板，勿误人也。[①]

那么，既然《读杜愚得》与《杜律虞注》的注杜解杜水准如此糟糕，却又为何能赢得台阁诗人的青睐呢？究其原因，台阁诗人对二书的重视首先源于他们本身学养的不足。明前期的台阁诗人可以算是处理政事的能臣，但大多不具有穷究典籍的学者气质，考订事实、推详精义既非其所喜也非其所长，所以他们对《读杜愚得》与《杜律虞注》的粗糙错伪本身是不知其详，故而也就不以为非。且于诗歌一道，台阁诗人直以余事视之，很多时候是把诗歌仅仅看作点缀升平、宴赏酬唱的工具，对诗家之事缺乏深刻的体悟和精到的辨析，所以他们对《读杜愚得》与《杜律虞注》这种顺文演义的杜诗解读方式倒是颇为认可，序文之中屡次称道这些著作是“简直明白”“最为简明”“了然明白”。更为重要的一点是，台阁诗人对二书的看重，主要是这两种书注解杜诗的策略与他们“得性情之正”的诗学观正好相符合。前节已经提到，《读杜愚得》与《杜律虞注》都是按照朱熹《诗集传》的体例来笺释杜诗，以赋比兴强分杜诗，从儒家诗教思想出发对杜诗作浅表性的解读。以《读杜愚得》为例，单复认为杜诗

① (明)杨慎：《升庵集》卷五，《文渊阁四库全书》本。

"诚与信史相表里，非徒作也。……足以鼓吹六经"①，评论具体杜诗作品则说，"语极含蓄，闻者足以戒，诚得诗人之风旨"②。明前期杜集的编撰与传播比较沉寂，百余年间成书的杜集寥寥无几，《读杜愚得》等书的面世对杜诗传播而言，可以算是难能可贵的，且单复等人又以理学家笺注《诗经》的方式来评说杜诗，秉持"性情之正"主张的台阁诗人自然很容易引为同道，认为二书于杜诗能够"发明其旨，了然仁民爱物以及夫感叹之意"③。所以，杨士奇等人反复称赞单复、虞集等人的评注能够"得杜之心"，其实质是单复等人的杜诗接受策略正好能够得台阁诗人的论杜之心。

四、"性情之真"：天顺、成化间陈献章等理学家的杜诗言说

土木堡之变后，明朝的社会政治氛围发生了很大变化，这种外在社会状况的转变促发了当时文学思想风貌的演变。对此，罗宗强先生有云："从景泰到成化末弘治初，四十余年间，从政治局面到社会环境，都不可能为文学提供颂美的条件，已经不存在'鸣国家之盛'的社会基础，不存在雍容典则、温厚和平之风所需要的和平心境。"④台阁体写作从永乐到正统间兴盛一时，但最终不可挽回地走向衰落。国家状况日益不堪，使得台阁诗人歌咏升平的创作失去了必要的外在条件。君主对文艺之事也兴趣不再，《翰林记》载："进呈诗书文字……自正统后，此事寝不闻矣。"⑤台阁体文学的颂世鸣盛失去了核心的动力，节日朝贺的鸣颂、扈从游赏的酬唱、献捷贡瑞的鼓吹等最常见的台阁文事活动便随之消歇衰落。虽然具有台阁色彩的诗人诗作仍然继续出现，但已

① (明)单复：《读杜愚得》卷首《杜子美年谱诗史目录叙》，《四库全书存目丛书》集部第4册，济南：齐鲁书社，1997年，第4页。

② (明)单复：《读杜愚得》卷二《丽人行》篇末评注，《四库全书存目丛书》集部第4册，济南：齐鲁书社，1997年，第45页。

③ (明)杨士奇：《东里集》续集卷十四《杜律虞注序》，《文渊阁四库全书》本。

④ 罗宗强：《明代文学思想史》上册，北京：中华书局，2013年，第176页。

⑤ (明)黄佐：《翰林记》卷十一《进呈诗书文字》，见《翰学三书》上册，沈阳：辽宁教育出版社，2003年，第138页。

经不具备永乐至正统间那种引领一代风尚的格局。

与此同时，以陈献章（1428—1500）为代表的诗人群体崛起于成化年间。这一批人大多是理学家，除了陈献章之外，还有罗伦（1431—1478）、胡居仁（1434—1484）、庄昶（1437～1499）等人。其论诗也大多从强调“性情”入手，比如陈献章声称性情是评价诗歌的最高标准，说：“大抵论诗当论性情，论性情先论风韵，无风韵则无诗矣。今之言诗者异于是，篇章成即谓之诗，风韵不知，甚可笑也。情性好风韵自好，性情不真亦难强说。”[①]胡居仁称“诗以理性情，文以载道义”[②]，认为“有人物便有性情，有性情则形于言语咏歌，自不容已，此诗之所以作也”[③]。与台阁大臣们居庙堂之高的上层身份不同，陈献章等人的生活状态或壮年返乡隐居，或终身布衣，大都可以归为山林隐逸之士。这种身份的差异，加上时代氛围的变化，在立身处世上陈献章等人更关注个体自我心性的修养，讲究的是静思内视的圣贤功夫，而不再以天下治平、辅佐圣明为己任。反映于诗学追求之上，陈献章等人虽然和台阁诗人一样强调以性情论诗，但其间之侧重已有变化：台阁诗人包含了外在的、社会性内容的“性情之正”一变为性气派理学家那种内在的、个体性的“性情之真”。具体到杜诗接受的情况，也自然与永乐以来台阁诗人的状况有所变化与差异了。

作为理学家的陈献章，在哲学史上一向被视为上承陆九渊、下启王阳明的人物，是明代心学思潮的先导。其哲学思想在本体论上延伸了陆九渊的心本体观念，认为心具宇宙万物，但重视此心与宇宙万物的融通涵化[④]。在方法论上，陈献章是“学宗自然，而要归于自得”[⑤]，强调“以自然为宗”和“自得”的宗旨。与一般的理学家轻视诗文的态度有别，陈献章热衷于诗歌创作，一

① (明)陈献章著，孙通海点校：《陈献章集》卷二《与汪提举》，北京：中华书局，1987年，第203页。

② (明)胡居仁：《居业录》卷五，《文渊阁四库全书》本。

③ (明)胡居仁：《居业录》卷八《古今第五》，《文渊阁四库全书》本。

④ 张晶：《陈献章：哲学与其诗歌美学的逻辑联系》，载《中国文化研究》，2010年秋之卷，第151页。

⑤ (明)黄宗羲：《明儒学案》之《发凡·陈白沙献章》，《文渊阁四库全书》本。

生写有各体诗歌作品两千余首，与庄昶一起构成了成化年间的性气诗派。在创作实践之外，陈献章还在理念层面对诗歌的价值屡屡给予肯定。他在《认真子诗集序》中称："夫诗小用之则小，大用之则大。可以动天地，可以感鬼神，可以和上下，可以格鸟兽。四时行焉，百物生焉。皇王帝霸之褒贬，雪月风花之品题，一而已矣。小技云乎哉！"①在《夕惕斋诗集后序》中，也称诗歌"可以辅相皇极，可以左右六经，而教无穷"②。

受其哲学思想影响，陈献章论诗也是"以自然为宗"，他在《认真子诗集序》开篇声称："诗之工，诗之衰也。言，心之声也。形，交乎物，动乎中，喜怒生焉，于是乎形之声。或疾或徐，或洪或微，或为云飞，或为川驰，声之不一，情之变也。率吾情盎然出之，无适不可。有意乎人之赞毁，则《子虚》《长杨》饰巧夸富，媚人耳目，若俳优然，非诗之教也。"陈献章的诗学观念里反对一切外在人力的雕琢修饰，认为诗歌最好的形态是主体内在情性的自然生发，作诗要"本性情之真"③，"率吾情盎然出之"。在诗歌审美形态上，白沙倡导"自得之妙"，反对诗家"矜奇眩能，迷失本真"，认为"天道不言，四时行，百物生焉。往而非诗之妙，用会而通之，一真自如，故能枢机造化，开阖万象，不离乎人伦日用，而见鸢飞鱼跃之机"④。

在这种尚自然、重自得的总体诗学趣味下，陈献章的杜诗接受也是富于鲜明的个性色彩。比如，以诗中用杜的情况言，陈献章笔下的杜甫或杜诗评判明显有异于台阁诗人处。诗中用杜代表的是一种浅层次的杜诗接受形态，包括有集杜句、步杜韵、以杜诗为典故等不同的具体形式。大体上看，成化间理学家诗歌中步杜韵、以杜甫之人生际遇或诗句之意为典故等情况是比较多见的。比如，庄昶《定山集》卷一有《橘潭和杜韵》《定山歌用杜韵》《定山泉歌

① （明）陈献章著，孙通海点校：《陈献章集》卷一，北京：中华书局，1987年，第5页。

② （明）陈献章著，孙通海点校：《陈献章集》卷一，北京：中华书局，1987年，第12页。

③ （明）陈献章著，孙通海点校：《陈献章集》卷一《送李世卿还嘉鱼序》，北京：中华书局，1987年，第16页。

④ （明）陈献章著，孙通海点校：《陈献章集》卷一《夕惕斋诗集后序》，北京：中华书局，1987年，第11～12页。

和杜韵》，卷二有《和杜韵三首》等作品，卷四《秦用中过江贽以诗奉答》云："吾子不愁无杜甫，老夫今岂是须溪。"卷四《和盛文元答储吏部》云："子瞻谈笑皆成句，老杜忧虞亦在君。"卷五《赠文二》云："诗本平生非杜甫，琴才临老遇钟期。"这些用杜之例，和前文所举台阁诗人的用杜情况基本类似，大体上只能反映出接受主体对杜诗的熟悉程度，不具有什么明显的诗学批评的意味。而陈献章在诗中用杜这种相对简单的杜诗接受形式中，却突显了具有明显个人色彩的诗学旨趣。陈献章在《半江十咏为谢德明赋》之六中云："画纸敲针一杜诗，水生花落两天机。西风卷市尘高起，也到江心不解飞。"陈献章这首诗是以杜甫《江村》中"老妻画纸为棋局，稚子敲针作钓钩"一联为典故。杜甫原作是唐上元年间居住于成都浣花草堂时所作，主要描写了夏日江村生活场景，体现的是诗人长久漂泊流离后终获安居的安闲自适心情，是一首典型的即景抒情之作，诗中的"画纸""敲针"当是即实而赋，没有什么隐喻与寄托。陈献章诗中翻用杜句，认为其中包含有"天机"，这显然是他"不离乎人伦日用，而见鸢飞鱼跃之机"诗学认识的一种映现。

作为一个理学家，陈献章追求内在心性的涵养，重视从日常人生场景中体悟生命的真谛所在，在鱼跃鸢飞之中勘破天地化育的精义，成就内在心性的平和自适，从而达成圣贤之境。这种人生追求，决定了他诗中用杜的选择方向和趣味所在：日常生活场景中的杜甫，带有安闲自适特征的杜甫，是他诗歌中最典型的杜甫形象。其《杜甫游春》一诗云："碧柳黄鹂三月画，江湖风雨万篇诗。花前浊酒不得醉，驴背春风空自吹。"[①]该诗从杜甫《绝句》"两个黄鹂鸣翠柳"之诗意入手，塑造了一个具有隐逸气质的杜甫形象。其《戏题顾进士琼林宴图》云："黄屋门前缓辔行，上林花映赐衣明。怪来老眼模糊甚，道是寻春杜少陵。"[②]其《题杜少陵小影次韵柳文肃》云："孟子诗肩高耸山，杜陵谈笑古风还。世间还对忧时画，美酒花前已破颜。"[③]诗中所写，都是自得于日

① (明)陈献章著，孙通海点校：《陈献章集》卷六，北京：中华书局，1987年，第635页。

② (明)陈献章著，孙通海点校：《陈献章集》卷六，北京：中华书局，1987年，第591页。

③ (明)陈献章著，孙通海点校：《陈献章集》卷六，北京：中华书局，1987年，第554页。

常风物的达道者的形象。所以，陈献章在《随笔六首》其六中云："子美诗之圣，尧夫更别传。后来操翰者，二妙少能兼。"[①]直把杜甫与创作《伊川击壤集》的邵雍相提并论，意指杜甫的诗歌也是类似《伊川击壤集》那样包含了理道精微之义。

除了诗中用杜包含有相对间接的杜诗批评意见外，陈献章在《认真子诗集序》《夕惕斋诗集后序》等代表性的诗论中，也表达了他对杜诗的一些明确性的认识与判断，且列数条如下：

> 诗之工，诗之衰也。言，心之声也。形，交乎物，动乎中，喜怒生焉，于是乎形之声。或疾或徐，或洪或微，或为云飞，或为川驰，声之不一，情之变也。率吾情盎然出之，无适不可。有意乎人之赞毁，则《子虚》《长杨》饰巧夸富，媚人耳目，若俳优然，非诗之教也。甚矣，诗之难言也。李百药见王通而论诗，上陈应刘，下述沈谢，四声八病，刚柔清浊，靡不毕究，而王通不答。薛收曰：吾尝闻夫子之论诗矣，上明三纲，下达五常，于是征存亡，辨得失，小人歌之以贡其俗，君子赋之以见其志，圣人采之以观其变。今子之言诗，是夫子之所痛也。南朝姑置勿论，自唐以下几千年于兹，唐莫若李杜，宋莫若黄陈，其余作者固多，率不是过。……世之能诗者近则黄陈，远则李杜，未闻舍彼而取此也。[②]

> 受朴于天，弗凿以人。禀和于生，弗淫以习。故七情之发，发而为诗。虽匹夫匹妇，胸中自有全经，此风雅之渊源也。而诗家者流，矜奇眩能，迷失本真，乃至旬锻月炼，以求知于世，尚可谓之诗乎？晋魏以降，古诗变为近体，作者莫盛于唐。然已恨其拘声律、工对偶，穷年卒岁，为江山草木、云烟鱼鸟粉饰文貌，盖亦无补于世焉。

① （明）陈献章著，孙通海点校：《陈献章集》卷五，北京：中华书局，1987年，第517页。

② （明）陈献章著，孙通海点校：《陈献章集》卷一《认真子诗集序》，北京：中华书局，1987年，第5页。

若李杜者，雄峙其间，号称大家，然语其至则未也。[①]

作诗当雅健第一，忌俗与弱。予尝爱看子美、后山等诗，盖喜其雅健也。若论道理，随人深浅，但须笔下发得精神，可一唱三叹，闻者便自鼓舞，方是到也。须将道理就自己性情上发出，不可作议论说去，离了诗之本体，便是宋头巾也。大概如此。中间句格声律，更一一洗涤平日习气，涣然一新，所谓濯去旧见以来新意，作诗亦正用得着也。[②]

由上面材料可以看出，陈献章并无专门性的杜诗批评文章，杜诗批评是其整体诗学论述的构成部分，其杜诗接受是蕴含在整体诗歌接受之中的，因此其论杜文字本身并无系统性。陈献章诗文序跋中包含的杜诗接受意见，主要有下面几点：一、对杜诗的推许是在宗唐兼宋的背景下发生的。台阁诗人尊杜是在宗法唐诗尤其是盛唐之诗的语境下发生的，陈献章的尊杜则是唐宋兼举，所以他自称所喜爱的诗人是唐代的杜甫与宋代的陈师道，他将杜甫与邵雍并称为诗家“二妙”，把唐代的李白、杜甫与宋代的黄庭坚、陈师道同称为“能诗者”，认为他们都是能够做到诗、道兼顾，“未闻舍彼而取此”。二、陈献章认为杜诗是“率吾情盎然出之”，能够“将道理就自己性情上发出”，同时又没有“矜奇眩能”“旬锻月炼”而“迷失本真”，也没有“作议论说去”而作头巾语。比陈献章稍早的理学家薛瑄对杜诗也有相近的认识，他在《读书录》中说：“少陵诗曰：‘水流心不竞，云在意俱迟。’从容自在，可以形容有道者之气象。少陵诗‘寂寂春将晚，欣欣物自私’，可以形容物各付物之气象。‘江山如有待，花柳自无私’，唐诗皆不及此气象。”[③]薛瑄认为这些杜诗诗句展现了作者悠然自得、从容自在的有道者气象，发于性情，一言契道，但同时又不坠理

① (明)陈献章著，孙通海点校：《陈献章集》卷一《夕惕斋诗集后序》，北京：中华书局，1987年，第11页。

② (明)陈献章著，孙通海点校：《陈献章集》卷一《次王半山韵诗跋》，北京：中华书局，1987年，第72页。

③ (明)薛瑄：《读书录》卷三，《文渊阁四库全书》本。

窟，不落理障。于诗言，品自绝；于人言，格亦高。薛瑄的这种杜诗认知观点，与陈献章尚自然之趣、重自得之妙的诗学偏好正是一路。三、陈献章在推重杜诗的同时，认为杜诗并未达到诗家的极致，还略有不足。陈献章认为诗歌在唐代为盛，杜甫与李白是并列“雄峙其间”的大家，但是“语其至则未也”。原因就在于，杜甫等人在诗歌声律、对偶等外在艺术形式上用力太多，这种用功无益于主体心性的抒发，“无补于世”，难免“小技”之讥。所以，他在《示李孔修近诗》中云：“或疑子美圣，未若陶潜淡。习气移性情，正坐闻道晚。”[①]对杜甫“诗圣”地位的某些怀疑，就在于杜甫近体诗格律方面用力太多，遮蔽了性情的自然抒发，不如陶渊明诗歌不事修饰的古淡气韵。陈献章对杜诗的这种苛评，正是其理学家的思维惯性所致，同时期其他理学家也有相近似的说法。比如，胡居仁在《流芳诗集后序》中说：“杜公之诗，有忧君爱国之意，论者以为可及‘变风’‘变雅’。然学未及古，拘于声律、对偶。《淇澳》《鸤鸠》《板》《荡》诸篇，工夫详密，义理精深，亦非杜公所能仿佛也。呜呼，后世王道不行，教化日衰，风气日薄，而能言之士不务养性情、明天理，乃欲专工于诗，以此名家，犹不务培养其根，而欲枝叶之盛也，其可得乎？邵康节言删后无诗，其以此也。”[②]胡居仁肯定杜诗的忧君爱国，但认为杜甫对声律、对偶的研习影响了对诗歌“义理”的展示，使得杜诗达不到《诗经》那样“工夫详密，义理精深”的诗家至高之境。

总的来看，以陈献章为代表的理学家对杜诗的接受，主要从存养性情、涵味天机的角度推赏诗歌对创作主体“性情之真”的抒发，以自然之趣、自得之机为诗家旨归。而台阁诗人则是从外在事功的角度出发，提倡诗歌“得乎性情之正”，重视的是诗歌的社会教化作用。所以，陈献章等理学家之用杜、评杜，避免了台阁众人的浮泛功利，对杜甫某些时段的某些题材诗作的意蕴有比较精细的体悟与认识，但同时却对杜诗中包含更广阔社会性内容的诗作几乎完全忽视不顾，反映了其杜诗接受视野亦是同样的狭隘逼仄。

---

① （明）陈献章著，孙通海点校：《陈献章集》卷五，北京：中华书局，1987年，第303页。

② （明）胡居仁：《胡敬斋集》卷二，《文渊阁四库全书》本。

第二章

明中期格调论视野下的杜诗接受

弘治以后，社会政治与思想文化领域都发生了很大的变化。弘治帝即位后励精图治，全面推行新政，出现了近20年的所谓“弘治中兴”的局面。这种社会政治状况的改观，对当时的文人阶层产生了很大的激发作用，促使他们以更高的热情入世，出现了“文治蔚兴”[①]的局面。具体到文学创作上，以李梦阳、何景明等前七子为代表的新崛起的郎署士人集团不满于台阁体文学的空洞浮泛，也不屑于理学家诗人那种追求一己之平和自适的狭隘逼仄，与政治上对汉唐盛世的仰慕相呼应，文学创作上倡言“文必秦汉，诗必盛唐”，以复归前代盛世的审美风范相号召，在弘治以后的文坛掀起了波澜壮阔的诗文复古热潮，“百余年来经术贵而声诗拙，一振于弘治、正德”[②]，“诗道盛于弘、正之间”[③]，并一直延续到嘉、隆之间以李攀龙、王世贞为代表的后七子。

在兴盛的文学复古风气之下，明中期的杜诗接受也随之发生了巨大的变化。在明前期，诗学以性情论诗，重视从伦理教化的角度对杜诗的思想内容给予特别关注。与此相反，在明中期，以前、后七子为代表的复古派诗人，从

① (明)顾璘:《息园存稿文》卷一《关西纪行诗序》,《文渊阁四库全书》本。

② (明)欧大任:《潘光禄集序》,见《明文海》卷二百四十三,《文渊阁四库全书》本。

③ (明)陆深:《俨山集》卷四十四,《梅林诗集序》,《文渊阁四库全书》本。

文学复古的切实需要出发，对杜甫诗歌外在体制特征的审视，秉持的是格调论的诗学观念。前、后七子及其同调诗人，试图通过对杜诗声韵格律、字法句法、篇章架构等具体的诗歌形式特征的探讨与辨析，将传统的杜诗审美判断落到实处，以由外而内的方式达到对杜诗总体精神的深刻理解与把握。80年间，以前、后七子为代表的复古诗人杜诗接受的具体趋向包含了尊杜（从不同侧面去发现杜诗集大成的诗学地位与艺术特征）、学杜（从对杜诗的学习与模拟达到对诗歌典范的逼近）、辨杜（从诗学辩体理论出发探究杜诗种种具体之特征）和非杜（在整体尊杜的语境下“发现”杜诗与盛唐诸家的区别乃至不足之处）等四种基本形式。其中，尊杜、学杜代表的是对杜诗的普遍肯定、效仿致敬的接受态度，辨杜、非杜反映的是杜诗接受在明中期的深化与细化趋势，代表了宋代以来杜诗认知的深入拓展。

第一节　李东阳与明中期格调论杜诗接受的开启

明人从格调论的立场对杜诗进行推崇、肯定，最早见于明初高棅的《唐诗品汇》。但高棅的格调论杜诗批评还比较单薄、笼统，而且在普遍以性情论杜诗的大背景下，高棅几乎未有同调。明成化、弘治之间，李东阳在《麓堂诗话》中从声调、节奏、字法、句法等不同角度推崇杜诗，在诗文复古的大背景下，正式开启明中期格调论杜诗接受的策略。在他之后，李梦阳、何景明、边贡等前七子不仅从格调论的角度推崇杜诗，更以字比句拟的模仿向杜诗表达敬意；而谢榛、李攀龙、王世贞等后七子，在严格的诗歌辩体意识下，努力开拓对杜诗接受的新领域。

一、“两面”的李东阳

李东阳（1447—1516），字宾之，号西涯，祖籍湖南茶陵，生长于北京。明天顺八年（1464）进士，少年得志，授翰林院编修，迁侍讲学士，后累官至礼部尚书、文渊阁大学士，进太子少保，卒谥文正。李东阳一生历仕景泰、天顺、成化、弘治、正德等五朝，从政50余年，在内阁18年。著有《怀麓堂集》100卷，《麓堂诗话》1卷，并参与编修了《大明会典》《历代通鉴纂要》《明孝宗实录》等书。李东阳不仅是明朝成化至弘治间重要的政治家，也是当时文坛风气转折的关键人物。《明史》有云："自明兴以来，宰臣以文章领袖缙绅者，杨士奇后，东阳而已。"[①]清鲁九皋《诗学源流考》亦曰："永乐以还，崇尚台阁，迄化、治之间，茶陵李东阳出而振之，俗尚一变。"[②]

作为诗人的李东阳，他的身上兼有两种几乎相反的身份：因为长期身居内阁中枢的缘故，李东阳诗歌创作带有明显的台阁之气，一向被看作成化年间台阁体文学的主要代表之一。与此同时，他的诗歌创作重视声调，主张学习李杜等盛唐格调和乐府民歌风味，加上他喜欢推举才俊，提携后学，与李梦阳、何景明、杨慎等人都有师生之谊，"天下翕然宗之"[③]，对弘治、正德间诗人有莫大影响。所以，李东阳实际上又是明中期以反台阁体为主要特征的格调论复古文学思潮的开启者。明人胡应麟对李东阳在明代诗歌史上的这种扭转一代风气的贡献，有很高评价："成化以还，诗道旁落，唐人风致，几于尽隳。独李文正才具宏通，格律严整，高步一时，兴起李、何，厥功甚伟。"[④]清代诗论家沈德潜也表达了类似的看法，他说："永乐以还，崇台阁体，诸大老倡之，众人应之，相习成风，靡然不觉。李宾之东阳力挽颓澜，李梦阳、何继之，诗道复归于正。"[⑤]

李东阳的杜诗接受，是其诗学体系中重要的组成部分。据笔者的简单统计，李东阳《怀麓堂集》100卷中涉及杜甫其人其诗的材料有近60例，其《麓

① (清)张廷玉等:《明史》卷一百八十一《李东阳传》,北京:中华书局,1974年,第4824～4825页。

② (清)鲁九皋:《诗学源流考》,见郭绍虞《清诗话续编》,上海:上海古籍出版社,1983年,第1297页。

③ (清)张廷玉等:《明史》卷二百八十六《李梦阳传》,北京:中华书局,第7348页。

④ (明)胡应麟:《诗薮》续编卷一,上海:上海古籍出版社,1979年,第345页。

⑤ (清)沈德潜:《说诗晬语》卷下,见潘务正编:《沈德潜诗文集》第4册,北京:人民文学出版社,2011年,第1956页。

堂诗话》关于杜诗的直接评论文字也有25条之多。所以，就对杜诗的关注度来说，李东阳是明初以来其他任何杜诗接受者所不能比拟的。前面有言，作为诗人的李东阳其身份具有台阁体诗人与格调论诗人的两面性，这种两面性在他的杜诗接受上也有明显的体现。一方面，《怀麓堂集》诗文序跋中的评杜、用杜材料，相对比较简单、零碎，主要是从仁者情怀、教化功用的角度称赏杜甫其人其诗，与杨士奇等明前期台阁诗人的杜诗接受策略大抵相类。就诗学创造与影响言，这是李东阳杜诗接受体系中比较次要的一面。从明代的杜诗接受演变进程看，李东阳的杜诗伦理批评是明初以来台阁诗人杜诗接受态度的延续。另一方面，《麓堂诗话》对杜诗的评论具有思辨性和系统性，关注的都是杜诗声调、音韵、句法、节奏等外在艺术体制方面的特点，基本上未涉及关于杜诗思想内涵方面的内容，反映出非常鲜明的格调论色彩，代表了李东阳杜诗接受上的创新性内容。其对后来杜诗接受产生影响的认知与判断，也主要就在这一部分。

二、承前：李东阳对杜诗的伦理批评

我们先看看李东阳对杜甫其人其诗的伦理解读。有学者曾声称"李东阳的诗学建立在理学思想的基础上"①，但就李东阳的杜诗接受看，他对杜诗的伦理解读并非出于什么理学意识，主要是因他台阁大臣身份的缘故——李东阳本身并没有特别明显的理学家气息，他文集中虽然有称赞朱熹等理学家诗论的文字，也只是明初以来台阁诗人的泛泛之见。李东阳的杜诗伦理接受主要侧重于两点：一是像所有的台阁诗人一样，李东阳极力肯定了杜诗的社会认识与政治教化价值，他在《送伍广州诗序》中云："至于司马迁之探禹穴，杜子美之观巫峡，苏子瞻之泛南海，其发诸文章、见诸歌咏者，皆足以寓彝伦、系风化，为天下重，岂徒为耳目之快、情欲之乐而已哉。"②李东阳以杜甫游居夔州、三峡期间的诗作为例，认为杜诗为天下所重，并非是因为诗中关于个人际

① 查清华：《明代唐诗接受史》，上海：上海古籍出版社，2006年，第63页。

② （明）李东阳：《怀麓堂集》卷二十七，《文渊阁四库全书》本。

遇哀乐的抒写，而是因为“见诸歌咏者，皆足以寓彝伦、系风化”。他又在《琼台吟稿序》中称：“昔人谓必行万里道，读万卷书，乃能读杜诗。盖杜之为诗也，悉人情，该物理，以极乎政事风俗之大，无所不备，故能成一代之制作，以传后世，非惟不易学，亦不易读也。”[①]这是从读杜之不易，引出杜诗于人情物理、政事风俗“无所不备”之特点的称赞。李东阳认为杜诗之所以“能成一代之制作”，就在于其诗歌中具有丰富的社会认识价值。二是对杜甫人格风范的推崇。宋代以来，杜甫诗歌中包含的圣贤仁爱精神得到了充分的肯定，杜甫忠君体国、心忧天下的形象也是明初以来杜诗接受中的固定化认知，李东阳《怀麓堂集》中关于此方面内容的文字也尤为常见。比如，李东阳云：“闭门颇笑陈无己，忧国谁怜杜拾遗？”[②]又云：“杜甫不胜忧国愿，向来真与海波深。”[③]又在《题赵子昂书茅屋秋风诗后》中称：“唐室中兴，疮痍未复，子美以一布衣，衣不盖两肘，食不饱一腹，不愁朝夕冻饿，死填沟壑，乃嘐嘐然开口长叹，为天下苍生计，其事若迂，其志亦可哀矣。”[④]

李东阳尤其喜欢在诗文中称引杜甫《茅屋为秋风所破歌》一诗：“杜陵破屋随长铲，万间广厦犹空谈。”[⑤]“杜陵广厦万间同，千载江湖叹此公。”[⑥]“愿为万间厦，意与杜陵别。”[⑦]“七重漫拟欧公记，万厦还歌杜甫篇。”[⑧]“万厦直须酬老杜，重裘幸免作穷陈。”[⑨]“安得一洗空干戈，不然独破杜陵屋。”[⑩]杜甫《茅屋为秋风所破歌》中所体现的由己溺己饥而推及人溺人饥的仁者之怀，在宋代

① （明）李东阳：《怀麓堂集》卷二十七，《文渊阁四库全书》本。

② （明）李东阳：《怀麓堂集》卷十一《次韵答邵户部文敬前后得七首》其二，《文渊阁四库全书》本。

③ （明）李东阳：《怀麓堂集》卷十四《次韵杨应宁久旱三首》其三，《文渊阁四库全书》本。

④ （明）李东阳：《怀麓堂集》卷四十，《文渊阁四库全书》本。

⑤ （明）李东阳：《怀麓堂集》卷九《送徐复斋还宜兴》，《文渊阁四库全书》本。

⑥ （明）李东阳：《怀麓堂集》卷十二《苦雨后和乔师召喜晴韵四首》其三，《文渊阁四库全书》本。

⑦ （明）李东阳：《怀麓堂集》卷五十二《习隐二十首》其二，《文渊阁四库全书》本。

⑧ （明）李东阳：《怀麓堂集》卷五十六《一舫斋诗二首》其二，《文渊阁四库全书》本。

⑨ （明）李东阳：《怀麓堂集》卷五十九《春寒二十韵》，《文渊阁四库全书》本。

⑩ （明）李东阳：《怀麓堂集》卷九一《风雨叹》，《文渊阁四库全书》本。

以来便广受称誉，明初方孝孺也曾专门写诗致敬。但李东阳在文集中反复称引该诗，并不是对历代认知的无谓重复，而是针对当时社会现实的有感而发。成化年间，政治败坏，社会矛盾重重，“士大夫不安其职，商贾不安于途，庶民不安于业”[①]。因为土地兼并、灾荒饥馑等，导致流民四起，社会下层民众的流离失所、贫苦无依。对此社会状况，李东阳诗歌中曾屡次道及，有诗云：“百里多贫民，隆冬尚无襦。”[②]又云：“岁歉租仍在，民贫业半凋。”[③]又云：“安得一雨如悬河，坐令愁怨成欢歌，我行虽难奈乐何！”[④]其他像《白杨河》写饥民无食无家惨状，《捕鱼图歌》写贫富分化，《偶成四绝》全是悯世之情，长篇古诗《风雨叹》是对杜甫《茅屋为秋风所破歌》直接效仿，如此等等。可见，虽然李东阳身居台阁，但他具有心系天下、忧国忧民的情怀。李东阳反复提及《茅屋为秋风所破歌》，实出自其内心强烈的情感共鸣。所以，李东阳虽然也是强调从伦理角度接受杜诗，但他既不像明前期台阁文人那样因为专注于鸣盛颂恩而强调“性情之正”，也不像陈献章等同时期而稍早的理学家诗人那样因为局限于个人安闲自适的人生格调而突显“性情之真”，而是在推尊杜甫高尚人格的背后，暗含了自己真切的现实感受与一定的社会批判精神。

不过，像前代的一些人一样，李东阳对杜甫胸襟怀抱的高度认可，有时会走向极端，往往把杜甫诗中展示的圣贤情怀拔高为现实的治国平天下的政治才具。他在《七贤过关图跋》中认为“子美逢时稷契臣”[⑤]，又云：“使开元之世，海内富庶，边尘不生，唐之君与相能以子美为心，岂有成都之祸哉！”[⑥]从杜甫一生行迹看，他或许曾经以稷契自期，但很难说他具有稷契那样的大臣之才。唐帝国的天宝巨变，是多种因素长期累加的结果，并不是靠单纯的在

---

① (清)张廷玉等：《明史》卷一百七十六《商辂传》，北京：中华书局，1974年，第7348页。

② (明)李东阳：《怀麓堂集》卷六《寄李知县遂之》，《文渊阁四库全书》本。

③ (明)李东阳：《怀麓堂集》卷十《中元谒陵遇雨二十首》其四，《文渊阁四库全书》本。

④ (明)李东阳：《怀麓堂集》卷九十六《忧旱辞》，《文渊阁四库全书》本。

⑤ 诗句原为元代程钜夫《雪中行吟七贤图》绝句中一句，李东阳在《七贤过关图跋》称引之，意甚认同。见《怀麓堂集》卷七十四，《文渊阁四库全书》本。

⑥ (明)李东阳：《怀麓堂集》卷四十《题赵子昂书茅屋秋风诗后》，《文渊阁四库全书》本。

上位者怜民疾苦就能够解决的。李东阳之论,显然是其推尊杜甫热忱下的过誉之辞。

三、启后:李东阳格调论视野下的杜诗批评

在伦理视角之外,李东阳更主要是从格调论角度评说杜诗。相关判断主要见于《麓堂诗话》中的25条杜诗批评材料,再加上《怀麓堂集》中部分诗文序跋的少数文字,共同构成了李东阳多层次的格调论杜诗接受体系。

李东阳首先是多角度地肯定了杜甫作为大家的诗学成就与特征。像前人一样,李东阳充分肯定杜诗的诗学成就,他在《春雨堂稿序》中宣称:"近代之诗,李杜为极。"①又说:"文章如精金美玉,经百炼历万选而后见。……杜子美《秋兴》《诸将》《咏怀古迹》《新婚别》《兵车行》,终日诵之不厌也。"②他赞许杜诗题材内容上的包容性、丰富性,"吾观少陵有诗史……包罗巨细成大家"③,认为杜诗的大家品质就在于其内容上包罗巨细的广阔性。又云:"汉魏以前,诗格简古,世间一切细事长语,皆著不得,其势必久而渐穷。赖杜诗一出,乃稍为开扩,庶几可尽天下之情事。"④从汉魏以来诗歌发展演变的角度,称赞杜诗具有"可尽天下之情事"的表达容量。不过,李东阳对杜诗诗学崇高地位的肯定,更多的是从格调论的诗学观念出发进行立论的。李东阳有云:

清绝如"胡骑中宵堪北走,武陵一曲想南征",富贵如"旌旗日暖龙蛇动,宫殿风微燕雀高",高古如"伯仲之间见伊吕,指挥若定失萧曹",华丽如"落花游丝白日静,鸣鸠乳燕青春深",斩绝如"返照入江翻石壁,归云拥树失山村",奇怪如"石出倒听枫叶下,橹摇背指菊花开",浏亮如"楚天不断四时雨,巫峡长吹万里风",委曲如"更为后会

① (明)李东阳:《怀麓堂集》卷六十三,《文渊阁四库全书》本。

② (明)李东阳:《麓堂诗话》,见《历代诗话续编》,北京:中华书局,1983年,第1378页。

③ (明)李东阳:《怀麓堂集》卷三《答罗明仲草书歌》,《文渊阁四库全书》本。

④ (明)李东阳:《麓堂诗话》,见《历代诗话续编》,北京:中华书局,1983年,第1386页。

知何地，忽漫相逢是别筵”，俊逸如“短短桃花临水岸，轻轻柳絮点人衣”，温润如“春水船如天上坐，老年花似雾中看”，感慨如“王侯第宅皆新主，文武衣冠异昔时”，激烈如“五更鼓角声悲壮，三峡星河影动摇”，萧散如“信宿渔人还泛泛，清秋燕子故飞飞”，沉着如“艰难苦恨繁霜鬓，潦倒新停浊酒杯”，精炼如“客子入门月皎皎，谁家捣练风凄凄”，惨戚如“三年笛里关山月，万国兵前草木风”，忠厚如“周宣汉武今王是，孝子忠臣后代看”，神妙如“织女机丝虚夜月，石鲸鳞甲动秋风”，雄壮如“扶持自是神明力，正直原因造化功”，老辣如“安得仙人九节杖，拄到玉女洗头盆”，执此以论杜，真可谓集诗家之大成者矣。①

陈公父论诗专取声，最得要领。潘祯应昌尝谓予：“诗，宫声也。”予讶而问之。潘言其父受于乡先辈曰：“诗有五声，全备者少，惟得宫声者为最优。盖可以兼众声也。李太白、杜子美之诗为宫。……”予初欲求声于诗，不过心口相语，然不敢以示人，闻潘言始自信，以为昔人先得我心。天下之理出于自然者，固不约而同也。②

在第一条材料中，李东阳以杜甫诗句为例，不厌其烦地列举了从“清绝”到“老辣”等 20 种诗歌审美风格，从外在艺术风貌的角度总结杜诗的集大成品质。第二条材料是李东阳以声调论诗理论的一个例证。他通过转引好友潘祯的话，表达了对“杜子美之诗为宫”说法的认同。这一判断背后指向的是杜诗“兼众声”即兼备集成这一特点。

诗歌辩体是格调论诗学的主要内容，而辩体意识正是李东阳诗学体系中最主要的构成部分③。具体到杜诗接受上，明初高棅已经开始从辩体角度评

---

① （明）李东阳：《麓堂诗话》，见《历代诗话续编》，北京：中华书局，1983 年，第 1398 页。

② （明）李东阳：《麓堂诗话》，见《历代诗话续编》，北京：中华书局，1983 年，第 1373 页。

③ 李庆立：《李东阳诗学体系论》，载《聊城大学学报》（社会科学版），2009 年第 3 期，第 97～98 页。

判杜甫的律诗与绝句，李东阳承高棅余绪，对杜诗的体式、风貌作了详细的推究辨析。

李东阳很注意诗文之辨，他在《春雨堂稿序》中有详细的辨识："夫文者，言之成章，而诗又其成声者也。章之为用，贵乎纪述、铺叙、发挥，而藻饰、操纵、开阖，惟所欲为。而必有一定之准，若歌吟咏叹，流通动荡之用则存乎身。而高下长短之节，亦截乎不可乱。虽律之与度未始不通，而其规制则判而不合。及乎考得失、施劝戒，用于天下，则各有所宜，而不可偏废。古之六经，《易》《书》《春秋》《礼》《乐》皆文也，惟风、雅、颂则谓之诗。今其为体，固在也。"①台阁体文人或理学家一向有重文轻诗的倾向，李东阳从诗文有别的角度推重诗体，有为诗体正名的意思。李东阳的诗文辩体意识在杜诗接受上也有所体现，他说："近代之诗，李杜为极，而用之于文，或有未备。韩欧之文亦可谓至矣，而诗之用，议者犹有憾焉。"②又说："诗与文不同体。昔人谓杜子美以诗为文，韩退之以文为诗，固未然。然其所得所就，亦各有偏长独到之处。"③李东阳采用了比较的方式，指出杜甫与韩愈等人在诗文创作上"各有偏长独到之处"，亦各有"未备"之处，指出杜甫虽然善于诗但拙于文的事实。

在明确了诗文有别之后，李东阳又更进一步从诗歌内部不同诗体之间存在差异的角度对杜诗作了区分辨析。如古诗与律诗之间，李东阳认为"古诗与律不同体，必各用其体乃为合格。然律犹可间出古意，古不可涉律"④，而杜甫《愁》诗第二联"独树花发自分明，春渚日落梦相牵"一句"乃律间出古"，合乎作诗规范，"要自不厌也"。又如乐府与古诗、律诗之间，李东阳认为："古律诗各有音节，然皆限于字数，求之不难。惟乐府长短句，初无定数，最难调叠。然亦有自然之声，古所谓声依永者，谓有长短之节，非徒永也。故随其长短，皆可以播之律吕。而其太长太短之无节者，则不足以为乐。今泥古诗之

① (明)李东阳:《怀麓堂集》卷六十三,《文渊阁四库全书》本。

② (明)李东阳:《怀麓堂集》卷六十三《春雨堂稿序》,《文渊阁四库全书》本。

③ (明)李东阳:《麓堂诗话》,见《历代诗话续编》,北京:中华书局,1983年,第1373页。

④ (明)李东阳:《麓堂诗话》,见《历代诗话续编》,北京:中华书局,1983年,第1369页。

成声，平侧长短，句句字字，摹仿而不敢失。非惟格调有限，亦无以发人之情性。若往复讽咏，久而自有所得。得于心而发之乎声，则虽千变万化，如珠之走盘，自不越乎法度之外矣。”[①]李东阳文集中有专门的拟乐府诗，所以他对乐府诗体的特点及创作中的注意事项有切身之体悟，他认为杜甫的《桃竹杖》一诗是“极其操纵，曷尝按古人声调，而和顺委曲乃如此，固初学所未到”。李东阳又评论杜甫的绝句创作云：“杜子美《漫兴》诸绝句，有古竹枝意。跌宕奇古，超出诗人蹊径。”由此可看出，杜甫的律诗中有间出古意的特例，乐府诗也有未依循“古人声调”的情况，本为近体体裁的绝句也同样有掺杂民歌《竹枝词》之意的例子。李东阳注意到了杜甫创作中精通诗家规范但又不为规范束缚的特点，并予以充分肯定，这一点表明了李东阳在杜诗接受上的精细与识力。

李东阳以辩体意识论杜，还表现在从诗歌内容题材上对杜诗的肯定。李东阳有云：“作山林诗易，作台阁诗难。山林诗或失之野，台阁诗或失之俗。野可犯，俗不可犯也。盖惟李杜能兼二者之妙，若贾浪仙之山林则野矣，白乐天之台阁则近乎俗矣，况其下者乎？”[②]永乐到成化年间的诗坛，主要由居庙堂之高的台阁诗人和处江湖之远的山林诗人两大类构成，所以诗歌题材也主要分为台阁诗与山林诗。“台阁、山林二体，古难兼善”[③]，两者各有忌犯，但李东阳认为杜甫能“兼二者之妙”，而贾岛、白居易等人则各有所失。又云：“天文惟雪诗最多，花木惟梅诗最多。雪诗自唐人佳者已传不可屡数，梅诗尤多于雪。惟林君复‘暗香疏影’之句为绝唱，亦未见过之者，恨不使唐人专咏之耳。杜子美才出一联，曰：‘幸不折来伤岁暮，若为看去乱乡愁。’格力便别。”[④]通过对比，推许杜甫《和裴迪登蜀州东亭送客逢早梅相忆见寄》一诗格调不同众人。

---

① (明)李东阳：《麓堂诗话》，见《历代诗话续编》，北京：中华书局，1983年，第1370页。
② (明)李东阳：《麓堂诗话》，见《历代诗话续编》，北京：中华书局，1983年，第1387页。
③ (清)纪昀等：《四库全书总目》卷一百七十三《文端集》，《文渊阁四库全书》本。
④ (明)李东阳：《麓堂诗话》，见《历代诗话续编》，北京：中华书局，1983年，第1387页。

作为一个具有丰富诗歌创作经验的诗人，李东阳格调论视野下的杜诗接受，尤其重视对杜诗声调节奏、平仄韵律、字法句法等各种艺术形式特征的解读。李东阳是明代较早、较集中地以声乐论诗者。他在《麓堂诗话》开篇论诗与乐的关系，云："诗在六经中别是一教，盖六艺中之乐也。乐始于诗，终于律，人声和则乐声和。又取其声之和者，以陶写情性，感发志意，动荡血脉，流通精神，有至于手舞足蹈而不自觉者。后世诗与乐判而为二，虽有格律而无音韵，是不过为排偶之文而已。使徒以文而已也，则古之教何必以诗律为哉。"①随后又称："诗必有具眼，亦必有具耳。眼主格，耳主声。闻琴断，知为第几弦，此具耳也；月下隔窗辨五色线，此具眼也。"②"具眼"指的是诗歌的格律之严，"具耳"指的是诗歌的声调之美。李东阳主张好的诗作应该是"具眼"与"具耳"相兼者，而他认为杜诗"顿挫起伏，变化不测，可骇可愕"，富于节奏之美，就在于杜甫诗歌是"具眼"与"具耳"兼备，"盖其音响与格律正相称，回视诸作，皆在下风"③。杜甫晚年于诗律尤为用力，对诗句平仄的安排往往自出机杼、自创新路。李东阳是明人中最早从声韵创新的角度肯定杜诗这一特点的。他说："诗有纯用平仄字而自相谐协者，如'轻裾随风还'，五字皆平；'桃花梨花参差开'，七字皆平；'月出断岸口'一章，五字皆仄。惟杜子美好用仄字，如'有客有客字子美'，七字皆仄；'中夜起坐万感集'，六字仄者尤多。'壁色立积铁，叶白出石壁'，至五字皆入，而不觉其滞。"④又说："五七言古诗仄韵者，上句末字类用平声，惟杜子美多用仄。如《玉华宫》《哀江头》诸作，概亦可见其音调起伏顿挫，独为矫捷，以别出一格。"⑤明代去唐已远，诗歌声韵平仄之事其精微之处，非精通此道、特意留心者不能道出其妙，李东阳凭借自己对杜诗的熟读精赏以及本身的创作体悟，轻轻拈出杜诗异于常调之处，对

---

① (明)李东阳:《麓堂诗话》，见《历代诗话续编》，北京:中华书局，1983年，第1369页。

② (明)李东阳:《麓堂诗话》，见《历代诗话续编》，北京:中华书局，1983年，第1371页。

③ (明)李东阳:《麓堂诗话》，见《历代诗话续编》，北京:中华书局，1983年，第1373页。

④ (明)李东阳:《麓堂诗话》，见《历代诗话续编》，北京:中华书局，1983年，第1383页。又，本条中"仄"字全作"侧"，莫知所谓，据别本一律改为"仄"字。

⑤ (明)李东阳:《麓堂诗话》，见《历代诗话续编》，北京:中华书局，1983年，第1386页。

此他自己是颇为自得的:“此虽细故末节,盖举世历代而不之觉也。偶一启钥,为知音者道之。”[①]李东阳对杜诗在字法、句法上的独创也作了辨析与肯定。李东阳有云:“唐律多于联上着工夫。如雍陶《白鹭》、郑谷《鹧鸪》诗,二联皆学究之高者,至于起结,即不成语矣。如杜子美《白鹰》起句,钱起《湘灵鼓瑟》结句,若奏金石以破蟋蟀之鸣,岂易得哉。”[②]律诗一般的规范是第二联、第三联最重粘对平仄,于首联、尾联一般不作严苛要求,李东阳认为杜甫《白鹰》诗首联如“金石之音”。又云:“诗用倒字、倒句法,乃觉劲健。如杜诗‘风帘自上钩’‘风床展书卷’‘风鸳藏近渚’,风字皆倒用。至‘风江飒飒乱帆秋’,尤为警策。”[③]李东阳指出,倒字、倒句本非诗家常格,杜甫诗中屡屡用之,反而形成了别开生面的“劲健”“警策”的特殊审美效应。李东阳对杜诗体式上异于唐人常调这一特点的重视,可以说是稍后何景明杜诗“变体”说的预演。

在李东阳的诗论中,他还对“学杜”的问题发表了一些意见。李东阳认为,古往今来的学杜者虽多,但学有所成者少,所谓“少陵门下多蹊径,五百年来见几人”[④]。其原因在于,“未得其雄健而已失之粗率,未得其深厚而已失之臃肿”[⑤],画虎不成反类犬。他批评袁凯《在野集》的学杜是“极力摹拟,不但字面句法,并其题目亦效之”,但是“求其流出肺腑、卓尔有立者,指不能一再屈也”[⑥]。显然在李东阳看来,理想的学杜不单是字面句法上模拟杜诗,还要有学习者自我思想情感贯穿其中。李东阳本人是有一定的学杜体会的,其文集中有《鸣治集杜句见答因再集杜二首》《师召南楼别后颇以不得诗为憾别赠杜句一首》《鸣治得诗再集杜并集鄙句各一绝依例共得八首》等集杜诗者,

① (明)李东阳:《麓堂诗话》,见《历代诗话续编》,北京:中华书局,1983年,第1386页。
② (明)李东阳:《麓堂诗话》,见《历代诗话续编》,北京:中华书局,1983年,第1377页。
③ (明)李东阳:《麓堂诗话》,见《历代诗话续编》,北京:中华书局,1983年,第1393~1394页。
④ (明)李东阳:《怀麓堂集》卷五十五《读虞邵庵诗》,《文渊阁四库全书》本。
⑤ (明)李东阳:《麓堂诗话》,见《历代诗话续编》,北京:中华书局,1983年,第1381页。
⑥ (明)李东阳:《麓堂诗话》,见《历代诗话续编》,北京:中华书局,1983年,第1374页。

有《斋居和亨父用杜韵二首》等用杜韵者，而化用模拟杜句者更是多见，举例而言，如《新丰行》"人民不异山川同"一句，自注："杜子美诗：'我行山川异，但逢新人民。'"又如《晋州急》"当时同生愿同死"一句，自注云："杜子美诗：'与人同生亦同死。'"再如《睢阳叹》"孝子忠臣竟谁是"一句，自注："杜诗：'孝子忠臣后代看。'"所以，对于究竟应该如何学杜，李东阳也有自己的认识。他说："若非集大成手，虽欲学李杜，亦不免不如稊稗之诮。"[1]那么要想达于集大成，则需要见识与学问，李东阳云："昔人谓必行万里道，读万卷书，乃能读杜诗。盖杜之为诗也，悉人情，该物理，以极乎政事风俗之大，无所不备，故能成一代之制作，以传后世，非惟不易学，亦不易读也。"[2]他认为杜诗包容广阔，只有博学广识才能读杜，并进而学杜。他又在《镜川先生诗集序》中开示学杜之具体门径，云："说者谓诗有别才，非关乎书；诗有别趣，非关乎理。然非读书之多，识理之至，则不能作。必博学以聚乎理，取物以广夫才，而比之以声韵，和之以节奏。则其为辞，高可讽，长可咏，近可以播，而远亦可以传矣。"[3]最后，李东阳还指出："然学者不先得唐调，未可遽为杜学也。"[4]其意是说，杜诗是唐诗众家之总汇，变化多端，深广不可测量，学杜者必须先从精详各家入手，然后才能领略、学习杜诗之妙处。

李东阳之杜诗接受，有总结、有创新。就像他在明代诗坛的地位一样，也是明代杜诗接受史由性情说到格调论之转化的关键人物。

第二节　尊杜与非杜：弘治至嘉靖中叶杜诗接受的两种方向

李东阳之后，以李梦阳、何景明为代表的前七子崛起于弘治、正德间诗坛。前七子以复古相号召，"文必秦汉，诗必盛唐，其才学足以笼罩一世，天下

① (明)李东阳:《麓堂诗话》，见《历代诗话续编》，北京：中华书局，1983年，第1397页。
② (明)李东阳:《怀麓堂集》卷二十七《琼台吟稿序》，《文渊阁四库全书》本。
③ (明)李东阳:《怀麓堂集》卷二十八，《文渊阁四库全书》本。
④ (明)李东阳:《麓堂诗话》，见《历代诗话续编》，北京：中华书局，1983年，第1373页。

亦响然从之"[1]，其余绪一直延续到嘉靖中叶。李梦阳等人兴起于茶陵诗派衰落之际，所以后世很多人都认为前七子有反李东阳茶陵派的色彩。但认真考校李东阳与前七子之间的诗学关联，我们会发现李梦阳等人反对的是失于流易、"纷芜靡蔓"[2]的台阁末流，李东阳以声调为核心的格调论诗学思想在弘治以后的诗学话语中成为最流行的诗学潮流。所以，就杜诗接受言，李东阳开创的杜诗格调论批评启发了后来者，使得从外在体格调式的角度评说、肯定杜诗成为最普遍的杜诗接受态度。推尊杜诗、模仿杜诗是前七子及其同调诗人最为突出的一种诗歌创作特征，谢榛云："国朝何大复、李空同，宪章子美，翕然成风。"[3]陈束亦云："弘治文教大起，学士倍出，力振古风，尽削凡调，一变而为杜诗，则有李何为之倡。"[4]与此同时，祝允明、郑善夫、杨慎等人又因为各自不同的原因，对杜甫的诗歌提出比较严厉的批评。因而从弘治到嘉靖前，形成了杜诗接受上热烈的尊崇与严厉的非议并存的局面。

一、李梦阳等前七子的尊杜与学杜

在"诗必盛唐"复古观念下，由于杜甫作为盛唐诗坛大家的诗学成就，以及中唐以来杜诗接受史的累积，前七子对杜诗的推尊是非常普遍的状况，他们文集中的评杜、用杜、学杜之例，可谓比比皆是[5]。前七子的成员有李梦阳、何景明、徐祯卿、边贡、康海、王九思及王廷相等人。以对杜诗的评价言，康海宣称："风流杜陵老，倾倒是吾师。"[6]王九思云："杜陵诗句好，喜共古今

① (清)纪昀等:《四库全书总目》卷一百七十《怀麓堂集》,《文渊阁四库全书》本。

② (清)朱彝尊:《静志居诗话》卷十《李梦阳》,北京:人民文学出版社,1990 年,第 260 页。

③ (明)谢榛:《四溟诗话》卷一,见《历代诗话续编》,北京:中华书局,1983 年,第 1139 页。

④ (明)陈束:《苏门集序》,见高叔嗣《苏门集》卷首,《文渊阁四库全书》本。

⑤ 前七子中的徐祯卿因为出身吴中地区,受区域诗歌传统及其个人才情等因素的影响,徐祯卿对唐人的取法主要以李白等人为主,《迪功集》及《谈艺录》中几乎没有涉及杜甫之言论,是前七子之特例,在整个明中期较著名的诗人中也是比较罕见的一例。

⑥ (明)康海:《对山集》卷十《酿酒》,《文渊阁四库全书》本。

情。”[1]边贡云:“鲁公,圣于书者也;子美,圣于诗者也。”[2]王廷相则云:“唐杜子美,词人之雄也。”[3]诸家或是直接表达对杜甫的倾倒之意,或是赞赏杜诗对世事人情的真切描摹,或是肯定杜甫的伟大诗学地位。以诗歌创作中用杜甫其人其诗为典故情况言,王廷相正德后期曾提学四川,对杜甫在巴蜀之间的行迹比较熟悉,曾作专门的咏杜诗《浣花溪是杜工部故居春日游览有作》《登瞿塘城望杜工部故迹》等,表达自己对杜甫“长歌激烈悲生事,吾道扁舟异代同”[4]异代同调的知音之感,感慨于杜甫的穷愁潦倒、流离难归,“君不见杜陵愁白千丈发,还望关山心断绝”[5]“杜陵老去悲远道”[6]“腐儒空抱杜陵愁”[7]。王九思因为受刘瑾案牵连,被迫壮年罢官,曾作《杜甫游春》一剧,借天宝末年杜甫春日游曲江大骂李林甫之事,抒发自己仕途失意的愤怒与牢骚。因为王九思后四十年归隐乡间,所以他诗歌中用杜特别关注杜甫定居成都浣花草堂的生活与诗作,“杜甫锦江茅盖亭,子云白首《太玄》经”[8]“却忆西川杜子美,要访前蹊黄四娘”[9]“莫笑浊醪频过墙,看花杜甫益颠狂”[10]。以前七子的学杜论,用杜韵、集杜句、效杜体,也是随见于各人集中。比如,何景明早年作诗,曾在七言歌行一体上专门学杜,他在《海叟集序》中自称“学歌行、近体有取于

---

① (明)王九思:《渼陂集》续集卷上《和杏村喜雨二首》其一,明嘉靖刻崇祯补修本。

② (明)边贡:《华泉集》卷十四《题空同书翰后》,《文渊阁四库全书》本。

③ (明)王廷相著,王孝鱼点校:《王氏家藏集》卷二十三《李空同集序》,北京:中华书局,1989年,第423页。

④ (明)王廷相著,王孝鱼点校:《王氏家藏集》卷十八,北京:中华书局,1989年,第311页。

⑤ (明)王廷相著,王孝鱼点校:《王氏家藏集》卷十二《赠吴总兵东城饮酒歌》,北京:中华书局,1989年,第183页。

⑥ (明)王廷相著,王孝鱼点校:《王氏家藏集》卷十三《南山篇寿丹阳孙隐翁》,北京:中华书局,1989年,第193页。

⑦ (明)王廷相著,王孝鱼点校:《王氏家藏集》卷二十《送卢师邵侍御还京五首》其三,北京:中华书局,1989年,第367页。

⑧ (明)王九思:《渼陂集》卷五《和韵与王中丞九首》其九,明嘉靖刻崇祯补修本。

⑨ (明)王九思:《渼陂集》卷六《看花九首》其五,明嘉靖刻崇祯补修本。

⑩ (明)王九思:《渼陂集》卷六《与南川德一复至浒西赏杏花十首》其十,明嘉靖刻崇祯补修本。

(李杜)二家”[1],在《明月篇序》中又说:“仆始读杜子七言歌行,爱其陈事切实,布辞沉着。鄙心窃效之,以为长篇圣于子美矣。”[2]边贡除了模仿杜诗进行创作外,其文集中还可以看到《集杜句赠胡三良医》《春日杂兴集杜句》等集杜诗。

李梦阳(1473—1530),原字天赐,后字献吉,号空同子,甘肃庆阳人,弘治七年(1494)进士,官至江西提学副使,著有《空同集》66卷。在前七子的杜诗接受中,李梦阳处于一个核心地位。一则李梦阳本身是前七子诗歌创作的代表,在前七子中处于领袖地位,对前七子的诗歌创作与诗学取向有着很大的影响,曾专门作文与前七子中另外两个重要的诗人徐祯卿、何景明进行诗学讨论。二则李梦阳是七子中尊杜、学杜最坚决者,在后世一向被视为前七子学杜的代表。王世贞曾从唐以来杜诗接受史的角度,对李梦阳的学杜之功给予了极高的评价,他说:“宋人出,而论诗者亡虑数百千家,靡不皇皇然首推右少陵氏,一时诸公缩焉而莫抗。而要究所称说,乃逐景研响,凿空附丽,摽私其师言,而未有刻刿精致,推始究变,当于作者之旨,见以为尊少陵氏然耶!何宋人之旅也。明兴,士大夫膏肓胜国之遗,然各悉其志力,往往偏道偶遇。而文、宣二主,实号向宾大雅,润色鸿度,而钜公先生无以奉称下风,仅构台阁体。其所显爵清穆,声施焜赫,卒以此故。大抵缘势袭名,缘名易听,缘听生俗,斯道其途哉!盖少陵氏殁千余年,而北地李梦阳出,其渊明朗,洞识契宗,始扫而归之少陵氏。”[3]在王世贞看来,宋元时代的杜诗批评都是“逐景研响,凿空附丽”,不能够真正得“作者之旨”,而李梦阳乃千年杜诗接受史中最能“洞识契宗”者。下面就以李梦阳的杜诗接受为中心,对前七子尊杜之情况加以分析。

李梦阳的尊杜包含了两个层面的内容:一是诗学批评层面对杜诗的评

---

① (明)何景明:《何大复集》卷三十二,《文渊阁四库全书》本。

② (明)何景明:《何大复集》卷三十二,《文渊阁四库全书》本。

③ (明)王世贞:《明诗评叙》,见《明诗话全编》,南京:江苏古籍出版社,1997年,第4341～4342页。

说，主要从格调论的视角切入；二是在诗歌创作中学习、模仿杜诗。

虽然李梦阳没有专门的诗学论著，但他仍是明中期诗学体系最重要的建构者之一。其诗学理念主要见于他的诗文序跋之中，像《潜虬山人记》《缶音序》《与徐氏论文书》《驳何氏论文书》等都是明代诗论名篇。李梦阳的诗学思想是比较复杂多元的，比如他受当时思想文化领域重视个体独立价值风气的影响，其诗歌创作既反对台阁诗人的“白草黄茅，纷芜靡蔓”，又批评陈、庄等理学诗人的“击壤打油，筋斗样子”[①]，主张诗歌要抒写“真情”，认为诗歌“诗者形乎遇”，要“情以发之”[②]。他在《梅月先生诗序》中对此详细论述云：“情者，动乎遇者也。……遇者物也，动者情也。情动则会，会心则契，神契则音，所谓随遇而发音者也……契者，会乎心者也，会由乎动，动由乎遇，然未有不情者也。”[③]李梦阳在《诗集自序》中进而又提出“真诗在民间”之说，云：“夫诗者，天地自然之音也。今途咢而巷讴，劳呻而康吟，一唱而群和者，其真也，其谓之风也。孔子曰：‘礼失求诸野。’今真诗乃在民间……故曰：诗者，天地自然之音也。”[④]李梦阳主张学民歌，他认为民歌质朴无饰，纯从真情出之。从总体看，在李梦阳诗学观念中，格调论思想占据主导。他在《潜虬山人记》中称：“夫诗有七难：格古、调逸、气舒、句浑、音圆、思冲、情以发之。七者备而后诗昌也。”在李梦阳看来，作诗要注意格、调、气、句、音、思、情等七个方面。其中，格、调、气、句、音五者主要属于诗歌外在形制问题，属于典型的格调论内涵；思、情两者指的是诗歌的内在思想情感问题，体现的是前面提到的李梦阳的重情诗学观。在七要素中，李梦阳将格古、调逸置于“七难”之前，反映了他格调居首的诗学认知。

李梦阳论杜所涉范围比较驳杂。比如，他为亡友徐祯卿的文集作序，由好友的早夭联系到杜甫等人遭遇的不幸，感慨云：“乃予观李唐人，李杜轗轲，

① (清)朱彝尊：《静志居诗话》卷十《李梦阳》，北京：人民文学出版社，1990年，第260页。

② (明)李梦阳：《空同集》卷四十八《潜虬山人记》，《文渊阁四库全书》本。

③ (明)李梦阳：《空同集》卷五十一，《文渊阁四库全书》本。

④ (明)李梦阳：《诗集自序》，见黄宗羲撰《明文海》卷二百六十二，《文渊阁四库全书》本。

勃贺则天，未始不怜才流涕也。”[①]弘治间台阁重臣刘健以经学为尚，轻视诗文，斥杜甫、李白只是醉汉酒徒，李梦阳《空同集》中多次道及此事，竭力为杜甫等人辩护：“小子何莫学夫诗？孔子非不贵诗，言之不文，行而弗远。孔子非不贵文，乃后世谓文、诗为末技。何欤？岂今之文非古之文，今之诗非古之诗欤？阁老刘闻人学此，则大骂曰：‘就作到李杜，只是个酒徒！’李杜果酒徒欤，抑李杜之上更无诗欤？谚曰因噎废食，刘之谓哉。”[②]李梦阳又在《论学》中称赞杜诗中有“道”，云：“杜甫见道过韩愈，如‘白小群分命’‘文章有神交有道’，又如‘随风潜入夜’‘水流心不竞’‘出门流水住’等语，信手拈来，头头是道。”[③]李梦阳所称赞“水流心不竞”等杜甫诗句，正是向来为理学家所赏的所谓明心见性、体物证道之作，反映了李梦阳后期思想变化对杜诗认知的影响。

不过，因为李梦阳的杜诗接受主要是意在复古、学古，所以格调论思想是其杜诗认知的主导方向与核心内容。比如，李梦阳在《缶音序》中表现了以“调”论杜的意思，他说：

> 诗至唐，古调亡矣。然自有唐调可歌咏，高者犹足被管弦。宋人主理不主调，于是唐调亦亡。黄陈师法杜甫，号大家，今其词艰涩，不香色流动。如入神庙，坐土木骸，即冠服与人等，谓之人可乎？夫诗，比兴错杂、假物以神变者也。难言不测之妙，感触突发，流动情思。故其气柔厚，其声悠扬，其言切而不迫，故歌之心畅而闻之者动也。宋人主理作理语，于是薄风云月露，一切铲去不为；又作诗话教人，人不复知诗矣。诗何尝无理，若专作理语，何不作文而诗为邪？今人有作性气诗，辄自贤于“穿花蛱蝶”“点水蜻蜓”等句，此何异痴人前说梦也！[④]

① (明)李梦阳：《空同集》卷五十二《徐迪功集序》，《文渊阁四库全书》本。

② (明)李梦阳：《空同集》卷六十六《论学》下篇第六，《文渊阁四库全书》本。按：刘健的李杜酒徒说是明中后期文坛著名公案，各家所记述略有差别。焦中栋《论钱谦益的明代杜诗批评》对此事有较详细辨析，见浙江大学2005届博士毕业论文，第69～72页。

③ (明)李梦阳：《空同集》卷六十六《论学》上篇第五，《文渊阁四库全书》本。

④ (明)李梦阳：《空同集》卷五十二，《文渊阁四库全书》本。

李梦阳这段话主要从格调论的角度严厉地批判了宋诗及明人的性气诗，但在其背后则暗含了对杜诗的判断：李梦阳认为诗有古调、唐调之别，杜甫作为唐诗大家，正是唐调之典型代表；宋人主理不主调，所以黄庭坚等人学杜不得其"调"。在李梦阳看来，以杜甫为代表的所谓"唐调"之特点，就是"气柔厚""声悠扬"，包涵情思，合起来就是"香色流动"的审美风貌。这和前面所提到的"诗有七难"的观点显然是一致的。从杜诗接受的角度看，这是李东阳以声调评论杜诗方法的延续。李梦阳在《张生诗序》一文中又云："夫诗发之情乎？声气其区乎？正变者时乎？夫诗言志，志有通塞，则悲欢以之，二者小大之共由也。至其为声也，则刚柔异而抑扬殊。何也？气使之也。是故秦、魏不贯调，齐、卫各擅节，其区异也。唐之诗最李杜。李杜者，方以北人也；而张生者，滇产也。其为诗杜何也？"[①]这篇序文是李梦阳晚岁罢官家居期间，为云南诗人张含所作。张含因为评杜诗、刻杜集之故，和李梦阳有交集。李梦阳在序中谈到了地域差异导致诗歌节调有别的问题，他称赞杜甫是唐诗之最，认为杜诗代表的是北方人之声气风调，对作为南方人张含的尊杜、学杜之举表示了惊讶、赞许之意。所以，《张生诗序》中的相关表述，是李梦阳以"调"论杜的又一例证。

李梦阳论诗除了尚"调"以外，又特别重"法"。所谓"法"，即诗歌创作技法，包括音韵格律、字面安排、诗句设置、篇章结构等。他在与何景明进行诗学论争时，曾反复道及这一点：

> 子又曰：孔、曾、思、孟不同言而同至，诚如尺寸古人，则诗主曹、刘、阮、陆足矣，李杜即不得更登于诗坛。……守之不易，久而推移。因质顺势，融熔而不自知。于是为曹、为刘、为阮、为陆、为李、为杜，即今为何大复，何不可哉！此变化之要也，故不泥法而法，尝由不求异而其言人人殊。易曰：同归而殊途，一致而百虑，谓此也。非自筑

① （明）李梦阳：《空同集》卷五十一《张生诗序》，《文渊阁四库全书》本。

一堂奥，自开一户牖，而后为道也。①

古人之作，其法虽多端，大抵前疏者后必密，半阔者半必细，一实者必一虚，迭景者意必二，此予之所谓法圆规而方矩者也。……诗云：有物有则。故曹、刘、阮、陆、李、杜能用之而不能异，能异之而不能不同。今人止见其异而不见其同，宜其谓守法者为影子而支离失真者，以舍筏登岸自宽也。②

在相同的复古大旗下，对于复古的具体方式，李何二人产生了很大分歧：何景明主张“拟议以成其变化”③，李梦阳强调“守法”的必要性，反对刻意追求“自筑一堂奥，自开一户牖”。二家孰是孰非，学界评论已多，这里且不论。李梦阳的“守法”说反映在他的杜诗接受上，即“作诗必须学杜，诗至杜子美，如至圆不能加规，至方不能加矩矣”④。李梦阳把杜诗视为盛唐诗歌的典范，他说杜甫是“大家”，声称“唐之诗最李杜”，其尊杜着力处都在杜甫诗歌之“法”。所以，他本人在创作中也是竭力按照“守法”的要求，师法杜诗，字比句效，试图通过外在技法模仿，达到对杜诗形神的相似，从而企及至高的诗家境界与成就。比如，作诗的句法有种种，其中倒插之法最难，“非老杜不能也”⑤，但“杜诗亦一二有之耳”⑥。李梦阳在尊杜“守法”的观念下，于诗歌创作中也经常学习使用倒插之法，王维桢对此给予了充分的肯定：“至若倒插顿挫之法，自少陵来，善用之者，空同一人而已。”⑦

李梦阳之尊杜除了见于其诗学批评之外，更多地体现在诗歌创作上对杜

---

① （明）李梦阳：《空同集》卷六十二《驳何氏论文书》，《文渊阁四库全书》本。

② （明）李梦阳：《空同集》卷六十二《再与何氏书》，《文渊阁四库全书》本。

③ （明）何景明：《大复集》卷三十二《与李空同论诗书》，《文渊阁四库全书》本。

④ （明）何良俊：《四友斋丛说》卷二十六《诗三》转引顾璘所言，北京：中华书局，1959 年，第 234 页。

⑤ （明）王世贞：《艺苑卮言》卷一，见《历代诗话续编》，北京：中华书局，1983 年，第 961 页。

⑥ （明）王世贞：《艺苑卮言》卷七，见《历代诗话续编》，北京：中华书局，1983 年，第 1066 页。

⑦ （明）王维桢：《后答张太谷书》，见贺复征编《文章辨体汇选》卷二百三十九，《文渊阁四库全书》本。

诗的模拟。后世对李梦阳在明中期诗歌复古潮流中功过是非之评价，也常常聚焦在他学杜之得失上。比如，明末费经虞称赞李梦阳学杜，将他与宋代的黄庭坚并举："黄鲁直为江西宗派之祖，李空同为前后七子之宗，两君皆学杜。黄意在瘦兀峭拔，李意在浑雅大方。"①清人沈德潜是格调论诗学集大成者，认为李梦阳、何景明等人都是从师法杜甫而成一代大家的，云："李献吉雄浑悲壮，鼓荡飞扬；何仲默秀朗俊逸，回翔驰骤。同是宪章少陵，而所造各异，骎骎乎一代之盛矣。"②杨慎则对李梦阳学杜持批评态度，他说："空同以复古鸣弘、德间，观其乐府，幽秀古艳，有铙歌童谣之风；其古诗缘情绮靡，有徐、庾、颜、谢之韵，而人但称其律诗。予谓空同之可传者不在律。空同之律，少陵之余沥遗胏耳。"③杨慎虽然肯定李梦阳的复古学古，但对李梦阳近体学杜的成绩很不以为然，认为没有得杜诗正宗。周晖则转引南京士人的话，对李梦阳的学杜完全否定："南京一士人谓：'李空同翻杜诗，李日华翻《西厢》，坏了好诗好曲，二李一律。'"④

李梦阳之学杜首先体现在对杜甫诗歌艺术手法与风貌的借鉴与模拟上。作为唐诗大家，杜甫在诗歌创作上集合众长，兼备各体，正变相依，跌宕开阖，精熟诗家规矩又常常自成己格。他在字词安排、音律设置、篇章架构、情韵营造等各种诗歌表现手法上都作出了大量的尝试，并取得了杰出的成就，向来被视为诗家之武库、后学之典范。在格调论思想的指引下，复古诗学的起点便是在艺术形式上的效法，所以李梦阳学杜也是从学习杜甫诗歌的技巧开始。这种学习包括以下几个方面：

一是语言上学杜。李梦阳喜欢在诗作中直接化用杜诗，或采其意，或用其辞，表现为字句上对杜诗的致敬与模拟。胡应麟曾说过："献吉多用杜成

---

① (清)费经虞：《雅伦》卷二十二，清康熙年间刻本。

② (清)沈德潜：《说诗晬语》卷下，见潘务正编：《沈德潜诗文集》第 4 册，北京：人民文学出版社，2011 年，第 1957 页。

③ (清)朱彝尊：《明诗综》卷三十四《李梦阳小传》引，《文渊阁四库全书》本。

④ (明)周晖：《续金陵琐事》卷下《二李一律》，明万历刻本。

语。”[①]检点《空同集》，这样的诗例是比较多见的。为了便于直观比较，现将部分典型诗例列表如下：

表 2-1　李梦阳学杜典型诗例

李梦阳诗例句	出处	杜甫诗例句	出处
猿啼蛇吟万壑静，山人归来泪交堕	卷二十一《太华山人歌》	千崖无人万壑静……仙赏心违泪交堕	卷二十一《忆昔行》
天清野旷来酣战……追北归来血洗刀	卷二十二《石将军战场歌》	野旷天清无战声……群胡归来血洗箭	卷四《悲陈陶》
野寺霜黄锁碧梧	卷二十九《秋怀》其三	霜黄碧梧白鹤栖	卷二十二《暮归》
买鱼沽酒此村口，打鼓鸣锣何处船	卷二十九《河发登望》	负盐出井此溪女，打鼓发船何郡郎	卷十四《十二月一日三首》其二
海内君亲情并苦，天涯书剑路俱遥	卷三十《别都主事穆奔丧归》	海内风生诸弟隔，天涯涕泪一身遥	卷十《野望》
安危异日须公等	卷三十《答太仆诸公见赠》	安危在数公	卷十三《收京》
文雅于今是吾师	卷三十《答太仆诸公见赠》	摇落深知宋玉悲，风流儒雅是吾师	卷十七《咏怀古迹五首》其三
新从北极看南极，便自吴江下楚江	卷三十《别徐子祯卿得江字》	即从巴峡穿巫峡，便下襄阳向洛阳	卷十一《闻官军收河南河北》
二仪高下皇舆建，三极西南玉玺来	卷三十二《灵武台》	二仪清浊还高下，三伏炎蒸定有无	卷二十一《又作此奉卫王》
弓箭行人各在腰	卷三十三《出塞》	行人弓箭各在腰	卷二《兵车行》
丹橘黄柑世所珍	卷三十三《柑至》	丹桔黄柑北地无	卷二十《寒雨朝行视园树》

注：李梦阳诗据《四库全书》本《空同集》，杜甫诗据中华书局本仇兆鳌《杜诗详注》。

诗人学习前贤，创作中化用前人诗意诗句，模仿字词，本是诗家常事。以杜甫言，一直以来都认为他学《选》诗，其教子要“熟精《文选》理”[②]，张戒评云：“子美不独教子，其作诗乃《文选》中来。”[③]所以杜甫诗作中也是多有化用魏晋六朝诗人诗句的例子。仔细推敲上表中李梦阳诗中袭用杜诗之例，可以

① (明)胡应麟：《诗薮》续编卷一，上海：上海古籍出版社，1979 年，第 349 页。
② (清)仇兆鳌：《杜诗详注》卷十七《宗武生日》，北京：中华书局，1979 年，第 1477 页。
③ (宋)张戒：《岁寒堂诗话》卷上，见《历代诗话续编》，北京：中华书局，1983 年，第 456 页。

看到他主要化用的是杜甫七言古诗和七律二体中的诗句，这一点和李梦阳整体的学杜取向有关：杜甫的七言歌行风格多变，浑涵汪洋，深契李梦阳大家风范的企慕之心，李梦阳于是苦心追摹，不避字句抄袭之讥，卓有所成，“子美七言歌行……千载而下，惟献吉能之，他人不能得其仿佛也”[①]。而杜甫七律一向被视为唐人代表，律法精严又自出机杼。李梦阳对杜诗七律的模拟更是甚于七古，《空同集》中七律一体共有340余首[②]，后世评价很高。俞汝言称李梦阳“七言近体，少陵以后一人”[③]，沈德潜亦认为李梦阳“七言近体开合动荡，不拘故方，准之少陵，几于具体，故当雄视一代”[④]。李梦阳对杜诗七古和七律二体在诗句字词上的化用，就其效果看，确实如很多后世批评者所言，“虽一时情景相触，亦恐太拟也”[⑤]，有不少诗例流于单纯的字词模拟，拘泥生硬，于诗歌的表情达意并没有什么帮助，反而影响作品的完整性。比如，李梦阳的《秋怀》八首是专门学杜甫《秋兴》八首而作，其第三首中“野寺霜黄锁碧梧”一句，来自杜甫的诗句“霜黄碧梧白鹤栖”。杜诗此句原是七律《暮归》的首句，写诗人寄居夔州期间暮归所见之景物，“霜黄碧梧”写出节序，“黄”与“白”相对，写薄暮所见之鲜明景象，自是生动妥帖。而李梦阳“野寺霜黄锁碧梧”一句的化用，则甚是无谓，申涵光对此评论云：“此偷用杜句，黄碧之中，隔一锁字，而文意却难通矣。”[⑥]不过，整体看李梦阳诗中字词袭用杜诗，多数是比较成功的。比如，李梦阳的七言歌行《太华山人歌》有“环海内物尽幺麽”“羽节云軿度婀娜”“猿啼蛇吟万壑静，山人归来泪交堕”等四句是直接化用杜诗《忆昔行》相关诗句。杜甫原作是写于大历三年(768)，诗意主要是反映杜甫晚年穷愁漂泊中生出的慕仙求道之意。李梦阳借用杜诗之辞与意，塑造了一

① (明)许学夷：《诗源辩体》卷十九，北京：人民文学出版社，1987年。

② 该数据参考了郝润华《试论李梦阳对杜甫七律的追摹及创获》一文的统计，载《甘肃社会科学》，2009年第4期，第135页。

③ (清)朱彝尊：《明诗综》卷三十四“李梦阳”引文，《文渊阁四库全书》本。

④ (清)沈德潜：《明诗别裁集》，北京：中华书局，1975年，第89页。

⑤ (明)刘世伟：《过庭诗话》，嘉靖刻本。

⑥ (清)仇兆鳌：《杜诗详注》卷二十二《暮归》，北京：中华书局，1979年，第1915页。

个恍惚迷离的神话式人物太华山人，写山人因为小过而被天帝怒贬荒江之滨，但心中对“九重阊阖”仍然是念念不忘，并最终历经“霜雪十年”而得归天庭。全诗主题鲜明，结构完整，意象瑰丽神奇，用字警拔不俗，借助一个神话传说中的人物表达了李梦阳自己忠而屡遭贬、但始终赤诚如一的心绪。诗中对杜诗诗句的借鉴，与全诗意境、情绪完美地融合为一体。

除了用杜成语外，李梦阳在语言上还善于借鉴杜诗的字法。杜甫作诗特别讲究锤炼字句，摹写景物，抒发幽情，无不妥帖如意，向来为后人称赏。就具体用字之法言，可谓无所不有。以叠字为例来看，杜甫喜欢句中用叠字。其诗集中有叠字 627 例，盛唐其他诗人都远远不及，比如孟浩然诗有 51 例，王维 101 例，李白 331 例，高适 62 例，岑参 79 例[①]。诗歌中用叠字是常见用字之法，但一般都是用于古体诗，近体诗因为本身容量限制，强调在有限的空间里最大化地体现所有字的效应，通常很少有诗人使用叠字，但杜甫却在近体诗中大量使用叠字，取得了非常特别的表达效果。比如其《曲江二首》有“穿花蛱蝶深深见，点水蜻蜓款款飞”一句，其叠字为句中点睛之笔，叶嘉莹先生曾解读其妙，云：“其所写之深深、款款，却使人读起来，自然会感到杜甫对此深深见之穿花蛱蝶，款款飞之点水蜻蜓，正自有无限爱惜之意。”[②]李梦阳的近体诗创作也效法杜甫叠字之法，诗集中出现了很多叠字的例子。稍举数例，如“不雨风云常袅袅，入春江汉转悠悠”（《早春酬张客见赠》），“内庭赠来人人羡，进市收来颗颗匀”（《柑至》），“源泉乱石涓涓溢，削壁孤云袅袅胜”（《出辉县城望石门山其上有仙潭玉鲤》），“杨花欲尽村村雪，梅子先传树树金”（《立夏后晴游我庄》），“沙白冻霜月皎皎，孤城哀笛雁飞飞”（《秋怀》七），“阴坡气触涓涓雪，暖泽冰分细细流”（《正月望日繁台寺集》），等等。这些诗例中的叠字，写景传情，音韵协和，颇似杜诗格调。

二是句法上学杜。除了注重锤炼字词外，杜甫也特别重视铸句，他在《江上值水如海势聊短述》一诗中曾总结自己的创作状态：“为人性僻耽佳句，语

① 马德富：《杜诗叠字的表现艺术》，载《杜甫研究学刊》，2004 年第 4 期，第 5 页。

② 叶嘉莹：《迦陵论诗丛稿》，北京：北京大学出版社，2008 年，第 80 页。

不惊人死不休。"这种刻意的艺术追求,使得杜甫在诗句创新上取得了很大的成就,而李梦阳在诗歌创作上对杜甫的句法有很多借鉴之例。除了前面曾提到的李梦阳学的倒插之法,杜甫其他一些技法也都能在李梦阳诗作中看到影子。举七律为例,杜甫喜欢特意改变正常语序,使用倒装句式表达拗怒奇崛、警新有力的情思,比如《秋兴八首》其三有"香稻啄余鹦鹉粒,碧梧栖老凤凰枝"一句,正是杜诗倒装句之典型代表。李东阳曾称赞杜诗的这种做派云:"诗用倒字倒句法,乃觉劲健。如杜诗'风帘自上钩''风床展书卷''风鸳藏近渚',风字皆倒用。至'风江飒飒乱帆秋',尤为警策。"[①]而李梦阳的七律之作有很多类似句法。例如,《己卯立春》云:"曾游舟楫思南国,未返锦旗望北辰。"《人日》云:"返照高楼横欲敛,宿云孤树静难移。"《瀑壑晚坐》云:"峰高瀑布天齐落,峡静星河夜倒垂。"这些诗句运用倒装句法,避免滑熟之态,形成了顿挫跌宕之姿,可谓得杜诗之神韵。又比如,一句诗或五言或七言,在语意组合上一向是有定规的。胡震亨《唐音癸签》卷四有云:"五字句以上二下三为脉,七字句以上四下三为脉,其恒也。"但杜诗的诗作往往特意改变语意组合上的这种习惯,做了很多新的尝试。以七律言,杜甫往往将上四下三的常规式变为上二下五的新模式。比如"支离东北风尘际,漂泊西南天地间"(《咏怀古迹五首》之一),"花径不曾缘客扫,蓬门今始为君开"(《客至》),"新松恨不高千尺,恶竹应须斩万竿"(《将赴成都草堂途中有作寄严郑公五首》之四),如此等等。那么,杜甫这种别开生面的做法,究竟有什么好处呢?金启华先生有所分析,他解释说:"这是先一顿,然后一气呵下,在音节上使促节与曼声巧妙配合。"[②]即这样的句式起声急促而后声婉转,使得诗歌在语气上形成抑扬顿挫、疾徐轻重的变化,诗人情感的表现富于鲜明的节奏之感、声韵之美。李梦阳集中七律也多见此法,比如"气早冷随云雨入,地幽人与松竹邻"(《于公庙会王帅以其防秋北行》),"堆积实增春照耀,传看直至日黄昏"(《谢南陵折

① (明)李东阳:《麓堂诗话》,见《历代诗话续编》,北京:中华书局,1983年,第1393~1394页。

② 金启华:《论杜甫的七律》,见《杜甫诗论丛》,上海:上海古籍出版社,1985年,第201页。

赠牡丹十头咸楼子重瓣》)，“兵后忍闻新乐曲，月前真愧旧宫袍”(《元夕》)，“何缘五柳嘶骢马，忽有群公到竹扉”(《东庄谢臬司诸公携酒见过》)，等等，明显能够看出其模仿杜诗之迹。由上面的分析可以看出，李梦阳之学杜，在句法层面并不是从常规处学习，而是专门学杜甫新变之处，所以胡应麟有云：“献吉得杜变。”[①]李梦阳句法上学杜，并不完全局限于杜诗之法，他在学杜变的同时也常常探寻属于自己的变化。比如，七律语意组合上，他不仅写了很多类似于杜诗的二五组合的诗句，还实验了其他的句式。如上三下四句法，其例有“望乡心逐关云起，怀国情将汴柳新”(《辛巳元日》)，“仙人阁在银河上，嬴女箫从碧落来”(《夜别王检讨九思》)；又如上一下六组合，其例有“喜即系舟临秀浦，恨犹拄笏背嵚岗”(《题严编修东堂新成》)等。这些例子反映出作为复古文学家的李梦阳并非以一种完全膜拜于前人脚下的姿态去学杜，而是在尊崇之中也暗有求新求变的企图。

在篇章笔法上，李梦阳也有学杜之处。比如，杜甫作诗喜欢联章而赋，用组诗的方式表达激越深厚的情感意绪，比较著名的有《前出塞九首》《后出塞五首》《乾元中寓居同谷县作七首》《秋兴八首》《咏怀古迹五首》《秋野五首》《解闷十二首》《复愁十二首》《诸将五首》《九日五首》《有感五首》《夔州歌十绝句》等。李梦阳《空同集》中有大量的组诗，有很多组诗明显是对杜诗的直接模仿，比如《秋怀八首》是学杜诗《秋兴八首》，从时序变化、景物消衰写作者忧心时事、以家国为怀的深沉意绪；《弘治甲子届我初度追念往事死生骨肉怆然动怀拟杜七歌用抒愤抱云耳》学的是杜诗《乾元中寓居同谷县作七首》，七首诗的起笔、结语全是杜诗笔法，诗中缅怀过世双亲的养育之恩，痛惜弱弟之负才早夭，感慨两姊的生意艰难、天涯分隔，结尾归结到自身的“丈夫不得志”之牢骚与不能照顾亲人的自责，整个组诗把对亲人的缅怀思念与自身的沦落失意交织写出，情感深沉低回，大类杜甫的《同谷七歌》的情韵格调。又比如，在诗歌的表现手法上，李梦阳的七古歌行之作，善于通过景物环境的描写营造

---

① (明)胡应麟：《诗薮》内编卷四，上海：上海古籍出版社，1979年，第73页。

独特的氛围，用象征性的笔法烘托出主题意境，类似于杜甫后期诗作的笔法与风格。其《送李中丞赴镇》写送友人赴前线，是一首典型的边塞题材的七言古诗。正德、嘉靖间，北方的游牧势力屡次犯边，大明帝国北部边境动荡不安，一直面临着持续的外在压力。诗的开篇即云："黄云横天海气恶，前飞鹙鸧后叫鹤。阴风夜撼医巫闾，晓来雪片如手落。中丞按辔东视师，躬历险隘挥熊貔。"从边塞秋日肃杀苍凉的风物入手，营造一种严峻动荡的氛围，为后面鼓励李中丞临边治军、像前代名将李广等人一样建立绝世功勋而蓄势。清人沈德潜对此有评云："北地最工起手，苍凉沉郁，神乎老杜。"[①]其实，不单是起手，在诗歌中间或结尾中也是能看到李梦阳对杜诗这类手法的学习之迹。另外，李梦阳作诗笔法上学杜，还表现在他善学杜甫的顿挫之法。对情感表达、诗意抒发的节奏控制是杜诗的一个重要特征，李梦阳学杜，于此用力甚深。举例而言，李梦阳有五律《繁台归兴》一首，其诗云："台榭归来地，江山战后心。城空犹牧马，树在只栖禽。看岳晴偏近，俯河寒更深。风沙日日起，梁甫为谁吟？"李梦阳曾多次奉命临边，到宁夏等地巡视军情，这首诗应该是当时所写，诗中所抒发的情感及其抒发的方式都类似于杜甫的《春望》。诗人登临所见，非无台榭江山，然心忧天下、志在国事，但是一片报国之赤诚似乎无处安置。诗中前六句表情达意的手法，正是《春望》"国破山河在，城春草木深"的笔法，全诗在低回吞吐之中，慷慨又沉郁的意绪展露无遗，深得杜诗之神韵。

李梦阳之学杜，除了外在艺术形式上的学习之外，还包括在诗歌内容题材上的效仿。李梦阳等前七子之尊杜，一个重要原因就是内在思想情感上与杜甫的同构与共振。前七子普遍对时代与国家寄予热切的期望，关心社会政治，并积极参与其中。就李梦阳来说，其在人生志愿上，慷慨激昂，以天下为己任，有强烈的进取精神，声称"春风走马未为得，下有管乐上契稷"（《送儿诗》），又云"进谋芝盖侧，待问紫玉房"（《升天行》其二），而杜甫是"窃比契与

① （清）沈德潜：《明诗别裁集》，上海：上海古籍出版社，1979年，第96页。

稷”(《自京赴奉先县咏怀五百字》),以“致君尧舜上,再使风俗淳”(《奉赠韦左丞二十二韵》)为志;在个性气质上,李梦阳情感浓烈,性格躁激不容人,与所厌恶的黑暗势力决不妥协,一生五次下狱而不改初衷,而杜甫也是重情重义之人,性格“偏躁”,从早年旅食长安到末年漂泊湖湘,对社会混乱之批判始终如一,誓言为了理想“白首甘契阔”(《自京赴奉先县咏怀五百字》)。李梦阳在杜甫一生行迹及诗歌思想情感之中找到了强烈的共鸣之处,所以杜甫之于李梦阳等人,不仅是诗艺上可堪效法的大家,也是人格上足为师范的前哲。因而李梦阳在诗歌内容题材、思想情感上追摹杜诗,也是自然之意。

杜甫诗歌在内容题材上的一个基本特性,就是强烈的现实性、社会性,不管其诗歌涉及的具体题材是什么,杜甫总是将其与当下的时政、广阔的社会、深沉的忧思等相关联。李梦阳的诗歌创作不管是酬赠应答、登临抒怀还是怀古咏史、咏物题画,也像杜诗一样与现实有着极为紧密的关联,那种“躲进小楼成一统”式的私情幽怀的个人化写作,在《空同集》中十分罕见。举例来说,杜甫诗歌中多有咏物之作,其异于一般诗人咏物诗之处,就是咏物中往往包含着强烈的社会批判意识。如杜甫在蜀期间写了《杜鹃行》等系列咏杜鹃的诗作,其用意与传统咏物诗的咏物言志不同,大都是用象征、比兴之法表达了他对当时蜀地政治形势的忧心与批判,所以浦起龙解说诗意云:“诗咏杜鹃,而立意不在禽鸟之事。杜鹃者,盖托物以为臣节讽也。时蜀乱相仍,如段子璋、徐知道、崔旰之徒,皆不修臣节者,托讽之意,盖在于此。”[①]李梦阳《空同集》中有大量咏物诗,像杜诗一样,所涉之物甚为广泛,举凡花草竹木、飞禽走兽、日月星象等无所不包,其共同特点都是将对时事之感怀、个人之际遇等融合于咏物之中,没有黄庭坚等前代学杜者咏物诗那种专意卖弄学问的书斋之气,显示出李梦阳从内在精神上对杜诗的继承。又如杜甫集中有很多题画诗,名篇有《丹青引》《奉先刘少府新书山水障歌》等,沈德潜曾评说杜甫题画诗的特点云:“其法全在不粘画上发论。如题画马、画鹰,必说到真马、真鹰,

① (清)浦起龙:《读杜心解》,北京:中华书局,1960年,第120页。

复从真马、真鹰开出议论。”[①]这些诗篇都是从画意画境起手，然后转到对种种社会现实的感慨，和杜甫的咏物诗一样展示了鲜明的社会现实性色彩。杜甫题画诗中关于骏马、猛禽的尤其多，有《画鹘行》《杨监又出画鹰十二扇》《姜楚公画角鹰歌》《画鹰》《题壁上韦偃画马歌》《韦讽录事宅观曹将军画马图引》等近10首。查看李梦阳的诗集，也有不少的题画之作，也是同样借着画意吟咏家国之情、民生之叹。李梦阳集中题画马、画鹰之作也有多篇。其《画马行》一篇，起笔赞赏画中之马形象生动，“尺缣飒爽毛鬣动，凌风似欲真驰突”，后转向对时事的关联：“四海只今多战争，安得此马一敌万。络头骑出千人惊，擒戎破虏任横行。”又有《林良画两角鹰图》，也是先从画中之鹰的神态入笔，称赞鹰作为猛禽的品性，然后全诗转入议论，以宋徽宗旧事讽喻今主，云：“我闻宋徽宗，亦善貌此鹰。后来失天子，饿死五国城。乃知图写小人艺，工意工似皆虚名。校猎驰骋亦末事，外作禽荒古有经。今皇恭默罢游燕，讲经日御文华殿。南海西湖驰道荒，猎师虞长俱贫贱。吕纪白首金炉边，日暮还家无酒钱。从来上智不贵物，淫巧岂敢陈王前。”全诗之立意与用笔，绝类杜诗同题之作。所以，明万历年间著名诗论家胡应麟评价云：“题画自杜诸篇外，唐无继者。……惟李献吉《吴伟》《林良》等六诗，模写精绝，而豪宕纵横，几欲与杜并驱，真杰思也！”[②]

对于以李梦阳为代表的前七子的学杜，钱谦益等人曾极口痛诋，几乎将李梦阳等人学习杜诗之种种尝试与努力视为徒然无功之举。钱氏有云：“献吉以复古自命，曰古诗必汉魏，必三谢；今体必盛唐，必杜，舍此无诗焉。牵率模拟，剿贼于声句之间，如婴儿之学语，如桐子之洛诵，字则字，句则句，篇则篇，毫不能吐其心之所言，古之人固如此乎？”[③]又云：“夫献吉之学杜，所以自

① （清）沈德潜：《说诗晬语》卷下，见潘务正编：《沈德潜诗文集》第4册，北京：人民文学出版社，2011年，第1965页。

② （明）胡应麟：《诗薮》内编卷三，上海：上海古籍出版社，1979年，第54页。

③ （清）钱谦益：《列朝诗集》丙集第十一《李副使梦阳》，北京：中华书局，2007年，第3466页。

误误人者,以其生吞活剥,本不知杜而必曰如是乃为杜也。"[①]然而,李梦阳等前七子的诗歌颇多形似神肖杜诗之处,且时有新变。从杜诗接受角度看,李梦阳等人不仅从格调论出发细辨杜诗之艺术特征并努力学习效仿之,而且在诗歌的内在思想情感上与杜甫有着相当密切的呼应。比之明前期台阁诗人杜诗接受上的泛论虚应,李梦阳等人的论杜学杜是明代杜诗接受的一大进步。

二、前七子同调诗人对杜诗的辨析与批评——以杨慎为例

从正德到嘉靖中期,在前七子之外,还有一大批持文学复古主张、以格调论诗的杜诗接受者。虽然可能具体的复古主张会略有区别,但他们都是坚持尊杜、学杜的态度,可以视为前七子在杜诗接受上的同调者,主要有陈沂(1469—1545)、徐献忠(1469—1545)、何孟春(1474—1536)、顾璘(1476—1545)、胡缵宗(1480—1566)、郑善夫(1485—1523)、杨慎(1488—1559)、俞弁(1488—1547)、黄佐(1490—1566)等人。

这些人评说杜诗像前七子一样,主要着眼点是杜诗艺术风貌的辨析与讨论。比如,顾璘称赞杜诗"格律雄健"[②],评论好友陈鹤之诗是"辞旨气格,直追李杜而上之"[③],无论是评杜或评时人之学杜,都是从格调角度切入。胡缵宗在"唐诗有调与格,而调适,而格隽"[④]的观点下,认为杜甫等人是唐诗正音,评论杜诗的审美格调是"有不尽浑者而浑存焉"[⑤]。黄佐从音调的角度出发,说杜甫、李白二人是"各为大家者,鸣于朝野"[⑥]。另外,这些前七子的同调者评论杜诗时,还表现出了对杜诗辩证性的接受策略:在尊杜的大前提下,从严格的辩体意识出发,指出杜诗有别于唐调之处,认为杜诗虽兼备众体而

① (清)钱谦益:《牧斋初学集》卷三十二,上海:上海古籍出版社,1985年,第344页。
② (明)顾璘:《凭几集续编》卷二《寄后渠》,《文渊阁四库全书》本。
③ (明)顾璘:《凭几集续编》卷九《与陈鹤论诗》,《文渊阁四库全书》本。
④ (明)胡缵宗:《鸟鼠山人小集》卷十二《刻唐诗正声序》,明刻本。
⑤ (明)胡缵宗:《鸟鼠山人小集》卷十二《廖太史采风集序》,明刻本。
⑥ (明)黄佐:《泰泉集》卷四十一《唐音类选序》,《文渊阁四库全书》本。

未臻尽善。如顾璘评价杜诗“宗雅、颂而实其实，其蔽也朴”[①]，胡缵宗明确指出“杜公音律非唐调”[②]，而作为前七子后学的郑善夫对杜诗之异于唐人的变体特征有十分精细的辨析：

余家有郑善夫批点杜诗，其指摘疵颣，不遗余力，然实子美之知己。余子议论虽多，直观场之见耳。尝记其数则：一云，诗之妙处，正在不必说到尽，不必写到真。而其欲说欲写者，自宛然可想，虽可想而又不可道，斯得风人之义。杜公往往要到真处尽处，所以失之。一云，长篇沉着顿挫，指事陈情，有根节骨格，此杜老独擅之能，唐人皆出其下。然诗正不以此为贵，但可以为难而已。宋人学之，往往以文为诗，雅道大坏，由杜老起之也。一云，杜陵只欲脱去唐人工丽之体，而独占高古，盖意在自成一家，不肯随场作剧也。如孟诗云：“当杯已入手，歌伎莫停声。”便自风度，视“玉佩正当歌”，不啻霄壤矣。此诗终以兴致为宗，而气格反为病也。善夫之诗本出子美，而其持论如此，正子瞻所谓知其所长，而又知其敝者也。[③]

郑善夫对杜诗变体特征的强调，体现的正是格调论下杜诗接受深入发展之后的结果，是前七子何景明、王廷相等人杜诗“变体说”的后继演化[④]。郑善夫一生学杜，对杜甫其人其诗都十分敬仰，曾专门批点杜集（其书今不存）。但他对杜诗的评说却能够秉持审慎客观的态度，其批点杜诗时并不遮掩杜诗中存在的一些缺憾与不足，后世的绝对化尊杜者比如仇兆鳌曾斥之为“真少陵蟊贼也”[⑤]。但以今人的眼光看，郑善夫的杜诗接受恰恰是杜诗接受中理性精神的反映，代表了明中期杜诗接受中尊杜、学杜与辨杜、非杜并存的局面。

---

① (明)顾璘：《凭几集续编》卷九《与陈鹤论诗》，《文渊阁四库全书》本。

② (明)胡缵宗：《鸟鼠山人小集》卷四《马上东河南刘太守思贤》，明刻本。

③ (明)焦竑：《澹园续集》卷三《评杜诗》，《金陵丛书》本。

④ 何景明等人提出的杜诗变体说后文有专节论述。

⑤ (清)仇兆鳌：《杜诗凡例·杜诗褒贬》，见《杜诗详注》卷首，北京：中华书局，1999年，第23页。

在前七子同调诗人诸子之中，从成就与贡献看，杨慎是最有代表性的一个。杨慎(1488—1559)，字用修，号升庵，四川新都人。正德六年(1511)状元，授翰林院修撰。嘉靖初因为“大礼议”案而贬谪云南永昌，终身未被赦免。杨慎一生著述宏富，有《升庵集》等传世。据笔者对杨慎《升庵诗话》及《升庵集》中涉杜材料的粗略统计，杨慎关于杜甫的材料有300余条，共计3.5万字之多[①]。这些材料反映出的对杜诗的认知，既有延续前七子而来，以格调论评议杜诗，对杜诗有极力肯定处；同时对杜诗之某些方面，也有大不以为然处。同时，杨慎因为自身的人生际遇与嘉靖前期的士风、学风的影响而形成新的杜诗接受策略与方法。总的来看，杨慎的杜诗接受至少包含了三大方面的内容。

(一)尚学之习与杨慎的考据式杜诗接受

杨慎出生于世代为宦的书香门第，祖辈、父辈都德行、学问并重。杨慎很小的时候就表现出过人的聪慧，12岁拟作《吊古战场文》《过秦论》，名动乡里。后来随父入京，受业李东阳门下。在翰林院做官时，以博学多闻、好学不倦著称于同僚间。[②] 后来因“大礼议”事件被贬谪到云南，更是有了大量的闲暇时间用来读书，晚年时还对人说：“(余)资性不足，恃日新德业，当自学问中来，故好学穷理，老而弥笃。”[③]杨慎不仅勤于读书，还勤于著述。在入滇之前，他就编著了《风雅逸篇》《选诗外编》《石鼓文音释》等书。嘉靖三年(1524)入滇后不久，《丹铅》诸录、《谭苑醍醐》等专事考据之书便开始传世。此后杨慎埋首著述，举凡诗文词赋、小说戏曲、儒家典籍、诸子杂著、书画金石等，或撰或评或编或订，皆有涉猎。清中期李调元辑刻《函海》时，编成《升庵著作总目》，著录各种杨慎撰写或编辑的著作达200种之多。后人对杨慎的博学多

① 根据拙稿《明代杜诗批评汇编》统计。

② 《明史》卷一百九十二杨慎本传中云：“在翰林时，武宗问钦天监及翰林：‘星有注张，又作汪张，是何星也？’众不能对。慎曰：‘柳星也。’历举《周礼》《史记》《汉书》。”又云：“尝奉使过镇江，谒杨一清，阅所藏书，叩以疑义，一清皆成诵。慎惊异，益肆力古学。”

③ (清)张廷玉等：《明史》卷一百九十二杨慎本传，北京：中华书局，1974年，第5083页。

产，多有称道："明兴，称博学、饶著述者，盖无如用修。"[①]"明世记诵之博，著作之富，推慎为第一。"[②]即便是一向对明人评价比较苛刻的四库馆臣，对杨慎的学问也不禁赞叹道："可以位置郑樵、罗泌之间。其在有明，固铁中铮铮者矣。"[③]

因为杨慎学问宏富，以博学为尚，所以他在杜诗接受上表现出非常鲜明的重学倾向。杨慎在《读书万卷》一文中云："杜子美云：'读书破万卷，下笔如有神。'此子美自言其所得也。读书虽不为作诗设，然胸中有万卷，则笔下自无一点尘矣。近日士夫，争学杜诗，不知读书果曾破万卷乎？如其未也，不过拾《离骚》之香草，丐杜陵之残膏而已。"[④]杨慎以杜甫"读书破万卷"一句为例，指出学问是诗歌创作的基础，批评当世学杜者不读书，不能真正得杜诗精髓。杨慎又云："先辈言杜诗、韩文无一字无来历。予谓自古名家皆然，不独杜、韩两公耳。"[⑤]他认为以学问为作诗底蕴，不单是杜甫等少数人的做法，更是古来名家通行之法。杨慎还以杜诗《滕王亭子》"春日莺啼修竹里"等诗句的解读为例，认为"读书不多，未可轻议古人"[⑥]，最后得出"不读万卷书，不可读杜诗也"[⑦]的观点。

杨慎以学问论杜诗，所以特别善于用考据的方法去接受杜诗。其杜诗考据之内容，包罗丰富：

一是对杜诗音读的考证。杨慎本人对音韵学颇有研究，曾著有《古音丛目》《古音猎要》《古音略例》《转注古音略》等一系列专门的音韵学著作。对杜诗中字词读音的研究是其杜诗考据的重要内容。比如，其《盘涡》云："蜀江三

---

① 王世贞：《艺苑卮言》卷六，见《历代诗话续编》，北京：中华书局，1983年，第1053页。

② （清）张廷玉等：《明史》卷一百九十二杨慎本传，北京：中华书局，1974年，第5083页。

③ （清）纪昀等：《四库全书总目》卷一百十九《丹铅余录》，《文渊阁四库全书》本。

④ （明）杨慎：《升庵集》卷六十，《文渊阁四库全书》本。

⑤ （明）杨慎：《丹铅总录》卷十九《诗文用字须有来历》，《文渊阁四库全书》本。

⑥ （明）杨慎：《升庵诗话》卷十四《莺啼修竹》，见《历代诗话续编》，北京：中华书局，1983年，第930页。

⑦ （明）杨慎：《升庵经说》卷一《周易·白马翰如》，清刻本。

峡水波圆折者，名曰盘涡。盘，音漩。杜诗‘盘涡鹭浴底心性’。”[①]又《上番》云：“杜工部竹诗‘会须上番看成竹’。独孤及诗：‘旧日霜毛一番新，别时芳草两回春。不堪花落花开处，况是江南江北人。’番，去声。但杜公竹诗，番字于义不叶。韩石溪都宪家，有蔡梦弼杜诗注，上番，音上筤。蜀名竹丛曰林筤。《易·说卦》：‘为苍筤竹。’古注音浪。”[②]又《杜诗野艇字》云：“杜诗古本‘野艇恰受两三人’，浅者不知艇字有平音，乃妄改作‘航’字，以便于读，谬矣。古乐府云：‘沿江有百丈，一濡多一艇。上水郎担篙，何时至江陵。’艇，音廷。杜诗盖用此音也。故曰：胸中无国子监，不可读杜诗。彼胸中无杜学，乃欲订改杜诗乎？”[③]这些考证，或是杜诗中容易为人忽略处，比如“盘涡”[④]；或是令人疑惑难解处，如“上番”“野艇”。杨慎的这种音读考订对于杜诗诗义的正确解读十分必要，不是单纯的呈才炫学之举。

二是对杜诗疑难字义的辨析。比如，“曹孟德诗云‘对酒当歌’，而杜子美云‘玉佩仍当歌’。非杜子美一阐明之，读者皆以当歌为当该之当矣。”[⑤]这是从杜诗来解释曹操之诗，而杜诗之意也由此明确下来。不过在大多数情况下，杨慎对杜诗疑难字词或长久以来其意聚讼不已的字词进行考证时，都是有一个反复比对、引证的过程，在参详众说的基础上再作出自己的判断。如《绿沉》一文云：

> 杜少陵《游何将军山林》诗：“雨抛金锁甲，苔卧绿沉枪。”竹坡周少隐《诗话》云：“甲抛于雨，为金所锁；枪卧于苔，为绿所沉。有‘将军不好武’之意。”此瞽者之言也。薛氏《补遗》云：“绿沉，精铁也。”引《隋书》文帝赐张渊绿沉之甲。赵德麟《侯鲭录》谓绿沉为竹，引陆龟蒙诗“一架三百竿，绿沉森杳冥”。虽少有据，然亦非也。予考绿

---

① （明）杨慎：《丹铅总录》卷二十一，《文渊阁四库全书》本。

② （明）杨慎：《升庵集》卷五十八，《文渊阁四库全书》本。

③ （明）杨慎：《升庵诗话》卷五，见《历代诗话续编》，北京：中华书局，1983 年，第 733 页。

④ 杨慎以“漩”释“盘”，后世注杜者多从之，如仇兆鳌《杜诗详注》等。余以为，“盘涡”“漩涡”之类，同物而异地异名也，其意可通训，其音通训则无据也。

⑤ （明）杨慎：《丹铅总录》卷十二《太白杨叛儿曲》，《文渊阁四库全书》本。

沉，乃画工设色之名。《邺中记》云："石虎造象牙桃枝扇，或绿沉色，或木难色，或紫绀色，或郁金色。"王羲之《笔经》云："有人以绿沉漆管见遗。"《南史》梁武帝西园食绿沉瓜。是绿沉即西瓜皮色也。梁简文诗："吴戈夏服箭，骥马绿沉弓。"虞世南诗："绿沉明月弦。"刘邵《赵都赋》："弩有黄间、绿沉。"若如薛与赵之说，铁与竹，岂可为弓弦耶？杨巨源诗："吟诗白羽扇，校猎绿沉枪。"与杜少陵之句同，皆谓以绿沉色为漆饰枪柄。①

在这篇考证性的文字中，杨慎先是列举了前人之种种观点，然后广征博引，列举唐代以前人们使用"绿沉"一词的诗文之例，在两相比照中得出自己的结论：杜诗中之"绿沉"非铁非竹，乃枪之漆皮颜色也。《升庵诗话》中像《绿沉》这样严谨审慎、富于逻辑性的杜诗考订绝非孤例，反映了明中期杜诗接受中的学术化倾向——这种杜诗接受倾向在明后期最为兴盛，而杨慎正是这种释杜风气的开启者。

三是重视考订杜诗异文。宋元时期，杜诗的传刻非常频繁，因为传刻者的无心失误或有意篡改，不同版本的杜诗文本往往字词上颇有出入，因而在后世的杜诗接受中，这种情况便成为杜诗解读的一种现实的障碍。明初以来的杜诗接受者大多没有对此问题给予太多关注，杨慎是明代第一个特别用力于此的人。比如其《杜诗"步檐"字》一文云：

杜子美诗："步檐倚杖看牛斗。"檐，古詹字。《楚辞·大招》："曲屋步櫚。"注："曲屋，周阁也。步櫚，长砌也。"司马相如赋："步櫚周流，长途中宿。""櫚"亦古詹字也。又，梁陆倕《钟山寺》诗："步檐时中宿，飞阶或上征。"沈氏《满愿》诗："步檐随新月，挑灯惜落花。"杜公盖袭用其字。后人不知，妄改作"步蟾"，且前句有"新月"字，而结句又云"步蟾"，复矣。②

① (明)杨慎：《升庵诗话》卷十二，见《历代诗话续编》，北京：中华书局，1983年，第878页。

② (明)杨慎：《升庵诗话》卷五，见《历代诗话续编》，北京：中华书局，1983年，第732页。

“步檐”出自杜甫七律《夜》尾联，在宋元两代该句就有不同的异文，黄鹤《补注杜诗》作“步蟾”，郭知达《九家集注杜诗》作“步簷”，无名氏《集千家注杜工部集》作“步檐”，莫衷一是。杨慎梳理各家之说，引证古书，参合杜诗全篇之意，定为“步檐”。这种杜诗异文的考订与杜诗疑难字词的释义相结合的方式，是杨慎杜诗接受的一个特色，在其文集或诗话中非常多见。如《避贤》云：“杜诗：‘衔杯乐圣称避贤。’用李适之‘避贤初罢相，乐圣且衔杯’句也。今本作‘世贤’，非。‘更取楸花媚远天。’今本作‘椒花’，非。椒花色绿，与叶无辨，不可言媚。”①又如《裋褐》云：“杜少陵《冬日怀李白》诗：‘裋褐风霜入。’惟宋元本仍作‘裋’，今本皆作‘短褐’。裋音竖，二字见《列子》。”②杨慎的这些考订工作，不少都涉及了宋元以来的热点。比如，杜甫《龙门奉先寺》“天窥象纬逼”中“天窥”，宋代以来有“天阅”“天阙”“天窥”等各种不同说法，王安石、苏轼、黄庭坚等都曾参与讨论。杨慎认可张表臣《诗话》“旧本作‘天窥’”之说，并引用了《文选》中的多条材料佐证之，然后推论云：“杜子美，精熟《文选》者也，其用‘天窥’字，正本此，况天文即‘象纬’也，不但用其字，亦用其义矣。子美复生，必以余为知言。天窥，窥天也；云卧，卧云也，此倒字法也。言窥天则星河垂地，卧云则空翠湿衣，见山中之殊于人境也。”③其分析、辩驳可谓稳妥得当。

四是考证杜诗名物用典、遣词造句之源出与影响。在尚学观念的作用下，杨慎特别重视考辨杜诗用事用典乃至话语表达的出处。他在《宋人论诗》中说：“若以无出处之语皆可为诗，则凡道听途说、街谈巷语、酗徒之骂坐、里

① （明）杨慎：《升庵诗话》卷十三，见《历代诗话续编》，北京：中华书局，1983年，第900页。

② （明）杨慎：《升庵诗话》卷十，见《历代诗话续编》，北京：中华书局，1983年，第840页。按：此条材料又见于俞弁《逸老堂诗话》卷下，文字完全相同，《逸老堂诗话》中与杨慎相同者还有多条。俞弁与杨慎同岁，是著名藏书家、学者。其《逸老堂诗话》编成于嘉靖二十六年(1547)俞弁去世前，刻成传世又在其去世后，杨慎当时身在边陲，当无机会见俞弁之书。与此同时，杨慎生前著作便传布天下，作为藏书家的俞弁大概曾见过杨慎有关书籍，故而应该是其《逸老堂诗话》直接过录了杨慎的文字。

③ （明）杨慎：《升庵诗话》卷一《天窥象纬逼》，见《历代诗话续编》，北京：中华书局，1983年，第656页。

媪之罟鸡，皆诗也，亦何必读书哉。”[①]因此，杨慎得出“杜诗之妙，在翻古语”[②]的结论。这类考证随见于其文集或诗话之中：

《孝经纬》曰：“酒者，乳也。”梁张率《对酒诗》：“如花良可贵，似乳更堪珍。”杜子美诗“山瓶乳酒下青云”，本此。[③]

杜诗：“斗鸡初赐锦，舞马使登床。”马舞，古有之。《山海经》述海外太乐之野，夏后启于此舞九代之马。杜氏《通典》：“凤花厩有蹀马，俯仰腾跃皆合节。奏明皇，尝令教舞马百驷。又施三层板床，乘马而上，抃转如飞；或命壮士举榻，马舞其上。”观此说，则杜诗“登床”之语，盖纪实也。《南史》：“河南国进赤龙驹，能拜伏，善舞。”[④]

芧栗，木果也。庄子所谓狙公赋芧者，今讹作茅栗，沈存中尝辨其非，杜诗“园收芧栗未全贫”正指此物。今以芧栗解作蹲鸱之芋，一何远哉。[⑤]

《三国典略》曰：“侯景篡位，令饰朱雀门，其日有白头乌万计，集于门楼。童谣：‘白头乌，拂朱雀，还与吴。’”杜工部诗：“长安城头头白乌，夜飞延秋门上呼。”盖用其事，以侯景比禄山也。而《千家注》不知引此。[⑥]

蔡邕《汉津赋》：“夫何大川之浩浩兮，洪荒淼以玄清。”嵇康诗：“浩浩洪流，带我邦畿。”杜子美诗：“大水淼茫炎海接。”皆本于此。[⑦]

杨慎的这些杜诗考辨文字，或是训诂名物来源，或是探究用典出处，或是考察词语渊源，对准确理解杜诗主旨，把握其暗含意蕴，很有帮助。从明初以来的

---

① (明)杨慎：《升庵诗话》卷五，见《历代诗话续编》，北京：中华书局，1983 年，第 719 页。

② (明)杨慎：《升庵诗话》卷六《波漂菰米》，见《历代诗话续编》，北京：中华书局，1983 年，第 752 页。

③ (明)杨慎：《升庵集》卷五十七《乳酒》，《文渊阁四库全书》本。

④ (明)杨慎：《升庵集》卷五十七《舞马登床》，《文渊阁四库全书》本。

⑤ (明)杨慎：《升庵集》卷七十九《芧栗》，《文渊阁四库全书》本。

⑥ (明)杨慎：《升庵集》卷八十一《白头乌》，《文渊阁四库全书》本。

⑦ (明)杨慎：《丹铅总录》卷十九《大水浩浩》，《文渊阁四库全书》本。

杜诗接受看，各家论杜往往从宏观性诗学批评角度切入，从用事用典、词句缘起角度考证杜诗的工作少有人涉及。像单复《读杜愚得》这样的专门杜诗阐释之作，在杜诗用事用典考辨上也只是简单的汇集前人之说，少有校勘考辨。所以，在杜诗接受的方法论上，杨慎的工作置于千家注杜的两宋时期固然属于常态，但在明代的杜诗接受进程之中却是"新创"。而且，更可贵的是，杨慎对杜诗的考辨是一种全局性的眼光：他不仅详细地考察杜诗用事、用典与用词等方面对前人的继承，还注意到杜诗用事、用词对后代的启发，强调用一种史学的眼光考察杜诗在文本层面的承上启下。比如，杨慎《尹式诗》谈到了杜诗前承尹式、后启陈师道的情况：

> 尹式和宋之问诗："愁发含霜白，衰颜寄酒红。"杜子美："发短何须白，颜衰肯再红。"宋陈后山云："短发愁催白，衰颜酒借红。"皆互相取用，各不失为佳。[①]

其《梅圣俞诗》则列举了宋人对杜诗句法的模仿："梅（圣俞）诗：'南陇鸟过北陇叫，高田水入低田流。'山谷诗：'野水自添田水满，晴鸠却唤雨鸠来。'李若水诗：'近村得雨远村同，上圳波流下圳通。'其句法，皆自杜子美'桃花细逐杨花落，黄鸟时兼白鸟飞'之句来。"[②]

杨慎论诗以学问为基础，从考据的角度接受杜诗，在明代正德、嘉靖年间，并非孤立的个体偏好，而是带有普遍性的杜诗接受倾向。在杨慎同时代的杜诗接受者中，有很多人像杨慎一样尚博重学。比如郎瑛、俞弁、邵经邦（1490—1565）等人，或是学者，或是藏书家。郎瑛有《七修类稿》51卷，俞弁有《山樵暇语》10卷，邵经邦有《弘道录》《弘简录》等，都是博汇众说、考校学问之作。这些学者和杨慎一样都是复古派的同调者，他们在诗学批评视野下的杜诗接受，都带有考据的倾向。比如，郎瑛《恰字》辨别杜诗"恰"字用法云：

> 恰字有三义，适然貌，用心也，又莺声，杜诗皆具之。如"野航恰

① （明）杨慎：《升庵诗话》卷五，见《历代诗话续编》，北京：中华书局，1983年，第651页。
② （明）杨慎：《升庵诗话》卷十，见《历代诗话续编》，北京：中华书局，1983年，第831页。

> 受两三人”，当训适然；“恰有三百青铜钱”，用心之义也；“自在娇莺恰恰啼”，则声矣。《猗觉寮》不察此意，反引《广韵》云：“恰恰，用心。啼，非止声也。”岂非不知字义而误以一偏言之耶？[①]

而俞弁用考据的方式接受杜诗尤多，其《山樵暇语》卷四云：“杜诗云：‘江莲摇白羽，天棘蔓青丝。’王菉猗《春晚》诗云：‘丝丝天棘出莓墙。’天棘，天门冬也。如蘹香而蔓生。洪觉范以为柳，误矣。”[②]又《逸老堂诗话》有云：

> 老杜《孟冬》诗云：“破瓜霜落刃。”《岁时杂用》乃云：“破甘霜落瓜。”朱新仲《杂记》云：“孟冬无瓜，当以《杂咏》为是。”余谓西瓜冬天固少，则今冬瓜与瓠子皆有粉，故谓之霜落刃。若改作“破甘霜落瓜”，则谬矣。[③]

由此可见，杨慎的考据式杜诗接受是明中期尚学之风的产物。从明代杜诗接受史的角度看，杨慎的这种杜诗接受方式，直接启发了明后期胡应麟、胡震亨、冯复京等人杜诗研究的方法与角度，杨慎关于杜诗的很多观点在他们那里被进一步拓展或辩驳。曾有学者从学术史的角度，评价杨慎在明代的主要贡献是“倡导了求实的治学方法”[④]，杨慎对杜诗的考证工作也开创了明代杜诗接受的“求实的方法”。

对于杨慎的考据式杜诗接受，后代曾有些争议。比如，杨慎曾说杜甫《丽人行》“珠压腰衱稳称身”一句之后还有“足下何所著，红蕖罗袜穿镫银”二句，钱谦益就批评说这两句轶文是出自杨慎的捏造，自己遍查宋版杜集未见。钱谦益的这个批判性意见在今天学界似乎已成为定论。杨慎这个说法见于《升庵诗话》卷九《丽人行逸句》，其文中明确指出《丽人行》轶文为“松江陆三汀深语余”，是出自好友陆深所见，由此可见杨慎的态度还是比较审慎的，谈不上

---

① (明)郎瑛：《七修类稿》“续稿”卷五，上海：上海书店，2009年，第592～593页。

② (明)俞弁：《山樵暇语》卷四，涵芬楼影印华亭朱象玄手抄本。

③ (明)俞弁：《逸老堂诗话》卷下，见《历代诗话续编》，北京：中华书局，1983年，第1330页。

④ 张义德：《杨慎对宋明理学的批判》，载《中国哲学史研究》，1982年第2期，第78页。

有意去捏造杜诗逸句；另外，《丽人行》之逸句又见于王世贞《艺苑卮言》卷四，说是出自杜集善本，称这两句逸诗是“泓渟有妙趣”[①]。王世贞作为嘉靖、万历之间的诗坛领袖，学问广博，藏书丰富，不大可能去附和一个生造无据之说。从逻辑上讲，前代两位人士的说法显然比后世一个人的观点要更加可信一些——杨慎、王世贞能够看到的一些杜集善本而钱谦益看不到，也是合乎情理之事。所以说，虽然杨慎一生大部分时间都被贬居边远地区，身边缺乏足够的书籍文献，其考证杜诗之时常常根据早年读书之记忆，或有不太准确之处，但总体来看，他的杜诗考辨大多是持之有据、言之成理的，是明代杜诗文本笺证、释读的重要组成部分。

（二）诗宗六朝与杨慎的杜诗批评

在明代中期诗学批评史上，杨慎是著名的六朝派。王世贞称他是“凡所取材，六朝为冠”[②]，胡应麟也称他是“直以六朝之才，而兼有六朝之学者”[③]。

杨慎论诗比较重视《选》诗，曾编辑《选诗外编》《选诗拾遗》等《文选》诗体类作品的补遗之作。杨慎还特别关注唐诗与六朝诗的关系问题，极力主张六朝诗与唐诗之间有直接的传承关系。比如，他编辑了《五言律祖》一书，收集六朝五言八句之诗，认为这些诗作都是唐代五律的先声；他认为梁简文帝《情曲》、后魏温子升《捣衣》、陈后主《听筝》、隋王无功《北山》等诗都是“六朝七言律”[④]。其《选诗外编序》一文云：

> 诗自黄初、正始之后，谢客以排章偶句倡于永嘉，隐侯以切响浮声传于永明，操觚轮才，靡然从之。虽萧统所收，齐、梁之间固已有不纯于古法者。是编起汉迄梁，皆《选》之弃余；北朝陈、隋，则《选》所未及。详其旨趣，究其体裁，世代相沿，风流日下，填括音节，渐成

① （明）王世贞：《艺苑卮言》卷四，见《历代诗话续编》，北京：中华书局，1983年，第1013页。

② （明）王世贞：《明诗评》卷一“杨修撰慎”条，见《明诗话全编》，南京：江苏古籍出版社，1997年，第4354页。

③ （清）王士祯：《香祖笔记》卷五，上海：上海古籍出版社，1982年，第99页。

④ （明）杨慎：《升庵集》卷五十七《六朝七言律其体不纯》，《文渊阁四库全书》本。

律体。盖缘情绮靡之说胜，而温柔敦厚之意荒矣，大雅君子宜无所取。然以艺论之，杜陵诗宗也，固已赏夫人之清新俊逸，而戒后生之指点流传。乃知六代之作，其旨趣虽不足以影响大雅，而其体裁实景云、垂拱之先驱，天宝、开元之滥觞也。独可少此乎哉！①

在序文中杨慎承认六朝诗歌“缘情绮靡”，所以“大雅君子”往往无取。但他同时也明确指出，从诗歌艺术的传承看，“六朝之体”正是初唐、盛唐诗歌的滥觞。他在《选诗拾遗序》中又表达了相类似的看法：“汉代之音可以则，魏代之音可以诵，江左之音可以观，虽则流例参差，散偶肸分，音节尺度粲如也。有唐诸子，效法于斯，取材于斯。昧者顾或尊唐而卑六代，是以枝笑干、从潘非渊也，而可乎哉！”②他肯定了六朝之诗的价值，再一次强调了唐人对六朝诗是“效法于斯，取材于斯”的传承关系。

杨慎对六朝诗与唐诗之关系的发现，反映了他自身作为一个博学者的识力之精深与视野之开阔。不过，他对六朝诗的强调也是有外在的现实触因的。

首先是对前七子群体诗学主张的不满。李梦阳等人声称“诗必盛唐”，对六朝诗极其鄙薄。比如李梦阳云：“大抵六朝之调凄婉，故其弊靡；其字俊逸，故其弊媚。”③何景明说：“晋逮六朝，作者日盛，而风益衰。其志流，其政倾，其俗放，靡靡乎不可止也。”④胡缵宗更是直言曰：“汉、魏有诗，梁、陈、隋无诗。”⑤杨慎本身虽然也是和前七子一样推尊唐诗尤其是盛唐诗，但他又并不拘泥于此一端，而是采取一种相对开放的眼光，清人李调元曾评价他是“作诗不名一体，言诗不专一代”⑥。作为一名博学的诗论家，当他发现六朝诗与唐诗之间存在的紧密关联时，他对李梦阳等人轻视六朝诗的做法很难认同。加

---

① (明)杨慎：《升庵集》卷二，《文渊阁四库全书》本。

② (明)杨慎：《升庵集》卷二，《文渊阁四库全书》本。

③ (明)李梦阳：《空同集》卷五十六《章园饯会诗引》，《文渊阁四库全书》本。

④ (明)何景明：《大复集》卷三十四《汉魏诗集序》，《文渊阁四库全书》本。

⑤ (明)胡缵宗：《鸟鼠山人小集》卷十一《杜诗批注后序》，明刻本。

⑥ 王文才等编：《升庵著述序跋》，昆明：云南人民出版社，1985 年，第 171 页。

上他长期贬谪荒远的云南，边缘化的社会处境更容易激发其反主流的意识。所以他会在“诗必盛唐”之说风行天下之时，特意宣扬自己对六朝诗价值的重视。

其次，杨慎提倡六朝诗，也和他反宋学的心理有关。杨慎的学术思想体系中，有很明显的反宋学倾向，故而其诗歌批评中也有强烈的反宋人色彩。比如他在《文字之衰》一文中说：

> 予尝言，宋世儒者失之专，今世学者失之陋。失之专者，一骋意见，扫灭前贤；失之陋者，惟从宋人，不知有汉唐前说也。宋人曰是，今人亦曰是；宋人曰非，今人亦曰非。高者谈性命，祖宋人之语录；卑者习举业，抄宋人之策论。其间学为古文歌诗，虽知效韩文杜诗而未始真知韩文杜诗也，不过见宋人尝称此二人而已。文之古者《左氏》《国语》，宋人以为衰世之文，今之科举以为禁约。诗之高者汉魏、六朝，而宋人谓诗至《选》为一厄，而学诗者但知李杜而已。高棅不知诗者，及谓由汉魏而入盛唐，是由周孔而入颜孟也。如此，皆宋人之说误之也。吁，异哉！[①]

杨慎从对宋人学术的非议转引到对宋人文学观的批评，并认为时人尊唐而卑六朝的现象就是源于宋人。他对宋人的诗学观大不以为然：“宋人论诗云：‘今人论诗，往往要出处，“关关雎鸠”，出在何处？’此语似高而实卑也。”[②]在杨慎看来，宋人及其后来追随者只看到李杜等人的诗歌成就，却没有发现李杜诗歌之佳处往往来源于《选》诗，所以他批评宋人刘辰翁云：“世以刘须溪为能赏音，为其于《选》诗、李杜诸家皆有批点也。予以为须溪元不知诗，其批《选》诗，首云：‘诗至《文选》为一厄，五言盛于建安，而勃窣为甚。’此言大本已迷矣。须溪徒知尊李杜，而不知《选》诗又李杜之所自出。予尝谓须溪乃开剪

① （明）杨慎：《升庵集》卷五十二，《文渊阁四库全书》本。

② （明）杨慎：《升庵诗话》卷五《宋人论诗》，见《历代诗话续编》，北京：中华书局，1983年，第719页。

截罗缎铺客人，元不曾到苏、杭、南京机坊也。”①

杨慎的诗宗六朝，对他的杜诗接受产生了直接的影响。这种影响具体表现在两个方面：

一方面是辨析杜诗与六朝诗之间的关联。在《升庵诗话》等著作中，杨慎列举了大量杜诗源于六朝诗的诗例，这里略举数例如下：

> 谢宣远诗“离会虽相杂”，杜子美“忽漫相逢是别筵”之句，实祖之。颜延年诗“春江壮风涛”，杜子美“春江不可渡，二月已风涛”之句，实衍之。故子美谕儿诗曰：“熟精《文选》理。”②
>
> 谢灵运诗：“明月入绮窗，仿佛想蕙质。消忧非萱草，永怀宁梦寐。”寐，叶音密。上二句乃杜工部“落月”“屋梁”之所祖。③
>
> 鲍照诗：“秋霜晓驱雁，春雨暗成虹。”佳句也。杜子美诗“朔风驱胡雁，惨淡带沙砾”之句本此。④
>
> “黄河曲渚通千里，浊水分流引八川。……河堤极望今如此，行杯落叶讵虚传。”此六朝诗也。七言律未成而先有七言排律矣，雄浑工致，固盛唐老杜之先鞭也。⑤
>
> 谢灵运诗：“晓闻夕飙急，晚见朝日暾。”此语殊有变互。凡风起必以夕，此云“晓闻夕飙”，即杜子美之“乔木易高风”也。⑥

杨慎专从诗歌意象以及词句的沿袭传承的角度考察杜甫与六朝诗人的渊源。

---

① (明)杨慎:《升庵诗话》卷十二《刘须溪》，见《历代诗话续编》，北京:中华书局，1983年，第887页。

② (明)杨慎:《升庵诗话》卷五《杜诗本选》，见《历代诗话续编》，北京:中华书局，1983年，第731页。

③ (明)杨慎:《升庵诗话》卷十四《谢灵运逸句》，见《历代诗话续编》，北京:中华书局，1983年，第917页。

④ (明)杨慎:《升庵诗话》卷十四《驱雁》，见《历代诗话续编》，北京:中华书局，1983年，第930页。

⑤ (明)杨慎:《千里面谭》卷上《沈君攸〈桂楫泛中河〉》，清刻本。

⑥ (明)杨慎:《升庵诗话》卷十一《晚见朝日》，见《历代诗话续编》，北京:中华书局，1983年，第850页。

这种琐碎而细致的考辨工作，不仅印证了杜甫自己“转益多师”的诗学主张，也夯实了中唐以来杜诗集大成说的基础。虽然其具体的分析我们今天并不完全认同，但他对杜诗与六朝诗歌之间关联的肯定是合乎杜诗的文本实际与唐代诗歌的发展历程的。杨慎不仅考证杜诗与六朝诗的关联，而且常常还以六朝之诗作为评价杜诗的标准。比如，杨慎在《羊肠熊耳》中云：“庾开府诗：‘羊肠连九坂，熊耳对双峰。’鲍照诗：‘二崤虎口，九折羊肠。’可谓工矣。比之杜工部‘高凤’‘聚萤’‘牖子’‘莺歌’之句，则杜觉偏枯矣。”[①]杨慎将杜甫诗中使用口语化俗字的诗句与庾信、鲍照等人的诗作对比，认为杜诗的运用比较单调，不像六朝诗作那么自然生动。又如《杜诗夺胎之妙》中云：“陈僧慧标《咏水》诗：‘舟如空里泛，人似镜中行。’沈佺期《钓竿篇》：‘人如天上坐，鱼似镜中悬。’杜诗：‘春水船如天上坐，老年花似雾中看。’虽用二子之句，而壮丽倍之，可谓得夺胎之妙矣。”[②]这是称赞杜甫化用前人诗意，能够青出于蓝。可见杨慎以六朝诗为标准来衡量杜诗的时候，并不拘于已成之见，而是根据杜诗的实际状况来作判断。这和前七子评说杜诗时容易持其一端而不顾其余的做法显然有别。

另一方面是强调诗歌的情韵，注重含蓄蕴藉的诗歌审美风格。六朝诗的典型特征是“缘情绮靡”，杨慎因为推崇六朝之诗，所以他在诗论上也比较重视诗歌的内在情韵，欣赏含蓄蕴藉的诗歌风格。他在《李前渠诗引》一文中比较鲜明地表达了这种诗学观念，他说：

> 诗之为教，逖矣玄哉！婴儿赤子，则怀嬉戏抃跃之心；玄鹤苍鸾，也合歌舞节奏之应。况乎毓精二五，出类百千。六情静于中，万物荡于外。情缘物而动，物感情而迁，是发诸性情而协于律吕，非先协律吕而后发性情也。以兹知人人有诗，代代有诗。[③]

① （明）杨慎：《升庵诗话》卷三，见《历代诗话续编》，北京：中华书局，1983年，第695页。
② （明）杨慎：《升庵诗话》卷五，见《历代诗话续编》，北京：中华书局，1983年，第731页。
③ （明）杨慎：《升庵集》卷三，《文渊阁四库全书》本。

所以，杨慎评价杜诗，表示肯定的意见时，针对的通常是杜诗中表达比较含蓄的那些诗篇。比如，杨慎有云：

> 杜子美诗："侧生野岸及江蒲，不熟丹宫满玉壶。云壑布衣鲐背死，劳生害马翠眉须。"杜公此诗盖纪明皇为贵妃取荔枝事也。其用"侧生"字，盖为廋文隐语以避时忌，《春秋》定、哀多微辞之意，非如西昆用僻事也。末二句盖昌黎感二鸟之意，言布衣抱道，有老死云壑而不征者，乃劳生害马以给翠眉之须，何为者耶？其旨可谓隐而彰矣。①

杨慎所赞赏的诗句来自杜甫《解闷十二首》第十二，该诗吟咏天宝年间夔州一带进贡荔枝之事，诗人对唐玄宗宠溺贵妃、荒乱国政的行为进行了讽刺，杨慎认为该诗主旨明晰但表达含蓄。又比如杨慎评价杜甫的七言绝句《赠花卿》云：

> "锦城丝管日纷纷，半入江风半入云。此曲只应天上有，人间能得几回闻。"花卿名敬定，丹棱人，蜀之勇将也，恃功骄恣。杜公此诗讥其僭用天子礼乐也，而含蓄不露，有风人言之无罪，闻之者足以戒之旨。公之绝句百馀首，此为之冠。②

杨慎对杜甫的绝句一向比较轻视，说杜甫"诸体皆有绝妙者，独绝句本无所解"，但对此诗却极为称赏，其著作中屡次言及之③，原因就在于该诗把讽喻之义表达得含蓄委婉，有所谓"风人之旨"。与此相反的是，对杜诗中那些赋物抒情比较直露或人工之迹过于明显的作品，则持批评意见。比如，其《韦应物萤火诗》云："'月暗竹亭幽，萤光拂席流。还如故园夜，又度一年秋。''暂惬

---

① （明）杨慎：《升庵诗话》卷五《杜工部荔枝诗》，见《历代诗话续编》，北京：中华书局，1983年，第734页。

② （明）杨慎：《升庵诗话》卷一《子美赠花卿》，见《历代诗话续编》，北京：中华书局，1983年，第644页。

③ 除了《升庵诗话》外，杨慎在《绝句衍义》卷一、《升庵集》卷五十七等书中也曾表达过相似的意见。

观书兴，何惭秉烛游。府中徒冉冉，明发好归休。'此二诗绝佳，予爱之。比之杜子美，则杜似太露。"[①]杜甫有《见萤火》等诗，诗中有"却绕井栏添个个，偶经花蕊弄辉辉"等句，杨慎认为类似这样的表达过于写实，而韦应物的同题诗作则相对比较含蓄，不太着痕迹。杨慎又批评杜诗"山豁何时断，江平不肯流"刻意求工整，结果是"意求工而语反拙，所谓凿混沌而画蛇足，必夭性命而失卮酒也"，不像李群玉"人老自多愁，水深难急流"等诗句那样"词愈俗愈工，意愈浅愈深"[②]，体现的都是杨慎崇尚自然含蓄之诗歌韵致的主张。

（三）辩体意识与杨慎的杜诗"诗史"批判

杨慎虽然对六朝诗歌的审美特质有专门强调，但他论诗基本上还与前七子同调，在对以杜甫、李白等为代表的唐诗的推崇上，杨慎与李梦阳等并无本质区别。而杨慎对六朝诗的肯定，其意在探究作为诗歌高潮的唐诗的渊源所自，并不是由此去否定唐诗的地位与成就。所以，除了以学问论诗、主张诗有情韵等观念外，在李东阳、前七子等以格调论诗的风气下，杨慎的诗学观念中也保留了一定的格调论成分。

杨慎以格调论诗主要体现在他的诗歌辩体意识上。比如，杨慎曾编选《绝句辩体》一书，以"四句不对""前对""后对""前后皆对""散起""四句皆韵""仄韵""换韵"等八类，选编唐人绝句分为八卷，反映了杨慎从声韵、句法等外在形式特征的角度区分唐人诗作的思路；而每卷之前，又编入一二首六朝诗作，意在体现六朝诗为唐人绝句之来源的观点——这和《五言律祖》等书共同构成了杨慎诗学体系中对唐人近体诗源于六朝诗的判断。杨慎又编有《唐绝增奇》一书，以神品、妙品、能品、杂品、仄体分为五卷，主要是从艺术格调的角度区分唐人绝句高下，和《绝句辩体》一样，反映的都是杨慎从诗歌辩体意识出发去接受唐诗的策略。这两部唐人绝句选本都选入了杜诗，如《绝句辩体》"前后皆对"卷选入了杜甫《绝句》"两个黄鹂鸣翠柳"一诗，但批评该诗诗意

---

① （明）杨慎：《升庵诗话》卷八，见《历代诗话续编》，北京：中华书局，1983 年，第 788 页。

② （明）杨慎：《升庵诗话》卷四《江平不流》，见《历代诗话续编》，北京：中华书局，1983 年，第 706 页。

“不相连属”;《唐绝增奇》“妙品”一卷收入了杜甫的《赠花卿》,而最高等次的“神品”一卷则主要收录李白、王昌龄、王维等人诗作,杜甫无诗作入选。杨慎诗选中体现的对杜甫绝句的不太认可的态度,和他本人对绝句诗体特征及杜甫绝句特征的认识紧密关联。杨慎在《唐绝增奇序》中说:

> 予尝评唐人之诗,乐府本效古体,而意反近,绝句本自近体,而意实远。欲求风雅之仿佛者,莫如绝句,唐人之所偏长独至,而后人力追莫嗣者也。擅场则王江宁,骖乘则李彰明,偏美则刘中山,遗响则杜樊川。少陵虽号大家,不能兼善:一则拘于对偶,二则汩于典故。拘则未成之律诗,而非绝体;汩则儒生之书袋,而乏性情。故观其全集,自“锦城丝管”之外,咸无几焉。近世有爱而忘其丑者,专取而效之,惑矣![1]

在杨慎看来,最正宗的唐人绝句应该是诗意悠远的“风雅之仿佛者”,而杜甫的绝句则有两个弊端:一是太重对偶,变成了律诗的中间两联的格局,拘泥太多,意脉不能圆融一体,就像《绝句》“两个黄鹂鸣翠柳”等诗;二是过于重视典故。杨慎虽然有明显的以学问论诗的倾向,但是他也认为绝句之体篇幅短小,不同于古诗或七律,过多用典会伤害诗中情韵的自然呈现,反为不美。总而言之,杨慎从辩体角度出发,判定杜甫绝句不是唐人正宗,这和明初高棅《唐诗品汇》中的看法是一致的——杨慎实际上对高棅的诗学观是很不以为然的,比如,他批评高棅《唐诗品汇》收录太多许浑的诗作,云:“甚矣,棅之无目也!”[2]又如他认为高棅《唐诗正声》中“五言古诗”一类诗作很多是律体,说高棅“诚盲妁也”[3]。但在关于杜甫绝句的认识上,杨慎的诗选基本上沿袭了高棅《唐诗品汇》将其编入“羽翼”一品的思路,将杜诗排除在唐诗最高典范之

---

① (明)杨慎:《升庵集》卷二,《文渊阁四库全书》本。

② (明)杨慎:《升庵诗话》卷九《许浑》,见《历代诗话续编》,北京:中华书局,1983年,第821页。

③ (明)杨慎:《升庵诗话》卷七《高棅选唐诗正声》,见《历代诗话续编》,北京:中华书局,1983年,第784页。

外，反映了杨慎诗学辩体意识的严谨。

杨慎以辩体观念对杜诗的辨析，除了体现在对杜甫绝句的否定上，更主要表现为对宋代以来杜诗诗史说的批判。杜诗诗史说出自晚唐孟棨《本事诗》，他说：

(李白)以永王招礼累，谪于夜郎，及放还，卒于宣城。杜所赠二十韵，备叙其事，读其文，尽得其故迹。杜逢禄山之难，流离陇蜀，毕陈于诗，推见至隐，殆无遗事，故当时号为“诗史”。①

孟棨在李白本事的末尾谈及杜甫寄给李白的诗作，认为能够从诗作中尽得李白一生行迹。然后顺带提及对杜甫那些记述大唐帝国盛衰之变作品的评价，借用了司马迁评《春秋》“推见至隐”②的说法，推崇杜诗鲜明的记时纪事价值，奉以“诗史”之桂冠。孟棨提出的诗史说，很快在两宋时期发展成为杜诗批评的核心概念。宋人对杜诗诗史说作了非常详尽的探讨与辨析，其核心内容是极力肯定杜诗反映现实、纪录时事的品质。

杨慎反对宋人诗史说以史论诗的做法，他从诗史有别的角度出发，对宋人杜诗诗史说作了深入的讨论和系统的辩驳。笔者检索《升庵集》《升庵诗话》等杨慎的著作，直接涉及“诗史”概念的材料共有 7 条之多。单从材料的多寡来说，唐代以来，没有人曾对诗史说给予如此集中的关注。杨慎论“诗史”，其最著名的一段如下：

宋人以杜子美能以韵语纪时事，谓之“诗史”。鄙哉宋人之见，不足以论诗也。夫六经各有体：《易》以道阴阳，《书》以道政事，《诗》以道性情，《春秋》以道名分。后世之所谓史者，左记言，右记事，古之《尚书》《春秋》也。若《诗》者，其体其旨，与《易》《书》《春秋》判然矣。《三百篇》皆约情合性而归之道德也，然未尝有道德字也，未尝有道德性情句也。二《南》者，修身齐家其旨也，然其言琴瑟钟鼓，荇

---

① (唐)孟棨：《本事诗·高逸第三》，见《历代诗话续编》，北京：中华书局，1983 年，第 15 页。

② (汉)司马迁：《史记》卷一百十七《司马相如列传》，北京：中华书局，1982 年，第 3073 页。

菜芣苡，夭桃秾李，雀角鼠牙，何尝有修身齐家字耶？皆意在言外，使人自悟。至于变风变雅，尤其含蓄。言之者无罪，闻之者足以戒。如刺淫乱，则曰“雍雍鸣雁，旭日始旦”，不必曰“慎莫近前丞相嗔”也；悯流民，则曰“鸿雁于飞，哀鸣嗷嗷”，不必曰“千家今有百家存”也；伤暴敛，则曰“维南有箕，载翕其舌”，不必曰“哀哀寡妇诛求尽”也；叙饥荒，则曰“牂羊羵首，三星在罶”，不必曰“但有牙齿存，可堪皮骨干”[①]也。杜诗之含蓄蕴藉者，盖亦多矣，宋人不能学之。至于直陈时事，类于讪讦，乃其下乘，而宋人拾以为己宝，又撰出“诗史”二字以误后人。如诗可兼史，则《尚书》《春秋》可以并省。又如今俗《卦气歌》《纳甲歌》，兼阴阳而道之，谓之《诗》《易》可乎？[②]

杨慎用“以韵语记时事”概括宋人的诗史观，并直接予以否定。他的这段话包含了比较丰富的诗学内容，其核心观点就是诗史有别，具体包含了下面几层意思：

第一层是诗体与史书有别。杨慎追本溯源至中国古典诗歌的源头，从《诗经》与《春秋》等先秦儒家经典的比较入手，以六经在中国历史上承担的文化功能的不同为依据，得出“六经各有体”的认识，并进而指出《诗经》“其体其旨”与《春秋》《尚书》等史体迥然有别。因此，从诗歌的源头证明了诗不可兼史、也不应该兼史，强调了记录历史之责非诗体之本分。杨慎的这个说法，显然是试图从根本上瓦解宋人杜诗即史观念的正当性——在中国古代诗学体系中，《诗经》一向被视为诗歌的源头和最高典范。既然自《诗经》时代起，诗歌就不具有记录历史的功能，那么宋人的“诗史”之说显然是一种对传统的背离行为。

第二层是诗法与史笔有别。在杨慎看来，诗法与史笔截然不同，诗歌以“意在言外”“含蓄蕴藉”为高，史笔以“直陈时事”的实录精神为尚。所以，《诗

① 今所见通行杜集中，这两句皆作“幸有牙齿存，所悲骨髓干”。

② （明）杨慎：《升庵诗话》卷十一《诗史》，见《历代诗话续编》，北京：中华书局，1983年，第868页。

经》中刺淫乱、悯流民，以比兴为之，含蓄有致，自是高妙；杜甫《丽人行》诸作，记述唐王朝之淫靡乱离，“直陈时事，类于讪讦”，当属下乘末脚。以杜诗论，杨慎认为其中有很多“含蓄蕴藉”的作品，但宋人推许的却是“直陈时事，类于讪讦”的一类，称誉之为“诗史”，所以杨慎说宋人“不足与论诗”。可见，杨慎批判诗史说并不是否定杜诗诗史说本身，而是反对宋人专意对杜甫那些直陈性作品的推崇。杨慎本身是认可诗歌的社会认识功能的，比如他曾称赞元稹《宪宗章武孝皇帝挽歌词》“天宝遗余事”等诗句是“斯亦近诗史矣”①，原因就在于元稹记录元和年间时事之时，写得含蓄有致，而非直陈其事。

杨慎从辩体角度批评宋人诗史说，在明代中后期杜诗接受进程中产生了很大影响。王世贞、胡应麟、许学夷、王嗣奭等主要的杜诗评论者都参与了讨论和辩驳，详见本书第四章第三节。

总的来看，杨慎从考据角度考辨杜诗的师承出处，是明初以来杜诗接受的一种“新变”；他从含蓄蕴藉的诗歌审美角度接受杜诗，是明中期杜诗接受在格调论之外的另一种视角；他从辩体角度批评宋人的杜诗诗史说，反映了其诗学思想不可避免地受到时代风气的影响，也是明中期学界反宋学意识的体现。明后期学者胡应麟评价杨慎的文学地位时说：“用修才情学问，在弘正后、嘉隆前，挺出崛起，无复依傍，自是一时之杰。”②从杜诗接受角度看，杨慎也是“一时之杰”。

第三节　尊杜与辨杜：谢榛、王世贞等后七子的杜诗接受

嘉靖三十年（1551）前后，以谢榛（1495—1575）、李攀龙（1514—1570）、王世贞（1524—1593）为首的后七子诗文复古团体形成，成员还有梁有誉、宗相、

① （明）杨慎：《升庵集》卷六十《元微之〈唐宪宗挽词〉》，《文渊阁四库全书》本。
② （明）胡应麟：《诗薮》，上海：上海古籍出版社，1979 年，第 384 页。

吴国伦、徐中行等。[①] 后七子是明中期后半段最主要的文学势力，其在文坛的主导性影响力从嘉靖中期开始，并一直延续到万历初年。后七子崛起前，嘉靖中期文坛是唐宋派为主导的局面，唐宋派主张“率意信口，不调不格”[②]的诗学观，前七子的格调论诗歌复古运动渐有低落之势。后七子继续高举格调论诗文复古大旗，与前七子声气相继，延续了前七子的基本诗学主张，“谓文自西京、诗自天宝而下，俱无足观，于本朝独推李梦阳”[③]。

比起前七子，后七子在学古过程中对法度格调的讲究有进一步发展。首先是对格调的理解更有包容性。比如王世贞云：“才生思，思生调，调生格。思即才之用，调即思之境，格即调之界。”[④]主张结合才思来谈格调。谢榛云：“熟读之以夺神气，歌咏之以求声调，玩味之以裒精华。得此三要，则造乎浑沦，不必塑谪仙而画少陵也。”[⑤]他认为诗家之要除了“声调”外，还有“神气”“精华”等。在复古取径上也较李梦阳等前七子更加圆通，如谢榛主张兼学李杜和盛唐十二家，王世贞也主张“师匠宜高，捃拾宜博”，李攀龙声言作诗学古要“拟议以成变化”，吴国伦认为学习五、七言律诗“当以少陵、十二家为鹄”[⑥]，不像前七子或师杜甫，或师李白，或师王维、孟浩然，各自专主一家。其次，后七子的格调论诗学批评更加具体、深入。前七子是从相对宏观性的诗学判断入手，后七子的诗学主张则更多地具化为对唐诗字法句法、篇章构架、平仄对仗、情景设置等诗歌创作微观性问题的讨论与辨析，这在谢榛、王

---

① 关于后七子结社时间及过程，详见李庆立《明“后七子”结社始末考》(《山东师大学报》1996年第3期)、杨遇青《从“白云楼社”到“后七子”派》(《文学遗产》2012年第3期)等文。

② (明)唐顺之：《荆川集》卷四《答皇甫百泉郎中》，《文渊阁四库全书》本。

③ (清)张廷玉：《明史》卷二百八十七《李攀龙》，北京：中华书局，1984年，第7387页。

④ (明)王世贞：《艺苑卮言》卷一，见《历代诗话续编》，北京：中华书局，1983年，第964页。

⑤ (明)谢榛：《四溟诗话》卷三，见《历代诗话续编》，北京：中华书局，1983年，第1189页。又，“裒”在《历代诗话续编》中作“衰”，于文义不通。查万历刻本《诗家直说》卷三、清《海山仙馆丛书》本《四溟诗话》卷三等，皆作“裒”，意“聚集”也，于文义正好相通。《续编》作“衰”，当是后世编辑者一时笔误之故也。

⑥ (明)吴国伦：《甔甀洞稿》续稿文部卷十四《与子得论诗》，明万历三十三年(1605)吴士良刻本。

世贞等人的诗学著作中体现得尤其明显。最后，后七子的格调论诗学批评更加体系化、学理化。前七子的诗学主张散见于序跋之中，稍显琐碎；后七子除了将格调论努力付诸创作实践外，还通过专门的诗学著作来集中地阐发其有关诗学认识与判断。比如后七子代表人物中，谢榛有《四溟诗话》（又名《诗家直说》）4 卷，王世贞有《艺苑卮言》8 卷，对弘治以来的格调论诗学进行了总结；李攀龙虽然没有专门的诗话著作，但是他编选了《古今诗删》，凭借着选本的传播优势，更加有效地传播了格调论诗学的理念。

在上述诗学背景下，嘉靖中期至万历初年的杜诗接受也较前七子时代有所变化。他们尊崇杜诗，但并没有像李梦阳那样一切以杜诗为准绳；他们分析杜诗中存在的种种不足，但也没有像何景明等人那样对杜诗"指摘疵颣，不遗余力"[①]，而是相对理性、客观地研判其成败得失。如果说前七子时代的杜诗接受是游走在尊杜与非杜两维之间的话，那么后七子的杜诗接受可用"辨杜"一词总括之。其中，谢榛和王世贞的杜诗接受代表了后七子对杜诗认知的最高水平。

一、谢榛的杜诗接受

谢榛（1495—1575），字茂秦，号四溟山人，又号脱屣山人，山东临清人。谢榛自幼一目失明，以布衣终身，著有《四溟集》。嘉靖二十八年（1549）谢榛与李攀龙、王世贞等订交，是后七子前期的领袖人物之一。当时，谢榛已经诗名满天下，在长期的诗歌创作实践积累下，谢榛已经形成一套自己的诗学理论，对后七子其他成员的诗学取向产生很大的影响，"堪称是后七子的立法者"[②]。其《四溟诗话》中记载了当初谢榛与李攀龙、王世贞等相交之初谈论诗法时的一件轶事：

己酉岁中秋夜，李正郎子朱延同部李于鳞、王元美及余赏月。

① （明）焦竑：《澹园续集》卷三《评杜诗》，《金陵丛书》本。

② 赵旭：《谢榛与李攀龙之争新论》，载《社会科学辑刊》，2013 年第 2 期，第 201 页。

因谈诗法，予不避谫陋，具陈颠末。于鳞密以指掐予手，使之勿言。予愈觉飞动，亹亹不辍。月西乃归，于鳞徒步相携曰："子何太泄天机？"予曰："更有切要处不言。"曰："何也？"曰："其如想头别尔。"于鳞默然。[①]

这件轶事固然有谢榛自我夸耀的成分在其中，却也能生动地反映当时谢榛的诗学观点对刚刚崭露头角的李、王等人的触动。所以李攀龙曾发自内心地称赞谢榛云："论诗到尔长。"[②]后世的明诗研究者也都肯定了谢榛在后七子前期的特殊地位，比如钱谦益说后七子"称诗之指要，实自茂秦发之"[③]，朱彝尊亦云："七子结社之初，李、王得名未盛，称诗选格多取定于四溟。"[④]

杜诗评说是谢榛诗学体系的核心内容，其《四溟诗话》收集其诗论 400 余条，涉及杜甫的就有近百条。其对杜甫的推尊之辞比比皆是，如称赞杜甫《绝句六首》其一云："此一句一意，摘一句亦成诗也。"[⑤]他说杜甫"诗造极处……不可及"[⑥]，又说作诗之法如用兵，有正有奇，"发言平易而循乎绳墨，法之正也；发言隽伟而不拘乎绳墨，法之奇也；平易而不执泥，隽伟而不险怪"，认为杜诗得"奇正参伍之法"[⑦]，如此等等。谢榛在创作实践中模拟杜甫近体诗格调，诗学理论建构中视杜诗为诗家之规范，自奉为杜甫异代知己，曾有诗云："诗家超悟方入禅，画蛇添足何争先。半夜冰霜苦自取，三春花鸟愁相牵。神游浩渺下无地，气转混茫中有天。杜陵老子昨梦见，笑来更拍狂夫肩。"[⑧]谢榛之论杜诗可概括为以下几个方面：

---

① (明)谢榛：《四溟诗话》卷三，见《历代诗话续编》，北京：中华书局，1983 年，第 1183 页。

② (明)李攀龙：《沧溟集》卷六《寄茂秦》，《文渊阁四库全书》本。

③ (清)王士祯：《四溟诗话序》，见《历代诗话续编》，北京：中华书局，1983 年，第 1134 页。

④ (清)朱彝尊：《静志居诗话》卷十三，北京：人民文学出版社，1990 年，第 386 页。

⑤ (明)谢榛：《四溟诗话》卷一，见《历代诗话续编》，北京：中华书局，1983 年，第 1139 页。

⑥ (明)谢榛：《四溟诗话》卷四，见《历代诗话续编》，北京：中华书局，1983 年，第 1213 页。

⑦ (明)谢榛：《四溟诗话》卷二，见《历代诗话续编》，北京：中华书局，1983 年，第 1169 页。

⑧ (明)谢榛：《四溟山人全集》卷十一《天宁寺禅房与徐世鸣谭诗偶成》，明万历二十四年(1596)赵府冰玉堂刻本。

（一）格调论视野下的杜诗诗歌技法论

自李东阳始，为了更好地学习杜诗，复古派诗人杜诗接受的重点就放在杜诗的创作方法上，举凡遣词用字、平仄对仗、谋篇布局等诗歌艺术体制方面的问题，都有人评说，但没有人达到谢榛评说的广度与深度。在一定意义上，谢榛的杜诗接受可以说是明中期杜诗诗法论的集大成者。在崇尚格调的意识下，谢榛对杜诗诗法进行了系统的分析与总结，并给予了极力褒扬。谢榛又云："《扪虱新话》曰：诗有格有韵。渊明'悠然见南山'之句，格高也；康乐'池塘生春草'之句，韵胜也。格高似梅花，韵胜似海棠。欲韵胜者易，欲格高者难。兼此二者，惟李杜得之矣。"①

谢榛对杜诗格调的推赏首先表现在音律声调的辨析上。谢榛论诗，特别重视声韵格律之事。作为一个创作经验丰富的诗人，谢榛对诗歌尤其是近体诗之声韵技巧有着细致的体验和精到的认识。比如，诗歌押韵是诗歌声韵格调之基础所在，对诗中情韵之表现至为重要，乃诗家最基本之问题，所以谢榛就强调"诗宜择韵"②。杜甫"晚年渐于诗律细"，诗歌用韵极为讲究，于诗律规范精熟于胸。谢榛因此称赞杜甫云："七言绝、律，起句借韵……宁用仄字，勿借平字，若子美'先帝贵妃俱寂寞''诸葛大名垂宇宙'是也。"③又云："五言律首句用韵，宜突然而起，势不可遏，若子美'落日在帘钩'是也。若许浑'天晚日沉沉'，便无力矣。"④在谢榛看来，杜诗用韵可谓诗家典范。杜甫创作中有时为了表情达意之需，会刻意选择险僻之韵，却往往有别出心裁之效果。谢榛对此也是甚为推许，他云："凡作诗以'青'字为韵，鲜有佳者。杜子美《不离西阁》云：'江云飘素练，石壁断空青。'下句奇特有骨。"⑤又如诗歌中四声协调、平仄组合问题，关乎作品的抑扬之美、节奏之感，近体诗于此尤其要紧。谢榛曾用大段文字来详说他对四声平仄的认识，并以杜诗为佐证云：

---

① （明）谢榛：《四溟诗话》卷二，见《历代诗话续编》，北京：中华书局，1983 年，第 1167 页。
② （明）谢榛：《四溟诗话》卷一，见《历代诗话续编》，北京：中华书局，1983 年，第 1140 页。
③ （明）谢榛：《四溟诗话》卷一，见《历代诗话续编》，北京：中华书局，1983 年，第 1143 页。
④ （明）谢榛：《四溟诗话》卷二，见《历代诗话续编》，北京：中华书局，1983 年，第 1172 页。
⑤ （明）谢榛：《四溟诗话》卷四，见《历代诗话续编》，北京：中华书局，1983 年，第 1214 页。

> 诗法妙在平仄四声而有清浊抑扬之分。试以"东""董""栋""笃"四声调之,"东"字平平直起,气舒且长,其声扬也;"董"字上转,气咽促然易尽,其声抑也;"栋"字去而悠远,气振愈高,其声扬也;"笃"字下入而疾,其收斩然,其声抑也。夫四声抑扬,不失疾徐之节,惟歌诗者能之,而未知所以妙也。非悟何以造其极,非喻无以得其状。譬如一鸟,徐徐飞起,直而不迫。甫临半空,翻若少旋,振翮复向一方,力竭始下,塌然投于中林矣。……若夫句分平仄,字关抑扬,近体之法备矣。凡七言八句,起承转合,亦具四声,歌则扬之抑之,靡不尽妙。如子美《送韩十四江东省亲》诗云:"兵戈不见老莱衣,叹息人间万事非。"此如平声扬之也。"我已无家寻弟妹,君今何处访庭闱?"此如上声抑之也。"黄牛峡静滩声转,白马江寒树影稀。"此如去声扬之也。"此别应须各努力,故乡犹恐未同归。"此如入声抑之也。安得姑苏邹伦者,樽前一歌,合以金石,和以瑟琴,宛乎清庙之乐。①

杜诗向来被称有"顿挫"之美,这不仅是指其诗歌情感表达的起伏收放,实际上也是指杜诗平仄设置上的抑扬有致。谢榛通过丰富的诗例,肯定杜诗的"转折抑扬之妙",认为"其工于声调,盛唐以来,李杜二公而已"②。

其次是对杜诗字法、句法的辨析。杜甫《江上值水如海势聊短述》曾自述作诗于遣词造句上的用心与用力:"为人性僻耽佳句,语不惊人死不休。"杜甫诗歌用字造句之功力,向来为人所重。谢榛《四溟诗话》中对杜诗字法、句法的称赏最为集中,比如:"子美'星垂平野阔,月涌大江流',句法森严,'涌'字尤奇。可严则严,不可严则放过些子。若'鸿雁几时到,江湖秋水多',意在一贯,又觉闲雅不凡矣。"③又如:"凡诗用'恩'字,不粗则俗,难于造句。……杜

① (明)谢榛:《四溟诗话》卷三,见《历代诗话续编》,北京:中华书局,1983年,第1186～1187页。

② (明)谢榛:《四溟诗话》卷三,见《历代诗话续编》,北京:中华书局,1983年,第1188页。

③ (明)谢榛:《四溟诗话》卷一,见《历代诗话续编》,北京:中华书局,1983年,第1154页。

子美‘漏网辱殊恩’……此皆句法新奇，变俗为雅，名家自能吻合。”①谢榛尤其喜欢将杜诗与他人诗作对比，以直观的方式印证杜诗字句安排之高妙出众，比如：

> 宋之问“鬓发俄成素，丹心已作灰”，子美“白发千茎雪，丹心一寸灰”；张说“洞房悬月影，高枕听江流”，子美“疏帘残月影，高枕远江声”；李玉群“水流宁有意，云泛本无心”，子美“水流心不竞，云在意俱迟”；徐晶“翡翠巢书幌，鸳鸯立钓矶”，子美“翡翠鸣衣桁，蜻蜓立钓丝”；韦庄“百年流水尽，万事落花空”，子美“流水生涯尽，浮云世事空”；陈陶“九江春水阔，三峡暮云深”，子美“九江春水外，三峡暮帆前”。诸公句意相类，子美自优。

近体诗因为篇幅问题，遣词造句尤其注重精炼得当，除非不得已，很少使用重字。谢榛对此亦有辨析：“两联最忌重字，或犯首尾可矣。子美曰‘江阁要宾许马迎’‘醉于马上往来轻’，王维曰‘尚衣方进翠云裘’‘万国衣冠拜冕旒’，二公重字，不害为大家。”②谢榛认为律诗重字是大忌，尤其是第二、三联不能有重字，但变通情况下首尾两联有重字是可以的。杜诗中两用“马”字，一在首联，一在三联，虽不是诗家应有之法，但并没有达到最严重的中间两联重字的情况，所以还不至于损害杜诗的“大家”品格——这样的杜诗接受态度，实际上兼有褒贬之意了。谢榛还特别注意到律诗句法上虚实对应的问题。谢榛说：

> 律诗重在对偶，妙在虚实。子美多用实字，高适多用虚字。惟虚字极难，不善学者失之。实字多则意简而句健，虚字多则意繁而句弱。③

① （明）谢榛：《四溟诗话》卷四，见《历代诗话续编》，北京：中华书局，1983年，第1212页。

② （明）谢榛：《四溟诗话》卷二，见《历代诗话续编》，北京：中华书局，1983年，第1165页。又，该引文中“子美多用实字，高适多用虚字”，据上下文义及随后相关论杜诗用字造句虚实问题的其他材料来看，当是“子美多用虚字，高适多用实字”。

③ （明）谢榛：《四溟诗话》卷一，见《历代诗话续编》，北京：中华书局，1983年，第1147页。

子美《和裴迪早梅相忆》之作，两联用二十二虚字，句法老健，意味深长，非巨笔不能到。[1]

七言近体，起自初唐应制，句法严整。或实字叠用，虚字单使，自无敷演之病。……暨少陵《怀古》："一去紫台连朔漠，独留青冢向黄昏。"此上二字虽虚，而措辞稳帖。《九日蓝田崔氏庄》："蓝田远从前涧落，玉山高并两峰寒。"此中二字亦虚，工而有力。中唐诗虚字亦多，则异乎少陵气象。[2]

关于诗歌中用字虚实的问题，早在成弘间李东阳就关注过，他说："诗用实字易，用虚字难。盛唐人善用虚，其开合呼唤，悠扬委曲，皆在于此。用之不善，则柔弱缓散，不复可振。"[3]谢榛基本上延续了李东阳的看法，也同样认为律诗中虚字的使用极难，往往容易弄巧成拙，他反复举杜诗为例，极力肯定了杜诗虚字运用上的精炼。

最后是对杜诗整体表达技巧的辨析。杜诗之谋篇布局，表情达意，手法多样，技巧纷呈。举凡纪时事铺陈跌宕，赋登临情景交融，抒忠忧沉郁顿挫，写村居萧散自然。古体长篇开阖汪洋，极纵横之能事；近体短章对仗精严，尽布置之巧妙。谢榛对杜诗写作技巧也同样给予了充分的关注。谢榛认为诗篇之佳者，不外二途："走笔成诗，兴也；琢句入神，力也。"[4]因兴成诗，天巧出乎自然；用力布置，亦能达于神品。又云："自然妙者为上，精工者次之，此着力不着力之分，学之者不必专一而逼真也。"[5]谢榛认为诗歌出自天然最妙，人力精巧稍次之，学诗者不必刻意求一端。但是诗歌创作中天然妙成之作毕竟有限，且出自天成，难言其法。所以，作为一个格调论复古派诗论家，谢榛《四溟诗话》中讨论较多的是诗歌中人力精巧的一面。谢榛因而评杜诗云：

① （明）谢榛：《四溟诗话》卷一，见《历代诗话续编》，北京：中华书局，1983年，第1147页。
② （明）谢榛：《四溟诗话》卷四，见《历代诗话续编》，北京：中华书局，1983年，第1224页。
③ （明）李东阳：《麓堂诗话》，见《历代诗话续编》，北京：中华书局，1983年，第1376页。
④ （明）谢榛：《四溟诗话》卷三，见《历代诗话续编》，北京：中华书局，1983年，第1186页。
⑤ （明）谢榛：《四溟诗话》卷四，见《历代诗话续编》，北京：中华书局，1983年，第1229页。

“或曰：‘诗适情之具。染翰成章，自然高妙，何必苦思，以凿其真？’予曰：‘新诗改罢自长吟’，此少陵苦思处。使不深入溟渤，焉得骊颔之珠哉？”[①]显然在谢榛看来，杜诗之所以篇章精妙，就在于其“苦思处”，不尽力冥搜苦思，是得不到诗家“骊珠”的。他称赞杜甫的咏物诗技法浑成：“托物寓意贵乎浑成，犯题亦可，不犯亦可。若子美‘黑鹰不省人间有，双飞玉立并清秋’是也。”[②]他认为杜甫诗歌对情感悲欣之别的表达安排最为得体：“凡作诗，悲欢皆由乎兴，非兴则造语弗工。欢喜之意有限，悲感之意无穷。欢喜诗，兴中得者虽佳，但宜乎短章；悲感诗，兴中得者更佳，至于千言反复，愈长愈健。熟读李杜全集，方知无处无时而非兴也。”[③]谢榛又云：

> 凡作诗贵识锋犯，而最忌偏执。偏执不惟有焦劳之患，且失诗人优柔之旨。如贾岛“独行潭底影”，其词意闲雅，必偶然得之，而难以句匹。当入五言古体或入仄韵绝句，方见作手。而岛积思三年，局于声律，卒以“数息树边身”为对，不知反为前句之累。其所为“一句三年得，吟成双泪流”，虽曰自惜，实自许也。不识锋犯，偏执不回，至于如此。唐人中识锋犯者，莫如子美，其“落日在帘钩”之作，亦难以句匹者也，故置之首句，俊丽可爱；使束于联中，未必若首句之妙。[④]

诗句对仗精严本是诗家本义，但在实际创作中如果偏执于此，则往往会雕琢之迹过于明显，影响全诗的表达效果。谢榛借助贾岛与杜甫的对比，赞赏杜

---

① (明)谢榛：《四溟诗话》卷二，见《历代诗话续编》，北京：中华书局，1983年，第1160页。

② (明)谢榛撰，李庆立等笺注：《诗家直说笺注》卷一，济南：齐鲁书社，1987年，第77页。按：《历代诗话续编》本《四溟诗话》有缺页，无此条。检索明万历本《四溟诗话》，亦无此条。

③ (明)谢榛：《四溟诗话》卷三，见《历代诗话续编》，北京：中华书局，1983年，第1194页。

④ (明)谢榛：《四溟诗话》卷四引“逊轩子”语，见《历代诗话续编》，北京：中华书局，1983年，第1222页。按：“逊轩子”其人，《四溟诗话》卷四中凡称引其名共计7次，其人事迹不可考。据谢榛言，其人“博学嗜诗，志在古雅，且得论诗之法”，或是谢氏自托，或是近友。此处谢榛长文“转述”，显然是以此文之义为然的，故而在文中作为谢榛的观点引用，也是可以作为佐证材料的。

甫创作中知权变，识锋犯，不刻意求局部对仗的工整而影响整体的协调。

谢榛在探讨杜诗技法之时，还特意对一些具体问题给予了集中的关注。比如对诗歌情景交融问题，谢榛有一番自己的看法。他说："作诗本乎情景，孤不自成，两不相背。"又云："景乃诗之媒，情乃诗之胚。"[①]他认为诗歌中情与景缺一不可，二者是一种相依相成的关系。他对杜诗中情景描写深为认可，云："诗乃模写情景之具，情融乎内而深且长，景耀乎外而远且大。当知神龙变化之妙，小则入乎微罅，大则胜乎太宇。此惟李杜二老知之。"[②]又云："子美曰：'细雨荷锄立，江猿吟翠屏。'此语宛然入画，情景适会，与造物同其妙，非沉思苦索而得之也。"[③]他认为杜甫精通诗歌情景之描写，尤其精于绘景影物："少陵状景极妙，巨细入玄，无可指摘者。"[④]谢榛还指出，诗中情与景的配置，与诗歌体式及作家个性气质有着紧密关联，他以杜甫、李白为例云："子美……律体景多而情少，太白……古体景少而情多。二公各尽其妙。"[⑤]又比如诗歌表达的繁简问题。谢榛认为诗歌表达的繁复与简约，应该随时变化，不可执于一定之规。他评杜诗云："子美'暗飞萤自照'之句，意愈简而辞愈工也。"[⑥]又将杜诗与他人之作比较，他认为杜甫在诗歌繁简的处理上最为得体，云："诗有简而妙者。若……卫万'不卷珠帘见江水'，不如子美'江色映疏帘'。……亦有简而弗佳者，若……王初'河梁返照上征衣'，不如子美'翳翳桑榆日，照我征衣裳'。……王融'洒泪与行波'，不如子美'故凭锦水将双泪，好过瞿塘滟滪堆'。"[⑦]

要特别提出，谢榛在从格调论角度推尊杜诗技法的同时，也注意到杜诗中存在的缺憾与不足。比如：

① (明)谢榛:《四溟诗话》卷三，见《历代诗话续编》，北京：中华书局，1983年，第1180页。
② (明)谢榛:《四溟诗话》卷四，见《历代诗话续编》，北京：中华书局，1983年，第1221页。
③ (明)谢榛:《四溟诗话》卷二，见《历代诗话续编》，北京：中华书局，1983年，第1171页。
④ (明)谢榛:《四溟诗话》卷四，见《历代诗话续编》，北京：中华书局，1983年，第1205页。
⑤ (明)谢榛:《四溟诗话》卷二，见《历代诗话续编》，北京：中华书局，1983年，第1170页。
⑥ (明)谢榛:《四溟诗话》卷二，见《历代诗话续编》，北京：中华书局，1983年，第1176页。
⑦ (明)谢榛:《四溟诗话》卷二，见《历代诗话续编》，北京：中华书局，1983年，第1156页。

> 韩昌黎曰："妇人不下堂，游子在万里。"托兴高远，有风人之音。杜少陵曰："丈夫则带甲，妇人终在家。"此文不逮意。韩诗为优。[①]
>
> 子美曰："碧知湖外草，红见海东云。"此景固佳，然"知""见"二字着力。至于"一径野花落，孤村春水生"，便觉自然。[②]
>
> 排律结句，不宜对偶。若杜子美"江湖多白鸟，天地有青蝇"，似无归宿。[③]
>
> 岑参《寄左省杜拾遗》诗云："联步趋丹陛，分曹限紫微。……"杜甫《答岑补阙见赠》云："窈窕清禁闼，罢朝归不同。……"岑诗警觉，杜作殊不惬意。譬如善弈者，偶尔轻敌，输此一着。[④]

这些诗例多是从最具体处入手，或论杜甫用字太过着力，或言杜甫拘于对偶，或分辨杜诗词不达意之处，对杜诗的批评性意见都能落到实处，反映了谢榛对杜诗的深入了解和实事求是的接受态度。尤为突出的是，谢榛对杜诗不足之处进行批评时，往往将其置于杜诗整体评价视野之中，然后作出综合性的判断。比如，谢榛批评杜甫《遣意二首》，云：

> 皆偏入格。"四更山吐月，残夜水明楼"，突然而起，似对非对，而不失格律。时孤城四鼓，睡起凭高，则前山半吐月矣。其清景快人心目，作者可以写其真，良工莫能状其妙，不待讲而自透彻，此岂偶然得之邪！此岂冥然思之邪！至于"啭枝黄鸟近，泛渚白鸥轻"，此亦对起，颇似简板。况用二虚字。意多气靡，缓于发端。[⑤]

这段话里，谢榛以杜甫的《遣意二首》与《月》对比，辨析了诗歌起句用对之得失。律诗首联一般不用对仗，但杜诗往往用之，所以谢榛说杜甫近体诗对起者是"偏入格"，不是诗家正体。谢榛具体分析《月》诗对起之佳，《遣意》对起

---

① (明)谢榛:《四溟诗话》卷二，见《历代诗话续编》，北京：中华书局，1983年，第1164页。
② (明)谢榛:《四溟诗话》卷二，见《历代诗话续编》，北京：中华书局，1983年，第1164页。
③ (明)谢榛:《四溟诗话》卷二，见《历代诗话续编》，北京：中华书局，1983年，第1172页。
④ (明)谢榛:《四溟诗话》卷四，见《历代诗话续编》，北京：中华书局，1983年，第1203页。
⑤ (明)谢榛:《四溟诗话》卷三，见《历代诗话续编》，北京：中华书局，1983年，第1192页。

则失于“简板”，且“近”“轻”两个虚字的使用，使得起句意思繁多，不够劲健。由此可见，杜甫诗歌创作中的变体追求，其得其失，都在于此。而且，谢榛在对杜诗提出批评性看法时，又常常和杜甫“大家”的诗坛地位联系起来，他说：

> 子美诗：“仰蜂黏落絮，行蚁上枯梨。”“芹泥随燕觜，花蕊上蜂须。”“翡翠鸣衣桁，蜻蜓立钓丝。”“鱼吹细浪摇歌扇，燕蹴飞花落舞筵。”诸联绮丽，颇宗陈、隋。然句工气浑，不失为大家，譬如上官公服，而有黼黻絺绣，其文彩照人，乃朝端之伟观也。①
>
> 两联最忌重字，或犯首尾可矣。子美曰“江阁要宾许马迎”“醉于马上往来轻”，王维曰“尚衣方进翠云裘”“万国衣冠拜冕旒”，二公重字，不害为大家。②
>
> 景多则堆垛，情多则暗弱，大家无此失矣。八句皆景者，子美“棘树寒云色”是也。八句皆情者，子美“死去凭谁报”是也。③

谢榛认为，诗歌创作中词句过于绮丽，或近体诗用重字，或是诗中情景搭配失衡，原本都是诗家之忌病，但因为杜甫是盛唐诗坛的“大家”，这些问题在杜诗之中可以“不失”“不害”。其含义有二：一是杜甫才高力大，局部忌犯不影响整个诗篇的艺术魅力；二是说杜甫诗中的这些问题，正是其作为盛唐大家参合正变、兼包并蓄之艺术风范的构成部分，一点瑕疵正是诗人用力探索诗道、建构诗坛大家角色努力的一种体现。因此，谢榛对杜诗的批评，超越了单纯的具体字法、句法的辨析，上升到唐诗史的角度，体现了谢榛杜诗接受在视野上的广阔性。明初高棅在《唐诗品汇》中独标杜甫为盛唐诗歌的“大家”，正是从辩体角度发现了杜诗集大成背后诗歌风貌利钝杂陈的特点。谢榛之相关杜诗批评，其实正是高棅杜诗“大家”说在明代中期的延续。

总的来看，谢榛从诗歌技法角度肯定杜诗的成就，对李东阳以来的格调

① （明）谢榛：《四溟诗话》卷四，见《历代诗话续编》，北京：中华书局，1983 年，第 1215 页。
② （明）谢榛：《四溟诗话》卷二，见《历代诗话续编》，北京：中华书局，1983 年，第 1165 页。
③ （明）谢榛：《四溟诗话》卷一，见《历代诗话续编》，北京：中华书局，1983 年，第 1147 页。

论杜诗接受观点进行了总结，并有所拓展、深发，代表了明中期格调论杜诗说的最高水平。

(二)考辨杜诗缘起与评说时人学杜之失

在前文中，笔者提到过杨慎重视考论杜诗与六朝诗之关联，谢榛也同样对杜诗与前代关系作了比较与分析。从年龄看，谢榛与杨慎基本上是同时代之人，仅仅相差数岁。但在文学史上，杨慎算是前七子的后起同调者，而谢榛则是后七子的开启者，这和两人在当时文坛产生影响力的时段有关。杨慎少年得志，以诗情学问闻名于京中，与李东阳、前七子等领诗坛风骚者相往来；谢榛因为身体残疾之故无法致仕，前半生的主要活动局限于地方，一直到年过半百之后才入京结识李攀龙、王世贞等才俊。查看两个人的文集，似乎并没有什么直接的交往。所以，谢榛对杜诗用事用词之缘起的考辨，应该并非直接受杨慎的启发。以格调论推尊杜诗走向深入之后，在探究杜诗之所以为杜诗的问题时，追寻其与前代诗歌的关系自是杜诗接受的应有之意。

谢榛对杜诗的考辨工作主要体现在他对杜诗用字用词、用事用典之来源的考察，是从诗歌演变与继承的角度去考察杜甫诗歌创作中对前人的借鉴与学习。比如，论杜诗中用字用词，云："左太冲《魏都赋》曰：'八极可围于寸眸。'子美'乾坤万里眼'之句，意本于此。若曰'眸'，则不佳。"[①]杜诗是化用其词意但又不拘泥于字词之模拟。谢榛还特意辨析了在字词上师法前贤与剽窃古人诗句之间的区别，他认为"通用不为剽窃"，以诗中写泪为例，举了从六朝潘岳到唐代杜甫、李白以至明人李梦阳、何景明等人的相关诗句，说他们的用词仍"多有出奇者"[②]。又云："陈后主曰：'日出光天德，山河壮帝居。'气象宏阔，辞语精确，为子美五言句法之祖。"[③]陈后主其人不足道，然而诗有过人处，杜甫五言诗学其句法，正是其"转益多师"主张之体现。又云："江淹《贻袁常侍》诗曰：'昔我别秋水，秋月丽秋天。今君客吴坂，春日媚春泉。'子美

① (明)谢榛：《四溟诗话》卷一，见《历代诗话续编》，北京：中华书局，1983年，第1146页。

② (明)谢榛：《四溟诗话》卷二，见《历代诗话续编》，北京：中华书局，1983年，第1157页。

③ (明)谢榛：《四溟诗话》卷二，见《历代诗话续编》，北京：中华书局，1983年，第1159页。

《哭苏少监》诗曰：‘得罪台州去，时危弃硕儒。移官蓬阁后，谷贵殁潜夫。’此皆隔句对，亦谓之‘扇对格’。然祖于《采薇》诗：‘昔我往矣，杨柳依依。今我来思，雨雪霏霏’。”[①]可见，杜甫不仅字词上学古人，在句法上也是同样善于学习前人。

在谢榛看来，杜诗对前人的继承，更主要的是诗意上的化用、借鉴，而非字词上的简单模仿。他说：

> 《世说新语》：“徐孺子九岁时，尝月下戏，或云：‘若令月中无物，当极明邪？’子美诗：‘斫却月中桂，清光应更多。’意祖于此。造句奇拔，观者不觉用事。所谓‘读书破万卷，下笔如有神’，杜老不欺人也。”[②]
>
> 子美《秋野》诗：“水深鱼极乐，林茂鸟知归。”此适会物情，殊有天趣。然本于子建《离思赋》“水重深而鱼悦，林修茂而鸟喜”。二家辞同工异，则老杜之苦心可见矣。[③]

谢榛认为杜诗化用前人诗句，颇出苦心，是其“读书破万卷，下笔如有神”之说的身体力行者。在谢榛看来，诗歌有神才是真正的好诗，“诗无神气，犹绘日月而无光彩”[④]。而要达于有神之境，就需“读书破万卷”，广泛阅读前人佳作，“久而悟之，不假临矣”[⑤]。他总结学习前人诗歌的“提神摄魄”之法，说：“学李杜者，勿执于字句之间，当率意熟读，久而得之，此提神摄魄之法也。”[⑥]

通过对杜诗借鉴前人之法的辨析，谢榛反思前七子以来学杜风气之得失，他在《四溟诗话》中多次评价了时人的学杜情况。他说：“今之学子美者，

---

① (明)谢榛：《四溟诗话》卷四，见《历代诗话续编》，北京：中华书局，1983年，第1208页。

② (明)谢榛：《四溟诗话》卷四，见《历代诗话续编》，北京：中华书局，1983年，第1203页。

③ (明)谢榛：《四溟诗话》卷四，见《历代诗话续编》，北京：中华书局，1983年，第1215页。

④ (明)谢榛：《四溟诗话》卷二，见《历代诗话续编》，北京：中华书局，1983年，第1164页。

⑤ (明)谢榛：《四溟诗话》卷二，见《历代诗话续编》，北京：中华书局，1983年，第1164页。按：此本原文为“久而不悟，不贾临也”，其他版本则有“久而入悟，不贾临也”之异。考该文全段文意，当以“久而入悟”为是，故引文以他本为准。

⑥ (明)谢榛：《四溟诗话》卷二，见《历代诗话续编》，北京：中华书局，1983年，第1164页。

处富有而言穷愁，遇承平而言干戈，不老曰老，无病曰病，此摹拟太甚，殊非性情之真也。”[①]又云：“本朝有学子美者，则未免蹈袭。”[②]谢榛批评时人学杜诗缺乏与杜诗内在精神层面的共鸣，只能局限于外在字句的模拟。其揭示的正是杜诗接受上最为普遍的一种困境：杜诗之长正在抒写乱世流离之感、家国之忧，而后世之学杜者往往生活于太平之世，缺乏触动杜甫诗兴的那种社会背景，因而其学杜往往能学其形，而无法得其神，所以其学杜之作只能流于“摹拟”。谢榛在另一条诗话中明确了他所批评的“时人”，就是李梦阳等格调论诗人，他说：“杜子美《七歌》，本于《十八拍》。文天祥《六歌》，与杜异世同悲。李献吉亦有《七歌》，惜非其时尔。”[③]杜甫的《同谷七歌》是其代表作之一，是他安史之乱期间流落秦陇之间而写的思亲伤时之作。谢榛指出杜甫《七歌》之况味源自汉末乱世女诗人蔡文姬的《胡笳十八拍》，而文天祥写于宋末的《六歌》是学杜之作，虽然朝代不同，但三人都是生活在乱离之世，“异世同悲”。而对于李梦阳模仿杜甫作《七歌》则认为是“非其时”，言下之意，李梦阳与杜甫时代境遇悬隔，诗中的情感不如杜甫那样来得深沉真切，只能算是“摹拟”。

（三）对杜甫穷苦身世的同调之感

前面已提到，谢榛有诗云：“杜陵老子昨梦见，笑来更拍狂夫肩。”其意一方面是谢榛自负深通老杜诗法精义，自认为评说杜诗能够独得其妙处；另一方面，谢榛梦见杜甫笑来拍肩，其亲昵之色形同知己好友，正反映了谢榛潜意识里对杜甫一生际遇的同调之感。

谢榛在《四溟诗话》卷一有这样一条关于杜甫生活状况的文字，云：“《云仙录》：杜甫寓蜀，蚕熟，每与妻子躬行乞，曰：‘如或相悯，惠我一丝两丝。’《自京赴奉先》诗曰：‘老妻寄异县，十口隔风雪。谁能久不顾，庶往共饥渴。入门闻号咷，幼子饥已卒。吾宁舍一哀，里巷犹呜咽。所愧为人父，无食致夭折。’

① （明）谢榛：《四溟诗话》卷二，见《历代诗话续编》，北京：中华书局，1983年，第1165页。
② （明）谢榛：《四溟诗话》卷三，见《历代诗话续编》，北京：中华书局，1983年，第1184页。
③ （明）谢榛：《四溟诗话》卷二，见《历代诗话续编》，北京：中华书局，1983年，第1165页。

子美贫到骨矣。千载之下，使人酸鼻。予《郧城秋雨》诗曰：'七月雨多烟火稀，茅堂燕雀傍人飞。山妻自是怜儿女，不顾秋风要典衣。'"《自京赴奉先县咏怀五百字》中所写家庭贫苦之状，乃杜甫自述，自然是实情。《云仙录》中说杜甫居蜀期间穷至临街乞讨，既不符合杜甫当年居蜀之实情——居蜀数年间，无论是在成都或夔州，杜甫曾先后得到裴冕、高适、严武、柏茂琳等人照顾接济，虽漂泊未定，但也绝不至于行乞街边，同时也不符合杜甫的个性气质——杜甫生于"奉儒守官"的世家，虽然居蜀期间确实有写诗向友人求经济救援的情况，但其家世与教养决定了杜甫不可能作出携家口向陌生人乞讨的事情。那么，作为一个对杜甫心慕神往的杜诗接受者，谢榛不可能不知道杜甫居蜀期间的概况和杜甫之性情气质，他却在诗话中采用了《云仙录》中这样近于小说家言的不经文字，并作诗自况。这是很值得玩味的。

通常格调论杜诗接受者主要关注杜诗的外在艺术风貌与体制特点，对杜诗内在思想情感关注相对较少。而对杜甫个人的关注，也更多地从其忠君忧国、悯世伤时的圣贤情怀着眼，推尊其高尚的社会责任意识。谢榛对杜甫生平的关注则聚焦于杜甫的贫苦潦倒。比如，谢榛南游湖湘期间，曾拜访杜甫之墓，作诗云："洞庭昔返楚天魂，孤冢千年失子孙。蜀道悲歌今不见，暮云愁色满中原。"①又比如《春雨感怀》一诗云："漠漠春天雨，冥冥晚树花。山云迷客路，海燕落人家。浊酒聊生计，狂歌任岁华。异时怀杜甫，老病滞三巴。"②又如《登城有感奉寄江庄王怀易》中云："野风吹客袂，感慨一登城。孤鸟日边没，大河天外倾。年华悲杜甫，世故老虞卿。龙剑应相合，云霄无限情。"③从上面三首诗作可以看出，谢榛在诗歌创作中对杜甫人生际遇的感慨，都局限于衰老贫穷，对杜甫身上那些一向为人所重的政治伦理方面则基本忽视，这和其《四溟诗话》中的关注点也正好是一致的。

谢榛对杜甫人生际遇的这种接受视角，显然和他本人的人生际遇紧密相

① (明)谢榛：《四溟集》卷十《杜甫墓》，《文渊阁四库全书》本。

② (明)谢榛：《四溟集》卷四，《文渊阁四库全书》本。

③ (明)谢榛：《四溟集》卷四，《文渊阁四库全书》本。

关。据《明史》本传载，谢榛眇一目，形容不佳，难于晋身科举仕途，一生布衣。虽然壮年曾游走诸藩王之门，并被待为座上宾，甚至有赵王以宠姬相赠之事，但依附于藩王权贵的生活境遇，难以保证他真正摆脱生存的现实压力。且与后七子等其他格调论复古派诗人的进士出身相比，他终归一布衣（这种社会政治身份的巨大差别，其实也正是谢榛后来与李攀龙决裂，被其他六子排挤的主要原因之一）。所以，谢榛的个人状况决定了他缺少前、后七子那种放眼天下、慷慨自任的气度，也缺乏李梦阳等人那种强烈关注时事民生的政治兴趣。因而，在谢榛的接受视野中，杜甫身上的主导色不是胸怀天下、忧国忧民的仁者、圣者，而是一个流落异乡、贫苦老病的诗人。如同明初以来那些理学家或台阁大臣眼中的杜甫形象一样，谢榛也是从自己的人生际遇中看到了他所想要看到的杜甫形象。

二、王世贞的杜诗接受

王世贞（1526—1590），字元美，号凤洲，又号弇州山人，江苏太仓人。嘉靖二十六年（1547）进士，累官至刑部尚书，赠太子少保。著有《弇州山人四部稿》174 卷，《弇州山人续稿》207 卷，《弇山堂别集》100 卷，《艺苑卮言》8 卷（附录 4 卷）等。王世贞是后七子领袖人物之一，在谢榛、李攀龙等去世后，主导隆庆、万历年间文坛 20 余年，《明史》王世贞本传云："才最高，地望最显，声华意气，笼盖海内。一时士大夫及山人、词客、衲子、羽流，莫不奔走门下。片言褒赏，声价骤起。其持论，文必西汉，诗必盛唐，大历以后书勿读。"

据王世贞自称，其少年时代便对杜诗产生很大兴趣，云："余十五时……时时取司马班史、李杜诗窃读之，毋论尽解，意欣然自愉快也。"[①]在他的文集或《艺苑卮言》中，对杜诗的成就与特色给予了极高的赞美，他从辩体意识出发评论杜诗各体之成就云："五言律、七言歌行，子美神矣；七言律，圣矣。"[②]

① （明）王世贞：《艺苑卮言》卷七，见《历代诗话续编》，北京：中华书局，1983 年，第 1068 页。

② （明）王世贞：《艺苑卮言》卷四，见《历代诗话续编》，北京：中华书局，1983 年，第 1005～1006 页。

所谓神者，指杜甫五言律诗与七言歌行变化莫测；所谓圣者，是指杜甫七律达到诗家最高之境。又云：“唐开元、大历间，诗道遘日中，而少陵氏出，湛于诗，而一时高、岑、王、孟者流，方广竞逐，各倾其人人，少陵氏不能离而独尊，其尊故在也。”[①]王世贞从杜甫与盛唐诸家相比较的角度，称赞杜甫在盛唐诗坛“不能离而独尊，其尊故在”的大家地位。又在和唐人的对比中赞赏杜甫诗歌技法高超，云：“岑参、李益诗语不多，而结法撰意，雷同者几半。始信少陵如韩淮阴多多益办耳。”[②]杜甫各体诗作中，王世贞最为推赏其近体诗，云：“杜诗最宛然而附目、铿然而谐耳者，则五、七言近体。”[③]他又在《宛委余编》中宣称：“自古文章之士称以仙去者，理或有之。盖天地冲美秀特之气，见予独多，生有所自，出有所为，则去有所归，固其宜耳。……杜少陵生前为文星典吏，及其殁也，又与李青莲辈俱优游江湖，称散仙。”[④]杜甫为文星典吏下凡之事，见于五代冯贽《云仙杂记》，本是荒诞不经之事，王世贞将之采编入书，又敷衍出死后成仙之说，可见其对杜甫仰慕之心。

与谢榛作为一个相对比较纯粹的诗人身份不同，王世贞除了是一位文坛大家之外，还是一个学问广博的学者。诗文创作之外，还擅长史学，精通曲律，著述宏富。因此，王世贞的杜诗接受也明显带有学者的气质，视野广阔，思辨色彩明显。明中期因为诗学论争的发展，在整个唐诗接受领域形成了一些争议焦点，对杜诗的解读与认知始终都是这些争议的主要构成部分。而王世贞杜诗接受的一大明显特征，就是对杜诗的辨析都与这些争议话题紧密关联，比如李杜之争的问题、唐人七律第一之争和杜诗诗史说的辩驳等。

首先看王世贞从李杜比较论的视角对杜诗所做的辨析。关于李杜诗歌比较的问题，远自中唐的元稹、韩愈时代便已产生，诸家异说，这里且不详论。具体到本章关注的明中期诗学而言，从前七子到王世贞之间，关于李杜比较

---

① （明）王世贞：《明诗评叙》，见《明诗话全编》，南京：江苏古籍出版社，1997年，第4341页。
② （明）王世贞：《艺苑卮言》卷四，见《历代诗话续编》，北京：中华书局，1983年，第1014页。
③ （明）王世贞：《弇州四部稿》卷六十六《刘诸暨杜律心解序》，《文渊阁四库全书》本。
④ （明）王世贞：《弇州四部稿》卷一百七十二《宛委余编》“十七”，《文渊阁四库全书》本。

的问题，有一个变化的过程，而王世贞则处于这一变化的关键环节。前七子对于李杜比较问题，基本上没有发表过什么意见，他们只是一般性地将两人同称并举，视为盛唐诗歌之代表，少有优劣高下之论。但在普遍尊杜的时代氛围中，或明或暗地存在一种扬李抑杜的倾向。比如，郎瑛（1487—1566）认为李杜交往中两人互有赠诗，但诗中之情杜重李轻。郎瑛评论云："意当时李豪隽而才敏，杜质朴而才钝，相会若有低昂也。然则底于成也，同归于极焉。细而论之，则有一勉然、一自然之分耳。"[①]郎瑛虽然称李杜二人在诗歌成就上是"同归于极"，但才华有敏、钝之差，诗歌有自然、勉然之分，厚李薄杜之意较为明显。李濂（1488—1566）云："盖白诗，风之变也；甫诗，雅之变也。白天才纵逸，神秀难踪；甫学力闳深，准绳具在，此李杜之别也。故曰白开元、天宝间诗人之冠也。"[②]李濂对李杜的诗歌风格作了看似比较中立的区分，但他明白地说李白是盛唐诗歌的代表。杨慎云："太白诗，仙翁剑客之语，少陵诗，雅士骚人之词。比之文，太白则《史记》，少陵则《汉书》也。"[③]后世论者都认为杨慎以《史记》《汉书》为喻，暗示了其扬李抑杜之意。而稍早于三人的祝允明，在李杜比较中对杜甫的贬抑尤为强烈，先是否定杜甫为唐诗代表而称李白为首，云："称诗不可以杜甫为冠。……李白应为唐诗之首。"然后又完全否定杜诗的审美风调，云："以其为苍古也非苍古也，村野之苍古也；以为典雅也非典雅也，椎鲁之典雅也；以为豪雄也非豪雄也，粗犷悍戆之豪雄也。……诗当温而甫厉，尚柔而甫猛，宜敦而甫讦，务厚而甫露，乃是最不善诗，戾诗之教者。"[④]对于前七子时代为什么存在尊李贬杜言论，有学者认为前七子掀起的宗唐思潮是以反宋型诗为逻辑起点的，因此"明人对杜甫的贬抑，大部分原因

① （明）郎瑛：《七修类稿》卷三十八《李杜》，上海：上海书店，2009年，第405页。

② （明）李濂：《唐李白诗序》，见《唐李白诗》卷首，明正德李濂自刻本。

③ （明）杨慎：《升庵诗话》卷七《评李杜》，见《历代诗话续编》，北京：中华书局，1983年，第850页。

④ （明）祝允明：《罪知录》卷九，明刻本。

盖有意与宋人相颉颃”[1]。除此以外，笔者认为，贬杜言论的出现也和格调论辨体思想的兴盛有很大关系，何景明等人发现杜诗“变体”特征也是同时期诗歌辩体意识的产物。

嘉靖中期以后，随着后七子的出现，李杜比较论的焦点开始发生转移，从区分高下演变成辨别差异，李杜之争成了李杜之辨。谢榛首开其例云：“子美五言绝句，皆平韵律体，景多而情少。太白五言绝句，平韵律体兼仄韵古体，景少而情多。二公各尽其妙。”[2]谢榛以五言绝句为例，辨析李杜诗歌之不同，然后结论是两人“各尽其妙”。顺着谢榛的思路，王世贞辨李杜之差别但不言其高下：“青莲之言，豪逸而自喜；少陵之言，宏奇而饶境。”[3]在《艺苑卮言》卷四，王世贞对李杜问题集中发表了自己的看法，他说：

> 李杜光焰千古，人人知之，沧浪并极推尊，而不能致辨。元微之独重子美，宋人以为谈柄。近时杨用修为李左袒，轻俊之士往往傅耳。要其所得，俱影响之间。五言古、《选》体及七言歌行，太白以气为主，以自然为宗，以俊逸高畅为贵；子美以意为主，以独造为宗，以奇拔沉雄为贵。其歌行之妙，咏之使人飘扬欲仙者，太白也；使人慷慨激烈，歔欷欲绝者，子美也。《选》体，太白多露语率语，子美多稚语累语，置之陶谢间，便觉伧父面目，乃欲使之夺曹氏父子位耶！五言律、七言歌行，子美神矣，七言律圣矣；五、七言绝，太白神矣，七言歌行圣矣，五言次之。太白之七言律，子美之七言绝，皆变体，间为之可耳，不足多法也。[4]

王世贞首先对唐代以来李杜比较论的基本观点作了归纳：中唐元稹“独尊子

---

① 查清华：《明代唐诗接受史》，上海：上海古籍出版社，2006 年，第 163 页。又，后文论李杜之争到李杜之辨的变化，受到了查清华先生是书的启发。

② (明)谢榛：《四溟诗话》卷二，见《历代诗话续编》，北京：中华书局，1983 年，第 1170 页。

③ (明)王世贞：《弇州四部稿》卷六十九《章给事诗集序》，《文渊阁四库全书》本。

④ (明)王世贞：《艺苑卮言》卷四，见《历代诗话续编》，北京：中华书局，1983 年，第 1005～1006 页。

美”，南宋严羽“并极推尊”，嘉靖前期杨慎“为李左袒”，认为他们对李杜的认识都是“影响之间”，没有什么深入见解。其次是以五言古诗和七言歌行两种诗体为例，比较了李杜二人诗歌创作之底蕴及审美风格之差别：李白主气，诗歌出于自然天成，风格上是俊逸高畅；杜甫主意，诗歌讲究人工独造，风格上是奇拔沉雄。将两人性情气质、创作方式与审美风格等三方面的差异性连接起来，从因到果地表明了王世贞对李杜之别的认识，突显了鲜明的学理性与深刻性。最后是以李杜二人的各种诗体为例，分别辨析了二人诗歌之所长所短，评定其各自的优劣等次，体现了强烈的辩体色彩。其对二人的比较，既有极力推崇，比如以“神”与“圣”两个概念评定李杜二人各自所擅长的诗体，也有实事求是的批评，比如认为李白的七律与杜甫的七绝都是变体，“不足多法”，反映了王世贞杜诗接受上的学者式严谨与客观。王世贞的这一段李杜比较文字，是中唐以来所有李杜比较论中内涵最丰富、思路最严谨的一个论段，很能代表明中期格调论杜诗接受的深度。

王世贞虽然尊奉李杜为唐诗典范，但对李杜二人诗歌中存在的不足并不讳言，云：“凡看二公诗，不必病其累句，不必曲为之护，正使瑕瑜不掩，亦是大家。”[①]所以在李杜对比之中，王世贞往往会对二人诗歌的不足细加辨识。他说：“十首以前，少陵较难入；百首以后，青莲较易厌。扬之则高华，抑之则沉实，有色有声，有气有骨，有味有态，浓淡深浅，奇正开阖，各极其则，吾不能不服膺少陵。”[②]又云：“青莲拟古乐府，以己意己材发之，尚沿六朝旧习，不如少陵以时事创新题也。”[③]王世贞认为，在创新方面，杜诗胜过李诗。又云：“太白不成语者少，老杜不成语者多。如‘无食无儿’‘举家闻若欬’之类。”[④]王世贞认为在语言稳帖自然方面，李白胜过杜甫。

王世贞李杜比较论中另外一个特点是将王维引入李杜之辨中。他在《书

① (明)王世贞：《艺苑卮言》卷四，见《历代诗话续编》，北京：中华书局，1983年，第1009页。
② (明)王世贞：《艺苑卮言》卷四，见《历代诗话续编》，北京：中华书局，1983年，第1006页。
③ (明)王世贞：《艺苑卮言》卷四，见《历代诗话续编》，北京：中华书局，1983年，第1007页。
④ (明)王世贞：《艺苑卮言》卷四，见《历代诗话续编》，北京：中华书局，1983年，第1009页。

李白王维杜甫书后》云：

> 吾尝谓太白之绝句，与杜少陵之七言古诗，当为古今第一。少陵之五、七言律，与太白之七言诗歌、五言律次之。当时微觉于摩诘诗卤莽，徐更取读之，真足三分鼎足，他皆莫及也。天子蒙尘于蜀，少陵叙致有慷慨恻怛无穷之感，而太白乃作《上皇西巡歌》，得非有胸无心者？“地转锦江成渭水，天回玉垒作长安”，虽或壮丽千古，何异宋人东狩、钱塘封事！《永王东巡歌》，彼诚以永王为中兴贤主也，辞官不受赏，其语谁信？摩诘弱，故不能致死安民，然其意非肯为之用也。生平悟禅理、舍家宅，无妻子而不之恤，故不能辞禁近以殁，岂晚途牢落，不能自遣，白香山之所谓“老将荣补贴”者耶？[①]

由这段话可以看出，王世贞对王维认识的转变发生在后期，这体现了他晚年诗学取向的一种变化：由早年单纯的格调论到晚年格调之论中参合以神韵之说，而王维的诗坛地位因此得以上升，与李杜“三分鼎足”盛唐诗坛。所以在《艺苑卮言》中，王世贞屡次拿王维与杜甫作比，比如有云：“摩诘七言律，自《应制》《早朝》诸篇外，往往不拘常调。至‘酌酒与君’一篇，四联皆用仄法。自是初盛唐所无，尤不可学。凡为摩诘体者，必以意兴发端，神情传合，浑融疏秀，不见穿凿之迹，顿挫抑扬，自出宫商之表，可耳。虽老杜以歌行入律，亦是变风，不宜多作，作则伤境。”杜甫、王维两个人的七律创作，在盛唐诗坛都算各有不同常调处，王世贞在比较之中突显了两人的特点。

王世贞对李杜之辨的重视，反映出他作为诗坛领袖对杜诗接受中热点问题的敏感性，体现了非常强烈的格调论辩体意识。在这种辩体意识下，王世贞还参与了“唐人七律第一”之争及杨慎“诗史有别”论的辩论。

“唐人七律第一”之争的话题最早由南宋的诗论家严羽提出，他说：“唐人七言律诗，当以崔颢《黄鹤楼》为第一。”[②]这个话题被严羽提出后，很长时间

---

① （明）王世贞：《读书后》卷三《书李白王维杜甫书后》，《文渊阁四库全书》本。

② （宋）严羽：《沧浪诗话·诗评》，见《历代诗话》，北京：中华书局，2004年，第699页。

内并没有引起人们的注意，一直到前七子出现在诗坛之后才被何景明等人重新关注，并成为明中后期诗学批评领域最为活跃的一场论争。在王世贞之前，何者为唐人七律第一的问题，明人已经有多种答案。比如，何景明、薛蕙等推沈佺期的《古意呈补阙乔知之》为第一①，乔世宁推举苏颋的《望春》为第一②，孔天胤推张说的《侍宴隆庆池应制》为第一③，如此等等。这些不同的唐人七律第一的答案背后，代表的是不同的诗学观念④。王世贞在诸家之说后，提出了自己的观点：

> 何仲默取沈云卿"独不见"，严沧浪取崔司勋《黄鹤楼》为七言律压卷。二诗固奇胜，百尺无枝，亭亭独上，在厥体中要不得为第一也。沈末句是齐梁乐府语，崔起法是盛唐歌行语。如织官锦间一尺绣，锦则锦矣，如全幅何？老杜集中，吾甚爱"风急天高"一章，结亦微弱。"玉露凋伤""老去悲秋"，首尾匀称，而斤两不足。"昆落池水"，秾丽沉切，惜多平调，金石之声微乖耳。然竟当于四章求之。⑤

王世贞先是大略对前人之说作了总结与评价，认为《古意》和《黄鹤楼》虽然是"百尺无枝，亭亭独上"的诗歌佳作，但对于七律这一诗体而言，不能称为第一。因为他们的诗句或是窜入齐梁乐府语或是掺和了歌行语，不是七律诗体之正宗做法。王世贞对严羽、何景明等人观点的否定，反映的是其严格遵守唐诗格律规范的诗学辩体意识，和前面李杜比较论体现的诗学观念是完全一

① (明)杨慎：《升庵诗话》卷十《黄鹤楼诗》："宋严沧浪取崔颢《黄鹤楼》诗，为唐人七言律第一，近日何仲默、薛君采取沈佺期'卢家少妇郁金堂'一首为第一。二诗未易优劣。"见《历代诗话续编》，北京：中华书局，1983年，第1165页。

② (明)刘绘：《答乔学宪三石论诗书》云："说者以崔颢《黄鹤楼》为唐律第一，公独取苏颋《望春》，以为格律完粹，冠于诸子。"见黄宗羲编《明文海》卷一百六十，《文渊阁四库全书》本。

③ (明)谢榛：《四溟诗话》卷四引孔天胤语云："长篇当以李峤《汾阴行》为第一，近体当以张说《侍宴隆庆池应制》为第一。"见《历代诗话续编》，北京：中华书局，1983年，第1217页。

④ 关于唐人七律第一之争背后体现的诗学好尚的变化，今屡有学者著文发明，见周勋初先生《从"唐人七律第一"之争看文学观念的演变》、查清华《明代"唐人七律第一"之争》、王荣林《从"唐人七律第一"看七言律诗的文体特征》等文。

⑤ (明)王世贞：《艺苑卮言》卷四，见《历代诗话续编》，北京：中华书局，1983年，第1008页。

致的。然后王世贞举出了杜甫的四首七律，即《登高》《秋兴八首》其一和其七、《九日蓝田崔氏庄》，认为虽然各诗都不无微瑕，但唐人七律第一“当于四章求之”。王世贞对“第一”之争给出了一个选择性的答案，这乍一看有些奇怪，但却正是王世贞对杜甫诗歌一贯看法的反映：王世贞认为杜诗是“固不无利钝，终是上国武库”[①]，即杜诗堪为唐诗代表但又不无“利钝”。他推荐杜诗四首作品候选，实源于对雄深浩荡、超忽纵横的杜诗大家风韵的推重，所谓“扬之则高华，抑之则沉实，有色有声，有气有骨，有味有态，浓淡深浅，奇正开阖，各极其则”[②]。王世贞认为杜甫的七律是“入圣”之作，所推四首诗作正是代表杜甫七律的不同风调，都可视为唐人七律最高水平，不好强作优劣之分。王世贞是明人中第一个将杜诗引入“七律第一”之争的，反映了王世贞对杜甫七律的高度认可。在他之后，其弟子胡应麟在王世贞推荐的四首诗作中确定《登高》为唐人七律第一，许学夷、胡震亨等虽然并没有完全赞同王世贞的观点，但他们在考量七律第一的问题时也都充分地考虑了王世贞的意见。

王世贞还参与了杨慎诗史有别说的讨论。杜诗诗史说始自晚唐孟棨《本事诗》，进入宋代后得到高度的认可，杨慎在《升庵诗话》中对宋人的诗史说给予了严厉的批判，从而在明中后期的诗学批评领域提出了另一个争论的话题[③]。王世贞参与了这一论争，他在《艺苑卮言》卷四中云：

> 杨用修驳宋人诗史之说，而讥少陵云：“《诗》刺淫乱，则曰‘雝雝鸣雁，旭日始旦’，不必曰‘慎莫近前丞相嗔’也；悯流民，则曰‘鸿雁于飞，哀鸣嗷嗷’，不必曰‘千家今有百家存’也；伤暴敛，则曰‘维南有箕，载翕其舌’，不必曰‘哀哀寡妇诛求尽’也；叙饥荒，则曰‘牂羊坟首，三星在罶’，不必曰‘但有牙齿存，所堪骨髓干’也。”其言甚辩而核。然不知向所称，皆兴、比耳。《诗》固有赋，以述情切事为快，不尽含蓄也。语荒而曰“周余黎民，靡有孑遗”；劝乐而曰“宛其死

① (明)王世贞：《艺苑卮言》卷四，见《历代诗话续编》，北京：中华书局，1983年，第1005页。

② (明)王世贞：《艺苑卮言》卷四，见《历代诗话续编》，北京：中华书局，1983年，第1006页。

③ 详见本书第四章第二节。

> 矣，它人入室”；讥失仪而曰“人而无礼，胡不遄死”；怨谗而曰“豺虎不受，投畀有昊”。若使出少陵口，不知用修如何贬剥也？“慎莫近前丞相嗔”，乐府雅语。用修乌足知之？[①]

又在《编著王司马建宫词序》中云：

> 《诗》三百，往往出于妇人女子……圣人乃采而编之曰《风》。《风》者，谓其可以风也。又曰《诗》亡，然后《春秋》作。《春秋》者，史也，史能及事，不能遽及情。诗而及事，谓之“诗史”，杜少陵氏是也。然少陵氏蚤疏贱，晚而废弃，寄食于西南诸侯，足迹不能抵京师，所纪不过政令之窳衺，与丧乱乖离之变而已。[②]

从上面两段话可以看出，王世贞基本上是赞同诗史有别之说的，他和杨慎一样上溯到先秦的诗、史源头《诗经》与《春秋》，认为诗史之间，其体有别：诗“可以风”，史“能及事”；诗可“及事”，但史不“及情”。王世贞泛泛地肯定了杜诗诗史说，但又对杜甫的“诗史”之作不无微议，认为杜甫远离政治中枢，相关诗作“所纪不过政令之窳衺，与丧乱乖离之变而已”，意思是杜诗只能局限于局部的、个体性的时代认知，不能在更高、更广的层面反映时代变局。虽然王世贞并不认可杨慎关于诗歌必须“含蓄”的观点，认为“《诗》固有赋，以述情切事为快，不尽含蓄也”，为杜诗之记录时事作辩护。但大体言，其辨析杜诗诗史说的思路与杨慎并无太大差别——都认为诗歌与史书二体有别，都基本肯定杜诗的纪时记事特性[③]，但又认为其有不足，所以他称杨慎的诗史说“其言甚辩而核”。另外，王世贞还对杨慎诗史说中的例证细节有所质疑：杨慎为了反对宋人诗史说中对杜诗纪时记事特点的过分强化，在立论中以《诗经》为例攻

① (明)王世贞：《艺苑卮言》卷四，见《历代诗话续编》，北京：中华书局，1983年，第1010页。

② (明)王世贞：《弇州四部稿》卷四十三，《文渊阁四库全书》本。

③ 有很多人认为杨慎是完全反杜诗诗史说、否定杜诗纪时之作的价值的，但是如果统观杨慎关于诗史说的全部论述，可以发现，杨慎只是反对宋人诗史说的那种以诗为史的绝对化杜诗接受方式，反对过于直接发露的叙事诗，并不是整体上否定杜甫的叙事纪时作品。详见本书第四章第三节。

击杜诗的“直陈时事”，批评其缺少《诗经》作品的那种含蓄蕴藉。王世贞认为杨慎所举的《诗经》之例都是比兴，并不是记事的赋体；同时，王世贞认为“慎莫近前丞相嗔”一句正是含蓄蕴藉的“乐府雅语”，并非“直陈时事”之作。王世贞对杨慎所举诗例的质疑，涉及对《诗经》相关诗作及杜甫《丽人行》表达手法的判断问题，固然可以见仁见智，不一定王是杨非①。但不管王世贞的质疑本身能否成立，这种辨析的方式体现了王世贞杜诗接受的严谨化、思辨化倾向。

除了在诗学争议话题中表现自己对杜诗的认识之外，王世贞还通过评说前代及当世诗人的尊杜、学杜情况，在总结前人之得失中，表达了自己对杜诗体征的判断。与杨慎主要着眼于驳宋、谢榛主要关注时人不同，王世贞对宋代以来的学杜者之所得所失都进行了总结。

关于宋人学杜的评价，王士祯主要是针对北宋诗坛那些最能代表宋诗风格的诗人，主要有王安石、苏轼、黄庭坚、陈师道等人。尊杜、学杜是北宋中期以后的普遍风气，欧阳修之后的北宋诗坛名家，几乎都有师法杜诗之处，其中黄庭坚等江西诗派成员更是明确地以学杜相号召，“以老杜为祖”②。王世贞对北宋诸家学杜之具体师法，作了详细辨析：“子瞻多用事实，从老杜五言古、排律中来。鲁直用生拗句法，或拙或巧，从老杜歌行中来。介甫用生重字力于七言绝句及颔联内，亦从老杜律中来。但所谓差之毫厘，谬以千里耳。骨格既定，宋诗亦不妨看。”③王世贞认为苏轼等三人学杜，不仅所取资杜诗的具体方向不同，苏轼主要学杜诗用事之法，黄庭坚学杜诗拗句句法，王安石学杜诗锤炼字词，而且所学诗体也有差别，苏轼才气充沛所以学杜甫纵横汪洋的五古、排律等体，王安石讲究字句锤炼故而专力学杜甫字律精严的近体诗。王世贞将苏轼等人的才情气质、诗风好尚与其杜诗接受的方式结合起来比较

---

① 张晖对王世贞的质疑进行了详细的分析、辨正，认为王世贞的说法也并不准确，详见张晖撰《中国“诗史”传统》，北京：三联书店，2012年，第102～117页。

② (元)方回：《瀛奎律髓》卷十六陈与义《道中寒食二首》诗后评语，《文渊阁四库全书》本。

③ (明)王世贞：《艺苑卮言》卷四，见《历代诗话续编》，北京：中华书局，1983年，第1021页。

分辨，既细腻入微又条理井然。然后，王世贞又总评三家学杜之成效，认为他们与杜诗相比较还有些微差距，并最终导致在艺术风貌与成就上与杜诗差异巨大。不过，王世贞并没有像杨慎那样对宋人学杜之不足给予完全否定，认为后来的学诗之人在自己的诗格成熟之后，不会轻易受到宋人不良影响时，苏轼等人的作品“亦不妨看”。

大体上，王世贞评说宋人学杜，都是相对克制、兼顾两面的态度。比如他在《书苏诗后》中又评价苏轼、黄庭坚云：

> 彼(苏轼)见夫盛唐之诗，格极高，调极美，而不能多有，不足以酬物而尽变，故独于少陵氏而有合焉。所以弗获如少陵者，才有余而不能制其横，气有余而不能汰其浊，角韵则险而不求其妥，斗事则逞而不避其粗。所谓武库中器，利钝森然，诚有以切中其弊者，然当其合作，亦自有斐然而不可掩。无论苏公，即黄鲁直，倾奇峭峻，亦多得之少陵，特单薄无深味，蹊径宛然。①

王世贞认为，苏轼是专力学杜者，之所以不能成就杜甫的境界，源于其诗作中才情、神气、韵律、事典等四个方面都有所不足，利钝并陈。但苏轼学杜亦因此有与杜诗贴近之处，“自有斐然而不可掩”。而黄庭坚学得了杜甫的“倾奇峭峻”，只是诗意单薄，模仿的痕迹太过明显。既言其学杜之失，又称其学杜之得。在得失之分辨中，包含了王世贞自己对杜诗品格与特征的认识：通过对苏轼的评价，王世贞认为杜甫显然没有“横”“浊”“粗”等诗病；通过对黄庭坚的评价，王世贞认为杜诗是浑厚有深味的。

王世贞评宋人学杜，对单纯字句上学杜非常不满。他认为“全割缀古语，用文已陋，痕迹宛然”的拟古做派是“斯丑方极”②。他评价陈师道诗作对杜诗诗句的模拟，称之为“点金成铁”，云：

> 少陵有句云“昨夜月同行”，陈无己则云“勤勤有月与同归”；少

① (明)王世贞：《读书后》卷四，《文渊阁四库全书》本。
② (明)王世贞：《艺苑卮言》卷四，见《历代诗话续编》，北京：中华书局，1983年，第1019页。

陵云"暗飞萤自照",陈则曰"飞萤元失照";少陵云"文章千古事",陈则云"文章平日事";少陵云"乾坤一腐儒",陈则云"乾坤著腐儒";少陵云"寒花只暂香",陈则云"寒花只自香"。一览可见。[①]

江西诗派主张以学问为诗,作诗习惯于化用前人诗句事典,有所谓"点铁成金""夺胎换骨"等法。王世贞在这里用"点金成铁"评陈师道的化用杜诗,讽刺之意十分明显。王世贞对学古而似古,其实是持一种比较宽容的态度的,他认为:"亦有神与境触,师心独造,偶合古语者。如……不妨俱美,定非窃也。其次衷览既富,机锋亦圆,古语口吻间,若不自觉。如……尚可言。"[②]在王世贞看来,因为观前人之作既多,或师心独造,不自觉间所作诗句有合于前人口吻的,也是可以被认可的。但像陈师道这样的频繁地肖效杜诗的,尤其像"文章平日事""乾坤著腐儒"都是出于《独坐》一首诗,显然是诗人在字句上机械模仿杜诗的结果,而非一时契合古人。王世贞认为陈师道这样的学杜是只得杜诗之外在皮毛而遗其内在神韵,徒留"点金成铁"之讥。

王世贞对明人学杜、评杜的评说较宋人为多,其所关注的全是复古文学思潮兴起之后的明中期诗坛人物。王世贞对复古派的学杜诗人群体有一个总评,云:"国朝习杜者凡数家,华容孙宜得杜肉,东郡谢榛得杜貌,华州王维桢得杜筋,闽州郑善夫得杜骨。然就其所得,亦近似耳。唯梦阳具体而微。"[③]对从前七子李梦阳到后七子谢榛等比较有名的学杜者,王世贞用比喻的方式辨析了他们对杜诗师法取向之区别,认为都是从个人所专长之处得杜诗之"近似"。当代学者认为,这段话"实际上指出了诸家学杜的片面性,暗示着他们并没能全面地学习和继承杜诗"[④]。而李梦阳是唯一一个全面学杜的,所谓"具体而微"者。

---

① (明)王世贞:《艺苑卮言》卷四,见《历代诗话续编》,北京:中华书局,1983年,第1019页。

② (明)王世贞:《艺苑卮言》卷四,见《历代诗话续编》,北京:中华书局,1983年,第1018~1019页。

③ (明)王世贞:《艺苑卮言》卷六,见《历代诗话续编》,北京:中华书局,1983年,第1050页。

④ 李燕青:《王世贞宗杜思想综论》,载《华南理工大学学报》(社科版),2014年第1期,第84页。

王世贞评价时人学杜、论杜的不足，不像谢榛那样含蓄、温婉，而是直接针对具体杜诗接受者之具体问题发论。王世贞的这种批评勇气或诗学自信，显然和他独掌文坛二十余年的宗主身份有关。比如，王维桢自认为对杜甫七律深有见解，称杜诗七律“大要贵有照应，有开阖，有关键，有顿挫，其意主兴主比，其法有正插，有倒插”，王世贞直接批评王维桢的看法是“如朱子注《中庸》一经，支离圣贤之言，束缚小乘律，都无禅解”[①]。又如，王世贞引用古乐府“悲歌可以当泣，远望可以当归”来解释杜甫“玉佩仍当歌”中“当”字该如何训读，嘲笑杨慎引曹操“对酒当歌”一句来解释杜诗，是“大聩聩可笑”[②]。又如，王世贞评价好友李攀龙《古今诗删》的唐诗选部分说：“于鳞选老杜七言律，似未识杜者。”[③]李攀龙在《选唐诗序》中于七律一体推重李颀、王维，对杜甫有些不以为然，诗选中李颀所作 7 首七律全部入选，而杜甫作为盛唐诗坛七律最多的诗人只有 13 首诗入选。李攀龙这种选择的背后是有其独特的诗学倾向在其中[④]，在明后期诗学批评领域引起了巨大争议。王世贞的批评是最早的发声，虽未展开，但有开启风气的作用。又如，王世贞评价谢榛的杜诗接受云：“谢茂秦论诗，五言绝以少陵‘日出篱东水’作诗法，又宋人以‘迟日江山丽’为法。此皆学究教小儿号嗄者。”[⑤]王世贞所举出的两首杜诗是《绝句六首》其一和《绝句二首》其二，两诗都是四句两联皆对，诗意又是四句顺势写下，和盛唐绝句大家李白、王昌龄等人诗作大不同，一向被人视为绝句变格，宋人早已有“儿童属对”之讥[⑥]，王世贞批评谢榛以之为法，也是很中肯的意见。

在明中期众多的学杜者之中，李梦阳是最为突出的。不仅因为他学杜是兼有诗法与诗情的全面学习，是王世贞所谓“具体而微”者，而且其本人对杜

① (明)王世贞:《艺苑卮言》卷七，见《历代诗话续编》，北京:中华书局，1983 年，第 1060 页。
② (明)王世贞:《艺苑卮言》卷三，见《历代诗话续编》，北京:中华书局，1983 年，第 989 页。
③ (明)王世贞:《艺苑卮言》卷四，见《历代诗话续编》，北京:中华书局，1983 年，第 1007 页。
④ 陈国球:《明代复古派唐诗论研究》有关章节，北京:北京大学出版社，2007 年。
⑤ (明)王世贞:《艺苑卮言》卷四，见《历代诗话续编》，北京:中华书局，1983 年，第 1016 页。
⑥ (宋)罗大经:《鹤林玉露》卷八，《文渊阁四库全书》本。

诗采取一种极端尊崇的态度，声称“作诗必须学杜，诗至杜子美，如至圆不能加规，至方不能加矩矣”[①]。在这样的尊杜观念下，李梦阳的诗集中确实存在对杜诗字比句拟的现象，所以王世贞在评价李、何之争时说：“然而正变云扰，剽拟雷同，信阳之舍筏，不免良箴，北地之效颦，宁无私议？”对李梦阳的“效颦”也有意见。因而，王世贞在关注李梦阳的杜诗接受时，对李梦阳的模拟杜诗批评最多，他说：“少陵句云：‘淮王门有客，终不愧孙登。’颇无关涉，为韵所强耳。后世不解事人，翻以为法。至于北地所谓‘郑綮骑驴，无功行县’，行踪、骑驴既非实事，工绩、郑綮又否通人，生俗无谓，大可戒也。”[②]王世贞认为，杜诗中有一些诗句的用词本来前后并无关联，只是用韵对仗之需而勉强为之，李梦阳等后世学杜者竟刻意效法，导致诗意“生俗无谓”，是犯了诗家大戒。王世贞又云：“模拟之妙者，分歧逞力，穷势尽态，不唯敌手，兼之无迹，方为得耳。……近日献吉‘打鼓鸣锣何处船’语，令人一见匿笑，再见呕哕，不免为盗跖、优孟所訾。”[③]王世贞所批评的“打鼓鸣锣何处船”一句，出自杜诗《十二月一日三首》其二，原句云：“负盐出井此溪女，打鼓发船何郡郎。”是杜甫在夔州时所作。“打鼓发船”是写江水迅疾，船逆流上行时，打鼓为节，为行船拉纤助威，是江边所见蜀地日常生活场景的写照。王世贞所批评的诗句是李梦阳七律《河发登望》的第二联：“买鱼沽酒此村口，打鼓鸣锣何处船。”[④]据全诗之意，是写七月七日康王城河边所见之景。康王城在开封城北，是宋高宗为康王时所筑。北方水流稳顺，无需打鼓以助行船拉纤，李梦阳诗中也写打鼓发船，便很难是实景，又加上“鸣锣”，更是不知所谓。王世贞用一种近乎发泄式的用词，批评李梦阳这种纯粹的字句抄袭，反映了王世贞对杜甫原诗及李梦阳模拟之作的诗情诗意都深为了解。由此可见，王世贞对前人学杜之得失的判断，是建立在自身充分掌握相关材料的基础之上，而非那种印象式的感

① (明)何良俊：《四友斋丛说》卷二十六《诗三》，北京：中华书局，2007 年，第 234 页。

② (明)王世贞：《艺苑卮言》卷七，见《历代诗话续编》，北京：中华书局，1983 年，第 1059 页。

③ (明)王世贞：《艺苑卮言》卷四，见《历代诗话续编》，北京：中华书局，1983 年，第 1019 页。

④ (明)李梦阳：《空同集》卷二十九，《文渊阁四库全书》本。

性评说，体现的也正是王世贞一贯的持之有据的杜诗接受态度。在王世贞之后，明后期的杜诗接受进程之中，以胡应麟、许学夷、胡震亨、冯复京等人为代表的杜诗研究者，都体现出一种学者式的严谨与客观。而王世贞的杜诗接受，正是这种杜诗接受风范的开启者。

第三章

明后期杜诗接受的泛化与深化

万历以后，明代诗学批评发展至新的阶段，杜诗接受的宏观诗学背景与明前、中期的状况相比有很大的变化。明前期论诗尚“性情”，明中期论诗重“格调”，虽然这两个阶段的具体诗论可能会千差万别，但其主导性诗学思想是比较统一的。而明后期的诗学取向则更加多元：受到王学左派激进的个性解放思潮的影响，诗歌创作从“师古”转向“师心”，对体格声调的强调让位于“独抒性灵”的吁求，对个体性“真情”“真境”的追求成为诗人的普遍意识。以袁宏道为首的公安派及以钟惺为首的竟陵派先后崛起于诗坛，他们的创作及诗学主张影响了明后期的诗歌传播与接受的整体态势。与此同时，格调论者在性灵说的冲击下，进行了更为深入细致的诗歌辩体研究，并适当地吸收了性灵说的观点，实现了格调论诗学的自我调适与修正。尤其值得注意的是，这一时期的诗学批评领域出现了总结以往、集成众说的大趋势。以诗歌总集的编撰言，有臧懋循《诗所》103 卷、曹学佺《石仓历代诗选》880 卷、钟惺等《诗归》51 卷、陆时雍《诗镜》90 卷等，都是试图总和古今诗作于一书。具体到唐诗总集的编撰，也有非常明显的集大成之态势。胡震亨编有《唐音统签》1032 卷，范汭、茅元仪等编有《全唐诗》1200 卷，周挺编著《唐诗选脉汇通评林》60 卷，或试图总括唐人之诗，或努力集成明中期以来的诗歌评点。与诗歌总集编撰的集成之势相对应的是明后期诗歌理论建树上的总结前人之说的趋势，胡应麟《诗薮》、许学夷《诗源辩体》、胡震亨《唐音癸签》、冯复京《说诗补遗》等诗话著作是其代表。明代后期的杜诗接受，就是在诗学主张歧异多元与集成深化并存的大背景下，进入了新的阶段，体现出此时的杜诗接受者对杜甫诗歌风貌与成就的独特认知。

第一节　歧异与调和：非格调论者的杜诗接受视角与主张

王世贞在万历十八年(1590)去世，标志着格调论复古思潮主导文坛的局面暂告一段落。以袁宏道为代表的公安派高举“独抒性灵，不拘格套”[①]的诗学大旗，对前后七子“诗必盛唐”、标举格调的诗学观点发起猛烈批判。袁宏道在《雪涛阁集序》中云：“近代文人，始为复古之说以胜之。夫复古是已，然至以剿袭为复古，句比字拟，务为牵合。弃目前之景，摭腐滥之辞。有才者诎于法，而不敢自伸其才；无之者拾一二浮泛之语，帮凑成诗。智者牵于习，而愚者乐其易，一唱亿和，优人驺子，共谈雅道。”[②]他们坚决反对片面地在诗歌体调声韵、形式技巧方面模仿古人，主张诗歌创作反映个体自然本真的人情、人欲、人性，追求一种率意自然，甚至不避俚俗的诗歌风格。他们对前后七子复古模拟的批评正好切中时弊，因而其性灵说诗学观一时之间大行其道。因此，万历中后期的杜诗接受策略发生了很大变化，对杜诗的独尊让位于更多元的诗歌审美范式。推敲杜诗技法或从伦理角度推重杜甫，都不是公安派杜诗接受的选择。万历末年，以钟惺、谭元春为代表的竟陵派相接而出，在借鉴了公安派诗歌创作上流于率易俚俗的教训后，力图在格调论与性灵说之间折中调和，其以《唐诗归》为依托的杜诗阐释也因此不乏细致入微的新意与创见。

---

① (明)袁宏道著，钱伯城笺校：《袁宏道集笺校》卷四《叙小修诗》，上海：上海古籍出版社，1981年，第187页。

② (明)袁宏道著，钱伯城笺校：《袁宏道集笺校》卷十八，上海：上海古籍出版社，1981年，第710页。按：“优人驺子”，明崇祯本《袁中郎集》卷一《雪涛阁集序》中作“优人驺从”。

一、性灵说与公安派的杜诗接受

性灵说是由公安派的旗手袁宏道提出的。袁宏道(1568—1610),字中郎,号石公,湖北公安人。万历二十年(1592)进士,任吴县县令等职,累官至吏部郎中。有《袁中郎集》传世,与其兄袁宗道、弟袁中道合称"公安三袁"。袁宏道的性灵说主要见于其《叙小修诗》一文,云:

> (小修)诗文亦因之以日进。大都独抒性灵,不拘格套,非从自己胸臆流出,不肯下笔。有时情与境会,顷刻千言,如水东注,令人夺魄。其间有佳处,亦有疵处,佳处自不必言,即疵处亦多本色独造语。然予则极喜其疵处。而所谓佳者,尚不能不以粉饰蹈袭为恨,以为未能尽脱近代文人气习故也。盖诗文至近代而卑极矣,文欲准于秦、汉,诗则必欲准于盛唐,剿袭模拟,影响步趋。见人有一语不相肖者,则共指以为野狐外道。曾不知文准秦、汉矣,秦、汉人曷尝字字学六经欤?诗准盛唐矣,盛唐人曷尝字字学汉、魏欤?秦、汉而学六经,岂复有秦、汉之文?盛唐而学汉、魏,岂复有盛唐之诗?唯夫代有升降,而法不相沿,各极其变,各穷其趣,所以可贵,原不可以优劣论也。……今闾阎妇人孺子所唱《擘破玉》《打草竿》之类,犹是无闻无识真人所作,故多真声,不效颦于汉、魏,不学步于盛唐,任性发展,尚能通于人之喜怒哀乐嗜好情欲,是可喜也。……大概情至之语,自能感人,是谓真诗,可传也。①

袁宏道借助于对其弟袁中道诗歌创作的总结,提出了自己"独抒性灵,不拘格套"的性灵说主张。"性灵"一词,远在六朝时代钟嵘、刘勰等人在其诗学著作中就已经使用,近至格调论者李梦阳、王世贞等人也有相关论说,比如王世贞

① (明)袁宏道著,钱伯城笺校:《袁宏道集笺校》卷四,上海:上海古籍出版社,1981年,第187～188页。按:明崇祯本《袁中郎集》卷一本叙"令人夺魄"作"令人夺魂"。

有云："诗以陶写性灵、抒纪志事而已。"[①]但袁宏道的性灵说与前人不同，其主张诗歌要表现独特自由的个体自我，内容上要展示真实的情感与欲望，形式上要从自心出发、不受规范拘束，反对模拟前人的做法，所谓"信心而出，信口而谈"[②]。公安派的副将江盈科也从唐人之诗和今人学唐之诗的差别入手，表达了与袁宏道类似的抒写性灵、反对模拟的看法："唐人之诗，无论工不工，第取而读之，其色鲜妍，如旦晚脱笔砚者；今人之诗，即工乎，然句句字字拾人饾饤，才离笔砚，已似旧诗矣。夫唐人千岁而新，今人脱手而旧，岂非流自性灵与出自模拟者所从来异乎？"[③]江盈科认为唐诗艺术魅力的源泉，并不是格调论诗学所极力赞美的那种外在技巧诗法上的高超，而在于唐诗乃唐人真性灵的自然流露。这种从诗歌内在精神角度强调唐诗价值所在的思路，与前后七子的诗学观相比显然别是一路。

在性灵说诗学观念的主导下，公安派的杜诗接受也相应地显示了异于前人的特点。归纳来说，大体表现在以下三个方面：

一是由独尊变为兼重。因受其师李贽反权威思想的影响，袁宏道等人论诗有明显的高扬主体、摈弃规范之倾向。他认为历代的诗歌创作是"代有升降，而法不相沿，各极其变，各穷其趣"，每个时代的诗歌都有其独特的变化与趣味。所以，唐、宋诗之间不应尊唐抑宋，四唐之间也不该重初、盛而轻中、晚。前后七子作诗"必欲准于盛唐"固然无谓，一味否定宋诗也是不当。就诗人论，袁宏道对杜甫持有极大的尊重，他在《夜坐读少陵诗偶成》一诗中云：

尝闻工书人，见书长一倍。每读少陵诗，辄欲洗肝肺。体格备六经，古雅凌三代。武库森戈戟，庙堂老冠佩。变幻风云新，妖韶儿女黛。古鬼哭幽冢，羁游感绝塞。古人道不及，公也补其废。化工

① (明)王世贞：《弇州四部稿》续稿卷一百六十八《题刘松年大历十才子图》，《文渊阁四库全书》本。

② (明)袁宏道著，钱伯城笺校：《袁宏道集笺校》卷十一《张幼于》，上海：上海古籍出版社，1981年，第501页。

③ (明)江盈科：《雪涛阁集》卷八《敝箧集引》，见黄仁生校：《江盈科集》，长沙：岳麓书社，1997年，第398页。

有遗巧，代之以覆载。仅仅苏和仲，异世可相配。剪叶及缀花，诸余多琐碎。纷纷学杜儿，伺响任呜吠。入山不见瑶，何用拾琼块？[①]

袁宏道将杜诗比作诗家“武库”，体备六经，境至“化工”，记录时代风云，补人之不及，所以一读杜诗，便似有一洗肝肺之感，对杜诗的珍重推许可谓备至。诗末又批评了后人学杜限于琐碎，不能得杜诗精髓。又在《风林纤月落》组诗四首之后赞美杜诗云：“唐人咏月多矣，如云‘只益丹心苦，能添白发明’，深沉古雅，非子美不能。”[②]但是我们也必须注意到，在推尊杜甫的同时，袁宏道等人对唐宋时代其他的诗人也几乎给予了同样的赞美。他说：

唐自有诗也，不必《选》体也。初、盛、中、晚自有诗也，不必初、盛也。李、杜、王、岑、钱、刘，下迨元、白、卢、郑，各自有诗也，不必李、杜也。赵宋亦然。陈、欧、苏、黄诸人，有一字袭唐者乎？又有一字相袭者乎？至其不能为唐，殆是气运使然。[③]

在袁宏道这一段话中，虽然唐人不学《文选》、宋人不袭唐的具体判断可能背离了事实，但其字里行间不单单以杜甫一人为尊的态度是显而易见的。他在给李贽的书信中也表达了重唐宋各家的意思，并通过与其他诗人的比较，表达了自己对杜诗的认知：

近日最得意，无如批点欧、苏二公文集。欧公文之佳无论，其诗如倾江倒海，直欲伯仲少陵，宇宙间自有此一种奇观，但恨今人为先入恶诗所障难，不能虚心尽读耳。苏公诗高古不如老杜，而超脱变怪过之，有天地来，一人而已。仆尝谓六朝无诗，陶公有诗趣，谢公有诗料，余子碌碌，无足观者。至李、杜而诗道始大。韩、柳、元、白、

① (明)袁宏道著，钱伯城笺校：《袁宏道集笺校》卷三十二，上海：上海古籍出版社，1981年，第1049页。

② (明)袁宏道著，钱伯城笺校：《袁宏道集笺校》卷三十一，上海：上海古籍出版社，1981年，第1041页。

③ (明)袁宏道著，钱伯城笺校：《袁宏道集笺校》卷六《丘长孺》，上海：上海古籍出版社，1981年，第284页。

> 欧，诗之圣也。苏，诗之神也。彼谓宋不如唐者，观场之见耳，岂直真知诗何物哉？[①]

袁宏道推重杜诗“高古”，认为到杜甫“诗道始大”。但与此同时，又将韩愈等五人称为诗圣，苏轼称为诗神，并尊杜甫与唐宋各家之意十分明显。而在《孙司李》一文中，袁宏道特意将杜甫、李白、苏轼三人诗歌之得失作了详细的比较，云：“苏公诗无一字不佳者。青莲能虚，工部能实。青莲唯一于虚，故目前每有遗景；工部唯一于实，故其诗能人而不能天，能大能化而不能神。苏公之诗，出世入世，粗言细语，总归玄奥，恍惚变怪，无非情实。盖其才力既高，而学问识见又迥出二公之上，故宜卓绝千古。至其遒不如杜，逸不如李，此自气运使然，非才之过也。”[②]在袁宏道看来，杜诗之特点在于“能实”。所谓“实”，既指杜诗内容上的写实性，也指其诗歌技法的沉着精工。所以，袁宏道认为杜诗的长处是人工天巧、博大汪洋、变化多端，其短处是缺少自然天成的神韵。

公安派其他人也表达过类似的兼尊众人的观点。比如，袁中道有云：“大都元白之警策处，亦自有李杜。李杜之流畅处，亦自有元白，未可轻议也。”[③]这是从为中唐诗人元稹、白居易辩护的角度，主张李、杜、元、白四人的诗歌都具有警策、流畅的特点。又云：“学古诗者，以离而合为妙。李、杜、元、白，各有其神。”[④]他认为杜甫和其他三位诗人一样，都能够得古体诗的精神。又云：“若唐之王摩诘，可笑者少；孟浩然、李白，已不无矣；子美尤多，虽可笑亦自有韵，如‘家家养乌龟，顿顿食黄鱼’之语是也。”[⑤]这是从诗歌不避俚俗的观点出发，比较了杜甫与其他三位盛唐诗人的区别。公安派杜诗接受中由独

---

① （明）袁宏道著，钱伯城笺校：《袁宏道集笺校》卷二十三《与李龙湖》，上海：上海古籍出版社，1981年，第750页。

② （明）袁宏道著，钱伯城笺校：《袁宏道集笺校》卷二十三，上海：上海古籍出版社，1981年，第734页。

③ （明）袁中道：《珂雪斋近集》卷三《东游日记》，明万历四十六年（1618）刻本。

④ （明）袁中道：《珂雪斋近集》卷六《四牡歌序》，明万历四十六年（1618）刻本。

⑤ （明）袁中道：《珂雪斋近集》卷七《江进之传》，明万历四十六年（1618）刻本。

尊到兼重的转折，我们可以在徐渭的诗论中找到其发端。徐渭（1521—1583）与后七子同时，其时李攀龙、王世贞主盟诗坛，“囊括无遗士，所不能包者二人：颀伟之徐文长，小锐之汤若士”①。徐渭曾师事心学大师王畿，有强烈的反传统思想，对七子派的模拟蹈袭作风极为反感，云：“不出于己之所自得，而徒窃于人之所尝言，曰某篇是某体，某篇则否；某句似某人，某句则否。此虽极工毕肖，而已不免于人之为鸟矣。”②在评价唐人诗歌时，也是不局限盛唐一段、杜甫一人，在李、杜、王、孟等盛唐诗人之外，兼及中晚唐的诗家，他说：“韩愈、孟郊、卢仝、李贺诗，近颇阅之。乃知李杜之外，复有如此奇种，眼界始稍宽阔。不知近日学王孟人，何故伎俩如此狭小？在他面前说李杜不得，何况此四家？殊可怪叹。菽粟虽常嗜，不信有却龙肝凤髓都不理耶？”③袁宏道曾经为徐渭写过小传，并整理、评点过《徐文长文集》，对徐渭的诗学思想比较熟悉。我们可以推想，以袁宏道为首的公安派的杜诗接受从独尊一家到兼重各家的变化，应该是受到了徐渭诗学观的影响。

二是对“真”的推重。公安三袁曾师事李贽，他们的性灵说实乃李贽童心说之翻版。童心说的核心就是所谓“绝假纯真，最初一念之本心”，强调文学要写真心、真情、真人。公安派的“性灵”一词也因此包含了“真”的内涵。李贽童心说中强调“真”是为了在哲学层面反对程朱理学名教思想之假，而公安派对“真”的重视是为了借以批评复古派诗人。在公安派诗人看来，复古诗人因为拘于对格调的追模而忽略了对古人诗歌中真性灵的感知与把握，同时也在自身创作实践中弱化了对自我独特个性与性灵感悟的表现。袁宏道云：“大抵物真则贵，真则我面不能同君面，而况古人之面貌乎？”④由此可见，强调真即是反对模拟。从“真”的角度接受杜诗，江盈科的诗论中有最为集中的

① （明）虞淳熙：《徐文长集序》，见钱伯城笺校：《袁宏道集笺校》，上海：上海古籍出版社，1981年，第1716页。

② （明）徐渭：《徐渭集》卷十九《叶子肃诗序》，北京：中华书局，1983年，第519页。

③ （明）徐渭：《徐渭集》卷十六《与季友》，北京：中华书局，1983年，第461页。

④ （明）袁宏道著，钱伯城笺校：《袁宏道集笺校》卷六《丘长孺》，上海：上海古籍出版社，1981年，第285页。

表述。他说：

> 李太白诗，清虚缥缈，如飞天真仙，了无行迹，下八洞仙人欲逐其后尘，已无可得，况凡人乎？若七言律诗，彼自逃束缚，不肯从事，非才不逮杜也。杜子美诗，古骨古色，如万金彝鼎偶遇买手，逢识者自然善价而沽，若百室之邑，千人之聚，不必开口问价，谁能偿得此老？至其七言律，固云宏肆。然细读细思，何一句一字不是真景真情，在盛唐中真号独步。①
>
> 杜少陵夔州之后诗，突兀宏肆，迥异昔作，非有意换格。蜀中山水自是挺特奇崛，少陵能象境传神，使人读之，山川历落，居然在眼。所谓春蚕结茧，随物肖形，乃谓真诗人、真手笔也。②
>
> 杜少陵是固穷之士，平生无大得意事，中间兵戈乱离、饥寒老病，皆其实历。而所历苦楚都诗中写出，故读少陵诗即当少陵年谱看得。③
>
> 诗本性情。若系真诗，则一读其诗，而其人性情入眼便见。……惟剿袭掇拾者，麋蒙虎皮，莫可方物。假如未老言老，不贫言贫，无病言病，此是杜子美家窃盗也。不饮一盏而言一日三百杯，不拾一文而言一挥数万钱，此是李太白家掏摸也。④

在江盈科看来，杜诗七律之所以独步盛唐诗坛，就是因为诗中所写都是“真景真情”。而杜诗能够把自我一生之遭逢际遇写出，“随物肖形”，让后人读其诗而知其所历，所以才是“真诗人、真手笔”。后人学杜，模仿其字句，“未老言

---

① （明）江盈科：《雪涛小书诗评·评唐一》，见周维德编：《全明诗话》，济南：齐鲁书社，2005 年，第 2763 页。

② （明）江盈科：《雪涛小书诗评·评唐二》，见周维德编：《全明诗话》，济南：齐鲁书社，2005 年，第 2764 页。

③ （明）江盈科：《雪涛小书诗评·评唐二》，见周维德编：《全明诗话》，济南：齐鲁书社，2005 年，第 2764 页。

④ （明）江盈科：《雪涛小书诗评·诗品》，见周维德编：《全明诗话》，济南：齐鲁书社，2005 年，第 2766 页。

老，不贫言贫，无病言病”，没有自我真切的生活情境的再现，算不得真人真诗，只是“杜子美家盗贼”而已。所以，在公安派看来，杜甫的诗歌创作揭示了诗家的关键是真实地抒写自我的生活际遇，展示诗人的真性灵。刻意地去取法前人，往往会南辕北辙。袁宏道称“唐人妙处，正在无法”：“如六朝、汉、魏者，唐人既以为不必法。沈、宋、李、杜者，唐人虽慕之，亦决不肯法，此李唐所以度越千古也。”即整个唐代诗人之所以取得杰出的成就，就在于他们不肯“法”他人，而是求诸自我之真情，写自身所见之真景，然后成自家之真诗。

江盈科还认为，如果诗人求真，张扬性灵，其诗歌风格上必然会形成异于他人的独特奇异的风貌。所以，公安派在以“真”论杜之外，又从“奇”的角度去比较杜甫与李白、李贺等其他唐代诗人的差别。他说：“古工诗之士，其较有三：有正，有奇，有奇之奇。唐杜工部诗，宏博精炼，如石季伦觞客，俎馐肴核，不离世品，而麟脯凤炙间出，天下所未尝之味，此夫正而能奇者也。李青莲使事不必如杜之核，用书不必如杜之富，而超脱绝妙，飘飘欲仙，泠然如列子御风而行，此夫以奇为奇者也。至于长吉，事不必宇宙有，语不必世人解，信口矢音，突兀怪特，如海天蜃市，琼楼玉宇，人物飞走之状，若有若无，若灭若没，此夫不名为正，不名为奇，直奇之奇者乎！盖有唐三百年，一人而已。”[①]从江盈科的这段话可以看出，公安派所看重的诗家之“奇”，是指其诗歌作品中能够体现独特鲜明的个性色彩。他们认为杜诗是博大精炼，正中有奇；李白是超脱绝妙，以奇为奇；李贺诗突兀怪特，是“奇之奇者”。从诗歌对独特自我的抒写角度讲，李贺是唐人中的第一。类似这样在与他人的比较中似乎偏重他人的杜诗接受态度，在格调论诗学中是很少见的。从思想底蕴看，这无疑是王学左派激进的反权威、反正统思潮影响的结果。

三是在公安派后期，袁中道试图在格调论与性灵说之间进行一定的调整，因而使得公安派的杜诗接受出现了神韵说的色彩。袁中道在《蔡不瑕诗序》中批评隆、万之际后七子的“浸成格套”的弊端后，接着道：“后之有识者矫

① (明)江盈科：《雪涛阁集》卷八《解脱集引》，见黄仁生校：《江盈科集》，长沙：岳麓书社，1997年，第278页。

之，情无所不写，景无所不收，而又未免舍套而趋于俚矣。”[①]这表明袁中道已经开始认识到，公安派在“信心而出，信口而谈”的诗歌创作思想指导下，渐有俚俗率易之弊。袁中道一直试图在格调论与性灵说之间寻找一个合适的平衡点，提出了诗歌要含蓄蕴藉的说法。他在《寄曹大参尊生》中说：“至于作诗，颇厌世人套语，极力变化，然其病多伤率易，全无含蓄。盖天下事，未有不蕴藉者，词意一时俱尽，虽工不贵也。近日始细读盛唐人诗，稍悟古人盐味、胶青之妙。”他主张用含蓄蕴藉的诗风去调剂格调与性灵二家之弊病。所以，袁中道在评说杜诗的时候，也云：“天下之文，莫妙于言有尽而意无穷，其次则能言其意之所欲言。……杜工部、李青莲之才实胜王维、李颀，而不及王维、李颀者，亦以发泄太尽故也。”他认为杜甫、李白的才华胜过王维等人，但诗歌有不及王维等人之处，原因在于杜甫作诗“发泄太尽”，缺少含蓄蕴藉的意味。由此可看出，袁中道对杜诗的批评，正是他主动调整性灵说诗学观的一个结果。袁中道又曾在《宋元诗序》中云：“古人论诗之妙，如水中盐味，色里胶青，言有尽而意无穷者，即唐已代不数人，人不数首。彼其抒情绘景，以远为近，以离为合，妙在含裹，不再在披露。”可见，袁中道所主张的含蓄蕴藉，其实就是宋代严羽等人标举的“神韵”之说。就整个明后期的杜诗接受言，袁中道的含蓄蕴藉主张是后来神韵说杜诗接受策略的最早开启者，只是还没有作更多的展开。

二、性灵说与格调论的调和——竟陵派杜诗接受的折中姿态

万历四十二年(1614)冬，钟惺(1574—1625)与谭元春(1586—1637)开始“精定《诗归》”，到万历四十五年(1617)最终定稿。二人评选唐诗为《唐诗归》36卷，其中初唐5卷，盛唐19卷，中唐8卷，晚唐4卷；并编隋前诗为《古诗归》15卷。钟惺曾自谓：“平生精力，十九尽于《诗归》一书。”[②]该书面世后，

① (明)袁中道：《珂雪斋近集》卷三《蔡不瑕诗序》，明万历四十六年(1618)刻本。

② (明)钟惺：《诗归序》，《诗归》卷首，明万历四十五年(1617)刻本。

“盛行于世，承学之士，家置一编，奉之如丘尼之删定”[①]，“惊四筵而复独坐，遂能开宗立教矣”[②]。竟陵诗派便由此崛起，并在诗学影响上很快取代了公安派。从诗学观念的继承上看，人们一般都认为竟陵派延续了公安派的性灵说思想，但同时也适当地引入一些格调论复古派主张，以调和公安派的弊端。

竟陵派的诗学主张主要见于《诗归》一书，钟、谭二人凭借着对诗篇的选择和点评表达他们偏精独到的诗学见解，他们的杜诗接受也因此主要见于《诗归》一书。钟惺或谭元春个人文集中直接关乎杜诗批评的文字比较少见。由于评点的形式限制，竟陵派的杜诗接受在表面上显得有些零碎、散乱，主要体现为钟惺、谭元春对具体杜甫诗篇、诗句的认识与判断，对杜甫诗歌似乎缺少明晰的、整体性的认知。但认真梳理《诗归》中关于杜诗的评点文字，我们还是能够看到竟陵派杜诗接受力图在性灵说与格调论、师心与师古之间折中调和的痕迹。统而观之，钟、谭等人的杜诗接受有三个方面的特点值得关注。

首先是杜诗重回独尊地位与黜落杜诗名篇的状况并存。杜诗的编选与评点是明后期杜诗接受的主要方式之一，除了那些以杜甫律诗为主的评本外，最有诗学影响力的杜诗评点都包含在整体性的唐诗选评本之中。除钟惺等人的《唐诗归》外，还有臧懋循的《唐诗所》47 卷、唐汝询的《唐诗解》50 卷、陆时雍的《唐诗镜》54 卷、李沂的《唐诗援》20 卷等。在这些书中，编选者都是将杜诗置于唐诗的整体之中进行比较、点评，通过入选诗篇的多寡与侧重，反映对唐代某些诗人或某些诗作的偏好与侧重。

《唐诗归》所选杜诗的情况，很能反映竟陵派的杜诗接受态度。从诗选本身看，《唐诗归》所选唐人诗的前三名分别是杜甫、王维和李白。其中杜甫的诗作有 6 卷共计 347 首，排名第一，远多于第二名王维的 114 首、第三名李白的 112 首。再从整个明代的唐诗选本的选诗看，我们以高棅的《唐诗品汇》、李攀龙的《古今诗删》中唐诗选部分和钟惺的《唐诗归》这三部在诗学领域影响最大的诗选为例，看看其所选杜诗的数量和在全书中所占的比重：

① (清)钱谦益:《列朝诗集》丁集第十二《钟提学惺》，北京：中华书局，2007 年，第 5360 页。
② 钱钟书:《谈艺录》，北京：中华书局，1998 年，第 425 页。

表 3-1　明代三部唐诗选本所选杜诗情况

书　名	全书选唐诗数	杜诗入选数	杜诗占比	全书排名
《唐诗品汇》	5769 首	294 首	5.1%	第二
《古今诗删》	740 首	93 首	12.6%	第一
《唐诗归》	2252 首	347 首	15.4%	第一

由上表可见,《唐诗归》中入选杜诗的绝对数量甚至超过了标举杜甫为“大家”的《唐诗品汇》,而《唐诗品汇》的选诗总数近三倍于《唐诗归》;从所选杜诗的占比看,《唐诗归》也超过了以“诗必盛唐”为标榜的后七子的选本《古今诗删》。从诗歌选本角度看,钟惺、谭元春推尊杜诗的态势是前所未有的。所以,谭元春在评《同袁使君春陵行》时声称:“老杜第一诗人,又是第一高人。人不第一,恐诗亦不能第一也。”他认为杜甫其人其诗,都是唐人中第一。可见竟陵派对杜甫的推尊实际上包含了两层意思:既是对其人格的仰慕,又是对其诗歌技艺与成就的褒扬。

竟陵派推尊杜甫其人,是因为他们认为杜甫胸有天下,仁义为怀,富于见识。比如,评《自京赴奉先县咏怀五百字》从“凌晨过骊山”到“路有冻死骨”一节,钟惺评曰:“极道骄奢暴殄,隐忧言外,似皆说秦,其实句句时事。”谭元春评云:“少陵不用于世,救援悲悯之意甚切,遇一小景、小物,说得极悲愤、极经济,只为胸中有此等事郁结,读其诸长篇自见。”谭认为杜甫胸怀济世安民之志,但不能进用,所以借诗中细微之事以抒其情。又如《又呈吴郎》一诗,格调论诗人如王世贞、胡应麟等人认为此诗是杜甫七律中的拙劣之作,甚至称其“不成语”。但钟惺却很认可此诗,钟惺评诗中“不为贫困宁有此”一联云:“于困贱人非惟体悉,又生出一段爱敬,彼呼求者何人?”钟惺认为从中可以看出杜甫的“菩萨心肠,经济人话头”。他又总评该诗云:“许妇人扑枣,已是细故,况吴郎之枣乎? 当看其作诗又呈吴郎,是何念头?”钟惺从杜甫为一个“无食无儿”的老妇人屡次就“扑枣”这样的小事作诗叮嘱吴郎,感佩于杜甫有一颗仁者之心。又如杜甫认为朝廷借回纥西胡之兵以解安禄山东胡之叛,是短视行为,会遗祸无穷,在《留花门》《北征》等诗中反复道及。钟惺评《留花门》云:“说尽客兵之害,千古永戒!”又评《北征》云:“往往谈客兵之害入骨,而花门回纥尤穆然，有五胡乱华之忧。”可见，钟惺对杜甫的政治识见甚是推崇。

《诗归》对杜甫其诗的推崇，遍见于评点文字之中，全书之中很少有负面性的点评。总结这些评点，我们会看到，钟惺等人对杜诗的肯定主要在其诗艺高超、内容深广等方面。比如，钟惺评杜甫的五言古诗《送重表侄王砅评事使南海》云：“前段不过叙中表戚耳，忽具一部开国大掌故，无头重之患。自‘往者胡作逆’以下，只是乱离相依、饮食仆马细故，无端无委，无转无接，首尾不应，细大不伦。胸中潦倒，笔下淋漓。非独诗，即看作一篇极奇文字，亦可。”对于这样一首向来未被视为杜甫五言古诗代表作的诗篇，钟惺在评点之中，却对其篇章技法推崇备至。即此一例，亦可见钟惺对杜甫诗艺的推尊之深。钟惺在《诗归》卷十七杜甫诗选前有一个总评，云：“读老杜诗，有进去不得时，有出去不得时。诸体有之，一篇有之，一句有之。”所谓“进去不得”与“出去不得”，是指杜诗诗法高妙，诗意深厚，故而其诗中种种精微独到之处，需要耐心体悟，细细揣摩，然后才可能进入诗境之中，得其妙会。然时或不至，或又沉溺其间，愈品愈觉其神妙，遂觉精义无穷，不得出矣。他又云：“读初盛唐五言古须办全副精神，而诸体分应之。读杜诗须办全副精神，而诸家分应之。观我所用精神多少分合，便可定古人厚薄、偏全。”这是以五言古诗的鉴赏为例，把杜甫与盛唐诸人作比较，认为杜甫的五古兼有众家，需要“全副精神”投入其中，方能得杜诗之真精神。这两个总评，可以看成是竟陵派推尊杜诗的总纲。

钟惺、谭元春等人与公安派的袁中道来往紧密，钟惺又曾订正过《袁中郎集》。竟陵派诗学有很明显的性灵说色彩，一直被视为公安派的余绪。但两派的杜诗接受态度却有一个明显的区别：在公安派那里，虽然继续保持了对杜诗的敬意，但杜甫的地位是与李白、韩愈、白居易、欧阳修、苏轼等同称并举的；《诗归》中选入杜诗的数量以及文中的评点意见，都显示了竟陵派对杜诗的认知又重新回到了明初以来大家独尊的传统定位。这种回归，正是竟陵派对性灵说的调整与修正。

不过，奇怪的是，在回归传统的杜甫诗学地位认知的同时，《诗归》一书对杜诗的选择似乎有意识地与传统选择相背离。点检《诗归》中所选的杜诗，《登高》《秋兴八首》《诸将》等杜诗代表作都没有选入，反倒是一些记录日常琐事、俗事之作被大量选入《诗归》。比如卷十五、十六中有《课伐木》《行官张望补稻畦水归》《暇日小园散病种秋菜督勤耕牛兼书触目》《信行远修水筒》《催宗文树鸡栅》《除草》《缚鸡行》《出架》《捣衣》等这些记录日常生活杂事、相对冷僻的诗作，而《唐诗品汇》《古今诗删》等诗选往往不怎么关注这些。由此可见，钟惺等人对杜诗名篇的黜落不是偶然不察的疏忽，而是出于特定的选诗取向。钟惺在《诗品序》中曾明确地对时人学诗提出批评，云："今非无学古者，大要取古人之极肤、极狭、极熟，便于口、手者，以为古人在是。"所以，他自己选诗"特不敢以肤者、狭者、熟者塞之也"，常特意避开那些公认的经典名篇，选择一些不太有名但包含所谓"幽情单绪"的诗作。他在卷十六总评王季友时亦云："余性不以名取人，其看古人亦然。每于古今诗文，喜拈其不著名而最少者。"可见，竟陵派选诗的一大出发点是，"凡其一言之卓然自待而无名于世者，必欲使天下后世知之而后已"[①]，即以发现被忽视的佳作并进而重新建构诗歌经典为目标。所以，《诗归》选择杜甫那些记录日常生活细节的诗作，是因为钟惺等认为这些诗都是"卓然自待"者，比如钟惺评《信行远修水筒》一诗云："往往于家常琐细，娓娓不倦，发大道理、大经济，不酸不碎，此老胸中原有此一副本事。"又在《催宗文树鸡栅》中评云："盖以奴婢事、账簿语，而满肚化工，全副王政和盘托出。于此将心眼放过，宜其终身口耳，杜诗如未之见也。"钟认为这些以家常琐细之事为题的诗作，都包含着"大道理""大经济"，读杜诗如果轻易放过这类作品，则只能口耳相传那些"极肤、极狭、极熟"之作，也就是真正的杜诗根本没有看到。因而钟惺在杜甫《小寒食舟中作》一诗的总批中不无自豪地宣称道："予于选杜七言律，似独于世异同，盖此体为诸家所难，而老杜一人选至三十余首，不为严且约矣。然于寻常口耳之前，人人传诵，代代尸祝者，十或黜其六七。友夏云，既欲选出真诗，安能顾人唾骂，

① (明)谭元春：《谭元春集》，上海：上海古籍出版社，1998年，第627页。

留此为避怨之资乎？知我者老杜，罪我者从来看杜诗之人也。”

对于竟陵派的这种选诗做派，清初钱谦益称之是“惟其僻见之是师”[①]。考查其原因，大略有三：一是诗学主张上好为新奇惊人之论乃明人常态，比如李攀龙选《古今诗删》声称“唐无古诗”，就是同样心理；二是在明后期王学左派的反权威、反正统思潮的影响下，在诗歌选本编选时黜落名篇而推称奇偏之作，钟惺等是有意和前代的杜诗接受拉开距离；三是因为个人仕途失意而导致的边缘化心态，以及社会上的末世氛围，使得钟惺等人在情感上缺乏与杜甫《登高》《秋兴》《诸将》等内容广大、情感深厚的诗作产生共振的条件。因此，《诗归》中也同样黜落了唐代其他许多名家的名篇。比如，初唐四杰的《长安古意》《帝京篇》、李白的五古组诗《古风》和元稹的歌行《连昌宫词》等情感激越深沉、意境壮阔广大的诗篇，一向被视为各体唐诗的代表之作，都不属于钟惺所推赏的那种“幽情单绪”式诗歌。

其次是“求古人真诗”与对杜诗中生活情境的细腻感悟。钟惺在《诗归序》中解释其选诗大意时说：“所选者以古人为归也。引古人之精神以接后人之心目，使其心目有所上焉，如是而已矣。……第求古人真诗所在。真诗者，精神所为也。”强调“以古人为归”，是对公安派独抒性灵、师心自用的反驳；求蕴含着“古人之精神”的所谓“真诗”，则是对前后七子专师古人格调的调整。竟陵派与公安派一样，论诗都强调“真”，但公安派的“真”强调的是自我的真实呈现，是师心自用；竟陵派之“真”则主要从古人诗作之中寻求，是复古求真。钟惺等人认为，格调论诗学崇尚的古人作诗“途径”总归是有限的、机械的，而创作中包含的情感体验、心理参与等“精神”则是精微幽眇、难以穷尽的，后世诗歌接受者的主要任务就是体悟古人诗作中细微精妙的心灵律动，冥冥中实现与古人“精神”的融合。若能如此，才可谓“求古人真诗所在”。所以，他在《诗归序》的最后强调：“取而覆之，见古人诗久传者，反若今人新作诗。见己所评古人语，如看他人语。仓卒中，古今人我，心目为之一易，而茫

① (清)钱谦益:《列朝诗集》丁集第十二《钟提学惺》，北京：中华书局，2007年，第5360页。

无所止者，其故何也？正吾与古人之精神，远近前后于此中，而若使人不得不有所止者也。”

钟惺等人评点杜诗，就是以“吾与古人之精神”为原则的。在求“真”的要求下，钟惺、谭元春等人评点杜诗之时，努力贴近并感悟杜诗创作时所潜含的情感内涵及心理状态。钟惺有《夜读杜诗》一首，云：“束发诵少陵，抄记百相续。闲中一流览，忽忽如未读。向所觌面过，今焉警心目。双眸灯烛下，炯炯向我瞩。云波变其前，后先相委属。浅深在会所，新旧各有触。一语落终古，纵横散屡足。”[①]从诗中所言来看，钟惺早岁便开始研习杜诗，其对杜诗的接受方式是重在对诗歌内涵的主观感受与内心体悟，所谓“浅深在会”“新旧有触”，既不同于格调论复古诗人偏重于形式层面的辨析，也不同于传统笺注、训诂那样纯客观的阐释。比如，杜诗《四松》有“会看根不拔，莫计枝凋伤”一句，是诗人从梓、阆等地重回草堂，见庭院中四松有所感而赋，钟惺评云：“与古乐府‘啖瓜者多，但还我蒂’，只说根蒂，写寥落凄感，口角逼真。”又总评全诗云：“往往不忘四松，屡见于诗，情之所钟，俗人不知。”又：“待此四松，竟是一相厚老友。”谭元春亦点评云：“只想留得根在，羁旅之怀与乱离之感俱有。”对杜甫诗中蕴含的对四松的爱护之意以及由此寄托的乱世流离之感，发掘得真切、到位。不过，像大部分的评点家一样，钟惺等人对杜诗情感内蕴的发掘在形式上一般都是点到即止，以寥寥数言发其心绪之关键，不作详细的展开。比如，钟惺评《秋风》云：“高寂，却是真悲真壮。”评《奉赠韦左丞丈二十二韵》“读书破万卷，下笔如有神”一句云：“胆到，识到，力到，直直吐出，觉谦让着反琐甚、伪甚。”评《赠卫八处士》“今夕复何夕，共此灯烛光”一句云：“写情寂寂。”评《后出塞》其五“恶名幸脱免，穷老无儿孙”一句云：“不敢怨尤，穷苦人可怜，正在于此。”

杜甫作诗特别讲究字句的锤炼，所以其诗作中的一些用词用字往往包含着精微幽远的情感体验。钟惺、谭元春的评点常常能抓住杜诗中的这些关键

---

① (明)钟惺：《隐秀轩集》，上海：上海古籍出版社，1992年，第10页。

字词,揭示其中的细情幽思。比如杜诗《羌村》三首中有“妻孥怪我在”一句,钟惺评点云:“‘怪’深于喜,又在喜前。”诗中又有“惊定还拭泪”一句,钟惺评云:“五字却藏有喜在内。”杜甫诗写当时与家人久别重逢、惊喜未定之情景,以一“怪”字写诗人一家瞬息变化、悲欣交集之情绪。又评《江畔独步寻花》“江上被花恼不彻”“行步欹危实怕春”等句云:“‘恼不彻’,莫作‘恼’字看;‘实怕春’莫作‘怕’字看。皆喜极无奈何之辞。”透过“恼”“怕”两字的本意,揭示诗人江上寻花之时的无限欢欣之情。又如《雨过苏端》写杜甫冒雨到苏端家借食之情景,钟惺评诗中“一饭迹便扫”一句云:“五字有分晓、有斟酌,许多嗟来呼蹴之感俱在其中。”又评“浊醪必在眼”一句云:“‘必在眼’三字,馋语好笑。”又评“苏侯得数过”一句云:“‘得’字可怜。”又总评云:“老杜每受人一酒一肉,不胜感恩,不胜得意,盖有一肚愤谑,即太白所谓‘今日醉饱,乐过千春’也。”钟惺的评点,将杜甫贫苦不能自给自足的尴尬与得苏端接济的感欣都揭示无遗。

竟陵派以“真”评杜,除了再现杜诗中蕴含的情感内涵之外,也特别重视杜诗对具体日常劳作情境与生活体验的抒写与描摹。前文已说过,《诗归》中特地选择了许多记述日常生活场景的杜诗作品,主要是关乎除草、架屋、伐木、编篱等日常劳作的内容。竟陵派看重杜甫这类诗作,他们认为这些诗歌能够反映杜甫最真实的生活状态,并且可以以小见大,在细微之事的描摹之中想见杜甫的胸襟抱负,“往往于家常琐细,娓娓不倦,发大道理、大经济,不酸不碎,此老胸中原有此一副本事”(钟惺评《信行远修水筒》)。比如,钟惺评杜诗《盐井》“自公斗三百,转致斛三千”一句云:“只如太史公《货殖》及充国《屯田》叙事法。”又总评全诗云:“此等诗识者以为典,以为质,以为简,决以为不韵,必不能入选。”在钟惺看来,《盐井》一诗缺少格调论者所推赏的声韵兴象,必然不会被看重。而《诗归》选入此诗,是因为钟惺认为杜诗通过对盐民生活的描写,能够折射出唐王朝赋税之大概——不过,钟惺选择《盐井》这类诗作入《诗归》,也和他本人对于明代漕运、盐法等关乎国计民生的大事素有研究有关。由此可见,杜诗接受从来就不单纯是诗学批评领域的事,接受主体的个人际遇与学识兴趣等诗学认知之外的因素，也往往会影响杜诗接受之内容与策略。

竟陵派关注杜诗对生活情境的描写，除了那些能以小见大、以实见真的劳作之诗，钟惺等人的评点还非常赞赏杜诗对生活场景细微之处的传神描摹。比如，杜诗《放船》描写舟行光景，诗中有“青惜峰峦过，黄从桔柚来”一句，钟惺评云：“写舟行入神。看他‘惜’字、‘过’字、‘从’字、‘来’字，曲尽急流轻舸之妙。”又如《暝》中有“半扉开烛影”一句，钟惺评云：“夜景入微。”谭元春进一步解释云：“境有想得出、看得见而亦谓微妙者，如‘半扉开烛影’之类是也。”再如《雨三首》其三，是写杜甫在夔州时早起落雨时之所见、所感。钟惺总评云：“句句峡雨也。写得出，移不动。”所谓“写得出”是指杜甫描摹落雨前后峡山江流之貌及自己由此而生的漂流之感非常细致到位，而所谓“移不动”则是指诗中景物、意绪是在特定时间与空间之产物，作者在别处不能如此写，他人在后世也不能如此学。然后钟惺又对诗中紧要之处的诗句着意点评，评首句“空山中宵阴，微冷先枕席”云：“清绝。‘先’字细心。”钟惺认为“先”字写破晓山雨将作之前，气温变化，诗人虽尚未起但已通过枕席等卧具而先感受到凉意着人矣。诗中有“雨含长江白”一句，描写大雨垂于高峡急流之上，雨丝江面同此一白。钟惺评云：“峡中奇语，说语尤切。”诗结尾处有“渔艇息悠悠，夷歌负樵客”一句，写雨后江边之景，钟惺评云：“‘息’字看得细。”“息”在别本杜集中作“自”，钟惺可能认为“自”是写一种自然野趣，与全诗之境不合；而“息”则是写大雨后江高流急，渔人乃泊舟岸边稍作停息，所以称赞杜甫“看得细”。

最后，从辨体意识出发辨析杜诗体调，并探讨杜诗的表现手法。虽然在《诗归》中从性灵说的角度去探讨杜诗内在的精思妙想、幽情奇趣占据着主导地位，但钟惺等人没有像公安派那样一味忽视杜诗外在形式特征的辨析。这一点，可以看成是竟陵派对格调论诗人杜诗接受策略的借鉴，是竟陵派试图在性灵说与格调论间调和取容之努力的又一表征。

钟惺等在《诗归》中对杜诗体式的辨析主要落实于七律及五古上。七律一向被视为杜甫的代表性诗体。比如,《唐诗品汇》中杜甫的七律被标为大家,《古今诗删》选杜甫七律数量最多,明人序跋、诗话中称引杜甫七律的比比皆是。但在推尊杜甫七律的同时,格调论者对杜甫的七律又常有不满,特别在辩体意识严格的后七子时期,对杜甫七律的不满集中爆发出来。比如在《古今诗删》中选杜甫七律最多的李攀龙,其实对杜甫深有不满,声称:"子美篇什虽众,愦然自放矣。"[①]所谓"愦然自放",就是杜甫的七律没有严格按照律诗的正常体式来写,不合乎严格的七律规范。王世贞虽然称赞杜甫:"七言律,圣矣。"[②]但他又云:"老杜以歌行入律,亦是变风,不宜多作,作则伤境。"[③]后七子的外围干将王世懋亦云:"子美七言律之有拗体,其犹变风变雅乎?"[④]钟惺等人延续了后七子对杜甫七律的看法,在评点中不止一次地点出了杜甫某些七律作品的变体特征。比如评《望岳》第二联"安得仙人九节杖,拄到玉女洗头盆"一句云:"似歌行。"七律正体颔联必须对仗,但杜甫此诗顺意写出,没有严格顾忌平仄对仗的问题,是典型的七古歌行的句法。他又借着评点《暮归》一诗,对杜甫七律拗体诗发表看法云:"妙在能宕。拗体不难于老而难于细,不难于宕而难于深,又妙在不可入歌行。"从不同方面辨析了杜甫七律拗体的特点。钟惺等人还能从诗歌演变史的角度,点评杜甫歌行入七律的现象,称"律诗带古……如小楷兼隶法也。"用古代汉字字体的演变,来说明古意入近体有其合理之处。所以评价杜甫排律《大云寺赞公房》亦云:"三诗有一片幽润灵妙之气,浮动笔舌间,拂拂撩人,此排律化境也。旧编入古诗,觉天趣减矣。此中至微,试思之!"此语认为这一组排律之中,间入古意,使得诗歌在近体诗的整严之外还具有一种"幽润灵妙之气",反对将其编入古诗一体中。而钟惺等在编选《诗归》时黜落杜甫《秋兴》等诗,除了避免"熟烂"之嫌

---

① (明)李攀龙:《唐诗选序》,见《古今诗删》,《文渊阁四库全书》本。按:关于李攀龙选杜甫七律最多却又对其十分不满的问题,陈国球先生《明代复古派唐诗论研究》一书第二章有专门分析,北京:北京大学出版社,2007年。

② (明)王世贞:《艺苑卮言》卷四,见《历代诗话续编》,北京:中华书局,1983年,第1165页。

③ (明)王世贞:《艺苑卮言》卷四,见《历代诗话续编》,北京:中华书局,1983年,第1165页。

④ (明)王世懋:《艺圃撷余》,见《历代诗话》,北京:中华书局,2004年,第776页。

外，也有钟、谭二人比较欣赏律诗间入古意作法之故。谭元春评《覃山人隐居》一诗云："此老杜真本事，何不即如此作律，乃为《秋兴》《诸将》之作徒费气力，烦识者一番周旋耶?"钟惺也云："深心高调，老气幽情，此七言律真诗也。"在谭元春、钟惺看来，像《覃山人隐居》这样的作品才是"七言律真诗"，是杜甫七律的正宗，而《秋兴》等竭尽心力于声韵对仗，联章而赋，是"徒费气力"。从杜诗接受角度看，这显然是一种重塑杜甫七律典范的诗学追求。

明中期格调论者从诗尊"第一义"的认识出发，一般在五言古诗上都特别推崇汉魏之诗，所以李攀龙曾有"唐无五言古诗"之说。钟惺将李攀龙的说法斥之为"孟浪妄语"[①]，他认为五古是唐诗根本，唐人各体诗都和五古有着一定的关系："盖五言古，诗之本原。唐人先用全力付之，而诸体从此分焉。"[②]所以他点评唐人诗作时，往往会强调其与五古的关联，比如说陈子昂是"律中有古"，说储光曦"五言近体，皆有古诗骨脉"，称王昌龄"五言律音节多似古诗"，如此等等。在《诗归》的杜诗评点中，钟惺等人对五古特别推崇，全书选入五古 99 首，占所收杜诗总数的近三分之一。钟惺认为，杜甫五古诗篇章法高妙。比如，钟惺总评《自京赴奉先县咏怀五百字》云："读少陵《奉先咏怀》《北征》等篇，知五言古长篇不易作。当于潦倒淋漓、忽正忽反、若整若乱、时断时顾处，得其篇法之妙。"钟惺等尤其推重杜甫那些纪时叙事的长篇诗作，认为可以与汉魏之名篇相媲美。钟惺评蔡琰《悲愤诗》云："五言古长诗，虽汉人亦不易作，惟《悲愤诗》及《庐江小吏妻》耳。二诗之妙，亦略相当。妙在详至而不冗漫，变化而不杂乱，断续而不碎托，若有意，若无意，若无法，又若有法。惟老杜颇优为之。元白长诗，人病其无法，拖沓可厌，不知实本于此，特其力疲而体率耳。"谭元春亦云："叙离乱聚散详至反复，极真极苦。老杜《新婚》《垂老》《无家》《彭衙》《北征》诸长篇本此。"又钟惺评《古诗为焦仲卿妻作》云："此古今第一首长诗，当于乱处看其整，纤处看其厚，碎处看其完，忙处看其闲。此隆古人气脉力量所至，不可强也。后来惟老杜差能厝手。"

---

① (明)钟惺:《唐诗归》卷八王维《哭殷遥》钟惺评语，明万历四十五年(1617)刻本。

② (明)钟惺:《唐诗归》卷五陈子昂《感遇》钟惺总评，明万历四十五年(1617)刻本。

除了从辩体角度辨析杜诗七律与五古之诗体特征外，钟惺、谭元春在《诗归》中还对杜甫诗歌技巧层面的特点作了评点。比如，关于杜诗善用虚字的情况，谢榛在《四溟诗话》中曾作过辨析。钟惺等在《诗归》中也特意肯定了杜诗的这个特点。钟惺评《曲江》“且看欲尽花经眼，莫厌伤多酒入唇”一句云：“看他用虚字之妙！”评《得舍弟消息》“生理何颜面，忧端且岁时”一句云：“虚字力量。”评《前出塞》其二“远戍亦有身”云：“‘亦’字甚悲，下二句从此生。”又比如，钟惺等对杜诗善用侧面烘托之法来抒情，十分赞赏。他评《捣衣》“已近苦寒岁，况经长别心”一句云：“二语一字不及捣衣，掩题思之，却字字是捣衣。以情与景映出事来，笔端深妙！”评《彭衙行》“小儿强解事，故索苦李餐”一句云：“自家奔走穷困之状，往往从儿女、妻孥情事写出，便不必说向自家身上矣。”

总的来看，竟陵派的杜诗接受虽然没有理论上的建树，其整体的诗学贡献在后代也往往被人否定，比如有人批评其评点是“点逗一二新隽字句，矜为玄妙”①，有人则否定其选诗云：“余意欲选真诗，不宜以同异作意细推。钟意先务人弃我取，安得不僻，僻则安得不错。”②但是，钟惺、谭元春以选本评点的方式来展示其对杜诗的体悟与认知，可谓明后期杜诗接受中流行策略的代表。《诗归》的杜诗评点带有明显的时代印记，他们以“求古人真诗”为诉求去实现对杜诗内在情感意绪的感知，又同时从辩体角度去评说杜诗的诗体形制与表现手法，反映了竟陵派努力在性灵与格调之间折中的诗学志向。在钟惺、谭元春之后，陆时雍的《唐诗镜》延续了竟陵派调和性灵与格调的思路，标举明中期以来一直遮蔽在格调论主潮背后的“神韵”之说，去评品唐人诗作，用一种批评性的眼光去审视杜诗。因为其本人身份的低微以及时代的限制，陆时雍的杜诗接受没有在有明一代产生太大的反响，但是他以“神韵”评说杜甫等唐人诗作，对后来清前期神韵说的流行，应该是起到了一定的铺垫作用。

---

① (清)纪昀等：《四库全书总目》卷一百九十三《诗归》，《文渊阁四库全书》本。

② (清)贺裳：《载酒园诗话》卷一《诗归》，见郭绍虞编选：《清诗话续编》，上海：上海古籍出版社，2016年，第259页。

第二节　集成与深化：学者型诗论家的杜诗接受
——以胡应麟为例

在明代后期诗学批评领域，由于出版、教育、经济、学术等各种社会文化条件的发展与累积，加上明中期以来诗学论争的演进，出现了一大批学者型的诗论家，代表性人物有胡应麟、许学夷、胡震亨、冯复京等人。这些诗论家都有自己专门的诗学论著，比如胡应麟有《诗薮》20卷，许学夷有《诗源辩体》38卷，胡震亨有《唐音癸签》33卷，冯复京有《说诗补遗》8卷。这些诗学专著，从其撰述策略上看，都试图总结诗史，评议当下，显示了强烈的诗学集成的追求；从其诗学理念上言，大都是以格调论诗学观为主导，掺和有一定的性灵说、神韵说的成分；从其表达方式上说，都充满了系统性、思辨性和学术性的特征。就明后期的杜诗接受而言，在公安派、竟陵派等诗人型诗论家感悟式、即兴化的杜诗接受方式之外，学者型诗论家在杜诗接受上是统合前人之说，精辩杜诗之体，评议历代学杜之得失，开示后来学杜之门径。在总结前代成果的基础上，明代杜诗接受的进程走向深化。在这些学者型诗论家之中，无论是整体学术著述的宏富，还是具体诗学批评的精深，胡应麟都是其中的执牛耳者。下面我们以胡应麟为例，看看明后期学者型诗论家的杜诗接受。

胡应麟(1551—1605)，字元瑞，又字明瑞，号石羊生，又号少室山人，浙江兰溪人。万历四年(1576)中举，后会试屡不第，遂绝意仕途，以布衣终身。胡应麟学问广博，精通文献学、诗学、戏剧学、小说及诗学研究，著有《少室山房集》120卷、《少室山房笔丛》48卷等。其诗学专著《诗薮》包括内编、外编、杂编、续编等共30卷，全书以诗体为经，以朝代为纬，“其世，则商、周、汉、魏、六代、三唐以迄于今；其体，则自四言、五言、七言、杂言、乐府、歌行以迄于律、绝；其人，则自李陵、枚叔、曹、刘、李、杜以迄于元美、献吉、于鳞。”[①]考辨各种诗体之缘起流变，评说历代诗歌之名家名篇，体系严密，论说翔实，是胡应麟

① (明)汪道昆：《诗薮序》，见胡应麟：《诗薮》卷首，上海：上海古籍出版社，1979年，第1页。

诗学思想的主要载体。胡应麟的杜诗接受主要见于《诗薮》一书，另外《少室山房笔丛》中《艺林学山》8卷及《少室山房集》中部分序跋也还有不少涉及杜诗的文字。据笔者统计，胡应麟著作中与杜诗直接有关的文字有380余条，共计4万余字[①]，仅就数量言，在明代无有能出其右者。胡应麟的杜诗接受有强烈的总结、集成的色彩，《诗薮》一书对明代诗学中几乎全部的论争或核心主张都进行了分析与总结；辩体意识比较鲜明，对杜甫诗歌的体调作了多层次的比较与辨析；而《艺林学山》对杨慎杜诗接受的辩驳，则显示了胡应麟作为一代学者广博的学识和严谨的态度。

一、尊杜：胡应麟对杜甫诗学成就与地位的总结

据王世贞所说，胡应麟9岁便开始读杜诗[②]，对杜甫的崇敬贯穿胡应麟一生，胡应麟在《诗薮》中对杜甫的诗歌成就与诗学地位屡加称道，推崇备至。比如，在评价杜甫五言律诗的时候，胡应麟称杜甫是“千古以还，一人而已”[③]。在评论五古时，称杜甫是“风雅之大宗，艺林之正朔”[④]。在总结杜甫的诗学史地位时，提出了著名的“老杜三难”之说：“大概杜有三难：极盛难继，首创难工，遘衰难挽。子建以至太白，诗家能事都尽，杜后起，集其大成，一也；排律近体，前人未备，伐山道源，为百世师，二也；开元既往，大历继兴，砥柱期间，唐以复振，三也。”[⑤]从古代诗歌发展史的角度，高度评价杜诗继往开来的诗学地位。

胡应麟推尊杜诗的独特成就与地位，最常使用的概念就是明初高棅在《唐诗品汇》中创立的“大家”一词。《诗薮》全书涉及杜诗“大家”批评的论述有19条，加上《少室山房笔丛》中的2条，共计21条，要占据明人杜诗“大家”

① 据拙稿《明代批评资料汇编》统计。

② (明)王世贞：《石羊生传》，见胡应麟：《诗薮》卷首，上海：上海古籍出版社，1979年，第3页。

③ (明)胡应麟：《诗薮》内编卷四，上海：上海古籍出版社，1979年，第58页。

④ (明)胡应麟：《诗薮》内编卷二，上海：上海古籍出版社，1979年，第23页。

⑤ (明)胡应麟：《诗薮》内编卷五，上海：上海古籍出版社，1979年，第91页。

批评条目总数的1/3左右[1]，这充分地反映了胡应麟意欲对杜诗“大家”说进行集成与总结的企图。胡应麟以“大家”的概念来评说杜诗时，显示了他作为一个学者型杜诗接受者的偏好。比如，他首先对“大家”的概念作了明确的界定：“偏精独诣，名家也；具范兼熔，大家也。然又当视其才具短长，格调高下，规模宏隘，阃域浅深。”[2]在这里胡应麟有意地将高棅原书中的“正宗”一品排除在外[3]，以“名家”与“大家”相对比的方式，将杜甫置于统摄唐诗众名家的至高地位。他也考辨了“大家”概念的理论来源，云：“大家、名家之目，前古无之。然谢灵运谓东阿才擅八斗，元微之谓少陵诗集大成，斯义已昉。故记室《诗评》推陈王圣域，廷礼《品汇》标老杜大家。”[4]胡应麟首先指出了“大家”概念的新创性，然后将“大家”的诗学内涵溯源至元稹的“集大成”之说，最后明确了高棅对“大家”概念的发明权。他用最精简的方式，准确地概括了杜诗大家说的渊源流变。

高棅的“大家”概念是在《唐诗品汇》这样一本诗选中提出的，对概念的内涵只有一些相对简单的判断与说明，并没有作充分的比较与辨析，以至于后来有不少人认为高棅在《品汇》中独标杜甫为“大家”和称李白为“正宗”，是一种暗示性的扬李贬杜[5]。在高棅原有判断的基础上，胡应麟在《诗薮》中对“大家”之说的内涵作了相应的补充与拓展，通过比较的方式，以丰富的诗例对“大家”概念作了详细的辨析，深化了杜诗大家说的内涵，使得“大家”一词

① 关于明人杜诗大家说的相关情况，本书第四章第一节“明代杜诗大家说”，有较详细论说。这里引用的统计数字即由此而来。

② (明)胡应麟：《诗薮》外编卷四，上海：上海古籍出版社，1979年，第184页。

③ 按：高棅《唐诗品汇》在“大家”与“名家”之间还设有“正宗”，高棅对盛唐诗坛的这种分类，有其自身的诗学判断在其中。但在后来杜诗大家说的传播进程中，“正宗”一品的存在容易让人产生高棅对杜诗其实别有微议的联想和对杜诗“大家”地位的典范性、代表性的质疑。胡应麟《诗薮》在比较、评论盛唐诸家之时，很少再使用“正宗”的概念，而是使用“大家”“名家”这样的二元区分的简化方式，来避免不必要的歧异与误解，突出其对杜诗的推尊之意。

④ (明)胡应麟：《诗薮》外编卷四，上海：上海古籍出版社，1979年，第184页。

⑤ 持这种观点的明人并非偶见，当代学者的著作也有持此观点者，比如孙青春《明代唐诗学》、查清华《明代唐诗接受研究》等书都持这类观点，详见其有关章节。

成为绝对正面性的杜诗接受之概念。

胡应麟先分诗体对杜诗的“大家”品格进行了更细致、深入的辨析。比如，论杜甫七言歌行，胡应麟通过不同时代的对比，对杜甫的“大家”品格作出判断：“初唐七言古以才藻胜，盛唐以风神胜，李杜以气概胜，而才藻风神称之；加以变化灵异，遂为大家。宋人非无气概，元人非无才藻，而变化风神邈不复睹，固时代之盛衰，亦人事之工拙耶？”[①]在胡应麟看来，杜甫七言歌行之所以超越初盛唐及宋元诗人，就因为其作品兼有才藻、风神和气概等歌行体的三大要素。然后围绕这三个要素，通过详细的对比，以大量的作品为例，去解读杜甫七言歌行的大家风貌，称杜诗是“雄逸豪宕”“穷极笔力”“隽永深厚，且法律森然”“极沉深横绝”[②]。通过这些辨析，杜甫七言歌行一体的大家风貌就非常具体地呈现出来。又比如评价杜甫的五言近体诗，胡应麟也同样是通过与唐代其他诗人对比的方式，突显其超越众人的“大家”风范之所在，云：“五言律体，极盛于唐。要其大端，亦有二格：陈、杜、沈、宋，典丽精工；王、孟、储、韦，清空闲远。此其概也。然右丞赠送诸什，往往阑入高、岑。鹿门、苏州，虽自成趣，终非大手。太白风华逸宕，特过诸人。而后之学者，才匪天仙，多流率易。唯工部诸作，气象嵬峨，规模宏远，当其神来境诣，错综幻化，不可端倪。千古以还，一人而已。”[③]又云：“排律，沈、宋二氏，藻赡精工。太白、右丞，明秀高爽。然皆不过十韵，且体在绳墨之中，调非畦径之外。惟杜陵大篇巨什，雄伟神奇。如《谒蜀庙》《赠哥舒》等作，阖辟驰骤，如飞龙行云，鳞鬣爪甲，自中矩度。又如淮阴用兵百万，掌握变化无方。”[④]胡应麟在论述杜诗的“大家”品格时，有意突出他超越众唐人的方面。胡应麟以众唐人的名句与杜诗对比云：“‘山随平野阔，江入大荒流’，太白壮语也，杜‘星垂平野阔，月涌大江流’骨力过之。‘九衢寒雾敛，万井曙钟多’，右丞壮语也，杜‘星临万户动，

① (明)胡应麟:《诗薮》内编卷三，上海：上海古籍出版社，1979年，第55页。
② (明)胡应麟:《诗薮》内编卷三，上海：上海古籍出版社，1979年，第48～49页。
③ (明)胡应麟:《诗薮》内编卷四，上海：上海古籍出版社，1979年，第58页。
④ (明)胡应麟:《诗薮》内编卷四，上海：上海古籍出版社，1979年，第60页。

月傍九霄多'精彩过之。'气蒸云梦泽，波撼岳阳城'，浩然壮语也，杜'吴楚东南坼，乾坤日夜浮'气象过之。'弓抱关西月，旗翻渭北风'，嘉州壮语也，杜'北风随爽气，南斗避文星'风神过之。读唐诸家至杜，辄令人自失矣。"[①]又举杜甫的五言咏物诗为例云："咏物起自六朝，唐人沿袭，虽风华竞爽，而独造未闻。惟杜诸作自开堂奥，尽削前短，如《题月》：'关山随地阔，河汉近人流。'《雨》：'野径云俱黑，江船火独明。'《雪》：'暗度南楼月，寒深北浦云。'《夜》：'重露成涓滴，稀星乍有无。'皆精深奇邃，前无古人，后无来者。"[②]这些看起来似乎有些琐碎的比较、辨析，使得高棅将杜诗相关诗体归入"大家"之列变得更加充实有据。

胡应麟对"大家"概念中包含的"兼熔"之意作了特别强调。在中唐元稹的时代，已经发现杜诗"兼人人之所独专"的特点。杜诗的兼容并包，可以说是其最核心的特征。胡应麟论述杜诗"大家"的地位，从诗歌的审美风貌上兼有众美，到诗歌表达上的奄有众法，到诗歌内容的博有众题，无所不及。比如论杜诗审美风格上的兼善，云："王、杨之繁富，陈、杜之孤高，沈、宋之精工，储、孟之闲旷，高、岑之浑厚，王、李之风华，昌龄之神秀，常建之幽玄，云卿之古苍，任华之拙朴，皆所专业，兼之者杜陵也。"[③]又云："盛唐一味秀丽雄浑。杜则精粗、巨细、巧拙、新陈、险易、浅深、浓淡、肥瘦，靡不毕具。"[④]胡应麟认为不同题材的杜诗都达到了至高之境，云："宏大，则'昔闻洞庭水'；富丽，则'花隐掖垣暮'；感慨，则'东郡趋庭日'；幽野，则'风林纤月落'；饯送，则'冠冕通南极'；投赠，则'斧钺下青冥'；追忆，则'洞房环佩冷'；吊哭，则'他乡复行役'等，皆神化所至，不似人间来者。"[⑤]胡应麟认为句法也能体现杜诗的无比丰富多样性。他以杜甫七言律诗中的"壮句"为例，将其作了更详细的区分，并给予高度的赞美，他说：

① (明)胡应麟：《诗薮》内编卷四，上海：上海古籍出版社，1979年，第71页。
② (明)胡应麟：《诗薮》内编卷四，上海：上海古籍出版社，1979年，第71～72页。
③ (明)胡应麟：《诗薮》外编卷四，上海：上海古籍出版社，1979年，第184页。
④ (明)胡应麟：《诗薮》外编卷四，上海：上海古籍出版社，1979年，第70页。
⑤ (明)胡应麟：《诗薮》内编卷四，上海：上海古籍出版社，1979年，第58页。

> 杜七言句壮而宏大者,“二仪清浊还高下,三伏炎蒸定有无”;壮而高拔者,“蓝水远从千涧落,玉山高并两峰寒”;壮而豪宕者,“五更鼓角声悲壮,三峡星河影动摇”;壮而沉婉者,“三年笛里关山月,万国兵前草木风”;壮而飞动者,“含风翠壁孤云细,背日丹枫万木稠”;壮而整严者,“江间波浪兼天涌,塞上风云接地阴”;壮而典硕者,“紫气关临天地阔,黄金台贮俊贤多”;壮而秾丽者,“香飘合殿春风转,花覆千宫淑景移”;壮而奇峭者,“窗含西岭千秋雪,门泊东吴万里船”;壮而精深者,“织女机丝虚月夜,石鲸鳞甲动秋风”;壮而瘦劲者,“万里悲秋常作客,百年多病独登台”;壮而古淡者,“百年地辟柴门迥,五月江深草阁寒”;壮而感怆者,“锦江春色来天地,玉垒浮云变古今”;壮而悲哀者,“雪岭独看西日落,剑门犹阻北人来”;结语之壮者,“关塞极天唯鸟道,江湖满地一渔翁”;叠语之壮者,“高江急峡雷霆斗,古木苍藤暗两山”;拗字之壮者,“侧身天地更怀古,回首风尘甘息机”;双字之壮者,“江天漠漠鸟双去,风雨时时龙一吟”。凡以上诸句,古今作者,无出范围也。①

旅居夔州时期的杜甫特别用力于七律创作,锐意于诗歌篇章结构、声韵句法的推敲与锤炼,他的大量七律作品都是作于此时,上面胡应麟所举之例大多数都是此期间所作。夔州一带,山川雄峻,江流激荡,因而杜甫登临赋诗,每多壮阔之境。但同时,杜甫是寄居异乡,天下骚扰未宁,亲人远别难见,意绪复杂的家国感怀往往萦绕其心头,诗作中也由此蕴含了不同的情绪,故而那些“壮句”中会生出种种细微的区别来。胡应麟由审美细节上的差异,推导出杜诗的多样兼容特性,反映了他在杜诗接受上有些精深。

胡应麟的大家说的第三点就是杜诗的“具范”。所谓“具范”,就是指杜甫的相关诗作代表了该诗体的规范与最高水平。在前面说过的“老杜三难”中,胡应麟声称杜甫的排律近体“前人未备……为百世师”,所以他一再说:“杜五

① (明)胡应麟:《诗薮》内编卷五,上海:上海古籍出版社,1979年,第96页。

言律，自开元独步至今。”[①]又云：“七言律，唐以老杜为主。”[②]杜甫在晚年创作了大量的近体诗，他自称“晚节渐于诗律细”，又自称“为人性僻耽佳句，语不惊人死不休”，所以十分用力于精研声律，讲究偶对，虽然也会时不时尝试拗体，但主体诗作都是律法谨严的正宗近体诗。在后七子李攀龙等人对杜甫七律不无微词的背景下，稍后而出的胡应麟却着意表彰杜诗七律，云：

> 唐七言律起语之妙，自“卢家少妇”外，崔颢“岧峣大华俯咸京，天外三峰削不成”，王维“汉主离宫接露台，秦川一半夕阳开”，贾至“银烛朝天紫陌长，禁城春色晓苍苍”，李白“凤凰台上凤凰游，凤去台空江自流”，李颀“朝闻游子唱离歌，昨夜微霜初度河”，杜甫“西北楼成雄楚都，远开山岳散江湖”“花近高楼伤客心，万方多难此登临”“中天积翠玉台遥，上帝郊居绛节朝”“寺下春江深不流，山腰宫阁迥添愁”“万里桥西一草堂，百花潭水即沧浪”“兵戈不见老莱衣，叹息人间万事非”，皆冠裳宏丽，大家正脉，可法。[③]

胡应麟在这里称引了很多人的诗作，但尤以杜诗为最多，显然他是认为杜甫的七律更有资格作诗家“正脉”，是后人学习的样本。因为称赏杜甫的七律，对于明中期以来的“唐人七律第一”之争，胡应麟也积极参与其中，极力推赞杜甫的《登高》一诗：“杜‘风急天高’一章五十六字，如海底珊瑚，瘦劲难名，沉深莫测，而精光万丈，力量万钧。通章章法、句法、字法，前无昔人，后无来学。微有说者，是杜诗，非唐诗耳。然此诗自当为古今七言律第一，不必为唐人七言律第一也。元人评此诗云：一篇之内，句句皆奇，一句之中，字字皆奇，亦有识者。”[④]胡应麟认为《登高》全诗内容深沉、形式谨严，代表了七律的最高成就。就像杜甫的其他七律作品如《紫宸殿》《退朝》《九日》《登高》《送韩十四》《香积寺》《玉台观》《登楼》《阁夜》《崔氏庄》《秋兴八首》等一样，“气象雄盖宇

---

① (明)胡应麟：《诗薮》内编卷四，上海：上海古籍出版社，1979年，第73页。
② (明)胡应麟：《诗薮》内编卷五，上海：上海古籍出版社，1979年，第83页。
③ (明)胡应麟：《诗薮》内编卷五，上海：上海古籍出版社，1979年，第86页。
④ (明)胡应麟：《诗薮》内编卷五，上海：上海古籍出版社，1979年，第95页。

宙，法律细入毫芒，自是千秋鼻祖”，所以是“全篇可法者”[①]。然后胡应麟又进一步对“七律第一”这个话题作了总结，云：

> 《黄鹤楼》《郁金堂》，皆顺流直下，故世共推之。然二作兴会适超，而体裁未密；丰神故美，而结撰非艰。若“风急天高”，则一篇之中句句皆律，一句之中字字皆律，而实一意贯串，一气呵成。骤读之，首尾若未尝有对者，胸腹若无意于对者，细绎之，则锱铢钧两，毫发不差，而建瓴走坂之势，如百川东注于尾闾之窟。至用句用字，又皆古今人必不敢道、绝不能道者，真旷代之作也。然非初学士所当究心，亦匪浅识所能共赏。此篇结句似微弱者，第前六句既极飞扬震动，复作峭快，恐未合张弛之宜，或转入别调，反更为全首之累。只如此软冷收之，而无限悲凉之意溢于言外，似未为不称也。“昆明池水”虽极精工，然前六句力量皆微减，一结奇甚，竟似有意凑砌而成。益见此超绝云。[②]

在胡应麟看来，世所共推的沈佺期《古意》与崔颢《黄鹤楼》二诗，前者是“颔颇偏枯，结非本色”，后者是“歌行短章”[③]，所以在“体裁”“结撰”上还有未备之处，并不合乎七律的形式规范。而杜甫的《登高》则是“句句皆律”“字字皆律”，同时全诗又能“一意贯穿，一气呵成”，所以是旷代之作。在“七律第一”之争的演变史上，胡应麟的老师王世贞是第一个将杜诗引为候选对象的人，胡应麟的“七律第一”之辨，基本上是继承了王世贞的思路并有所补充与发展。当初王世贞将杜甫《登高》等四首七律列为唐人第一的候选诗，但因为四首诗各有细微处未契其意，所以他并没有作出最终选择。胡应麟从王世贞制定的四首候选作品中确定《登高》的代表性，并对该诗作了充分的辨析，指出其外在艺术风貌与内在兴象情韵上皆达于至境的特色。针对王世贞认为该

---

① (明)胡应麟:《诗薮》内编卷五，上海：上海古籍出版社，1979年，第93页。

② (明)胡应麟:《诗薮》内编卷五，上海：上海古籍出版社，1979年，第95～96页。

③ (明)胡应麟:《诗薮》内编卷五，上海：上海古籍出版社，1979年，第82页。

诗“结亦微弱”的犹豫，胡应麟也作了相应的辨析。他从全诗整体情韵表达和谐的角度，指出《登高》尾联以“软冷”收结，正好与前六句的“飞扬震动”张弛相宜，使得全诗的“无限悲凉之意溢于言外”。胡应麟对“七律第一”问题的总结与辨析，蕴含的正是其“兴象风神”与“体格声调”兼具的论诗主张。

最后，胡应麟以“大家”的概念来接受杜诗时也充分注意到了杜诗“利钝杂陈”[①]的特征。从高棅开始，就一直有人指出杜诗存在不足或缺憾。比如明人都一致认为杜诗的绝句体诗作成就比不上其他诗体，高棅在《唐诗品汇》中只将其归为“羽翼”一品，明中期杨慎更是极力攻击杜甫的绝句，认为杜甫全部的绝句之中只有《赠花卿》一首稍契人意。郑善夫、谢榛、王世贞等人也对杜诗句法、字法等方面的问题提出过批评。虽然胡应麟极端尊重杜诗，但在他以总结的眼光去审视以往的批评性杜诗接受意见时，能够客观地评价杜诗这一问题。所以，虽然胡应麟一向对杨慎的杜诗接受颇为不满，但他对杨慎“少陵虽号大家，不能兼美”的说法却给予了正面认可：“用修平生论诗，惟此精确。”[②]要特别指出的是，胡应麟对杜诗不足的辨析，常常和杜甫的“大家”品格关联在一起。他说：“唐人才超一代者，李也；体兼一代者，杜也。李如星悬日揭，照耀太虚；杜若地负海涵，包罗万汇。李惟超出一代，故高华莫并，色相难求；杜惟兼综一代，故利钝杂陈，巨细咸畜。”[③]又云：“余尝谓大家如卓、郑之产，高腴万顷，轮奂百区，而硗瘠痹陋，时时有之。名家如李都尉五千兵，皆荆、楚锐士，奇才剑客，然止可当一队。”[④]胡应麟用他所擅长的对比方式，说明了正是因为杜诗无所不包的大家之“大”，所以其诗作才会“利钝杂陈”，“高腴”与“硗瘠”并存。而那些“名家”因为专精一面，有可能由此避免了杜诗之某些缺憾，但也因此不具有杜诗的博大，只能“当一队”。杜甫夔州以后的律诗有不少作品横放不羁，从南宋的朱熹到后七子的李攀龙都曾谈到过

① (明)胡应麟：《诗薮》内编卷四，上海：上海古籍出版社，1979 年，第 70 页。
② (明)胡应麟：《诗薮》内编卷六，上海：上海古籍出版社，1979 年，第 108 页。
③ (明)胡应麟：《诗薮》内编卷四，上海：上海古籍出版社，1979 年，第 70 页。
④ (明)胡应麟：《诗薮》外编卷四，上海：上海古籍出版社，1979 年，第 190 页。

这个现象。胡应麟也在《诗薮》中就此问题作了解释与分析，也是根据杜甫的“大家”身份来立论的：“少陵律多险拗……大家故宜有此”[①]，“老杜夔峡以后，过于奔放。……视其中年精华雄杰，往往如出二手。盖或视之太易，或求之太深，或情随事迁，或力因年减，虽大家不免。”[②]

二、辨杜：胡应麟对杜诗“体格声调”的辨析

胡应麟论诗，其主导性诗学观念有二：一曰“体格声调”，二曰“兴象风神”。他说：“作诗大要不过二端，体格声调、兴象风神而已。”[③]又云：“盖作诗大法，不过兴象风神、格律声调。格律卑陬，音调乖舛，风神形象，无一可观，乃诗之大病。”[④]所谓“体格声调”，指的是诗歌的体式、声韵、篇章字句等外在特点，“兴象”是指包含比兴之意的审美意象，“风神”指的是诗歌的风华神韵。“体格声调”与“兴象风神”之间，前者为虚，后者为实；前者是基础，后者是升华。胡应麟用“镜花水月”作比，说“体格声调”是水镜，“兴象风神”是花月，只有水镜澄明，才能“花月宛然”[⑤]。简而言之，“体格声调”的主体内涵等同于格调论，“兴象风神”则大体类似于神韵说。在胡应麟的杜诗接受中，除了少数情况，比如评说“唐人七律第一”问题时，他较少使用“兴象风神”这一视角去看待杜诗，绝大多数情况下都是从“体格声调”这一思路去分析杜诗，体现出非常明显的杜诗辩体意识。约略区分之，主要表现在下面三个方面：

（一）追溯源流：辨析杜诗与汉魏诗歌的区别与关联

关于唐代古体诗与前代诗歌，尤其是五言古诗与汉魏五古的关系问题，一直是明代格调论诗学关注的主要内容之一。这种唐代古诗与汉魏古诗的比较，追寻其源头，可在南宋末年诗论家严羽的《沧浪诗话·诗评》中发现其端倪：“唐人尚意兴，而理在其中；汉魏之诗，词理意兴，无迹可求。”明中期格

① （明）胡应麟：《诗薮》内编卷六，上海：上海古籍出版社，1979年，第110页。
② （明）胡应麟：《诗薮》续编卷二，上海：上海古籍出版社，1979年，第360页。
③ （明）胡应麟：《诗薮》内编卷五，上海：上海古籍出版社，1979年，第100页。
④ （明）胡应麟：《诗薮》外编卷一，上海：上海古籍出版社，1979年，第126页。
⑤ （明）胡应麟：《诗薮》内编卷五，上海：上海古籍出版社，1979年，第100页。

调论复古思潮兴起后，对唐代古体诗与汉魏古诗的区分有很多人关注。比如陈沂有云："五言古，唐人虽名家，终非所长。盖汉魏优柔温厚之意丧于齐梁，以后至唐，仅能承其藻丽以入于律，为一代之盛耳。"①而樊鹏亦云："诗自删后，汉魏古诗为近。汉魏后，六朝滋甚，然风斯靡矣。至初唐无古诗，而律诗兴；律诗兴，则古诗势不得不废。"②到后七子时期，李攀龙在《唐诗选序》中云："唐无五言古诗，而有其古诗。陈子昂以其古诗为古诗，弗取也。"将明代格调论者一直以汉魏五言古诗为正宗、唐人所作非五古本色的认识明确化了，王世贞、王世懋等人都发表了与李攀龙类似的看法。

胡应麟对五古这一诗体的认识，秉持"体以代变""格以代降"③的观念，基本上与后七子相同。他在《诗薮》内编卷二对五古诗体作了集中的讨论，云："五言盛于汉，畅于魏，衰于晋宋，亡于齐梁。"又云："汉，（五古）品之神也。"又云："五言两汉，圆不加规，方不逾矩也。"胡应麟在《诗薮》的开卷就曾说过："凡为某体，务须寻其本色。"④所以，在探寻五言古诗的演变轨迹时，胡应麟很自然地把汉诗视为五古的正宗、本色，是五古的最高典范。胡应麟从推崇诗体纯正的辩体意识出发，认同李东阳"律犹可间出古意，古不可涉律"⑤的判断，认为唐人间杂律意的五言古诗并非诗体之正宗，而汉代古诗之所以冠绝古今，则在于能够"得之无意"，没有人力强为的色彩。所以，他对李攀龙《古今诗删》大胆黜落陈子昂《感遇》等唐人五古名作深为认同，称许其"可谓具眼"⑥。在这样的五古理念下，胡应麟对杜甫五言古诗的判断都是通过与前代人的比较而作出的。其核心观点就是，杜甫的五言古诗属于"唐调"，与汉魏之作有所区别；但同时杜甫又善于从汉魏古诗中学习、借鉴，与汉魏古诗有着紧密的联系。而后面这一点，也正是胡应麟推尊杜甫五言古诗之

① （明）陈沂：《拘虚诗谈》，《四明丛书》本。
② （明）樊鹏：《编初唐诗叙》，见黄宗羲编：《明文海》卷二百二十，《文渊阁四库全书》本。
③ （明）胡应麟：《诗薮》内编卷一，上海：上海古籍出版社，1979 年，第 1 页。
④ （明）胡应麟：《诗薮》内编卷一，上海：上海古籍出版社，1979 年，第 21 页。
⑤ （明）李东阳：《麓堂诗话》，见《历代诗话续编》，北京：中华书局，1983 年，第 1369 页。
⑥ （明）胡应麟：《诗薮》内编卷二，上海：上海古籍出版社，1979 年，第 35 页。

缘由所在。比如,胡应麟云:“四杰,梁、陈也;子昂,阮也;高、岑、沈,鲍也;曲江、鹿门、王丞、常尉、昌龄、光羲、宗元、应物,陶也。惟杜陵《出塞》乐府有汉魏风,而唐人本色时露。”[①]胡应麟把初盛唐五古名家与前代比较,认为只有杜甫“有汉魏风”,比较贴近汉魏古诗之风范,但是仍然没有脱去“唐人本色”,即在对仗声韵等方面有人工求巧的痕迹。胡应麟又云:“‘明月照高楼,想见余光辉’,李陵逸诗也。子建‘明月照高楼,流光正徘徊’,全用此句而不用其意,遂为建安绝唱。少陵‘落月满屋梁,犹疑照颜色’,正用其意而少变其句,亦为唐古峥嵘。今学者第知曹、杜二句之妙,而不知其出于汉也。”[②]胡应麟认为杜甫《梦李白》中“落月”一句,代表了“唐体之妙”[③],就像曹植“明月、流光”一句是“建安绝唱”一样,他们的高妙诗意是来自于对汉代李陵诗句的借鉴与模仿;而胡应麟对李陵诗作本身的评价是“少卿虽平,然自是汉人语”,并无推李诗为汉人佳作之意。在胡应麟看来,杜诗代表了唐人五古的精妙,但他仍要有赖于取资汉人的平常之作。对于汉、唐,胡应麟厚此薄彼之意如此明显。可见,即便是胡应麟这样博学深思、持论严谨的学者,在中国古代诗学崇正黜变的惯性思维下,也并不能完全客观地评价其研究对象。

胡应麟对杜诗五古的认知模式,也被他运用于杜甫七言古诗的接受之中。他云:“杜《兵车》《丽人》《王孙》等篇,正祖汉魏,行以唐调耳。”[④]又云:“唐初四子乃盛有赋述而失之繁冗。惟少陵《哀江头》《王孙》《兵车》《丽人》《画马》等行,大得汉人五言法,而体格复不卑,绝可贵也。”[⑤]可见,胡应麟对杜甫七言歌行的认同与称许,都是因为杜诗与汉人诗作有相关联处;其于杜诗之遗憾,乃在于杜诗与汉人诗作有差异处,是“唐调”。所以,胡应麟在评说杜诗时,常常忍不住要发出这样的感慨云:“‘小麦青青大麦枯,谁当获者妇与姑,丈夫何在西击胡’三语奇绝,即两汉不易得,子美‘大麦干枯小麦黄,妇女行泣

① (明)胡应麟:《诗薮》内编卷二,上海:上海古籍出版社,1979年,第35页。
② (明)胡应麟:《诗薮》内编卷二,上海:上海古籍出版社,1979年,第31页。
③ (明)胡应麟:《诗薮》内编卷二,上海:上海古籍出版社,1979年,第31页。
④ (明)胡应麟:《诗薮》内编卷三,上海:上海古籍出版社,1979年,第47页。
⑤ (明)胡应麟:《诗薮》外编卷一,上海:上海古籍出版社,1979年,第141页。

夫走藏，问谁腰镰胡与羌’才易数字，便有唐、汉之别。杜尚难之，况其下乎！”[①]其对汉诗的推许之意溢于辞表。

（二）区分格调：胡应麟关于杜诗与唐调的比较

关于杜诗与唐代其他诗人作品的不同，在杜诗接受十分兴盛的宋代已有人提及：“众唐人是一样，杜甫是一样。”[②]在胡应麟之前的明人杜诗接受之中，从高棅到王世贞，都曾对这个问题有所涉及[③]。作为明代诗学集成时期的代表人物，胡应麟在《诗薮》中也集中讨论了这个话题。为了和上面的内容相区别，这一小节我们主要讨论胡应麟对杜甫近体诗的辨析。

胡应麟在探讨“唐人七律第一”的问题时，对杜甫《登高》一诗极力赞美一番后，又云：“微有说者，是杜诗，非唐诗。”[④]胡应麟推尊杜甫《登高》为唐人第一，但他同时知道有批评的声音认为它“非唐诗”，也就是说和常态的唐人七律有别——唐律大多数情况下，只讲究中间两联对仗，而杜甫的七律常常首联也刻意对仗，《登高》即是如此[⑤]。因此，胡应麟随后特意辩护云：“然此诗自当为古今七言律第一，不必为唐人七言律第一也。”胡应麟把评价的范围扩大到“古今七律”的时间内，虽然其重点是为了维护自己《登高》为七律第一的主张，但在辩护的背后，胡应麟显然是间接地承认了《登高》“非唐诗”的“微说”。作为学者，胡应麟的杜诗接受大部分情况下都还是保持了理性与客观：《诗薮》对杜甫五律、七律的评价，既肯定其风华绝代，成就非凡，同时又强调其异于众人。比如论杜甫七律云：

> 王、岑、高、李，世称正鹄。嘉州词胜意，句格壮丽而神韵未扬。

---

① （明）胡应麟：《诗薮》内编卷三，上海：上海古籍出版社，1979年，第54页。

② （宋）严羽：《沧浪诗话·诗评》，见《历代诗话》，北京：中华书局，2004年，第695页。

③ 关于明人对杜诗与唐调之别的辩体研究，李思涯《论明代复古派对杜诗的态度》一文有较详细论述，见《文学遗产》，2010年第3期。

④ （明）胡应麟：《诗薮》内编卷五，上海：上海古籍出版社，1979年，第95页。

⑤ 关于杜诗七律与唐人诗作的差别，实际上包含很多方面的内容，这里从行文内容前后统一考虑，未作展开论述。相关内容，葛晓音先生《论杜甫七律“变格”的原理和意义》一文论之甚详，见《北京大学学报》2011年第6期。

常侍意胜词，情致缠绵而筋骨不逮。王、李二家和平而不累气，深厚而不伤格，浓丽而不乏情，几于色相俱空，风雅备极，然制作不多，未足以尽其变。杜公才力既雄，涉猎复广，用能穷极笔端，范围今古。但变多正少，不善学者，类失粗豪。钱、刘以还，寥寥千载。[①]

胡应麟在这里用非常简练的笔触对唐代七律名家的创作作了比较与归纳，他认为：王、岑、高、李等人虽然各有不足，但是代表七律"正鹄"；杜诗"穷极笔端，范围今古"，成就最高，但是"变多正少"。所谓"变多正少"，就是讲杜诗合乎严格规范的少，格式上自出己意的变体七律多。这是从整体风貌上辨别杜诗与唐调不同，在具体的技法层面胡应麟也作了相应的探讨。论杜甫拗句，云："老杜七言拗体，亦当时意兴所到，盛唐诸公绝少。"[②]论诗中字眼，云："盛唐句法涵浑，如两汉之诗，不可以一字求。至老杜而后，句中有奇字为眼。才有此，句法便不浑涵。"[③]对杜甫五言律诗，胡应麟也有类似的辨析。比如，论唐人五律喜欢用对偶的问题，胡应麟认为杜诗做得最好，"浓淡浅深，动夺天巧。百代而下，当无复继"，但是却"尽越陈规"[④]，意即不合于唐诗一般规范。又比如，论唐人五律结句之妙，称杜甫的五律结句是"句格天然，非余子所办"，但在整个唐代五律创作中，"对结者甚少，惟杜为多"[⑤]。

绝句创作是杜甫相对之弱项，胡应麟也认为杜甫"于绝句无所解"，"不甚工"[⑥]，与高棅、杨慎等前辈的判断基本无二。但值得肯定的是，胡应麟并不是简单地延续前人的成说，而是进一步对杜甫绝句创作成就相对低落的原因作了探讨。胡应麟认为，杜甫绝句之所以不佳，首先是杜甫主观上并未重视："古人作诗，各成己调，未尝互相师袭。以太白之才，就声律即不能为杜，何至遽减嘉州？以少陵之才，攻绝句即不能为李，讵谓不若摩诘？彼自有不可磨

① (明)胡应麟:《诗薮》内编卷五，上海：上海古籍出版社，1979年，第83页。
② (明)胡应麟:《诗薮》内编卷五，上海：上海古籍出版社，1979年，第93页。
③ (明)胡应麟:《诗薮》内编卷五，上海：上海古籍出版社，1979年，第91页。
④ (明)胡应麟:《诗薮》内编卷五，上海：上海古籍出版社，1979年，第88～89页。
⑤ (明)胡应麟:《诗薮》内编卷五，上海：上海古籍出版社，1979年，第89页。
⑥ (明)胡应麟:《诗薮》内编卷六，上海：上海古籍出版社，1979年，第118页。

灭者，毋事更屑屑也。”[①]胡应麟认为古人作诗，各有所好，各成偏长，杜甫诗歌创作上有自己特别用心力且成就非凡处，无意去“攻绝句”；如果用力为之，一定会达到最高层次。其次是创作方法上以律法入绝句，过于讲究对仗。胡应麟云：“杜之律，李之绝，皆天授神诣。然杜以律为绝，如‘窗含西岭千秋雪，门泊东吴万里船’等句，本七言律壮语，而以为绝句，则断锦裂缯类也。”胡应麟认为，绝句要自然成文，含蓄有韵，而杜甫《绝句》“两个黄鹂鸣翠柳”这样的诗作，四句全对，诗意又是全部顺势直白写出，所描写的内容又是包含了十分壮阔的时空，放在律诗中间两联自是绝佳，但单独成诗，与绝句一体应有的情韵差别太大，既没能成为合体的绝句，也浪费了很好的律诗素材，所以胡应麟称之为“断锦裂缯”。

胡应麟辩体杜诗的方法十分丰富，但通过与唐人诗作对比来看杜诗的特点，是其基本的辩体之法。在众多唐人之中，李白是胡应麟用来与杜甫作比较次数最多的。因此，胡应麟辨别杜诗与唐调的区别有相当一部分内容是关于李杜比较的问题。李杜比较论是杜诗接受中的长久话题，一直争论不休，但到后七子时期，李杜之争渐变为李杜之辨。胡应麟延续了谢榛、王世贞等人的思路，对李杜二人采取并尊的态度。比如，评价唐人歌行，说：“太白、少陵，大而化矣，能事毕矣。”[②]评二人古诗的整体地位云：“若李杜五言大篇，七言乐府，方之汉魏正果，虽非最上，犹是大乘。”[③]对前人力图区分李杜优劣的做法，胡应麟大不以为然，云：

> 元微之云：“太白模写物象及乐府歌诗，诚有差肩子美者。若铺陈始终，排比故实，大或千言，小犹数百，则李尚不能历其藩篱，况阃奥乎！”白乐天云：“杜诗最多，至贯穿古今，𫄨缕格律，尽善尽美，又过于李。”二公议论如此，盖专以排律及五言大篇定李、杜优劣。然李所长，五七言绝亦足相当，而杜句律之高，在才具兼该，笔力变化，

① (明)胡应麟：《诗薮》内编卷六，上海：上海古籍出版社，1979年，第110页。
② (明)胡应麟：《诗薮》内编卷三，上海：上海古籍出版社，1979年，第50页。
③ (明)胡应麟：《诗薮》内编卷一，上海：上海古籍出版社，1979年，第21页。

亦不专排比铺陈，贯穿腼觍也。[①]

以甲所独工，形乙所不经意，何异寸木岑楼，钧金舆羽哉！正如“朝辞白帝”，乃太白绝句中之绝出者，而杨用修举杜歌行中常语以当之。然则《秋兴》八篇，求之李集，可尽得乎？他日又举薛涛绝句，谓李白亦当叩首，则杜在李下，李又在薛下矣。甚矣，可笑也！[②]

元稹、白居易是拥杜抑李派，杨慎是扬李抑杜派，胡应麟对二家的观点都不满。在胡应麟看来，李白、杜甫各有优长，各有所短，本身就不好强分高下。若以李白所长比杜甫所短而由此扬李，或以杜甫之优比李白之劣而因之美杜，于理难通。最后又以薛涛绝句作例，再次申言李杜之间强分优劣的荒谬。胡应麟的分析体现了学者型诗论家在杜诗接受上的思辨性、学理性。

胡应麟以二家并尊的策略，去评说李杜诗歌创作的区别，其具体的视角各有不同。或是从整体诗歌成就的角度去比较，云：“唐人才超一代者，李也；体兼一代者，杜也。李如星悬日揭，照耀太虚；杜若地负海涵，包罗万汇。李惟超出一代，故高华莫并，色相难求；杜惟兼综一代，故利钝杂陈，巨细咸畜。”[③]又云：“李材高气逸而调雄，杜体大思精而格浑。超出唐人而不离唐人者，李也；不尽唐调而兼得唐调者，杜也。”[④]在胡应麟看来，李白的成就在于其诗歌的超越性，杜甫的成就在于其诗歌的包容性。或是从诗歌风格的角度去区分，总评云：“李杜二公，诚为劲敌。杜陵沉郁雄厚，太白豪逸宕丽。”[⑤]论歌行一体云：“阖辟纵横，变幻超忽，疾雷震霆，凄风急雨，歌也。位置森严，筋脉联络，走月流云，轻车熟路，行也。太白多近歌，少陵多近行。”[⑥]论排律云：“读唐盛时排律……太白轩爽雄丽，如明堂黼黻，冠盖辉皇。武库甲兵，旌旗

① (明)胡应麟:《诗薮》内编卷四，上海：上海古籍出版社，1979年，第69页。
② (明)胡应麟:《诗薮》外编卷四，上海：上海古籍出版社，1979年，第190页。
③ (明)胡应麟:《诗薮》内编卷四，上海：上海古籍出版社，1979年，第70页。
④ (明)胡应麟:《诗薮》内编卷四，上海：上海古籍出版社，1979年，第70页。
⑤ (明)胡应麟:《诗薮》内编卷三，上海：上海古籍出版社，1979年，第49页。
⑥ (明)胡应麟:《诗薮》内编卷三，上海：上海古籍出版社，1979年，第48页。

飞动。少陵变幻闳深，如陟昆仑，泛溟渤，千峰罗列，万汇汪洋。”[①]或是从不同诗体之优长与不足来辨析，论近体与歌行云：“太白笔力变化，极尽歌行。少陵笔力变化，极尽近体。李变化在调与词，杜变化在意与格。然歌行无常矱，易于错综；近体有定规，难于伸缩。调词超逸，骤如骇耳，索之易穷；意格精深，始若无奇，绎之难尽。此其稍不同者也。”[②]论律诗与绝句云：“杜之律，李之绝，皆天授神诣。然杜以律为绝，如‘窗含西岭千秋雪，门泊东吴万里船’等句，本七言律壮语，而以为绝句，则断锦裂缯类也。李以绝为律，如‘十月吴山晓，梅花落敬亭’等句，本五言绝妙境，而以为律诗，则骈拇枝指类也。”[③]

通过这些比较，胡应麟更清晰、具体地辨明了杜诗的体式特征、审美风貌。而且，在开展李杜之辨时，胡应麟注意将李白、杜甫置于诗歌发展演变的历史之中，通过对过往诗歌传统各自的继承与借鉴策略的分析，探寻形成李杜诗歌之区别的原因所在，使得从李杜比较中体现出来的杜诗认知，更加具有历史纵深感。胡应麟说：

少陵不效四言，不仿《离骚》，不用乐府旧题，是此老胸中壁立处。然风、骚、乐府遗意，杜往往深得之。太白以《百忧》等篇拟风、雅，《鸣皋》等作拟《离骚》，俱相去悬远。乐府奇伟，高出六朝，古质不如两汉，较输杜一筹也。[④]

盛唐李杜，气吞一代，目无千古。然太白《古风》，步骤建安；少陵《出塞》，规模魏、晋。歌行律绝，前人未备，始自名家。[⑤]

太白五言沿洄魏、晋，乐府出入齐、梁，近体周旋开、宝，独绝句超然自得，冠古绝今。子美五言《北征》《咏怀》，乐府《新婚》《垂老》等作，虽格本前人，而调出己创。五七言律广大悉备，上自垂拱，下

① （明）胡应麟：《诗薮》内编卷四，上海：上海古籍出版社，1979 年，第 78 页。
② （明）胡应麟：《诗薮》内编卷四，上海：上海古籍出版社，1979 年，第 70 页。
③ （明）胡应麟：《诗薮》内编卷六，上海：上海古籍出版社，1979 年，第 121 页。
④ （明）胡应麟：《诗薮》内编卷二，上海：上海古籍出版社，1979 年，第 38 页。
⑤ （明）胡应麟：《诗薮》续编卷一，上海：上海古籍出版社，1979 年，第 349 页。

逮元和，宋人之苍，元人之绮，靡不兼总。故古体则脱弃陈规，近体则兼该众善，此杜所独长也。[①]

(三)推详优长：胡应麟对杜诗技法的推重

格调论杜诗接受的一个核心目的，就是通过辨明诗体之正变、高下，为实际创作提供参考与借鉴，即辨杜是为了学杜。因而，对杜诗创作手法的探讨，是格调论诗论家重点关注的内容之一。胡应麟除了通过比较的方式对杜诗的体式特点进行辨析外，还就杜诗的表达技巧与特点等方面作了分析。举凡杜诗的用事用典、字法句法、篇章布局等方面的讨论，在《诗薮》里都不乏其例。

首先让我们看看胡应麟关于杜诗用事用典的辨析。诗中用事或用典，是一种很常见的手法。杜甫一向以善于用事著称，宋人对此多有推重。比如，黄庭坚称杜诗“无一字无来处”[②]，蔡绦在《西清诗话》中亦云：“作诗用事要如水中着盐，饮食乃知盐味，此说诗家秘藏也。杜少陵诗，如‘五更鼓角声悲壮，三峡星河影动摇’，人徒见凌轹造化之工，不知乃用事也。”[③]但几乎就在同一时期，对诗中用事包括杜诗用事，却也一直有强烈的反对声音。比如，严羽宣称“诗有别材，非关书也”，主张作诗“不必太着题，不必多使事”[④]。朱弁亦云：“诗人胜语，咸得于自然，非资博古。”[⑤]

面对历史上关于诗歌用事的争议，他在《诗薮》内编卷四中有比较集中的辨析。比如，对于诗中用事的价值与作用，胡应麟云：“诗自模景、述情外，则有用事而已。用事非诗正体，然景物有限，格调易穷，一律千篇，只供厌饫。欲观人笔力材诣，全在阿堵中。且古体小言，姑置可也，大篇长律，非此何以成章。”[⑥]从这一段话可以看出，胡应麟对诗中用事是持肯定态度的：第一，胡

---

① (明)胡应麟：《诗薮》内编卷四，上海：上海古籍出版社，1979 年，第 70 页。

② (明)王楙：《野客丛书》卷十九，《文渊阁四库全书》本。

③ 郭绍虞：《宋诗话辑佚》，北京：中华书局，1980 年，第 270 页。

④ (宋)严羽：《沧浪诗话》，见《历代诗话》，北京：中华书局，2004 年，第 688、694 页。

⑤ (明)朱弁：《风月堂诗话》，北京：中华书局，1988 年，第 99 页。

⑥ (明)胡应麟：《诗薮》内编卷四，上海：上海古籍出版社，1979 年，第 64 页。

应麟认为"用事"是诗歌创作三种基本手法之一。胡应麟认为诗歌表达手法包括写景、抒情与用事等三种，虽然用事相较于前两者并非诗歌表达的正体，但情、景有限，容易陷于重复，诗中用事是以丰富久远的历史文化为依托，可以为诗歌创作带来更多的选择。第二，诗中用事可以体现诗人的"笔力材诣"，即通过用事可以窥见作者的学识广博与否，可以体现诗人运用诗歌材料能力的高下。第三，诗中用事对于"大篇长律"等特殊诗体而言，是必需的。胡应麟自己喜欢创作长篇古风或排律，他从自己的创作实践出发，深深地认识到：一味写景或抒情，不足以支撑长篇诗歌的架构，用事的加入有利于诗歌形成跌宕抑扬、纵横汪洋的姿态，避免单调沉闷之弊。

由此，胡应麟又进一步指出，诗歌创作关键在于用事是否得当。他说："用事患不得肯綮。得肯綮，则一篇之中八句皆用，一句之中二字串用，亦何不可！婉转清空，了无痕迹；纵横变换，莫测端倪。此全在神运笔融，犹斫轮甘苦，心手自知，难以述言。"①胡应麟又将用事分为三个层次："凡用事用语，虽千熔百炼，若黄金在冶，至铸形成体之后，妙夺化工，无复丝毫痕迹，乃为至佳；藉读之少令人疑似，便落第二义；况颛搜隐僻，巧作形模，此昆体之所以失也。然本唐人遗法，故格调风致，种种犹在。"②胡应麟认为，诗中用事最高的境界是将事典融入诗篇之中，不露一丝痕迹；用事能够让人看出人力痕迹，便落入第二层；肆力于搜集冷僻的典故堆积诗中，是最差的用事之法，也是宋初西昆体为人诟病之原因。

基于上述对诗中用事的认识，胡应麟高度评价杜诗的用事。在胡应麟看来，杜诗用事有两点最为突出：一是用事的工致，达到了融合无痕的最高层次——"入化处"。他说："用事之工，起于太冲《咏史》。唐初王、杨、沈、宋，渐入精严。至老杜苞孕汪洋，错综变化，而美善备矣。"③胡应麟用考察诗中用事之历史的方式，在比较之中，指出杜诗用事达到了"美善备"的境界。又云：

① （明）胡应麟：《诗薮》内编卷四，上海：上海古籍出版社，1979 年，第 65 页。
② （明）胡应麟：《诗薮》外编卷五，上海：上海古籍出版社，1979 年，第 224～225 页。
③ （明）胡应麟：《诗薮》内编卷四，上海：上海古籍出版社，1979 年，第 64 页。

"'荒庭垂橘柚,古屋画龙蛇''锡飞常近鹤,杯度不惊鸥',杜用事入化处。然不作用事看,则古庙之荒凉,画壁之飞动,亦更无人可着语。此老杜千古绝技,未易追也。"胡应麟在这里分别举了《禹庙》《题玄武禅师屋壁》两首诗中两句为例,指出杜诗用事与全诗题旨的吻合无缝,极用人工而不着痕迹,用事若未用事,所以胡应麟称之为"千古绝技"。二是杜诗用事之法错综变化,博大精深。胡应麟认为杜诗"用事错综,固极笔力"[①],他称赞杜甫用事"门类甚多",以杜诗中用人名为例,云:

> "清新庾开府,俊逸鲍参军",正用者也;"聪明过管辂,尺牍倒陈遵",反用者也;"谢氏登山屐,陶公漉酒巾",明用者也;"伏柱闻周史,乘槎似汉臣",暗用者也;"举天悲富骆,近代惜卢王",并用者也;"高岑殊缓步,沈鲍得同行",单用者也;"汲黯匡君切,廉颇出将频",分用者也;"共传收庾信,不比得陈琳",串用者也。至"对棋陪谢傅,把剑觅徐君"……"晋室丹阳尹,公孙白帝城",锻炼精奇,含蓄深远,迥出前代矣。[②]

其次关于杜诗字法句法之妙。关于杜诗字法句法上的精妙,宋人多有议论,明代自李东阳到王世贞,也都论及,胡应麟对此也极为称道,其相关论述主要见于《诗薮》内编卷五。比如,论杜诗起句之作法,云:"对起则杜之'风急天高猿啸哀,渚清沙白鸟飞回',实为妙绝。"[③]又云:"唐五言多对起,沈、宋、王、李,冠裳鸿整,初学法门,然未免绳削之拘。要其极至,无出老杜。如'国破山河在,城春草木深'……'寺忆曾游处,桥怜再渡时'之类,对偶未尝不精,而纵横变幻,尽越陈规,浓淡浅深,动夺天巧。百代而下,当无复继。"[④]又云:"仄起高古者:'故乡杳无际,日暮且孤征'……苦不多得。盖初盛多用工偶起,中晚卑弱无足观。觉杜陵为胜:'严警当寒夜,前军落大星'……'韦曲花

① (明)胡应麟:《诗薮》内编卷四,上海:上海古籍出版社,1979年,第65页。
② (明)胡应麟:《诗薮》内编卷四,上海:上海古籍出版社,1979年,第65页。
③ (明)胡应麟:《诗薮》内编卷四,上海:上海古籍出版社,1979年,第86页。
④ (明)胡应麟:《诗薮》内编卷四,上海:上海古籍出版社,1979年,第88页。

无赖，家家恼杀人'，皆雄深浑朴，意味无穷。"[①]论杜诗结句超越众人，云："大率唐人诗主神韵，不主气格，故结句率弱者多。惟老杜不尔，如'醉把茱萸仔细看'之类，极为深厚雄浑。"[②]这些论述，都是以诗为例，表达了胡应麟对杜诗句法的推崇，和前人的论说没有什么本质的区别。

胡应麟对杜诗字法句法的探讨，其最具理论创新处，在于他使用"化"的概念来统摄其对杜诗字法句法的核心判断。所谓"化"，是胡应麟诗论中的一个高频词，在《诗薮》其他卷次中都有运用，在这里，是指杜诗字法句法上千锤百炼，匠心独运，诗中字句用力用心处，能够和全篇完美融合，浑然一体，不露痕迹。胡应麟云：

> 老杜字法之化者，如"吴楚东南坼，乾坤日夜浮""碧知湖外草，红见海东云"。坼、浮、知、见四字，皆盛唐所无也。然读者但见其闳大而不觉其新奇。又如"孤嶂秦碑在，荒城鲁殿余""古墙犹竹色，虚阁自松声"，四字意极精深，词极易简，前人思虑不及，后学沾溉无穷，真化不可为矣。句法之化者，"无风云出塞，不夜月临关""露从今夜白，月是故乡明""江山有巴蜀，栋宇自齐梁""近泪无干土，低空有断云"之类。错综震荡，不可端倪，而天造地设，尽谢斧凿。篇法之化者，《春望》《洞房》《江汉》《遣兴》等作，意格皆与盛唐大异，日用不知，细味自别。[③]
>
> 七言如"锦江春色来天地，玉垒浮云变古今""织女机丝虚月夜，石鲸鳞甲动秋风""香稻啄余鹦鹉粒，碧梧栖老凤凰枝""听猿实下三声泪，奉使虚随八月槎"，字中化境也；"无边落木萧萧下，不尽长江滚滚来""二仪清浊还高下，三伏炎蒸定有无""永夜角声悲自语，中天月色好谁看""绝壁过云开锦绣，疏松隔水奏笙簧"，句中化境也；

---

① （明）胡应麟：《诗薮》内编卷四，上海：上海古籍出版社，1979年，第88页。
② （明）胡应麟：《诗薮》内编卷四，上海：上海古籍出版社，1979年，第87页。
③ （明）胡应麟：《诗薮》内编卷五，上海：上海古籍出版社，1979年，第90页。

“昆明池水”“风急天高”“老去悲秋”“霜黄碧梧”，篇中化境也。[①]

胡应麟分别以杜诗五律和七律为对象，通过以诗为例的形式，表达他对杜诗字法、句法及篇章之法的推崇。在胡应麟看来，杜诗字法之达于化境者，在于诗中那些关键字眼用语极平常简单，但表意极生动有力，文字本身无新奇之感，但用于诗中顿生新奇之意。杜诗句法之达于化境者，一面是对仗精严、格律稳妥，另一面是上下句之间诗意交错，互为映射，两相激发，诗句内容之震荡与形式之谨严契合无迹。杜诗篇法之达于化境者，是全诗四联之间顿挫跌宕，抑扬有致，首尾转折照应，全篇圆融一体。胡应麟之论杜诗诗法之“化”，简言之，即人工达于天巧。

除了用事用典、字法句法等问题外，胡应麟在《诗薮》也对杜诗的其他一些写作技法作了分析。比如诗歌中的情与景的架构与搭配问题，是历代诗论家都比较关注的问题。对于杜诗中的情景描写，谢榛、王世贞等人都曾表达过自己的看法。胡应麟认为作诗的核心情、景二端在诗中的运用有一定的规定，但杜诗往往表现出突破陈规的创新勇气，使得其诗作超越众家。以五言律诗中的情景设置为例，初唐、盛唐、晚唐都各有不同，盛唐诗人一般都是中间四句两联“大率言景”，但杜甫则是“以情间之”[②]；就写景两联之间的关系言，杜诗也极为讲究。胡应麟云：“李梦阳云：‘叠景者意必二，阔大者半必细。’此最律诗三昧。如杜：‘诏从三殿去，碑到百蛮开。野馆浓花发，春帆细雨来。’前半阔大，后半工细也。‘浮云连海岱，平野入青徐。孤嶂秦碑在，荒城鲁殿馀。’前景寓目，后景感怀也。唐法律甚严惟杜，变化莫测亦惟杜。”[③]胡应麟所引李梦阳的话是从《再与何氏书》中转化而来，李梦阳原文主要是讲作诗有一定之规矩，前后要讲究照应对比，胡应麟转引过来专指诗中写景之法。胡应麟认为杜甫《送翰林张司马南海勒碑》与《登兖州城楼》这两首诗的中间两联，在体式上对仗工整，法律谨严；在内容上前后对比，变化莫测。又

① （明）胡应麟：《诗薮》内编卷五，上海：上海古籍出版社，1979年，第90页。
② （明）胡应麟：《诗薮》内编卷四，上海：上海古籍出版社，1979年，第63页。
③ （明）胡应麟：《诗薮》内编卷四，上海：上海古籍出版社，1979年，第64页。

比如以理趣入诗的问题，格调论诗学家一向是不提倡的。严羽曾云："诗有别材，非关书也；诗有别趣，非关理也。"[①]胡应麟对严羽此说十分认可，但他同时又认为杜诗"难以此拘"，云："其诗错陈万卷亡论。至说理如'寂寂春将晚，欣欣物自私'之类，每被儒生家引作话柄。然亦杜能之，后人蹈此，立见败缺。"[②]又云："曰仙、曰禅，皆诗中本色。惟儒生气象，一毫不得著诗；儒家语言，一字不可入诗。而杜往往兼之，不伤格，不累情，故自难及。"[③]以理趣或儒家词语入诗，是宋人诗歌的偏好，在唐诗中一向是偏体变格，少见难工。因此，胡应麟认为后世不宜做，也不易学。但同时，胡应麟又对杜甫诗歌中"往往兼之"的状况并不反对，认为"不伤格，不累情"，且达到了他人"难及"的高度。这种在他人为忌犯、在杜甫为相宜的思路，正是明人杜诗"才大不拘"主张的体现，是杜诗"大家"之说的核心内涵之一[④]。

三、对前代杜诗接受的总结与反思

对前代的杜诗接受进行评说、总结，在王世贞的《艺苑卮言》中已见端倪。作为明代诗学集成期代表的胡应麟，其《诗薮》有明显的总结前代诗学的趋向。就杜诗接受而言，胡应麟对明代杜诗接受中的许多热点问题都有所关注，包括高棅创立的杜诗大家说、李杜之争、唐人七律第一之争、杜诗的变体问题、杨慎挑起的"诗史"之争，等等。胡应麟对这些问题的评说，我们在前文中大多已经作了分析。本节我们主要谈谈另外两个层面的问题：一是胡应麟对杨慎杜诗考证的考辨；二是对宋、明学杜者的批评与反思。

（一）胡应麟对杨慎杜诗考证的考辨

杨慎在《升庵诗话》等书中，对杜诗中的疑难字句进行了音读训解、字义考证及异文校勘，是明中期杜诗接受的某一个层面内容的重要代表。但由于

---

① （宋）严羽：《沧浪诗话》，见《历代诗话》，北京：中华书局，2004年，第688页。

② （明）胡应麟：《诗薮》内编卷五，上海：上海古籍出版社，1979年，第102页。

③ （明）胡应麟：《诗薮》内编卷五，上海：上海古籍出版社，1979年，第91页。

④ 详见本书第四章第一节。

杨慎的个性及其经历等原因，杨慎的杜诗考证工作有一些不当之处。作为明后期以精通文献、学识渊博著称的学者型杜诗接受者，胡应麟为了“专驳杨慎”[1]而撰写了《艺林学山》8 卷（其命名就是从杨慎《艺林伐山》而来），他对杨慎杜诗考据的批评，主要见于《艺林学山》之中。

胡应麟对杨慎杜诗接受的批评，其突出特征之一，就是善于结合杜诗文本的解读来批驳杨慎的观点。杨慎《升庵诗话》中考证杜诗文字较多，严格意义上讲只能算是杜诗阐释学的范畴，不涉及对杜诗的具体意见与态度，不能算是杜诗接受的内容。但是胡应麟的辩驳文字常常跳出单纯的字词考证，与对杜诗诗意的理解、句法篇章的分析等内容结合起来。比如，杨慎评杜甫《客至》首句云：“韦述《开元谱》云：‘倡优之人，取媚酒食，居于社南者，呼之谓社南氏；居于社北者，呼之谓社北氏。’杜子美诗‘社南社北皆春水’正用此事。后人不知，乃改‘社’作‘舍’。”[2]杨慎在这里只是凭借《开元谱》中的一段记载，就直接断言“舍南舍北”作“社南社北”，认为原本是“社”，后人误改为“舍”。对此，胡应麟评论云：“按：杜‘舍南舍北皆春水’，盖在蜀草堂诗也。花溪僻地，何得有倡优居之。且此诗上以‘舍’字引起，下用‘群鸥’，而‘花径’‘蓬门’，意派直贯。若改为‘社’，则并不沾带矣。且既曰倡优所居，必酒食丰渥之地，而杜诗下有‘盘飧市远’之句，何耶？又，既曰倡优取媚酒食，而杜之遗杯残沥，不以及之，乃与邻翁对酌，何耶？杜他日绝句云：‘云生舍北泥’，岂亦‘社北’耶。考杜集他本。绝无‘社’字之讹。特用修读书偶得此，遂自赖少陵耳。”[3]胡应麟的反驳展示了非常强的逻辑性：首先从作品创作的时间与地点入手，指出诗中描写的浣花草堂所在地偏僻，不应该有倡优之辈住在附近；然后从全诗前两联诗意的相互关联性，指出“舍”字合适，而“社”不妥；然后又从第三、四联中“盘飧市远”等句，反复论证了杜诗所写无关倡优。这样根据

① （清）纪昀等：《四库全书总目》卷一百二十三《少室山房笔丛正集》，《文渊阁四库全书》本。

② （明）杨慎：《升庵诗话》卷九《社南社北》，见《历代诗话续编》，北京：中华书局，1983 年，第 739 页。

③ （明）胡应麟：《少室山房笔丛》卷二十续乙部《艺林学山》二《社南社北》，明万历刻本。

《客至》内在诗意的一体性，便驳斥了杨慎引《开元谱》为证的不可信，得出“绝无‘社’字之讹”的结论。

胡应麟对杨慎的批评，往往包含了某些具体的诗学认识与观念。比如《赠花卿》一诗，是杜甫绝句代表作。杨慎对此诗的解读是：“唐人乐府，多唱诗人绝句，王少伯、李太白为多。杜子美七言绝近百，当时妓女独唱其《赠花卿》一首，所谓‘锦城丝管日纷纷，半入江风半入云。此曲只应天上有，人间能得几回闻’也。盖花卿在蜀，颇僭用天子礼乐，子美作此讽之，而意在言外，最得诗人之旨。”①杨慎的话包含两个意思：一是他以能否入乐演唱作为判断绝句水平高低的一个原则；二是认为该诗是一首讽喻之作。胡应麟对杨慎的这两个判断都不以为然。他说：“杨谓杜绝句不合律，故妓女止歌‘锦城丝管’一首，非也。太白、江宁绝妙千古，妓女所唱几何？”②胡应麟就杨慎所举的李白、王昌龄之例，反过来证明绝句的高下不在于能否入乐演唱。又云：“花卿盖歌伎之姓，‘此曲只应天上有’本自目前语。而用修以成都猛将当之，且谓僭用天子礼乐，真痴人说梦也。”③在胡应麟看来，“锦城丝管”一诗所赠的花卿不是成都的武将，而是一个歌妓，诗歌是写“目前语”，送当面人。然后，胡应麟在《艺林学山》中对杨慎的说法又更深入地进行了反驳：“花卿蜀小将耳。虽恃功骄横，然非有韦皋、严武之权，王建、孟昶之力；即欲僭用天子礼乐，恶得而僭之。用修以子美赠诗为讽，真儿童之见也。凡词人赞叹声色，不曰倾城，则曰绝代。子美盖赠歌者，偶姓字相合，亦云花卿，实何戡、薛涛辈。用修便以破段子璋者当之，然求其说不得也，故有僭用礼乐之解。”胡应麟从花卿的身份入手，指出本诗作讽喻之义解不妥——花卿本身并不具备僭用天子礼乐的权势，因而讽喻之说便不存在；而宴赏集会之际，作诗词赞赏“声色”也是文人常态，所以“此曲只应天上有”只是夸赞歌宴之盛美。然后又引李玉群

① （明）杨慎：《升庵诗话》卷十三《锦城丝管》，见《历代诗话续编》，北京：中华书局，1983年，第903页。

② （明）胡应麟：《诗薮》内编卷六，上海：上海古籍出版社，1979年，第116页。

③ （明）胡应麟：《诗薮》外编卷六，上海：上海古籍出版社，1979年，第192页。

《赠歌妓诗》“貌态只应天上有，歌声岂合世间闻”，认为语意与杜诗相合，以此反证讽喻之说的不成立。最后又有两段辩驳，云：

> 工部诸绝，非漫兴则拗体，以入歌曲自不宜，独此首风致翩翩，音节调美，故诸妓女习之。其为赠歌者益明。信如杨说，则一老头巾咏史语耳，风致音节何在？用修以后世真识，在唐妓人之下，不惟诬后世，并诬妓人矣。杜他诗自有讽时事者，若此篇，虽用修亲见子美，余不敢谓然。
>
> 用修《唐绝增奇序》以龙标、太白为冠，而谓工部不当学，论自卓然。然实本高廷礼《品汇》语。高曰：“盛唐绝句，太白高于诸人，其次则王少伯，二公篇什亦盛。少陵之作虽多，理趣甚异，仅取数章，至正声则杜七言绝无复选者。”噫，宋元而下，有能明目张胆，首泄此机者乎？余不敢以用修为阴袭阳訾，然二君书必皆传于后世，读者当自有公论耶。①

这两段文字，前者在继续论该诗为赠歌妓之作的过程中，引出胡应麟对杜甫绝句诗体特征的认识，“非漫兴则拗体”。后者则是扩展到对唐代绝句的评价上，表达了胡应麟对从高棅到杨慎以来的唐绝观念的认同。讨论《赠花卿》一诗时，胡应麟从对作品本身的考察出发，扩展到对杜甫绝句诗体的评价，又扩展到对唐代绝句的认识，又延展到明初以来的杜诗绝句接受简史。胡应麟把对《赠花卿》创作背景的看法，对该诗本身特点的看法，对杜甫绝句创作的看法，对盛唐绝句的整体看法，以及对明初以来杜甫绝句接受的看法，全部呈现出来。像这样的反驳文字，既体现了胡应麟作为学者的严谨，也体现了胡应麟作为一个诗学批评者的识力。

(二)对前人学杜之总结与反思

在杜诗接受史上，学杜的高潮期有两段：一是北宋中后期到南宋初，以江西诗派为代表；二是明代中期，以前后七子为代表。对杜诗的学习，包括诗中

---

① (明)胡应麟：《少室山房笔丛》卷十九续乙部《艺林学山》一《锦城丝管》，明万历刻本。

用杜句或化用杜诗之意，对杜诗遣词造句、声韵平仄及篇章之法的模拟效仿，对杜诗一些表达技巧与手法的学习，等等。总的来说，学杜是宋明两代杜诗接受的一种特殊形式。对历代学杜的总结与反思，在王世贞《艺苑卮言》中已经开始有了比较多的关注，但相对还是以宏观的判断性评说为主，具体的辨析相对较少。胡应麟《诗薮》延续了王世贞对历代学杜问题的关注，但其侧重与王世贞已有差别。

首先，《诗薮》对宋明两代学杜者的评价态度是有区别的。总体上看，评论宋人与明人的学杜情况时，胡应麟是抱着得失兼有的态度去进行总结的，一般都既肯定其所得处又指出其所失处。比如，评宋代黄庭坚、陈师道学杜，云："宋黄、陈首倡杜学。然黄律诗徒得杜声调之偏者，其语未尝有杜也。……陈五言律得杜骨，宋品绝高，他作亦皆悬远。"①评明代李梦阳、李攀龙学杜，云："献吉于杜得其变，不得其正，故间涉于粗豪。于鳞于杜得其正，不得其变，故时困于重复。"②但在将宋人和明人的学杜情况作整体评价时，胡应麟的态度有了抑宋扬明的色彩。比如评宋人学杜，有云：

> 宋人学杜，于唐远。③
>
> 自宋以来，学杜者什九失之。④
>
> 宋人学杜得其骨不得其肉，得其气不得其韵，得其意不得其象，至声与色并亡之矣。⑤
>
> 大抵宋诸君子以险瘦生涩为杜，此一代认题差处，所谓七圣皆迷也。工部诗尽得古今体势，其中何所不有，而仅仅若此耶？⑥

可见，胡应麟对宋人学杜的整体看法，基本上是否定性的表达占据主导。但

① （明）胡应麟：《诗薮》内编卷三，上海：上海古籍出版社，1979 年，第 56 页。
② （明）胡应麟：《诗薮》内编卷五，上海：上海古籍出版社，1979 年，第 103 页。
③ （明）胡应麟：《诗薮》内编卷二，上海：上海古籍出版社，1979 年，第 40 页。
④ （明）胡应麟：《诗薮》内编卷五，上海：上海古籍出版社，1979 年，第 90 页。
⑤ （明）胡应麟：《诗薮》内编卷四，上海：上海古籍出版社，1979 年，第 60 页。
⑥ （明）胡应麟：《诗薮》外编卷五，上海：上海古籍出版社，1979 年，第 210 页。

对明人的学杜，却又是另外一种表达方式，胡应麟云：

> 国朝学杜若袁景文、郑继之、熊士选，其表表者。要之所得，声音相貌耳，又皆变调。惟李观察得其风神，王太常得其骨干，汪司马得其气格，吴参知得其体裁。李之高华，王之沉实，汪之整健，吴之雄深，皆杜正派法门，学者所当服习也。[①]
>
> 老杜好句中叠用字，惟“落花游丝”妙绝。此外，如“高江急峡”“小院回廊”，皆排比无关妙处。又如“桃花细逐杨花落”“便下襄阳向洛阳”之类，颇令人厌。唐人绝少述者，而宋世黄、陈竟相祖袭……嘉、隆一洗此类并诸拗涩变体，而独取其雄壮阔大句语为法，而后杜之骨力风格始见，真善学下惠者。[②]

同是学杜，评价上却出现这种差异，是一件让人玩味的事情。大体说，学习前人诗作而不落言筌、不陷蹈袭之弊，是一种比较难达到的境界，所以学前贤而有所不足，本是诗家常态；加上明人有普遍的非宋轻宋的心态，胡应麟对宋人学杜持一种相对负面的评价，也是可以理解的。而胡应麟对明人学杜的评价却比较正面，其中对王世贞的评价尤其高，胡应麟有云：“若制作弘多，体格周备，竟当属之弇州。”[③]这种态度，和胡应麟对明代诗歌的整体认知紧密相关。胡应麟有云：“自三百篇以迄于今，诗歌之道，无虑三变：一盛于汉，再盛于唐，又再盛于明。典午创变，至于梁、陈极矣，唐人出而声律大宏。大历积衰，至于元、宋极矣，明风启而制作大备。”[④]在胡应麟看来，明代诗歌是和汉诗、唐诗三足鼎立的诗史地位。他对明代具体作家的评论也都带有一定的夸张其辞的色彩，比如评李梦阳云：“李献吉古诗文山斗一代，其手辟秦汉、盛唐之派，可谓达摩西来。”[⑤]对于胡应麟的这种近乎盲目的自信，钱谦益曾不无讽

---

① (明)胡应麟：《诗薮》内编卷五，上海：上海古籍出版社，1979年，第103页。
② (明)胡应麟：《诗薮》内编卷五，上海：上海古籍出版社，1979年，第104页。
③ (明)胡应麟：《诗薮》内编卷五，上海：上海古籍出版社，1979年，第103页。
④ (明)胡应麟：《诗薮》续编卷一，上海：上海古籍出版社，1979年，第341页。
⑤ (明)胡应麟：《诗史》续编卷一，上海：上海古籍出版社，1979年，第346页。

刺地评价云:“其大旨谓千古之诗,莫盛于李、何、王、李四家,四家之中,捞笼千古,总萃百家,则又莫盛于弇州。诗家之有弇州,证果位之如来也,集大成之尼父也。”[①]明朝中期,因为复古思潮的推动,文学流派此起彼伏,名家巨子各领风骚,诗文创作的热闹兴盛,一时少有。生逢其时者自评有明一代之文学成就,往往会带有一些理想化的色彩,明人高评明诗的情况远非胡应麟一人[②]。胡应麟因为对明诗评价的企高之倾向,连带影响到对明人学杜的评价亦有拔高之嫌。就像我们前面已经提到的,时代风气对批评家视野的局限是如此之大,任何的诗人或诗论家都是他那个时代的诗人或诗论家,即便是如胡应麟这样一个学问广博、思维缜密的学者,其诗学观念也不可能完全摆脱时代之局限。

其次,胡应麟对历代学杜的辨析,在类似于王世贞那样的宏观性判断与总结之外,更多的是通过具体诗人诗作的分析来呈现其观点与认识,而且其切入的视角一般都是从辩体意识出发。这一点在他的宋人学杜的评论上,体现得最为明显。比如,在《诗薮》外编卷五中,胡应麟比较集中地通过两两对比的方式,来辨析宋代学杜者之所得与偏长:

> 宋五言律近杜者,“地盘三楚大,天入五湖低”……“峡长深束渭,路险曲通秦”,此得杜之正,盛唐所同者也。
>
> “相逢楚天晚,却看蜀江流”……“辍耕扶日月,起废其吹嘘”,此得杜之偏,宋人酷尚者也。
>
> “令严钟鼓三更月,野宿貔貅万灶烟”……“天开云雾东南碧,日射波涛上下红”,此雄丽冠裳,得杜调者也。
>
> “多事鬓毛随节换,尽情灯火向人明”……“五年天地无穷事,万里江湖见在身”,此瘦劲沉深,得杜意者也。
>
> 去非句,如“湖平天尽落,峡断海横通”……“一时花带泪,万里

① (清)钱谦益:《列朝诗集》丁集第六《胡举人应麟》,北京:中华书局,2007年,第4530页。

② 按:胡应麟高度评价明诗尤其是王世贞、李攀龙等人的诗歌创作成就,也多少有个人交谊所带来的情感偏向在其中。

客凭栏”，皆宏丽沉雄得杜体，且多得杜字法。

无已句，如“百姓归周老，三年侍鲁儒”……“精爽回长夜，衣冠出广廷”，皆典重古澹得杜意，且多得杜篇法。

胡应麟从正与偏、调与意、字法与篇法等不同的方面着眼，结合大量的例句，对宋人学杜进行总结、辨析。这样的分析、总结，不仅使得胡应麟关于宋人学杜之得失的判断都能落到实处，而且也间接地反映了胡应麟对杜诗本身的接受态度。因此，胡应麟对前人学杜的总结，就不单单是杜诗接受历史的归纳与反思，而是其杜诗接受本身的重要构成部分。

最后，在辨析、总结前人的学杜情况时，胡应麟对学杜难及的状况也有所思考。在胡应麟看来，后人苦心学杜却难以企及杜甫的成就，原因就在于杜甫诗歌兼包并有的“大家”品格。后人学杜往往拘泥于个人情况所限，只能从其个人偏好的角度学杜之一端而忘学其全部。胡应麟云：“杜诗正而能变，变而能化，化而不失本调，不失调则兼得众调，故绝不可及。国朝明卿得杜正，不得其变；献吉得杜变，不得其化。”[①]胡应麟在《诗薮》中反复强调，杜甫材力非凡，诗歌技法广大，云：“材力异常，学问渊博，述情陈事，错综变化，转自无穷。”[②]又云：“杜公材力既雄，涉猎复广，用能穷极笔端，范围古今。”[③]因此，在诗歌创作中杜甫可以“才大不拘”，既严守诗家规矩，又不为规矩所限，常常有意运用变格、变体来避免熟烂之嫌，或是意兴所到，随笔而作。但学杜者无杜甫的材力，若肆力学其变化之格，效其粗率之句，往往是南辕北辙，难以真正做到“学杜”。那么，究竟应该怎样学杜呢？胡应麟认为，必须在广泛学习众唐人、掌握各家之长的基础上，才可以学杜。比如就排律一体的学习，胡应麟说：“作排律先熟读宋、骆、沈、杜诸篇，仿其布局措词，则体裁平整，句调精严。益以摩诘之风神，太白之气概。既奄有诸家，美善咸备，然后穷极杜陵，扩之

① (明)胡应麟：《诗薮》内编卷四，上海：上海古籍出版社，1979年，第73页。
② (明)胡应麟：《诗薮》内编卷四，上海：上海古籍出版社，1979年，第79页。
③ (明)胡应麟：《诗薮》内编卷五，上海：上海古籍出版社，1979年，第83页。

以宏大，浚之以沉深，鼓之以变化，排律之能事尽矣。”[①]论七律的学习，则云：“学者步高、岑之格调，合王、李之风神，加以工部之雄深变幻，七律之能事极矣。”[②]

总体而言，以上所论，实乃明后期杜诗接受状况之最简单、笼统的概括，意在突显当时关于杜诗认知的最主导性之态势。就全貌而言，在上述主导情势外，明后期之杜诗接受实在是一种特别复杂、繁乱的情形。以立论角度言，在性灵、格调诸说外，自明中期以来，以陆时雍《诗镜》为代表的神韵说，也是明后期杜诗接受的一种姿态；而自明初以来，坚持以儒学伦理意识判断杜诗价值的接受策略，在明后期那些具有较强儒学色彩的士子文人的杜诗言说之中，亦能继续见到其间承接之痕迹，比如经学家郝敬肯定杜诗包含“温柔敦厚之意，性情之理”，认为杜甫“单有仁人义士之风”[③]，其关注点与公安袁氏兄弟、胡应麟诸人显然大有差别。以杜诗接受的方法言，以杜诗笺释、评点为主要内容的有关杜集撰述活动，在明后期亦取得较为突出的成就，比如卢世漼有《杜诗胥抄》《读杜私言》，王嗣奭有《杜臆》，唐之竑有《杜诗捃》，钱谦益有《读杜小笺》《读杜二笺》等[④]，笺释字词，解读诗义，以阐释的方式包含了许多富于创新的杜诗批评意见，其水平远超明前期单复的《读杜愚得》及明中期诸家杜律笺注著作，并直接影响了清前期杜诗接受的进程。以上诸种，共同构成了明后期杜诗接受的整体面貌。

① （明）胡应麟：《诗薮》内编卷四，上海：上海古籍出版社，1979年，第76～77页。

② （明）胡应麟：《诗薮》内编卷五，上海：上海古籍出版社，1979年，第93页。

③ （明）郝敬：《艺圃伧谈》卷三《唐体》，见《明诗话全编》，南京：江苏古籍出版社，1997年，第5938页。

④ 明后期杜诗接受以笺释、评点形式显现的，除了上述各种杜集外，更多的是如臧懋循《唐诗所》、程之初《唐诗绪笺》、唐汝询《唐诗解》、黄克缵《全唐风雅》、陆时雍《唐诗镜》、周珽《唐诗选脉会通评林》、李沂《唐诗援》等一大批明后期唐集中包含的涉杜内容。这些内容就像钟惺《诗归》中相关部分一样，虽然零碎散乱，不成体系，但亦是其时杜诗接受的一种形态。

下编　明代杜诗接受专题论

第四章

宏观视角下的明代杜诗批评

从宏观背景上看,明代的杜诗批评可以从两种角度来进行审视、分析:一是从中唐以来便逐步确立的杜诗学的视角来看,明人的杜诗批评是自唐到清一直连绵不绝的杜诗接受史中重要的一环;二是在明代波澜起伏的文学复古大潮中,唐诗接受是当时诗学论争的主体内容,学唐几乎成为当时诗坛贯穿始终的取向,而关于杜诗的接受与评说,又在唐诗接受中占据了核心的地位。无论从哪种视角来研判明人的杜诗接受状况,我们都会发现,在前代已经无比热烈的杜诗研讨基础之上,明人对杜诗的批评都达到了前所未有的深度与广度,对杜诗研究中的一些核心问题,在理论层面上进行了发展与开拓。这些努力与尝试,有的是对确立了杜诗接受基本范式的宋代杜诗批评的反驳,有的是对前人杜诗成说的延展与深化,有的则是明人诗学批评自觉意识下的自我树立,他们共同构建了属于明代的杜诗批评的概念和理论。这些概念或理论,既引领了明代诗学论争的方向,又丰富了杜诗学的理论体系。

第一节　明代杜诗大家说

众所周知,杜诗“大家”之说是由高棅的《唐诗品汇》建立起的一个杜诗批评的概念。明洪武末年，高棅编撰《唐诗品汇》时，通过“诗体叙目”中的论述和诗选的编排，对杜诗“大家”之说的内涵与外延，首度作了较明确的界定与判断，奠定了后来明人杜诗接受中“大家”批评的基础。在高棅之后，“大家”一词逐渐成为明人杜诗批评中最为常用的一个概念。无论是居庙堂之高的台阁诗人①，还是处江湖之远的民间学者②，无论是模拟唐诗、效法杜甫的“七子”诗派的巨擘，还是痛诋模拟、一任性灵的公安诗人，他们都承接了高棅《唐诗品汇》所树立的批评概念，习惯于以“大家”一词来评品杜诗。由此可见，杜诗“大家”之说实在是明代杜诗批评中十分关键的概念。学界目前对“大家”之说还没有专门性的、系统的梳理与研究。比较常见的是在明代诗学批评史或者对高棅《唐诗品汇》的研究中，就事论事地探讨一下高棅的“大家”之说，一般都限于李杜“大家”与“正宗”孰高孰低的问题③，基本上忽略了从更广阔的时间范围去审视“大家”之说的诗学意义。孙学堂先生在《明代诗学与唐诗》一书中，第一次从明代诗学批评（主要是唐诗批评）的角度，考察了从明初到明末的杜诗“大家”之说，但主要是对代表性诗人或诗论家的杜诗“大家”批评作了罗列，没有更进一步从诗学批评理论演进的角度细加分析④。下面，笔者从杜诗大家说的理论渊源、有明一代杜诗大家说的演进历程、杜诗“大家”批评的基本内涵，以及杜诗大家说的诗学意义等几个方面，稍作探讨。

---

① 比如杨士奇《读杜愚得序》云：“李杜，正宗大家也。”见《东里续集》卷十四，《文渊阁四库全书》本。

② 比如，胡应麟《诗薮》中有大量关于杜诗“大家”之说的论断。

③ 比如王运熙先生《中国文学批评史·明代卷》的第二章第二节、查清华《明代唐诗接受史》第二章第三节、申东城《〈唐诗品汇〉研究》第六章第四节等。周兴陆《〈唐诗品汇〉为何列杜甫为“大家”》一文从诗选本身的设置探讨了高棅标杜甫为“大家”一品的目的，详见《古典文学知识》，1998年第1期，第105～110页。

④ 详见孙学堂《明代诗学与唐诗》第七章第一节“重格调的杜诗论评”。又，专门的杜诗批评研究著作，比如吴中胜《杜甫批评史研究》第三章第一节“明代前期高棅等人的杜甫论”，甚至忽视了杜诗“大家”之说，基本未置一词。由此可见，无论是从杜诗学还是明代诗学的角度看，“大家”之说都有深入探讨的空间。

一、从"集大成"到"大家"——明代杜诗"大家"批评的概念由来与理论缘起

以"大家"一词称人，在中国古代早有其例。比如，汉代著名史学家、文学家班固的妹妹班昭，"帝数召入宫，令皇后、诸贵人师事焉，号曰大家"。按："曹大家"之称中的"大家"一词，读为"大姑"，是汉代关中地区对年长女子的称呼。但汉和帝的皇后、贵人们尊称班昭为"大家"，原因显然不是因为其年长，而是在于班昭"博学高才……有节行法度"[①]。可见，此时的"大家"之称，是一种对人的美誉和尊称。

作为一种文学批评概念的"大家"之说，据笔者所见，主要在南宋中期以后才较多地出现。如南宋中后期的著名诗人刘克庄，就屡次以"大家"或"大家数"来评说文坛人物，"上饶郡为过江文献所聚，南涧方齐之文、稼轩之词，皆名世。至章泉、涧泉，又各以其诗号为大家数。"[②]又云："古今诗人如麻粟，惟唐李、杜，本朝欧、梅、半山、玉局，南渡放翁、诚斋，号为大家数。盖语意深浅，规模阔狭，士终身之通塞荣悴系焉，诗云乎哉。"[③]林希逸云："中兴以来，诗之大家数惟放翁为最。"[④]叶适亦云："盖自风雅骚人之后，占得大家数者不过六七。苏、李至庾信通作一大家，而韦苏州皆兼有之，陶元亮则又尽弃众人家具，而独作一大家者也。"[⑤]元人龚啸评论北宋前期诗人梅尧臣，云："去浮靡之习，超然于昆体极弊之际；存古淡之道，卓然于诸大家未起之先，此所以为梅都官诗也。"[⑥]由上所引例可以看出，宋、元人使用"大家"一词时[⑦]，已经

① (南朝宋)范晔：《后汉书》卷一百十四"曹世叔妻"，《文渊阁四库全书》本。

② (宋)刘克庄：《后村集》卷九十七《赵庭原诗》，《四部丛刊》本。

③ (宋)刘克庄：《后村集》卷一百十二《黄有容》，《四部丛刊》本。

④ (宋)林希逸：《鬳斋续集》卷二十九《学记》第十九条，《文渊阁四库全书》本。

⑤ (宋)叶适：《水心集》卷二十七《答刘子至书》，《四部丛刊》本。

⑥ (元)龚啸：《跋前二诗》，见《宛陵先生集》附录，《四部丛刊》本。

⑦ 从词源的角度看，宋、元人使用"大家"这个概念，不是由汉代班昭"大家"之称延续而来，实际上是"大家数"一词的简称。"家数"是宋人常用术语，意指诗文或技艺等方面的家法传统、风格流派。比如说宋代瓦肆勾栏中的说话有"四家数"，严羽《沧浪诗话·答出继叔临安吴景仙书》亦云："世之技艺，犹各有家数。"

比较集中地用于对诗人的评价，所涉对象包括陶潜、庾信、杜甫、李白、欧阳修、陆游等六朝至唐、宋诗坛的代表人物，甚至上饶赵蕃等地方性诗坛名人也以“大家”称之。虽然在这一阶段杜甫也被称为“大家”，但显然“大家”一词是一种对诗坛名人的泛称，而非专属专指的概念。及至明初的高棅，才专门以“大家”一词来总括杜甫在诗歌史尤其是唐代诗歌史上的独特地位，建立起了明代诗学批评中的“大家”之说。所以，从诗学渊源上讲，高棅之“大家”概念与宋、元人的“大家”说辞并非一回事。

那么，高棅“大家”批评的理论缘起由何而来呢？明后期著名诗论家胡应麟说：“大家名家之目，前古无之。然谢灵运谓东阿才擅八斗，元微之谓少陵诗集大成，斯义已昉。故记室《诗评》推陈王圣域，廷礼《品汇》标老杜大家。”[①]胡应麟明确指出，“大家”之说来源于元稹以来的集大成说。当代也有学者认为，“高棅《唐诗品汇》编选杜诗，继承了严羽专论诗艺、不论德性的视角，也征引了前人的集大成说，但换了一种说法，谓‘世称子美为大家’”。[②]这些判断别具只眼。我们细细回顾中唐以来的杜诗接受历史，明代以前关于杜甫诗学地位评价最为核心的一个概念，就是杜诗“集大成”之说。高棅大家说，从诗学批评理念前后承续的角度看，即是对明前杜诗集大成说的延续与发展。

我们知道，明代以前杜诗集大成说有一个确立与发展的过程，并在宋代最终发展成为杜诗接受史上的一个核心判断。关于这一点，清代学者潘德舆在《养一斋李杜诗话》中说：“‘集大成’之说，首发于东坡，而少游和之。然考元微之《工部墓志》……此即‘集大成’之义，特未明言耳，则非东坡、少游之创论也。”[③]为了更好地论述明人大家说是从集大成说中所取资，下面我们对集大成说之内核与发展，稍作剖析。

作为最早以“集大成”来评价杜甫诗学成就与地位的中唐诗人元稹，在

① (明)胡应麟：《诗薮》卷四，上海：上海古籍出版社，1979年，第184页。
② 孙学堂：《明代诗学与唐诗》，济南：齐鲁书社，2012年，第490页。
③ 张忠纲：《杜甫诗话六种校注》，济南：齐鲁书社，2002年，第292页。

《唐故工部员外郎杜君墓系铭并序》中有一段非常经典的评论：

> 至于子美，盖所谓上薄风、骚，下该沈、宋，古傍苏、李，气夺曹、刘，掩颜、谢之孤高，杂徐、庾之流丽，尽得古今之体势，而兼人人之所独专矣。使仲尼考锻其旨要，尚不知贵，其多乎哉！苟以为能所不能，无可无不可，则诗人以来，未有如子美者。[①]

元稹这一段话是杜诗接受史上第一次明确地对杜甫诗歌“尽得古今之体势，而兼人人之所独专”的诗学成就进行了总结，从《诗经》以来的中国古代诗歌发展史的角度，指出了杜诗在艺术风貌等方面是对前代诗歌的集大成。而在文章的开篇，他还有一句概括性的描述：“予读诗至杜子美，而知小大之有所总萃焉。”所谓杜诗的“总萃”，与“集大成”的概念已相差无几了。所以，元稹虽然没有明确提出杜诗“集大成”的断语，但宋人“集大成”之说即由此肇端是显而易见的事实。元稹论杜还有两点值得注意：一是他评论杜诗虽然主要是从“体势”等外在艺术风貌的角度入手，但从“仲尼考锻其旨要”等语来看，也包含了对杜诗内在思想内容的间接肯定；二是元稹高度评价杜甫诗歌集成地位的时候，以李白为比较对象，扬杜抑李。曾有学者认为，“元稹为杜甫写墓系铭，因体制所限，对李白的肯定不宜超过杜甫，否则会引起杜甫家人子女的不满”[②]（《杜君墓系铭并序》是元稹应杜甫之孙杜嗣业之请而写的）。按：元稹在别的文章中同样高度评价了杜甫，如《叙诗寄乐天书》云：“适有人以陈子昂《感遇》诗相示，吟玩激烈……又久之，得杜甫诗数百首，爱其浩荡津涯，处处臻到，始病沈、宋之不存寄兴，而讶子昂之未暇旁备矣。”[③]这里是以陈子昂等初唐诗人与杜甫相比，未曾言及李白，但“浩荡津涯，处处臻到”这样的评说，与前所引《杜君墓系铭并序》的观点基本一样。由此可见，元稹对杜甫诗

---

① （唐）元稹：《元稹集》，北京：中华书局，1982年，第601页。按：“古傍苏、李”通行作“言夺苏、李”，首见于《旧唐书》杜甫本传转引元稹《杜君墓系铭并序》，后世以讹传讹，凡引元氏此文皆作“言夺”云云。

② 胡可先：《杜甫诗学引论》，合肥：安徽大学出版社，2003年，第129页。

③ （唐）元稹：《元稹集》，北京：中华书局，1982年，第352页。

歌地位的崇高评价是出自作者对先秦以来诗歌历程的严谨而真切的判断，并非碍于请托者面子的“谀墓”之言。[①]

入宋以后，宋祁等在《新唐书·杜甫传赞》中简述唐代诗歌的发展流变后云：“然恃华者质反，好丽者壮违，人得一概，皆自名所长。至甫，浑涵汪茫，千汇万状，兼古今而有之。他人不足，甫乃厌余。残膏剩馥，沾丐后人多矣。”这段话有两层内涵，“浑涵汪茫，千汇万状，兼古今而有之”等语，显然就是元稹“尽得古今之体势，而兼人人之所独专”之评判的转述，这是就杜诗的“承前”而言；“残膏剩馥，沾丐后人多矣”，又较元稹之说多出一意，指出了杜诗对后来的影响，这是就杜诗的“启后”而论。《新唐书·杜甫传赞》对杜甫诗学地位的评价，进一步补充了“集大成”之评的应有之意，是杜诗“集大成”之说从元稹肇萌到苏轼、秦观定论之间的一个过渡。

杜诗“集大成”概念的明确化，从现存的文献记录看，最早见于陈师道《后山诗话》的记述：“苏子瞻云：子美之诗，退之之文，鲁公之书，皆集大成者也。”[②]陈师道的这个判断是由其师苏轼《书吴道子画后》中的一段话变化而来：

> 智者创物，能者述焉，非一人而成也。君子之于学，百工之于技，自三代历汉至唐而备矣。故诗至于杜子美，文至于韩退之，书至于颜鲁公，画至于吴道子，而古今之变，天下之能事，毕矣。[③]

苏轼在这里从散文、书法、绘画、诗歌等不同艺术样式总结了诗歌发展至杜甫是“古今之变，天下之能事，毕矣”，类似的表达屡见于苏轼的文集，比如：“古今诗人众矣，而杜子美为首”[④]，“杜子美以英玮绝世之姿，凌跨百代，古今诗

① 关于这一点，杨胜宽《杜诗“集大成”义解》一文有深入辨析，载《杜甫研究学刊》，2014年第3期，第3页。

② （宋）陈师道：《后山诗话》，见《历代诗话》，北京：中华书局，1981年，第304页。

③ （宋）苏轼著，孔凡礼点校：《苏轼文集》卷七十，北京：中华书局，1986年，第2210页。

④ （宋）苏轼著，孔凡礼点校：《苏轼文集》卷十《王定国诗集叙》，北京：中华书局，1986年，第318页。

人尽废”[1]，“杜子美诗，格力天纵，奄有汉、魏、晋、宋以来风流”[2]。可见，陈师道对老师原文的概括还是比较准确的，杜诗“集大成”的评价在苏轼的笔下已经呼之欲出了。但杜诗“集大成”概念之确立，其最后一步是由苏轼的另一位门生秦观最终完成的，他在《韩愈论》一文中云：

> 杜子美之于诗，实积众家之长，适当其时而已。昔苏武、李陵之诗长于高妙，曹植、刘公幹之诗长于豪逸，陶潜、阮籍之诗长于冲澹，谢灵运、鲍照之诗长于峻洁，徐陵、庾信之诗长于藻丽。于是杜子美者，穷高妙之格，极豪逸之气，包冲澹之趣，兼峻洁之姿，备藻丽之态，而诸家之作所不及焉。然不集诸家之长，杜氏亦不能独至于斯也。岂非适当其时故耶？孟子曰：“伯夷，圣之清者也；伊尹，圣之任者也；柳下惠，圣之和者也；孔子，圣之时者也。孔子之谓集大成。”呜呼，杜氏、韩氏，亦集诗文之大成者欤！[3]

按：秦观这段论述，不仅最终明确了“集大成”这一杜诗批评理念，而且在总结自元稹以来杜诗集大成论述基础上，在内涵上又有两点发展：一是认为杜甫的诗歌创作之所以能够“积众家之长”，是因为“适当其时”。自杜诗集大成之论兴起以来，第一次有人尝试对杜诗集大成的原因进行了解释[4]。二是从孔子的“集大成”之称谓，引出了杜诗、韩文的集大成之论，显示宋代杜诗集大成说蕴含了儒家学说的某些色彩。

秦观以后，杜诗集大成说成为定论，宋人多有称引。如释居简云：“少陵

---

① (宋)苏轼著，孔凡礼点校：《苏轼文集》卷六十七《书黄子思诗集后》，北京：中华书局，1986年，第2124页。

② (宋)苏轼著，孔凡礼点校：《苏轼文集》卷六十九《书唐氏六家书后》，北京：中华书局，1986年，第2206页。

③ (宋)秦观：《淮海集笺注》卷三十二，上海：上海古籍出版社，1994年，第751～752页。

④ 至于秦观这里所说的“适当其时”的“时”字究竟何谓，一般认为包含两个层面的内容：一是时代变化为杜诗的集大成提供了外部的社会条件；一是诗歌的发展进程为杜诗集大成准备了内在的文学基础。

得三百篇之旨归，鼓吹汉魏六朝之作，遂集大成。”[①]严羽云：“少陵诗，宪章汉魏，而取材于六朝，至其自得其妙，则前辈所谓集大成者也。”[②]至元代，则更是成为论诗者之常谈。试举数例，如“诗至于老杜而集大成”[③]，“三百篇以后之诗，子美其集大成也”[④]，“少陵古、律，各集大成，咸趋浩荡”[⑤]，“少陵号集大成，不惟其古、律诗皆备，而体制雄浑……实兼前人之所长”[⑥]。大体都是沿袭前人之说，对杜诗“集大成”之论未再有新的发明与拓展。

总的来看，“集大成”作为一个专门术语，原本出自孟子对孔子儒学地位的评价[⑦]，是儒家哲学体系内的经典言说。秦观以后，宋人以其界定杜诗的伟大成就与崇高地位。“集大成”的概念从儒学范畴向诗学领域的转移，与宋代儒学复兴的思想文化背景有着紧密的关联，实质上也是儒学复兴的具体表征之一。因而，也必然会将此概念原有的儒学内涵带入杜诗评价之中。所以，在明代之前，批评家们广泛使用“集大成”这个概念来定位杜诗的时候，它所指属的既包括对杜诗外在体式、风貌的总结，也涵盖了对杜诗中来源于儒学价值观的思想意识、人格情怀等的褒扬，是宋代杜诗接受中普遍存在的道德评价偏向的一个映射。同时，宋人的杜诗集大成说，既指出了杜诗对前代的总结，也宣示了杜诗对后人的启发与导引，兼有“承前”与“启后”之意。由此而言，从立论的着眼点看，集大成说是从通代诗歌发展史的角度对杜甫诗歌创作作出的评价。[⑧]

---

① (宋)释居简：《北涧集》卷五《送高九万菊涧游吴门序》，《文渊阁四库全书》本。

② (宋)严羽：《沧浪诗话·诗评》，见《历代诗话》，北京：中华书局，1981 年，第 304 页。

③ (元)方回：《桐江续集》卷八《读张功父南湖集序》，《文渊阁四库全书》本。

④ (元)傅若金：《清江集》，见《李太白集注》卷三十四“从说”，《文渊阁四库全书》本。

⑤ 元人斯曼硕语，见《杜诗详注·补注》卷下“诸家论杜”，北京：中华书局，1979 年，第 2322 页。

⑥ (元)孔旸：《午溪集序》，见陈镒《午溪集》卷首，《文渊阁四库全书》本。

⑦ 孟子：“孔子，圣之时者也。孔子之谓集大成。集大成也者，金声而玉振之也。金声也者，始条理也。玉振之也者，终条理也。”见《孟子·万章下》，上海：上海古籍出版社，1987 年，第 76 页。

⑧ 程千帆先生、莫砺锋老师《杜诗集大成》一文对杜诗“集大成”与儒家学说的关联问题，有深入细致的分析。载《文学评论》，1986 年第 4 期，第 99～106 页。

入明以后，杜诗“集大成”概念仍见于部分的杜诗评论者笔下。比如，宋濂云：“开元、天宝中，杜子美复继出，上薄风、雅，下该沈、宋，才夺苏、李，气吞曹、刘，掩颜、谢之孤高，杂徐、庾之流丽，真所谓集大成者。”①王祎云：“开元、大历，杜子美出，乃上薄风、雅，下掩汉、魏，所谓集大成者。”②何良俊云：“余观一时如王右丞之清深、李翰林之豪宕……各有其妙，而其所造者皆能登峰造极者也，然终输杜少陵一筹。盖盛唐之所重者风骨也，少陵则体备风骨，而复包沈、谢之典雅，兼徐、庾之绵缛，采初唐之藻丽，而清深、豪宕、俊逸、高旷、沉着、精炼、老健，盖无所不备，此其所以为集大成者欤！”

这些论述有两个明显特点：一是基本延续前人之说，对“集大成”概念并无新的发明与开拓；二是从使用的频率看，明前期使用的较多，明中后期很少。这表明，在明代杜诗接受之中，将“集大成”的概念用于杜诗批评时，已经不再具有理论建树上的生气与创造力，更多地体现为前代诗学批评话语的惯性延续，沦落为一种流于表层的泛论常谈。所以，明中期以后，随着诗学论争的兴起与深入发展，以“集大成”论杜诗者已寥寥无几，而“大家”一词则成为明人杜诗批评中最为核心的一个概念。据笔者不完全统计，明人杜诗评价中使用“集大成”概念有 18 例，而以“大家”概念论杜的则有近 60 例（另外还有不少杜诗批评虽未明确涉及“大家”的概念，但实际上体现的是杜诗大家说的内涵）③。这组数据虽然并非严格统计学意义上的准确数字，但显然能够反映出明人以“大家”之说代替集大成论的大趋势。

二、明代杜诗大家说的演进历程

有明三百年间，杜诗“大家”之说从确立基本概念、深化内涵论述到集成众说是个渐进的过程。大略言之，明初，高棅立“大家”之名；明中期，以前后七子为代表的复古诗人群，对大家说的内涵作了更细致、深入的探讨；明后

① （明）宋濂：《文宪集》卷二十八《答章秀才论诗书》，《文渊阁四库全书》本。

② （明）王祎：《王忠文集》卷五《练伯上诗序》，《文渊阁四库全书》本。

③ 相关数据是对拙稿《明代杜诗批评汇编》所收资料作统计而来的。

期，以胡应麟为代表的诗学理论家对杜诗大家说进行了系统的辨析与总结。

在高棅之前，明代其实已经有人开始尝试以“大家”的概念来评论杜诗。比如由元入明的张以宁曾云：“诗至于唐而盛，盖其选无虑五百余家，人各不同，而故同于为唐。唐之大家，首推杜陵氏。善于学杜者，必本于《二南》《风》《雅》，干之于汉魏乐府古诗，而枝叶之晋、宋、齐、梁众作，而后杜可几也。盖必极诸家之变态，乃能成一家之自得。不然，则耻于踵人后。”①这是第一次有人专门论述杜甫在有唐三百年诗人群体中的“大家”地位，并将杜甫“大家”身份的特点简洁地概括为“极诸家之变态”“成一家之自得”。张以宁的说法是明人杜诗“大家”批评的原始雏形，从语言表达策略上看，已经很类似于高棅的说法了。但二者之间还是有一点区别的：细细推敲张以宁“首推”二字含义，显然在他看来，唐代诗坛可以“大家”名之的远不止杜甫一人，只不过是杜甫居众大家之首罢了。所以，从诗学批评概念的演变看，张以宁的“大家”一词是南宋刘克庄等泛称诗坛名流与高棅专指杜诗之间的一个过渡状态。

高棅在明洪武三十一年(1398)完成《唐诗品汇》，这是一部深思熟虑、体系严密的诗学范本。全书按照诗体编排唐诗，各体之中分众诗人为正始、正宗、大家、名家、羽翼、接武、正变、余响、旁流等九品。大体上，“初唐为正始，盛唐为正宗、为大家、为名家、为羽翼，中唐为接武，晚唐为正变、为余响，方外异人等诗为旁流”②。从诗学偏向上讲，“是选专重于盛唐”③，盛唐四品是他最为推崇的唐诗家典范，其设置情况大体如下：

① (明)张以宁：《翠屏集》卷三《马易之金台集序》，《文渊阁四库全书》本。

② (清)纪昀等：《四库全书总目》卷一百八十九《唐诗品汇》，《文渊阁四库全书》本。

③ (明)王偁：《叙》，见《唐诗品汇》卷首，上海：上海古籍出版社，1982年，第4页。

表 4-1　《唐诗品汇》所设盛唐四品情况

诗体	大家	正宗	名家	羽翼
五古	杜甫	陈子昂、李白	孟浩然等 12 人	崔颢等 51 人
七古	杜甫	李白	高适等 5 人	孟浩然等 21 人
五绝	无	李白等 4 人	无	杜甫等 18 人
七绝	无	李白、王昌龄	无	杜甫等 23 人
五律	杜甫	李白等 5 人	无	王湾等 30 人
五言排律	杜甫	王维等 3 人	无	李颀等 26 人
七律	杜甫	崔颢等 14 人	无	钱起、刘长卿

由上表可见，在高棅的唐诗学批评架构中，杜甫处于最为特殊的一个位置——全书标举的九品中，基本上每一品都涉及众多诗人，但单为杜甫设置了“大家”一品。统观《唐诗品汇》“总叙”与各诗体“叙目”中的论述，以及诸家品类归属与选诗数量等情况看，高棅创设的杜诗大家说有下面两点值得注意：首先，“大家”批评的首义是指杜诗“浑涵汪洋，千汇万状”[①]，“光掩前人”[②]，具有“诸家得其一，少陵独得其兼善者。……其出入始终，排比声韵，发敛抑扬，疾徐纵横，无所施而不可”[③]的成就与特点。高棅对杜诗“大家”特征的归纳和前文分析的中唐元稹以来杜诗集大成说“兼备众体”的核心内涵是一致的。所以，如前所言，“大家”之说的理论缘起是前代的集大成说。其次，高棅在《唐诗品汇》中架构的“大家”批评概念，相较于前代的“集大成”一词，是一个更精细、更审慎的诗学判断。高棅认为，“大家盖如沧海，无崖涘可寻，其间蛟龙以至虾蚌，明珠、珊瑚之与沙石，无一不具”[④]，所以他在五古、七古、五律、五排、七律等诗体为杜甫特设“大家”一品的同时，将杜诗的五绝和七绝列于“羽翼”一品。由此可见，前人用“集大成”一词概括杜诗之成就与地

① (明)高棅:《唐诗品汇》,上海:上海古籍出版社,1982 年,第 621 页。

② (明)高棅:《唐诗品汇》,上海:上海古籍出版社,1982 年,第 268 页。

③ (明)高棅:《唐诗品汇》,上海:上海古籍出版社,1982 年,第 618 页。

④ (明)陈沂:《拘虚诗谈》,《四明丛书》本。按:高棅此说只见于陈氏著作,《唐诗品汇》与高氏文集中皆未见。

位是对杜诗宏观性的总体描述;高棅的大家说则是对杜诗不同诗体详加区分后的具体分析——在总体肯定杜诗崇高地位之时,也实事求是地指出了杜诗五绝、七绝等诗体在盛唐众名家中的平淡不彰。

高棅之后,因为《唐诗品汇》的影响力[①],杜诗大家说逐渐传播开来。但在整个明前期,因为诗歌创作相对比较沉寂,诗学论争尚未发达,杜诗批评者在使用“大家”这一概念时,对高棅的论断基本上没有什么更进一步的申发。比如杨士奇云:“李杜正宗大家也。……少陵其学博而识高,才大而思远,雄深闳伟,浑涵精诣,天机妙用,而一由于性情之正,所谓‘诗人以来少陵一人而已’。”[②]陈献章云:“晋魏以降,古诗变为近体,作者莫盛于唐。……若李杜者雄峙其间,号称大家,然语其至则未也,儒先君子类以小技目之。”[③]李东阳云:“吾观少陵有诗史……包罗巨细成大家。”[④]可见,无论是主导诗坛的台阁体名家杨士奇,还是以理学视野来衡量文艺之事的陈献章,或是开启明中期诗坛复古风气的李东阳,都未曾就杜诗“大家”之说作深入阐述。

弘治以后,随着前后七子的崛起,在“诗必盛唐”的大背景下,对杜诗的尊崇成为普遍的诗学风尚,关于杜诗的许多判断与言说都得到了进一步的拓展,杜诗大家说亦是如此。有的是承接高棅之说,对“大家”之说的内涵加以扩展和深化。如王廷相云:“唐杜子美,词人之雄也。元稹称其薄风、雅,吞曹、刘,掩颜、谢,兼昔人之所独专。今其集具在,虽云大家,要自成己格尔。”他指出杜甫作为大家,其在兼具众长外,又能“自成己格”。又如杨慎云:“少陵虽号大家,不能兼善(绝句),一则拘乎对偶,二则汩于典故。拘则未成之律诗,而非绝体;汩则儒生之书袋,而乏性情。故观其全集,自‘锦城丝管’之外,咸无几焉。”杨慎延续了高棅低看杜甫绝句的观念,并对杜甫不能“兼善”绝句诗体的原因作了较为详细的探讨。再如王樵云:“吾尝谓老杜之诗,乃散文中

① (清)纪昀等云:“终明之世,馆阁以此书为宗。”见《四库全书总目》卷一百八十九《唐诗品汇》,《文渊阁四库全书》本。

② (明)杨士奇:《东里集续集》卷十四《读杜愚得序》,《文渊阁四库全书》本。

③ (明)陈献章:《陈白沙集》卷一《夕惕斋诗集后序》,《文渊阁四库全书》本。

④ (明)李东阳:《怀麓堂集》卷三《答罗明仲草书歌》,《文渊阁四库全书》本。

之先秦、两汉也。今学诗者宗唐，宗唐者宗其丽，而不知此一部杜诗首首是大家。聊漫举之，如五言律中《晴》一首，《闻雁》一首，《除架》一首，皆非摩诘诸人语也。……杜诗首首都是实事，都是实情，当时所遇人情事理，世变艰难，一一铺叙得真，发挥得畅，而中间比兴讽谕直陈，各得其体，故吾谓乃散文中之先秦两汉者，非偶见之轻谈也。”[①]王樵认为杜诗首首都是大家手笔，而杜诗作为“大家”不在于“丽”，而在于能够将“人情事理，世变艰难”等实事实情描写得真切畅达，强调了作为“大家”的杜诗在思想内容上鲜明的现实性；“比兴讽谕直陈，各得其体”赞美了杜诗在具体表现手法等方面的妥帖自如。以上种种，无疑大大地丰富了杜诗大家说的内涵。也有人对高棅建立的“大家”概念不以为然。比如顾璘曾批评道：“高氏《品汇》概题李杜曰大家，而别于正宗，未尽是也。”[②]在顾璘看来，高棅在“正宗”等品之外特设“大家”一品，其立论的准确性与必要性都是问题。当然，明人对“大家”之说的负面认识，反对杜诗“大家”判断的情况，总体上是十分罕见的。

在整个明中期的杜诗“大家”论说中，还有一个特别的现象值得提出，即批评者在以相对宏观的“大家”视角去审视杜诗的时候，往往将其与遣词造句等微观的修辞问题相关联。这种对杜诗字法、句法特征的关注，显然和复古派诗人学杜、拟杜的切实需要紧密相关——对于一个渴望写出杜甫风格之诗作的摹古者而言，精确地揣摩、推详杜诗字法、句法中的微妙之处，是其模仿之路的必需一步。后七子诗人谢榛是一个典型代表，他在《四溟诗话》里有比较集中的论述，兹举数例如下：

> 景多则堆垛，情多则暗弱，大家无此失矣。八句皆景者，子美“棘树寒云色”是也。八句皆情者，子美“死去凭谁报”是也。（卷一）
>
> 两联最忌重字，或犯首尾可矣。子美曰：“江阁要宾许马迎”“醉于马上往来轻”。王维曰：“尚衣方进翠云裘”“万国衣冠拜冕旒”。

① （明）王樵：《方麓集》卷九《与仲男肯堂书三十五则之一》，《文渊阁四库全书》本。

② （明）顾璘：《凭几集续编》卷二《寄后渠》，《文渊阁四库全书》本。按：《唐诗品汇》未曾将李白列入大家一品。

> 二公重字，不害为大家。（卷二）
>
> 子美诗："仰蜂黏落絮，行蚁上枯梨。""芹泥随燕觜，花蕊上蜂须。""翡翠鸣衣桁，蜻蜓立钓丝。""鱼吹细浪摇歌扇，燕蹴飞花落舞筵。"诸联绮丽，颇宗陈、隋。然句工气浑，不失为大家。譬如上官公服，而有黼黻絺绣，其文彩照人，乃朝端之伟观也，晚唐此类尤多。又如五色罗縠，织花盈匹，裁为少姬之襦，宜矣。宋人亦有巧句，宛如村妇盛涂脂粉，学徐步以自媚，不免为傍观者一笑耳。（卷四）[①]

在谢榛看来，律诗中景多、情多、重字和诗句绮丽似陈、隋等，都是诗家大忌，在诗作中应该竭力避免；但对于像杜甫这样精通诗律的诗人而言，有意违犯相关诗家规律，却正是杜诗"大家"特征的一种体现[②]。和谢榛同时的王世贞、王世懋兄弟，也表达过相类似的看法。王世贞云："太白不成语者少，老杜不成语者多。如'无食无儿''举家闻若欬'之类。凡看二公诗，不必病其累句，不必曲为之护，正使瑕瑜不掩，亦是大家。"王世贞认为，杜诗的朴拙不工（即"不成语"）是其作为"大家"的伴生现象，既不必以之为病，也不用曲为之护。王世懋的论述较谢榛和王世贞都更深入一些：

> 少陵故多变态，其诗有深句，有雄句，有老句，有秀句，有丽句，有险句，有拙句，有累句。后世别为大家，特高于盛唐者，以其有深句、雄句、老句也；而终不失为盛唐者，以其有秀句、丽句也。轻浅子弟，往往有薄之者，则其有险句、拙句、累句也，不知其愈险愈老，正是此老独得处，故不足难之。独拙、累之句，吾不能为掩瑕。虽然，更千百世，无能胜之者何？要曰：无露句耳。[③]

王世懋从诗句审美风格的角度，对杜诗的句法作了详细的区分，并进一步指

---

① （明）谢榛：《四溟诗话》，见《历代诗话续编》，北京：中华书局，1983 年，第 1147、1165、1215 页。

② 按：谢榛对杜诗为何可以不避诗家忌犯，并没作详细的解释与分析，只是直接举诗为例，反映了诗人说杜以体悟为尚的特点。

③ （明）王世懋：《艺圃撷余》，见《历代诗话》，北京：中华书局，2004 年，第 777 页。

出杜诗之所以超越盛唐诸家，在于有“深句、雄句、老句”(这是杜诗独有的)；而杜诗最终又没有完全跳出盛唐的范畴，则是因为有“秀句、丽句”(这是盛唐诗人共有的)；杜诗好用“险句”，是其独得之处；而拙朴、冗陈之句，虽是杜诗中客观存在的不足，但也不妨碍其“大家”的身份。复古派诗人群体对杜诗字法、句法等相关特点的分析，从细节之处丰富了高棅杜诗大家说的内涵。不过，需要说明的是，在明中期关于杜诗遣词造句不避忌犯问题的讨论中，并不是所有的人都从正面肯定的角度来评说杜诗。比如就杜诗重字的问题，方弘静就批评杜甫云：“《玉台观》诗‘遂有’‘更有’，颇犯，必一字误耳。今曰大家不拘，恐未然也。”[1]又云：“《柴门》诗两用‘回首’字，非谓大家不拘，偶未润耳。”[2]他认为这些重字是杜甫的失误，是未加精心润色修饰的结果，不可提倡。

明后期，杜诗接受进入一个深入发展的阶段。杜诗大家说在此时也得到了更集中、更深入的辨析。之前，关于杜诗“大家”品质的论说，主要是诗人们的感悟性论断，比较零碎；万历以后，则更多的是学者式的思辨性批评，相对集中。比如胡应麟的《诗薮》[3]、许学夷的《诗源辩体》、胡震亨的《唐音癸签》等后期诗学巨著，都对杜诗大家说发表了较深入的看法。其中，胡应麟的杜诗“大家”论述尤其集中，据笔者统计，《诗薮》全书涉及杜诗“大家”批评的论述有 19 条，加上《少室山房笔丛》中的 2 条，共计 21 条，占据了明人杜诗“大家”批评条目总数的 1/3，反映了胡应麟意欲对杜诗大家说加以总结的企图。胡应麟的论述，大体上包括了明人“大家”批评的方方面面：他明确界定了“大家”的概念，“偏精独诣，名家也；具范兼熔，大家也。然又当视其才具短长，格

① (明)方弘静：《千一录》卷九“诗释一”，明万历刻本。

② (明)方弘静：《千一录》卷九“诗释二”，明万历刻本。

③ 孙学堂《对“格调说”及几个相近概念的省察》一文称：《诗薮》属于“嘉、隆之际……部头较大、理论性较强的诗学论著”，把胡应麟《诗薮》视为明中期诗学著作，载《求是学刊》，2004 年第 3 期，第 98 页。按：胡应麟成年时已是万历一朝，《诗薮》一书完成于万历十九年(1591)，次年刊刻出版。所以，无论是从胡应麟的生平还是《诗薮》的编撰时间看，《诗薮》显然不属于明中期诗学所辖。

调高下，规模宏隘，阃域浅深”[①]；他以极精简的方式梳理了“大家”批评的渊源与历史，“大家名家之目，前古无之。……元微之谓少陵诗集大成，斯义已昉。……廷礼《品汇》标老杜大家”[②]，“‘少陵虽号大家，不能兼美。近世爱忘其丑者，并取效之，过矣。’用修平生论诗，惟此精确”[③]；他也关注了“大家”不避忌犯的问题，“杜陵律多险拗……大家故宜有此”[④]，“老杜夔峡以后，过于奔放。……视其中年精华雄杰，往往如出二手。盖或视之太易，或求之太深，或情随事迁，或力因年减，虽大家不免”[⑤]。总的来看，胡应麟的杜诗大家说，一般都篇幅简短，少有长篇大论，擅长用比较的方式来突显杜诗的“大家”特质，如“太白有大家之材，而局量稍浅，故腾踔飞扬之意胜，沉深典厚之风微。昌黎有大家之具，而神韵全乖，故纷拏叫噪之途开，蕴藉陶镕之义缺。杜陵氏差得之。”[⑥]用语虽精简，但思辨色彩浓厚。

此时，不仅学者型杜诗批评家是如此，即便是诗人身份的杜诗接受者，其关于“大家”的论说也富于学理性。比如，明后期诗坛“末五子”代表人物屠隆，有长文云：

> （里中有友人云）唐人惟杜少陵兼雅俗，文质无所不有，比物连汇，字句皆凿凿有据，景与意会，情缘事起，随地布语，不执一涂。其最可喜者，不避粗硬，不讳朴野，纵其才情之所之，若无意为诗者。……仆谓：老杜大家，其言兼雅俗，文质无所不有，是矣。乃其所以擅场当时，称雄百代者，则多得之悲壮、瑰丽、沉郁、顿挫。至其不避粗硬、不避朴野，固云无所不有，亦其资性则然。老杜所称擅场在此不在彼，明矣。……且诗道大矣，鸿巨者、纤细者、雄伟者、尖新者、雅者、俗者、虚者、实者、轻而清者、重而浊者、华而缛者、朴而野

① （明）胡应麟：《诗薮》外编卷四，上海：上海古籍出版社，1979年，第184页。
② （明）胡应麟：《诗薮》外编卷四，上海：上海古籍出版社，1979年，第184页。
③ （明）胡应麟：《诗薮》内编卷六，上海：上海古籍出版社，1979年，第108页。
④ （明）胡应麟：《诗薮》内编卷六，上海：上海古籍出版社，1979年，第110页。
⑤ （明）胡应麟：《诗薮》续编卷二，上海：上海古籍出版社，1979年，第360页。
⑥ （明）胡应麟：《诗薮》续编卷二，上海：上海古籍出版社，1979年，第71页。

者、流丽而俊响者、艰深而诘屈者，景之所触质直可，情之所向俚下亦可，才之所极博综猥琐亦可，如是乃称无所不有，兹老杜之所用擅场也。……老杜语多质直，滥觞苏、黄诸君，不知老杜之所以高妙特立，正不在此矣。如“落日照大旗，马鸣风萧萧”，如“阴房鬼火青，坏道哀湍泻”，如“青眼高歌望吾子，眼中之人吾老矣”，如“万里悲秋常作客，百年多病独登台”，如“江间波浪兼天涌，塞上风烟接地阴”，如“三年笛里关山月，万国兵前草木风”，如“五更鼓角声悲壮，三峡星河影动摇”，如“永夜角声悲自语，中天月色好谁看”，如“金粟堆前松柏里，龙媒去尽鸟呼风”，如“斯须九重真龙出，一洗万古凡马空”，不大悲壮乎？如“岱宗夫如何，齐鲁青未了”，如“公主歌黄鹄，君王指白日”，如“中宵驱车去，饮马寒塘流”，如“俯视但一气，马能辨皇洲”，如“云气生虚壁，江声走白沙”，如“吴楚东南坼，乾坤日夜浮”，如“星随平野阔，月涌大江流”，如“诏从一殿去，碑到百变开”，如“山河扶绣户，日月近雕梁”，如“楼雪融城湿，宫云去殿低”，如“浮云连海岱，平野入青徐”，如“锦江春色来天地，玉垒浮云变古今”，如“织女机丝虚月夜，石鲸鳞甲动秋风”，如“江光隐见鼋鼍窟，石势参差乌鹊桥”，不大瑰丽乎？如“落月满屋梁，犹疑照颜色”，如“天寒翠袖薄，日暮倚修竹”，如“勿为新婚念，努力事戎行”，如“妾身未分明，何以拜姑嫜”，如“信美无与适，侧身望川梁”，如“孰知是死别，且复伤其寒”，如“少壮几时奈老何，向来哀乐何其多”，如“古人白骨生青苔，如何不饮令心哀”，如“青丝络头为君老，何由却出横门道”，如“君王旧迹今人赏，转见千秋万古情”，如“野馆浓花发，春帆细雨来”，如“暗水流花径，春星带草堂”，如“露从今夜白，月是故乡明”，如“亲朋尽一哭，鞍马去孤城”，如“江清歌扇底，野旷舞衣前”，如“龙武新军深驻辇，芙蓉别殿谩焚香”，如“疏灯自照孤帆宿，新月犹悬双杵鸣”，如“画图省识春风面，环佩空归月下魂”，不大宛转流利乎？老杜之美，其大者灼灼若是。乃一切置不论，而独取粗朴以为擅场，老杜有灵，不胡卢地下乎？[1]

这是一篇反驳性的杜诗专论。屠隆以类似于主客问答的形式，反复辩论了何谓真正的杜诗“大家”品质。文中友人标举杜甫“纵其才情之所之，若无意为诗者”，认为杜诗中粗硬、朴野一类风格是其最可喜处，这显然是万历年间风行一时的公安派“性灵说”诗学观的一种体现。作为明后期代表性的复古派诗人，受王世贞等影响，屠隆的诗学观是倾向于格调论方向，因而对友人的论点完全不能认同。他从三个层面分析了杜诗“大家”特征之所在：首先，杜甫作为大家，“雅俗文质，无所不有”，粗硬、朴野等“俗”的一面是杜诗中客观存在的内容，但并不是杜甫作为大家“擅场当时，称雄百代”的主导因素；其次，诗道广大，杜诗风格多样。其所以“无所不有”、不避俗俚，是因为创作中有“才”“情”“景”等作为支撑，这样才使得“质直”“俚下”“博综猥琐”等在杜诗中不成为问题，并不是因为“质直”“俚下”“博综猥琐”等本身是杜诗的长处；最后，他还从杜诗接受史的角度指出，宋代苏轼、黄庭坚等专从“质直”一路学杜诗，是对杜诗的“误读”。杜诗的“高妙特立”不在于“质直”，而在于“悲壮”“瑰丽”“婉转流利”等品格。他不厌其烦地胪列了大量诗句，以此来强调、突出什么是真正的杜诗大家正格。从立论的着眼点看，屠隆与前面所提到的谢榛、王世贞等人一样，都注意到了杜甫作为盛唐诗坛的大家，在创作上不同常态、不避诗家忌犯的现象。其差别在于，谢、王等只是提出杜诗有此现象，屠隆则进一步辨析了为何如此。这种区别反映了明后期杜诗接受的深入化、学理化。

三、“大家”何谓——明代杜诗大家说的基本内涵

如前所论，有明一代杜诗大家说有一个发展的进程。人们运用这个概念去概括、总结杜诗风貌时，对这个概念的认识与判断也在不断细化、深化。因而，从明初到明末，杜诗大家说其实是一个动态的概念。但明人在运用“大

---

① (明)屠隆：《由拳集》卷十二《与友人论诗文》，明万历刻本。

家”一词去评价杜诗的时候，无论他是明前期诗人还是明后期学者，无论他是秉持格调还是崇尚神韵，都体现了许多共性的内容。这些共性成分，正是“大家”一词作为明代杜诗批评中的核心概念独立存在的前提，反映了明代杜诗大家说的基本内涵。择其要者而言之，主要包括下面几个方面：

一是“兼备众体”。这是明人杜诗大家说最核心的判断，从明初到明末，这样的陈述与认识可谓比比皆是。明前期，危素云：“自苏、李下至唐人，各以所见自为一家言，独杜甫氏涵浑浩博，兼备众体，所谓杰然者矣。”①危素认为，杜甫之所以杰然超出众唐人，就在于“兼备众体”。高启云：“夫自汉、魏、晋、唐而降，杜甫氏之外，诸作者各以所长名家，而不能相兼也。”②高启是从反面立论，认为由汉至唐，诗人“各以所长名家，不能相兼”，但杜甫是例外，意即子美是兼各家所长。至于高棅，对杜诗兼具特征的论述更是不止一例，如“诸家得其一概，少陵独得其兼善者。……发敛抑扬，疾徐纵横，无所施而不可也”③。“杜少陵独步当世，浑涵汪洋，千汇万状，至百韵千言，气不少衰”④。明中期，诗人皇甫汸直接指出杜诗是“集大而非具体，兼美而非偏伎”⑤。学者何良俊则用比较的方式概括杜诗的兼具特征：“世之言诗者皆曰盛唐。余观一时如王右丞之清深、李翰林之豪宕、王江陵之俊逸、常征君之高旷、李颀之沉着、岑嘉州之精炼、高常侍之老健，各有其妙，而其所造者皆能登峰造极者也，然终输杜少陵一筹。盖盛唐之所重者风骨也，少陵则体备风骨，而复包沈、谢之典雅，兼徐、庾之绵缛，采初唐之藻丽，而清深、豪宕、俊逸、高旷、沉着、精炼、老健，盖无所不备。”⑥明后期，学者顾起元说杜诗是“驰骋古今，周

① (明)危素：《危太朴集》卷一《刘彦昺诗集序》，《文渊阁四库全书》本。
② (明)高启：《凫藻集》卷二《独庵集序》，《文渊阁四库全书》本。
③ (明)高棅：《唐诗品汇》，上海：上海古籍出版社，1982年，第618页。
④ (明)高棅：《唐诗品汇》，上海：上海古籍出版社，1982年，第621页。
⑤ (明)皇甫汸：《皇甫司勋集》卷四十八《答司马张公时彻书》，《文渊阁四库全书》本。
⑥ (明)何良俊：《四友斋丛说》卷二十四“诗”，北京：中华书局，1959年。

行万里，浏览风谣，浑涵汪茫，千汇万状”①，理学家郝敬从“大”字之义入手，认为杜甫代表诗家之大：“兼容并包之谓大。帝王大，圣贤大，亦谓无所不包也。诗，杜甫大。众体兼备，尘垢糟粕，时亦有之。”②胡应麟的此类看法尤为繁多，他从不同的角度仔细辨析了杜诗的“兼备”：“杜若地负海涵，包罗万汇。……杜惟兼综一代，故利钝杂陈，巨细咸畜”③，“盛唐一味秀丽雄浑。杜则精粗、巨细、巧拙、新陈、险易、浅深、浓淡、肥瘦，靡不毕具”④，“六代则公干之峭……皆其至也，兼之者陈思也。唐人则王、杨之繁富……皆所专业，兼之者杜陵也”⑤。

从以上征引内容可以看出，明人大家说之第一要义，显然是从元稹、王安石、秦观等集大成说⑥继承而来，都是肯定杜诗总结前贤、包容众体的特征。但如果细加比较，明人的相关论述较前代说法而言，至少有两点不同：首先，唐宋时代论杜诗众体兼备，一般只是就杜诗总体成就与地位而作的宏观性陈述，而明人在论述杜诗作为“大家”的兼善特点时，除了总体性判断之外，更进一步具体到对杜诗诗歌体制、审美风貌、创作技法、内容题材等不同侧面内涵的精细辨析。比如，论及杜诗创作技法的“兼备众体”，胡应麟专门对杜诗用事作了分析，他说：

> 用事之工，起于太冲《咏史》。唐初王、杨、沈、宋，渐入精严。至

---

① (明)顾起元：《懒真草堂集》文集卷十四《黄菊先生诗集序》，见《明诗话全编》，南京：江苏古籍出版社，1997年，第6348页。

② (明)郝敬：《艺圃伧谈》卷三《唐体》，见《明诗话全编》，南京：江苏古籍出版社，1997年，第5938页。

③ (明)胡应麟：《诗薮》内编卷四，上海：上海古籍出版社，1979年，第70页。

④ (明)胡应麟：《诗薮》内编卷四，上海：上海古籍出版社，1979年，第70页。

⑤ (明)胡应麟：《诗薮》外编卷四，上海：上海古籍出版社，1979年，第184页。

⑥ 元稹、秦观之说前已征引。王安石亦云：“杜子美之悲欢穷泰，发敛抑扬，疾徐纵横，无施不可，故其所作有平淡闲易者，有绮丽精确者，有严重威武若三军之帅者，有奋迅驰骤若泛驾之马者，有澹泊闲静若山谷隐士者，有风流酝藉若贵介公子者。盖其绪密而思深，观者苟不能臻其阃奥，未易识其妙处。夫岂浅近者所能窥哉！此子美所以光掩前人，后来无继也。”见高棅《唐诗品汇》，上海：上海古籍出版社，1982年，第267～268页。按：查王安石文集及所编《唐百家诗选》等书皆未见此条文字，未知高棅何据也。

老杜苞孕汪洋，错综变化，而美善备矣。

杜用事门目甚多，姑举人名一类。如“清新庾开府，俊逸鲍参军”，正用者也。“聪明过管辂，尺牍倒陈遵”，反用者也。“谢氏登山屐，陶公漉酒巾”，明用者也。“伏柱闻周史，乘槎似汉臣”，暗用者也。“举天悲富骆，近代惜卢王”，并用者也。“高岑殊缓步，沈鲍得同行”，单用者也。“汲黯匡君切，廉颇出将频”，分用者也。“共传收庾信，不比得陈琳”，串用者也。至“对棋陪谢傅，把剑觅徐君”“侍臣双宋玉，战策两穰苴”“飘零神女雨，断续楚王风”“晋室丹阳尹，公孙白帝城”，锻炼精奇，含蓄深远，迥出前代矣。[①]

胡应麟认为，诗歌中用事之风起自左思，精严于初唐诸诗人，完备于杜甫笔下。胡以诗为例，总结了杜诗中正用、反用、明用、暗用、并用、单用、分用、串用等众体兼备的用事之法。由此可见，明人论杜诗兼备众体，已从前人的泛泛而论落到实处，有着谨严的细节辨析作为立论的支撑。其次，明人认为“兼备”不等于“兼善”。唐宋人论杜诗之“兼备”，是在“集大成”的语境下来立论的，暗含着“兼善”之义。或者至少可以说，唐宋时代，人们以“集大成”的思路评判杜诗的“兼备”特征时，是忽略了杜诗中的不美不善之处的。而明人在“大家”角度下议论杜诗的“兼备”时，很客观地指出了杜诗是“利钝杂陈”（胡应麟语）的。高棅认为杜诗“明珠”与“沙石”兼具，学诗者“要识其所当取者”[②]。杨慎延续高棅低看杜诗绝句的思路，声称杜甫“虽号大家，不能兼美”[③]。郝敬指出杜诗是“众体兼备”，但“尘垢糟粕，时亦有之”。顾起元说“杜工部便如累世老财主，家中百物具足”，但“陈朽间错”[④]。李鼎认为“杜少陵大海回波，无妨污垢”[⑤]——虽曰无妨，但毕竟“污垢”存矣。总之，从杜诗

① （明）胡应麟：《诗薮》内编卷四，上海：上海古籍出版社，1979 年，第 65 页。
② （明）陈沂：《拘虚诗谈》，《四明丛书》本。
③ （明）杨慎：《升庵集》卷二《唐绝增奇序》，《文渊阁四库全书》本。
④ （明）顾起元：《客座赘语》卷五《少冶先生评李、王诗》，北京：中华书局，1987 年。
⑤ （明）李鼎：《偶谭》，《宝颜堂秘笈》本。

文本实际看，明人在“大家”视角下对杜诗“兼备”品格体认的全面性与客观性，较前人“集大成”显然是更进一步。

二是“自成己格”。明中期，前七子诗人王廷相为同侪李梦阳的文集作序云：“唐杜子美，词人之雄也。元稹称其薄风雅，吞曹刘，掩颜谢，兼昔人之所独专，今其集具在，虽云大家，要自成己格尔。”[①]王廷相简括了元稹对杜诗集大成的赞誉之词后，指出杜甫作为“词人之雄”，作为大家，其关键在于能够“自成己格”。胡应麟以咏物诗为例，也表达了类似的意思：他批评六朝诗人不能“独造”，说杜甫因为能够“自开堂奥”，所以其咏物诗“皆精深奇邃，前无古人，后无来者”[②]。那么，如何才能“自成己格”呢？张以宁说，“唐之大家”杜甫之所以能“成一家之自得”，源于能够“极诸家之变态”。被后世誉为明代诗坛第一人的高启，以自身丰富的创作体验为基础，对“自成”的实现有更细致的描述：“夫自汉、魏、晋、唐而降，杜甫氏之外，诸作者各以所长名家，而不能相兼也。学者誉此诋彼，各师所嗜。……故必兼师众长，随事模拟，待其时至心融，浑然自成。”[③]高启认为，诗歌创作要达到“自成”，必须“兼师众长”，用心借鉴，经过一定的时间积淀后将诸家之长融会贯通，最终达到浑然一体的“自成”境界。在整段话中，高启是从反面立论，批评从汉魏以来的诗家都做不到这一点。但他又特别提到，杜甫是个例外。言外之意即杜甫做到了“兼师众长”，达到了“自成”境界。因为杜诗达到了“自成己格”的境界，兼有众长但无模拟之气味，转益多师而有自我之风调，所以明人在评述杜诗的“大家”风范时，最喜欢使用“浑涵”一词。比如高棅云：“杜少陵独步当世，浑涵汪洋。”[④]杨士奇云：“杜少陵浑涵博厚，追踪风雅，卓乎不可尚矣。”[⑤]顾起元云：“浑涵汪茫，千汇万状。”“浑涵”，即浑成无迹，即胡应麟所说“具范兼熔”中“兼熔”的一面。从逻辑上说，杜诗的“自成己格”，是作为盛唐大家“兼备众体”之

① (明)王廷相：《王氏家藏集》卷二十三《李空同集序》，明嘉靖刻本。

② (明)胡应麟：《诗薮》内编卷四，上海：上海古籍出版社，1979年，第72页。

③ (明)高启：《凫藻集》卷二《独庵集序》，《文渊阁四库全书》本。

④ (明)高棅：《唐诗品汇》，上海：上海古籍出版社，1982年，第621页。

⑤ (明)杨士奇：《东里文集》卷五《玉雪斋诗集序》，《文渊阁四库全书》本。

后的必然要求，是明人“大家”批评概念的又一内涵。

三是“才大不拘”[①]。前面我们提到，谢榛、王世贞等人的杜诗大家说特别关注了杜诗在用词造句等方面不避忌犯的情况。其实，在明人使用“大家”一词评说杜诗时，普遍地涉及杜诗精熟诗家规范而又不为规范拘束的现象。杨士奇是最早关注这个问题的人，他在《杜律虞注序》中说：

> 律诗非古也，而盛于后世。古诗三百篇皆出乎情，而和平微婉，可歌可咏，以感发人心，何有所谓法律哉？自屈宋下，至汉魏及郭景纯、陶渊明，尚有古诗人之意。颜、谢以后，稍尚新奇，古意虽衰而诗未变也。至沈、宋而律诗出，号近体，于是诗法变矣。律诗始盛于开元、天宝之际，当时如王、孟、岑、韦诸作者，犹皆雍容萧散，有余味，可讽咏也。若雄深浑厚，有行云流水之势，冠冕佩玉之风，流出胸次，从容自然，而皆由夫性情之正，不局于法律，亦不越乎法律之外，所谓从心所欲不逾矩，为诗之圣者，其杜少陵乎。厥后，作者代出，雕镂锻炼，力愈勤而格愈卑，志愈笃而气愈弱，盖局于法律之累也。不然，则叫呼叱咤以为豪，皆无复性情之正矣。夫观水者必于海，登高者必于岳，少陵其诗家之海、岳欤。[②]

杨士奇此序聚焦的是律诗创作问题，而诗歌诸体中律诗最重规范，十分讲究锤炼字句、协调声韵。作为一个典型的台阁体诗人，杨士奇擅长在宫廷宴会、馆阁酬酢中以七律诗体“颂圣恩”“歌太平”，对律诗创作的要求、忌犯自有一定的体会。在理学为官方哲学的明前期，作为一个在上位者，杨士奇很自然地从儒家诗学观出发，以能否得“性情之正”为标准，肯定了《诗经》以下包含“古意”的诗人诗作，并或多或少地对古意变衰的律体诗暗含了贬抑之意。杜甫作为唐代律诗大家，一面是“晚节渐于诗律细”，一面是横放恣肆、富于拗怒

① (明)陈沂：《拘虚诗谈》：“少陵七言如《秋兴》……自唐大家作者……但才大不拘，后学茫昧，特拾其粗耳。”

② (明)杨士奇：《东里续集》卷十四，《文渊阁四库全书》本。

之态，杨士奇将之归纳为“不局于法律，亦不越乎法律之外”，深加赞赏，称之为“诗之圣”“诗家之海、岳”。最后，他又特别批评了杜甫之后的诗人，“雕锼锻炼”，“局于法律之累”，越是用力，越是不能得“性情之正”，离杜甫那样的大家之境也愈远。杨士奇通过纵向考察，从正反两面指出并肯定了杜甫作为“大家”精于诗法但又不为诗法所拘的特点。

朱谏也认为，杜甫、李白之所以为“盛唐大家”，因为创作中能够“脱略小疵”（按：这里朱谏谈的是杜诗成为“大家”的必要条件，而非充分条件），而后世作者因为“拘忌太深”，导致在创作上“论事叙情，晦而不明，迂而不切，但泛泛于形影之间而已”，结果是统统不能达到杜甫等人的“大家”成就。[①] 朱谏是明代著名的李白诗歌批评者，但他评点李诗的时候，习惯于以杜诗为参照，故其所著《李诗辨异》等书中多有精彩的杜诗评价。他和前七子基本上处于同一时代（比李梦阳迟去世 12 年），当时李梦阳等人标榜“诗必盛唐”，以追越唐人自期，但创作上却一味模拟前贤，尺寸杜诗。朱谏在前七子最为盛行的时代，对“拘忌太深”“泛泛于形影之间”的诗家作风提出了批评，指出了七子的偶像杜甫之所以为“大家”，正在于“不拘”，其针对的显然是以模拟为尚的李梦阳诸子，颇见识力与勇气。明末的王嗣奭也表达了类似的看法，他认为，杜诗之所以“后人必不能至”，就在于其“有在绳尺之外者”，创作中能“穷变极化”，不为“世俗之矩矱”拘束，最终才到达“如入武库，五兵纵横；如探海屋，万宝璀璨”的兼备集成之势，成为“擅百代之雄”的大家[②]。而胡应麟云：“杜诗正而能变，变而能化，化而不失本调，不失本调而兼得众调，故绝不可及。”[③] 他更进一步地探讨了杜诗之“不拘”实现的途径：第一步，由“正”到“变”，在坚守诗家正调、正格的同时，能够灵活而“变”，不刻板地拘泥于“正”；第二步，由“变”到“化”，即在主动追求诗歌技法、风貌等新变后，还要能够统一、融合，达

---

① (明)朱谏：《李诗选注》卷七《经乱离后天恩流夜郎忆旧游书怀赠江夏韦太守良宰江夏岳阳》，明隆庆六年(1572)刻本。

② (明)王嗣奭：《管天笔记外编》卷上“文学”，《四明丛书》本。

③ (明)胡应麟：《诗薮》内编卷四，上海：上海古籍出版社：1979 年，第 73 页。

于“化”的境界；第三步，“化”而有“本调”，即融汇众善后不失自家本色，“不失本调而兼得众调”，最终达到“绝不可及”的大家之境。

除了以上所论，明人还特别喜欢从细节讨论杜诗大家不拘的特点。比如瞿祐在《归田诗话》中云：“老杜《琴台》诗云：‘茂陵多病后，尚爱卓文君。酒肆人间世，琴台日暮云。野花留宝靥，蔓草见罗裙。归凤求凰意，寥寥不复闻。’宝靥罗裙，盖咏文君服饰，而用意亦精矣。以大家数而为此语，近于雕琢。然全篇相称，所以不可及。”[①]方弘静云：“‘蒸裹’‘燋糖’‘秬敉’，蛮语入杜诗，皆成佳句。今人仅仅从唐人中拆洗来，恐大家不须尔。”[②]又云：“《简吴郎》二首，以诗代简，大家集中自不厌。”[③]谢榛说诗家“最忌重字”，随后举杜诗重字之例，说“不害为大家”[④]。举凡用事、用字之类，在他人则为“雕琢”，为忌讳，在杜诗则是“相称”“不厌”，为“佳句”，不害为大家。诸家之说虽然只是就事论事，未作阐发，但这些关乎杜诗细节的评点，与前面所举从杨士奇到王嗣奭等人的深入辨析，共同证明了“才大不拘”是杜诗“大家”品格的又一个重要方面。

最后，“兼备众体”“自成己格”与“才大不拘”是明人从杜甫诗歌本体论的视角对杜诗风貌与成就的总结，代表了明人杜诗大家说的基本内涵。但明人的“大家”批评所牵涉的内容远不止于此。比如，对因何种因素使得杜甫成为“大家”这一话题，明人就发表了许多不同的看法。有的人认为是“学问”[⑤]，

---

① (明)瞿祐：《归田诗话》卷上“相如琴台”，见《历代诗话续编》，北京：中华书局，1983年，第1237～1238页。

② (明)方弘静：《千一录》卷九“诗释一”，明万历刻本。

③ (明)方弘静：《千一录》卷九“诗释二”，明万历刻本。

④ (明)谢榛：《四溟诗话》卷二，见《历代诗话续编》，北京：中华书局，1983年，第1165页。

⑤ (明)张以宁：《翠屏集》卷三《蒲仲昭诗序》：“诗必问学乎？诗非训诂文词也。诗不必问学乎？诗莫善乎读书万卷之杜甫氏也。……此杜甫氏之诗，方之众作，超然骊黄之外而投之无不如意者也。”《文渊阁四库全书》本。

有的人认为学识外还要有“才思”①，而有的人则直接说“大家”之品全在“天授”，不关“人力”②。由此可见，“大家”之说在明代是一个内涵深厚、外延广阔的诗学概念，在“兼备众体”等基本内涵之外，杜诗大家说枝叶繁富，根蔓牵连，是明代诗学话语中非常重要的一个批评概念。

四、明人杜诗大家说的诗学意义

作为一个由明人建立起来的杜诗接受理念，无论是从历时的杜诗接受历史的角度还是从横向的明代诗学建树的角度看，杜诗大家说都具有特别的诗学意义。

首先，明人标立的杜诗“大家”之说，从诗学精神上讲，是对中唐以来杜诗集大成说的继承与拓展。以继承言，大家说延续了集大成说关于杜诗“兼备众体”的判断，都主张杜诗兼有众长且自成一家的审美风范与诗学成就；就拓展言，大家说基本上剔除了集大成说中所包含的道德或儒学评判的色彩，一般都聚焦于杜诗的文学本体，在以格调论为主导的诗学背景下，对杜诗的大家特征作了更纯粹、更深入、更细节化的辨析。我们知道，北宋中期以后，在“集大成”的视角下，宋元人推崇杜诗，无一例外地都包含了艺术超拔与道德高尚的双重判断，杜诗的伦理价值得到前所未有的褒扬，所谓“一饭不忘君恩”的极端看法便由此滥觞。这种杜诗接受的策略，一方面是与“集大成”概念本身就蕴含伦理色彩有关，另一方面则是受宋代士人推崇圣贤人格的普遍心态影响。而明人以“大家”之名评说杜诗的时候，除了方孝孺、陈献章等少数人外，基本上很少涉及伦理教化方面的内容。换言之，明人说杜甫是一代“大家”，就是相对单纯地把杜甫视为一个诗人，而非宋人眼中的一个圣化了的时代书写者。所以，创立杜诗“大家”之说的高棅在编选《唐诗品汇》时，其

---

① (明)杨士奇:《东里续集》卷十四《读杜愚得序》:“其学博而识高，才大而思远，雄深闳伟，浑涵精诣，天机妙用，而一由于性情之正，所谓‘诗人以来少陵一人而已’。”《文渊阁四库全书》本。

② (明)胡应麟:《诗薮》内编卷二:“古今专门大家，吾得三人，陈思之古，拾遗之律，翰林之绝，皆天授非人力也。”

出发点除了总结一代诗学之盛外，主要是为了一个实用目的，即“以为学唐诗者之门径”[①]。鉴于《唐诗品汇》的体例庞大，为了更好地突显这一目的，他后来甚至专门编撰了《唐诗正声》一书，以方便尊唐崇杜者学习、模仿。可见，“大家”之说在设立之初对杜诗的标榜与辨析，主要注目于杜诗艺术格调、审美风范层面。而明中期前后七子等复古派诗人从自身创作的需要出发，辨析杜诗之格调声韵，推敲“大家”的独到之处，其言说也是很少关涉杜诗之性情伦理、忠君忧民等内容。因而，明人大家说在前代集大成说之后，对杜诗诗歌体制、审美风貌、创作手法等艺术层面超越一代的特点与成就，进行了更为学理化的归纳，对杜诗的“大家”品格在细微之处作了更广泛、深入的辨析。

其次，在明代，杜诗评价从集大成说到“大家”之说的转变，反映的是自中唐而来的数百年杜诗接受史上，关于杜诗评价视野的一个调整：集大成说体现的是从整个诗歌发展进程的角度来评价杜诗的地位，大家说是专从有唐一代的诗家风貌来审视杜诗的特点。所以，元稹说：“诗人以来，未有如子美者。”孙仅评价杜甫说：“《风》《骚》而下，唐而上，一人而已。”[②]苏轼称杜甫“凌跨百代”，“奄有汉、魏、晋、宋以来风流”。如此等等，都是将《诗经》以下、唐代以前的全部诗歌历史，拿来与杜甫作比照。因为涉及的诗学历史如此广阔，所以“集大成”视角下的杜诗论说多是宏观性的笼统判断。而明人论杜“大家”，则云：“唐以诗文取士。三百年中……能诗者亦不啻千余家，专其美者，独李杜二人而已。李颇不及，止又一杜。”[③]又云：“太白有大家之材，而局量稍浅，故腾踔飞扬之意胜，沉深典厚之风微。昌黎有大家之具，而神韵全乖，故纷拏叫噪之途开，蕴藉陶镕之义缺。杜陵氏差得之。”[④]又云：“七言歌行，当以高达夫为正宗，杜子美为大家，王维、岑参实相羽翼。卢、骆长篇，靡褥相

---

① (明)高棅:《唐诗品汇》卷首《总叙》，上海：上海古籍出版社，1982 年，第 9 页。

② (宋)孙仅:《读杜工部诗集序》，见《古典文学研究资料汇编·杜甫卷》上编，北京：中华书局，1981 年，第 55～56 页。

③ (明)叶子奇:《草木子》卷四《谈薮篇》，见《明诗话全编》，南京：江苏古籍出版社，1997 年，第 596 页。

④ (明)胡应麟:《诗薮》内编卷四，上海：上海古籍出版社，1979 年，第 71 页。

矜；太白骚体，跌宕过度，均伤雅道。”[①]这些论述或许具体着眼点有差别，但用来与杜诗作比较的对象，皆不出有唐一代诗坛名家的范围[②]。与集大成说相较，对杜诗成就与特征之剖析更加具体细致，有更强的思辨色彩。因此，从集大成说到大家说的转移，体现了杜诗评价视野在明代的新变，是杜诗接受史上一次重要的批评理念的拓展与创新。

第二节　明代杜诗变体说

正变说是中国传统诗学的一套源远流长、内涵丰富的批评用语，主要用于表达中国古典诗学对诗史演变的归纳。这一概念自酝酿到成熟，大致经历了从“风雅正变”“质文代变”到“诗体正变”等三个阶段，每一阶段的内涵有关联但又有差异。大体上唐代以后，正变说主要用于诗歌之批评[③]。正变说包含着“正”与“变”两个相互对立又关联的判断，“变”是相对于“正”而言的。具体到杜甫诗歌的接受，大约从中唐以后，人们就已经开始注意到杜诗与盛唐其他诗人作品的差别。如韩愈评说：“老杜无检束。”[④]意指杜诗横放恣肆，造词用韵有别于盛唐诸家。到了南宋末年，严羽在评论杜甫绝句时，有“众唐人是一样，少陵是一样”[⑤]的说法，已经更具体地指出杜诗异于唐人的特点。但杜诗变体说作为一个特指的诗学概念，还有待于明人的倡言与开拓。关于杜诗异于唐人的“变体”内涵，其丰富性与深刻性，到了明代才有系统的探讨。

① (明)冯复京：《说诗补遗》卷一，见《明诗话全编》，南京：江苏古籍出版社，1997年，第7166页。

② 按：这里是就明人使用“大家”概念评价杜诗之时的情况而言的。在其他语境下，明人自然也并非全部是就唐人而论杜诗的情况。

③ 陈伯海：《释“诗体正变”——中国诗学之诗史观》，载《社会科学》，2006年第4期，第150～163页。

④ (唐)韩愈：《感春四首》之一，见宋王伯大编：《别本韩文考异》卷三，《文渊阁四库全书》本。

⑤ (宋)严羽：《沧浪诗话·诗评》，见《历代诗话》，北京：中华书局，2004年，第695页。

一、何景明与杜诗变体说的确立

“变体”作为一个专门的诗学批评概念用于杜诗评价始于明中期的何景明。但在此之前，沿承朱熹[①]、严羽等宋人的看法，明人对杜诗之“变”作了一定的分辨与剖析，为杜诗“变体”批评的建立提供了有力的铺垫。

明初，高棅相对集中地探讨了这一问题。高棅的观点主要体现为两点：一是建立杜诗“大家”的概念，既从整体成就上肯定了杜诗的集成地位，又指出杜诗在艺术风貌等方面有别于盛唐其他诗人的特点[②]；二是将杜诗之“变”落实到更具体的辨析。“少陵七言律法独异诸家”[③]，指的是杜诗晚年七律自求新变、拗怒不同于常调的特点；“（七绝）杜少陵所作虽多，理趣甚异”[④]，高棅认为杜甫七绝有别于李白等盛唐正宗七绝作手，只能归于“羽翼”一品。高棅之后，暗含了杜诗“变体”内涵的判断，时时见之。黄淮云：“律诗始于唐而盛于杜少陵，盖其志之所发也。振迅激昂，不狃于流俗；开阖变化，不滞于一隅。……诗至于律，其变已极。初唐、盛唐，犹存古意。驯至中唐、晚唐，日趋于靡丽，甚至排比声音，摩切对偶，以相夸尚，诗道几乎熄矣。”[⑤]作为一名台阁体作家，黄淮从相对保守的诗学观出发，对律诗“古意”不存的状况有些不满，但他大体上肯定了杜甫律诗的成就，对杜诗“不滞于一隅”、超越“流俗”的变化多端之特点尤其赞赏。吴讷作为明代诗学的早期辨体论者，对杜甫律诗的正变问题作了更深入的讨论：“大抵律诗拘于定体，固弗若古体之高远。然对偶音律，亦文辞之不可废者，故学之者当以子美为宗。其命辞用事，联对声

① 朱熹讨论了杜甫夔州诗作不同常调的问题，如“夔州以后，自出规模”等。详见《朱子语类》卷一百四十。

② 关于高棅在《唐诗品汇》中为杜甫而特标“大家”一目，以与李白等诗人“正宗”品目相区分，究竟是表彰杜诗还是贬抑杜诗偏离盛唐格调，一直以来都争论不一。但无论如何，独标杜诗为“大家”，在肯定杜诗之“高”的地位时，也清楚地显示了高棅对杜诗与盛唐诸家大有差别之特征的判断。杜诗大家说的具体内涵，详见前一节。

③ （明）高棅：《唐诗品汇·七言律诗叙目》，上海：上海古籍出版社，1982年，第706页。

④ （明）高棅：《唐诗品汇·七言绝句叙目》，上海：上海古籍出版社，1982年，第428页。

⑤ （明）黄淮：《介庵集》卷十一《杜律虞注后序》，《文渊阁四库全书》本。

律，须取温厚和平、不失六义之正者为矜式。若换句拗体、粗豪险怪者，斯皆律体之变，非学者所先也。”[①]吴讷的这段话谈了三个问题：他认为律诗拘于声律，因而不如“古体”，这一点和黄淮类似；他承认律诗“不可废”，认定杜甫的律诗是诗家正宗；他指出杜甫律诗是有“正”“变”之别的，后世学杜者应学“正”而黜“变”。吴讷是杜诗接受史上第一个对杜甫律诗变体作出界定的人——他认为与杜律正体“温厚和平、不失六义”相对的杜律变体是“换句拗体、粗豪险怪”，他从杜律的形式体制、审美倾向等不同方面界定了杜诗中律诗一体的“变”体。可见，关于杜诗“变体”的讨论，以杜甫的律诗为例，与朱熹、高棅、黄淮的言说相比较，到吴讷的时代，人们的认识已经更加具体深入了。

到了成化、弘治之间，李东阳将杜诗变体讨论的视角从律诗、绝句等体延伸到对杜甫古体诗的审视，他说：“五、七言古诗仄韵者，上句末字类用平声，惟杜子美多用仄。如《玉华宫》《哀江头》诸作，概亦可见。其音调起伏顿挫，独为矫捷，以别出一格。回视纯用平字者，便觉萎弱无生气。”[②]作为一个格调论者，李东阳从声律用韵这样一个相对微观的角度出发，指出仄韵古诗的常态是“上句末字类用平声”，杜甫却“别出一格”，多用仄声字。关于杜甫古诗字法的这种新变，李东阳言人所未言，对此他还是比较自豪的：“此虽细故末节，盖举世历代而不之觉也。偶一启钥，为知音者道之。”在肯定杜诗这类新变的同时，他也指出：“若用此太多，过于生硬，则又矫枉之失，不可不戒也。”李东阳作为诗坛领袖，依托于自己丰富的诗歌创作体验，在评价杜甫五、七言古体诗变体特征时，既精细入微，又不失客观审慎。

弘治以后，文学复古思潮风起云涌。出于诗歌学古的实用需要，诗歌体式、风貌的辨析成为当时诗学论争的中心话题。就杜诗接受而言，此前从高棅到李东阳已经呼之欲出的杜诗变体说也最终确立名称。何景明在《明月篇

---

① (明)吴讷：《文章辨体序说·律诗》，见《明诗话全编》，南京：江苏古籍出版社，1997年，第535页。

② (明)李东阳：《麓堂诗话》，见《历代诗话续编》，北京：中华书局，1983年，第1386页。

序》中云：

> 仆始读杜子七言歌行，爱其陈事切实，布辞沉着。鄙心窃效之，以为长篇圣于子美矣。既而，读汉魏以来歌诗及唐初四杰者之所为，而反复之，则知汉魏固承《三百篇》之后，流风犹可征焉。而四子者虽工富丽，去古远甚，至其音节，往往可歌。乃知子美辞固沉着，而调失流转；虽成一家语，实则诗歌之变体也。夫诗本性情之发者也，其切而易见者，莫如夫妇之间。是以《三百篇》首乎《雎鸠》，六艺首乎风。而汉魏作者，义关君臣、朋友，辞必托诸夫妇，以宣郁而达情焉。其旨远矣！由是观之，子美之诗，博涉世故，出于夫妇者常少；致兼雅颂，而风人之义或缺，此其调反在四子之下欤？暇日为此篇，意调若仿佛四子。[①]

何景明此序详细地叙述了自己对杜甫七言歌行认识的转变：最初是极力推崇，认为“长篇圣于子美”；接触了汉魏及初唐四杰的同类作品后，一变而认为杜甫歌行乃“诗歌之变体”，成就反在四杰之下。按：歌行是七古之一类，其命名及体制与乐府有紧密关联[②]，歌行的创作在唐代可谓名家辈出，杜甫乃其中佼佼者。何景明视杜甫歌行为“变体”，并给以较低的评价，原因何在？他自己的解释有两点：一是杜诗“辞固沉着，而调失流转”。所谓“调失流转”是指杜甫歌行的用韵问题，即一韵到底，声韵缺乏变化。而何景明所肯定的初唐四杰的歌行则是转韵的（四句一转或八句一转）。我们知道，歌行源于汉乐府，因受这种诗歌传统的影响，其逐渐形成了虽不入乐而音乐性自在的特点，何景明称赞四杰的“至其音节，往往可歌”即是指此。从用韵演进过程看，以

---

① （明）何景明：《何大复集》卷十四《明月篇并序》，《文渊阁四库全书》本。

② 按：明人使用歌行一词时，并非完全一致，比如，徐师曾《文体明辨·序说》中说：“按歌行有有声有词者，乐府所载诸歌是也；有有词无声者，后人所作诸歌是也，其名多与乐府同；而曰咏，曰谣，曰哀，曰别，则乐府所未有。盖即事命篇，既不沿袭古题，而声调亦复相远，乃诗之三变也。”徐氏认为，乐府诗和后人仿乐府以“即事命篇，不沿袭古题”之作都是歌行。胡应麟《诗薮》内编卷三云：“七言古诗，概曰歌行。”则是将歌行泛代七言古诗。本文中对歌行的判断乃就其大概而言也。

乐府为起点，魏晋时曹丕《燕歌行》逐句押韵，南朝宋之鲍照则变为隔句押韵，至初唐四杰最终定型为四句或八句转韵，七古形式始告成熟。而杜甫的歌行往往是“即事名篇，无复依傍”，体现了很强的创新精神，其诗歌中的起伏变化不再依托声韵转换来实现，大都一韵到底，对歌行由乐府而来的音乐性偏向的背离是非常明显的。作为一个典型的复古派诗人，单就七古歌行一体之历史嬗变而言，何景明推崇更有“古意”（“节奏可歌”）的四杰，而贬抑追求新变（“陈事切实，布辞沉着”）的杜诗，似乎也是一件顺理成章的事。何景明不仅在序中这样说，而且在他的《明月篇》中，于用韵、意象运用乃至篇名拟定等方面，也都表现出了明显的尊崇四杰、致敬模仿的痕迹①。二是“致兼雅颂，而风人之义或缺”。廖仲安先生认为，何景明的所谓“风人之义”是针对杜甫歌行的内容而言的，但统观全序的表达，我们会发现它实际上指诗歌表达方法。何景明认为，《诗经》中的风诗乃六艺之首，其对性情的抒发最为含蓄有致，其方法就是以男女、夫妇之情来比附象征君臣、朋友之义，而汉魏至初唐四杰的歌行之作多涉游子、思妇等内容。就表达方法言，这正是从风诗而来的比兴手法，具有情思委婉、旨意悠远的妙处。而杜甫因为其强烈关注现实的情怀，其歌行是“博涉世故”“陈事切实，布辞沉着”，不以含蓄悠远的情致见长，表情达意的格调类似于雅颂，而有别于国风。何景明性格含蓄内敛②，作诗主张“连类而比物”③，诗风有“秀逸”之称④，因而对杜甫歌行那种情感浓烈、切实沉着的诗风不以为然，而以四杰为是。其《明月篇》纯是学习初唐四杰作法，全诗以思妇、游子意象为主，借以抒发自己京中为官时期孤独寂寞的意绪⑤。

何景明因“调失流转”而将杜甫歌行归类为“变体”，追溯歌行之缘起，与

---

① 廖仲安《读何景明〈明月篇〉》第一节对此有详细论述，载《信阳师范学院》，1985 年第 4 期，第 34～36 页。

② 饶龙隼：《李何论衡》，载《文学评论》，2007 年第 3 期，第 73 页。

③ （明）何景明：《何大复集》卷三十二《与李空同论诗书》，《文渊阁四库全书》本。

④ （清）张廷玉：《明史》卷二百八十六《何景明传》。按：何景明同期的李梦阳称其诗“俊亮”，薛蕙称其诗“俊逸”，义与“秀逸”大体相类。

⑤ 《明月篇》被何景明编入《京集》，开篇即云“长安月”，可见是作于京中为官时期。

初唐四杰乃至李白等人相比较，平心而论，视杜甫之歌行为“变体”符合诗学发展之轨迹和杜甫歌行之实际。但何景明因为杜甫歌行不写夫妇、男女之情，少用比兴象征之法，就定论其品次低于初唐四杰，确实是前所未有的大胆判断。所以《明月篇序》引起了很多人关注，一直争论不休。以今人的眼光看，杜甫歌行的数量与成就，远非四杰所能比。作为一个颇有识见、一向持论比较严谨的诗人、诗论家，何景明在《明月篇序》中对杜甫的歌行轻下判断，让人难免要产生一些疑问。众所周知，何景明与李梦阳一样，在前七子中都以学杜知名，其文集中有不少学杜之作。而就其诗论言，肯定杜诗尤其是杜甫歌行的言论也并不少见，比如他在《海叟集序》中称：“盖诗虽盛称于唐，其好古者自陈子昂后，莫若李杜二家。然二家歌行近体，诚有可法；而古作尚有离去者，犹未尽可法之也。故景明学歌行、近体有取于二家，旁及唐初、盛唐诸人。”①这段话里学歌行以杜甫、李白等二家为主的观念，显然不同于《明月篇序》里的主张。明末诗论家许学夷也注意到了这两篇序言内容“意甚相反”、相互抵牾的现象，他的解释是：《明月篇序》乃何氏早年诗学未成时期的看法，《海叟集序》中的判断代表了他后来诗学认识成熟以后的观点②。然而，如果仔细考察《明月篇序》等文的写作时间及其他有关背景，我们会发现，许学夷的说法难合事实，何景明杜诗变体说的提出，实在大有可推究之处。

首先，要搞清楚《海叟集序》与《明月篇序》这两篇对杜甫歌行评价截然相反的序文究竟孰先孰后的问题。《海叟集序》有云：“景明学诗，自为举子，历宦于今十年。”结尾处又有“罢宦归”之语。而作于正德二年(1507)的《发京邑四首》其一中云：“弱冠游皇邑……浮岁奄七徂。”何景明弘治十五年(1502)中进士，时年20岁，正是弱冠之年；正德二到五年之间(1507—1510)，因为权阉刘瑾擅权之故而罢官乡居。可见，《海叟集序》是作者乡居期间所作，大约在

① (明)何景明：《何大复集》卷三十二，《文渊阁四库全书》本。

② (明)许学夷：《诗源辩体》后集卷二：“仲默《海叟集序》云……愚按：此论虽于李杜古诗有不相契，然与前‘舍筏’之说及所云‘子美歌行不及初唐’意甚相反。盖此言‘自为举子，历宦十年’，乃三十以后言，而前所云则三十以前见也。”北京：人民文学出版社，1987年，第406页。

正德五年(1510)左右。而《明月篇序》收录于《大复集》中《京集》部分。《京集》7卷是正德六年(1511)到十三年(1518)间(正德十三年之后何景明任职陕西提学副使)何景明在京为官时所作诗文的合集,所谓“京集者,直内阁制敕时作也”[①](其间何景明曾官中书舍人等职)。可见,《明月篇序》的写作时间迟于《海叟集序》,其代表何景明人生后期的诗学观念。何景明提学陕西三年就因病去世,《京集》所收作品是他后期创作的主要代表。因此,我们可以认为见于《明月篇序》中的杜诗变体说并非何景明的早年之论,而是其诗学成熟期的意见。此为其一。

何景明视杜甫歌行为“变体”,可能是受师友诗学观念影响的结果。李东阳曾在评长篇古诗的时候论及杜诗云:“(长篇)唐诗类有委曲可喜之处,惟杜子美顿挫起伏,变化不测,可骇可愕。……然学者不先得唐调,未可遽为杜学也。”[②]在这段话里,李东阳从正面对杜甫的七言“长篇”古诗[③]作了肯定,但他也看出了杜甫的“长篇”是有别于“唐调”的另外一体,认为学者不可贸然效之。李东阳与何景明有师生之谊,虽然后来七子派的崛起有着一定的反李色彩,而且同为李东阳学生的李梦阳等人甚至因为愤怒于李东阳的政治姿态而与其公然决裂,但何景明一直与诗坛泰斗李东阳维持着较紧密的关系,正德十一年(1516)李东阳去世后,何景明还作诗怀念[④]。所以,何景明以变体评杜甫歌行,有可能是受到了老师关于杜甫异于“唐调”之说的启发。如果说,李东阳启发了何景明的变体论难免有推测之嫌,那么,作为何景明好友的杨慎却切实地推动了何景明杜甫歌行变体说的形成,其最直接、最具体的例证是杨慎的一段话:“何仲默枕藉杜诗,不观余家,其于六朝、初唐未数数然也。

---

① 黄勉之:“大复诗所谓使集者,宣敬皇帝哀诏时作也;家集者,刘谨柄国谢病还乡时作也;京集者,直内阁制敕时作也。秦集者,提学陕西时作也。”见《大复集》附录,嘉靖三十四年(1555)袁灿刻本。

② (明)李东阳:《麓堂诗话》,见《历代诗话续编》,北京:中华书局,1983年,第1373页。

③ 其实指的应该就是杜甫的歌行,明人以“长篇”泛指“歌行”的情况并不为少,比如王世贞就基本上以“长篇”代指歌行。

④ (明)何景明:《大复集》卷二十六《怀西涯先生》,《文渊阁四库全书》本。

与余及薛君采言及六朝、初唐，始恍然自失，乃作《明月》《流萤》二篇拟之。”[①]杨慎是明中期六朝派诗学观的代表人物，他推崇六朝《选》诗，编著有《五言律祖》《选诗外编》《选诗拾遗》等书。但杨慎同时对唐诗也有很多关注，只不过他“所注重的是实际可考的文化传统细节”[②]，喜欢从六朝《选》诗与唐诗之间的具体关联入手，来评说唐人。比如他评论李杜二家，云：“李太白终是学《选》诗，杜子美好者亦多是效《选》诗。”[③]据杨慎所言，何景明本来是“枕藉杜诗，不观余家”，在杨慎及薛蕙（字君采）的影响下接触了六朝及初唐诗歌后，“恍然自失”，然后便模仿六朝初唐体调，创作了《明月篇》等七言歌行之作。按：杨慎正德六年（1511）进士，薛蕙正德九年（1514）进士，在嘉靖初年两人因“大礼议”一案而罢官离京前，都一直在京中为朝官[④]。杨慎、薛蕙与何景明三人同时交往、切磋诗艺之事[⑤]，最早不应早于薛蕙中进士的正德九年（1514），最迟不会迟于何景明离京赴陕的正德十三年（1518）。何景明作《明月篇》的时间，按杨慎的说法，应该是在正德九年（1514）之后的事，这和上文判定的时间范围是基本相符的；杨慎说何景明早先是一力学杜，后来才转尚六朝初唐而作《明月篇》，这和前文对何景明杜诗观变换顺序的判断也是一致的。简言之，杨慎的说法是可信的，何景明歌行尊崇初唐四杰，视杜诗为“变体”的诗学认识，应该是受到了好友杨慎、薛蕙等人的影响。[⑥] 此为其二。

另外，何景明论杜诗歌行，崇四杰而贬杜甫，还可能受到正德年间李、何

① （明）杨慎：《升庵诗话》卷十三《萤诗》，见《历代诗话续编》，北京：中华书局，1983年，第902页。

② 朱易安：《中国诗学史·明代卷》，厦门：鹭江出版社，2002年，第115页。

③ （明）杨慎：《升庵诗话》卷十三《学选诗》，《历代诗话续编》，北京：中华书局，1983年，第899页。

④ 薛蕙为朝官期间因谏武宗南巡曾罢官返乡，旋即起复回京。详见《明史》卷一百九十一《薛蕙传》。

⑤ 何景明的别集中有送给薛蕙的诗作十余首，由诗意看，二人感情诚笃，来往甚密，何常常以薛子、薛生称之。

⑥ 廖仲安先生认为杨慎是自抬身价，否认杨慎对何景明诗学观的变化产生过影响。笔者以为，以杨慎的出身、个人的才情与自负，杨慎对于何景明没有“自抬身价”的必要。

论争的刺激，暗含了意气之争的色彩。作为前七子的代表，何景明与李梦阳都是以学杜而著名。李梦阳的个性是睥睨一世，顾盼自雄，慨然以天下民生为己任，所以对杜诗忠君体国的内涵与沉雄顿挫的风范都极为认同，认为杜诗是"至圆不能加规，至方不能加矩"[①]。其作诗模仿杜诗，不仅在题材、风格上竭力靠拢，甚至字句上也不避蹈袭之嫌。比如他的歌行体七言古诗《太华山人歌》中"尽幺麽""度婀娜""万壑静""泪交堕"等句子都是从杜甫《忆昔行》而来。所以，稍后的孙升称其为"今之老杜"[②]。而何景明因个性气质不同，作诗主张"富于材积，领会神情，临景构结，不仿形迹"[③]，对李梦阳"守古而尺尺寸寸之"[④]的做法是不以为然的。所以，"同是宪章少陵，而所造各异"[⑤]。李梦阳与何景明之间爆发论争，大约在正德十年(1515)前后[⑥]。当时，论争由李梦阳发起，初始原因是李梦阳在政治上期待何景明施以援手的愿望落空，李、何自郎署为官时期建立的势利交谊出现了裂痕，并变换为文学主张的争执[⑦]。所以，论争中李对何的批评不假辞色，严厉指责何氏作品犯了多种毛病，把意气发泄到不堪的地步。对此，何景明是"怃然若遗"[⑧]，对文学歧异背后的人情之变是心有痛悼的，因此作诗感叹云："飘飘山上葛，累累田中瓠。苟非同根蒂，缠绵安得固。人情易反复，结交有新故。嗟哉夙昔好，乖弃在中

① (明)何良俊:《客座赘语》卷六《东桥先生论诗》引顾璘语，北京：中华书局，1959年，第213页。

② (明)孙升:《孙文恪公集》卷十四《与陈山人论诗书》，见《四库全书存目丛书》集部第99册，济南：齐鲁书社，1997年，第746页。

③ (明)何景明:《大复集》卷三十二《与李空同论诗书》，《文渊阁四库全书》本。

④ (明)李梦阳:《空同集》卷六十二《驳何氏论文书》转何景明语，《文渊阁四库全书》本。

⑤ (清)沈德潜:《说诗晬语》卷下，见《沈德潜诗文集》第4册，北京：人民文学出版社，2011年，第1957页。

⑥ 李、何之争发生的时间，学界目前尚无定论。有人认为，最早起于正德八年(1513)，最迟正德十三年(1518)。比如，白润德《何景明丛考》定为正德十年(1515)六月后；简锦松《李何诗论研究》定于正德十年(1515)或十一年(1516)；傅瑛《李梦阳与何景明论争时间初探》定在正德十三年(1518)；范志新《何景明的诗歌理论》定在正德十年(1515)至十三年(1518)间。

⑦ 饶龙隼:《李何论衡》，载《文学评论》，2007年第3期，第69～72页。

⑧ (明)何景明:《大复集》卷三十二《与李空同论诗书》，《文渊阁四库全书》本。

路。明珠倘无因，按剑不我顾。深言匪由衷，白首为所误。亮君助恒德，永副平生慕。”[①]在送别好友崔氏之际，他忍不住感慨人情反复，夙昔之好不再。从人情之常言，何景明诗中所展示的对友情的失落与失望之意，显然并非针对崔氏，而是别有所指。所以，何景明虽然在论辩中相对克制，但在论争中两个人都是“负气求胜，各不相下之言，未足凭也”[②]。在负气相争的背景下，何景明在同时期写作的《明月篇序》中特意贬低杜甫歌行的品次，或多或少暗含了对李梦阳尺寸杜诗做派的非议。即何景明之贬杜，其意或在非李，是其时李、何相争的潜在部分，存在一定的意气之争的色彩。此为其三。

几乎在何景明提出变体说的同时，王廷相在《与郭价夫学士论诗书》一文中也以“变体”评判杜诗，他说：“夫诗贵意象透莹，不喜事实黏着。古谓水中之月，镜中之影，可以目睹，难以实求是也。《三百篇》比兴杂出，意在辞表；《离骚》引喻借论，不露本情。……斯皆包蕴本根，标显色相，鸿才之妙拟，哲匠之独造也。若夫子美《北征》之篇、昌黎《南山》之作、玉川《月蚀》之词、微之《阳城》之什，漫敷繁叙，填事委实，言多趁帖，情出附辏，此则诗人之变体，骚坛之旁轨也。”[③]王廷相这篇诗论同样提到了杜诗为“变体”的观点。虽然王廷相是以杜甫《北征》这样的五言古诗为例证，但他论证的方式与何景明何其相似乃尔！王廷相赞赏的也是“比兴”“引喻”的表达方法，认为“包蕴本根，标显色相”的含蓄蕴藉之美才是诗家至高的境界，而杜诗“填事委实”之类的作法只能列为变体、旁轨。王廷相年龄稍长于何景明，同为前七子成员；郭维藩是杨慎同科进士，与何景明也有诗文交谊，有《沓东集》10 卷传世。据陈书录先生考证，王廷相的这篇诗论写于嘉靖初年[④]，迟于何景明变体说 10 年左右。何、王二人同为七子成员，用极为类似的论断，提出了一个完全相同的杜诗学

① （明）何景明：《大复集》卷十《送崔氏四首》之四，《文渊阁四库全书》本。

② （明）孙升：《孙文恪公集》卷十四《与陈山人论诗书》，见《四库全书存目丛书》集部第 99 册，济南：齐鲁书社，1997 年，第 746 页。

③ （明）王廷相：《王氏家藏集》卷二十八，明嘉靖刻本。

④ 陈书录：《王廷相的诗歌意象论与嘉靖前期诗学演变》，载《文学遗产》，2009 年第 5 期，第 98～101 页。

概念，在普遍尊杜的时代都表达了对杜诗的某些“非议”。

何景明杜诗“变体”之说受到了师友多人的启发，并非师心独造之辞，代表弘治、正德间复古派相对宏观的共性诗学话语（“诗必盛唐”）之下，一种亚共性的诗学认识。从诗学发展角度看，这既反映了明代诗学论争的丰富，也体现为明代杜诗接受的深入。

二、胡应麟与杜诗变体说的发展

自何景明、王廷相在正德、嘉靖间明确杜诗“变体”的概念后，明中期诗坛，各家论杜诗便开始多用“变体”之说。比如，林民止[①]、郎瑛[②]、王世贞[③]、樊鹏[④]等人，对杜甫律诗或绝句的变体特征都有涉及。整个明中期，方弘静在《千一录》中对杜诗的变体问题有相对集中的论述，比如：“鲁直谓夔州后诗不烦绳削而自合，深于杜者也。朱子取其以前诗，自有见。盖前多正音，后多变体。学诗从正音入则不失。如‘后人将酒肉’句近俚，晚年作或有此，然明月之颣无损其宝。”[⑤]他沿承了黄庭坚、朱熹等宋人话题，认为杜甫夔州之前的律诗多为正音，之后则变体为多。学诗当从夔州之前的正音入，否则，杜甫“晚年律细”，变化出入，疾徐自得，难以把握，学杜者“苟不得其妙而袭其句”，往往会“硬涩失和平之旨，而自以为杜体，未深晓者亦曰此杜体”[⑥]，从而误入歧途。方弘静论杜律变体，虽然有申正黜变的意思，但大体还比较客观理性，并没有对杜律变体作出否定的判断，而是认为“七言律至杜乃尽其变化”，“七

① 林民止《书少谷诗后》评郑善夫的律诗创作是“入以杜甫七言变体”，见郑善夫《少谷集》卷二十四，《文渊阁四库全书》本。

② （明）郎瑛：《七修类稿》卷二十九《各诗之始》：“（杜诗）换句拗体之类，又律之变。”

③ （明）王世贞：《艺苑卮言》卷四：“太白之七言律，子美之七言绝，皆变体，间为之可耳，不足多法也。”又云：“虽老杜以歌行入律，亦是变风，不宜多作，作则伤境。”

④ （明）王兆云《樊少南》：“夫杜亦诗之变体，折中于古，风斯为下。”见《皇明词林人物考》卷七，明万历刻本。

⑤ （明）方弘静：《千一录》卷十“诗释二”，明万历刻本。

⑥ （明）方弘静：《千一录》卷九“诗释一”，明万历刻本。

言律结构之精，变化曲中，老杜至矣”[1]，对于杜律中近于俚俗的诗句，也只是以明珠之纇作比。除律诗外，也提到杜甫绝句的变体问题：“杜绝句非谓不佳，然非正音也。”[2]总体来看，明中期诸家论杜诗变体，大多是比较简短的判断式表达，很少作较深入的展开与辨析。

万历以后，“变体”成为杜诗批评的核心用辞之一。人们使用“变体”的概念，讨论杜诗异于唐人诗歌的诸种特征，杜诗变体说的内涵也由此走向深化。臧懋循、胡应麟、许学夷、郝敬、谢肇淛、胡震亨、冯复京、王嗣奭、王昌会等一大批学者或诗人都有关于变体的讨论，其中以胡应麟、许学夷等人的辨析最为集中和深入。

胡应麟讨论杜诗变体，主要着眼于以下几个方面：

首先，从杜诗大家集成的角度论“变体”问题，论辩中往往通过与唐人尤其是盛唐诗家的比较，来突显杜诗的“变体”特征。比如，关于杜诗风貌与盛唐差异，云：“盛唐一味秀丽雄浑。杜则精粗、巨细、巧拙、新陈、险易、浅深、浓淡、肥瘦，靡不毕具，参其格调，实则与盛唐大别，其能会萃前人在此，滥觞后世亦在此。且言理近经，叙事兼史，尤诗家绝睹，其集不可不读，亦殊不易读。”[3]在胡应麟看来，盛唐诗坛除杜甫之外，诗风只是“一味秀丽雄浑”，而杜诗则是“会萃前人”“靡不毕具”，所以杜诗之别于盛唐诸家的“变体”特点，是源于杜诗兼备众体的大家品格，而并非由于尚奇求险、独守一隅的偏执。又如从诗中用事角度谈杜诗之变，云：“用事之工，起于太冲咏史。唐初王、杨、沈、宋，渐入精严。至老杜包孕汪洋，错综变化，而美备矣。”这是拿初唐众人为对象，说明杜诗之变即杜诗之兼包并容。在比照中突显杜诗差别时，胡应麟最喜欢以李白与杜甫这两个唐代最顶尖的诗人相互映射，从而细致地区分杜诗“变体”特征之所在：“太白笔力变化，极尽歌行；少陵笔力变化，极尽近体。李变化在调与词，杜变化在意与格。然歌行无常矱，易于错综；近体有定

---

[1] (明)方弘静：《千一录》卷十二“诗释四”，明万历刻本。

[2] (明)方弘静：《千一录》卷十一“诗释三”，明万历刻本。

[3] (明)胡应麟：《诗薮》内编卷四，上海：上海古籍出版社，1979年，第70页。

规，难于伸缩。调词超逸，骤如骇耳，索之易穷；意格精深，始若无奇，绎之难尽。此其稍不同者也。”[①]

其次，胡应麟论杜诗“变体”，特别强调了“变”中包含的自成一家的创新意义。比如论杜甫古诗，他说：“陈王古诗独擅，然诸体各有师承。惟陶之五言，开千古平淡之宗；杜之乐府，扫六代沿洄之习。真谓自起堂奥，别创门户。然终不以彼易此者，陶之意调虽新，源流匪远；杜之篇目虽变，风格靡超。”[②]在与陶渊明等人比较中，胡应麟认为，杜甫的乐府古诗“篇目虽变”但“风格靡超”，原因就在于杜甫能够“自起堂奥，别创门户”。论及《洗兵马》《哀江头》等作品时，他评价杜甫的七言古诗是“皆派络分明，句调婉畅……合变出奇，穷高极远”，达到了“能事毕矣”的境界[③]。论杜诗对偶，则云“纵横变幻，尽越陈规”[④]。对于杜诗这种能够自成一家的“变体”之境，胡应麟用了一个“化”字作为概括。为了方便论述，将有关条目统列于下：

> 杜诗正而能变，变而能化，化而不失本调，不失本调而兼得众调，故绝不可及。[⑤]
>
> 近体盛唐至矣，充实辉光，种种备美，所少者曰大、曰化耳。故能事必老杜而后极。杜公诸作，真所谓正中有变，大而能化者。今其体调之正，规模之大，人所共知。惟变化二端，勘核未彻，故自宋以来，学杜者什九失之。不知变主格，化主境，格易见，境难窥。变则标奇越险，不主故常；化则神动天随，从心所欲。如五言咏物诸篇，七言拗体诸作，所谓变也。宋以后诸人竞相师袭者是，然化境殊不在此。[⑥]
>
> 老杜字法之化者，如“吴楚东南圻，乾坤日夜浮”“碧知湖外草，

① (明)胡应麟：《诗薮》内编卷四，上海：上海古籍出版社，1979年，第70页。
② (明)胡应麟：《诗薮》内编卷二，上海：上海古籍出版社，1979年，第35页。
③ (明)胡应麟：《诗薮》内编卷三，上海：上海古籍出版社，1979年，第48页。
④ (明)胡应麟：《诗薮》内编卷五，上海：上海古籍出版社，1979年，第89页。
⑤ (明)胡应麟：《诗薮》内编卷四，上海：上海古籍出版社，1979年，第73页。
⑥ (明)胡应麟：《诗薮》内编卷五，上海：上海古籍出版社，1979年，第90页。

红见海东云”，坼、浮、知、见四字，皆盛唐所无也。然读者但见其闳大而不觉其新奇。又如“孤嶂秦碑在，荒城鲁殿余”“古墙犹竹色，虚阁自松声”，四字（引者按：四字指的是在、余、尤、自）意极精深，词极易简，前人思虑不及，后学沾溉无穷，真化不可为矣。句法之化者，“无风云出塞，不夜月临关”“露从今夜白，月是故乡明”“江山有巴蜀，栋宇自齐梁”“近泪无干土，低空有断云”之类，错综震荡，不可端倪，而天造地设，尽谢斧凿。篇法之化者，《春望》《洞房》《江汉》《遣兴》等作，意格皆与盛唐大异，日用不知，细味自别。[①]

老杜用字入化者，古今独步。中有太奇巧处，然巧而不尖，奇而不诡，犹不失上乘。如“孤灯然客梦，寒杵捣乡愁”，则尖矣；“流星透疏木，走月逆行云”，则诡矣。[②]

由上所引材料可以看出，作为典型的格调论者，胡应麟用正、变、化三个字，将杜诗的体格风貌分为正音、变格（即变体）、化境三种类型，三者之间既相互区别又相互关联：“变”由“正”而来，“化”由“变”而成。这是明初自高棅等开始形成杜诗变体认识以来，第一次有人在诗体正变之说中引入“化”的概念。胡应麟在与“变”的比较中，对“化”的概念作了清楚的界定：“化”主境，因此所谓“化境”就是一种“神动天随，从心所欲”的艺术境界，它指的是那些消变化之痕迹、融人工于天然的杜诗变体作品。胡应麟认为杜诗中的“化”，可以分为“字法之化”“句法之化”“篇法之化”三个层次，即杜诗变体作品达到“化境”分别体现在用字、造句及谋篇等三个方面。除了从正面详细地举例说明何谓“化境”外，胡应麟还从反面举例，指出岑参、贾岛相关诗句的用字，虽然极力追求新变，但没有达到“化”的境界；而杜甫本人的那些七言拗体诸作，也只是停留在“变”的层次，尚未入“化”。通过这些不是“化境”的诗例，胡应麟在对比中强调了杜诗达于化境的作品之高华备美、难以企及。总之，胡应麟杜诗

① （明）胡应麟：《诗薮》内编卷五，上海：上海古籍出版社，1979 年，第 90 页。
② （明）胡应麟：《诗薮》内编卷五，上海：上海古籍出版社，1979 年，第 91 页。

变体说中的“化”，有尽善尽美之意。他在分析杜甫《登高》一诗时说：“杜‘风急天高’一章五十六字，如海底珊瑚，瘦劲难名，沉深莫测，而精光万丈，力量万钧。通章章法、句法、字法，前无昔人，后无来学。微有说者，是杜诗，非唐诗耳。……元人评此诗云：一篇之内，句句皆奇，一句之中，字字皆奇，亦有识者。”胡应麟认为，《登高》这首是“杜诗”而非“唐诗”的七律，在于它的章法、句法、字法等方面的用心用力之处皆浑然天成，精深难测，是尽善尽美的化境之作。所以“此诗自当为古今七言律第一，不必为唐人七言律第一也”[①]。

另外，胡应麟讨论杜诗“变体”问题时，还从学习、模仿的角度，辨析了杜甫“变体”对后世，尤其是明代前后七子等复古派诗人的影响。比如，“国朝学杜若袁景文、郑继之、熊士选，其表表者。要之所得，声音相貌耳，又皆变调。惟李观察得其风神，王太常得其骨干，汪司马得其气格，吴参知得其体裁。李之高华，王之沉实，汪之整健，吴之雄深，皆杜正派法门，学者所当服习也”[②]，从正反两面论说明人学杜之得与失；“献吉于杜得其变，不得其正，故间涉于粗豪。于鳞于杜得其正，不得其变，故时困于重复。若制作弘多，体格周备，竟当属之弇州”[③]，则是举明中期李梦阳、李攀龙、王世贞等最有代表性的学杜者，指出学杜之难。而其特意推许王世贞之学杜成绩，则是由于弇州与胡氏间有师生之谊故也。

胡应麟由“变”入“化”，“化境”尽善尽美的观点，发展了自何景明以来的杜诗变体说，并对变体说中隐含的诗学矛盾作了适当的调和：“诗体正变”视野下的杜诗“变体”之说，难免要包含一定的崇正黜变的色彩，因而就带来杜诗评价下移的风险。“化”的概念指出杜诗变体之作如果能够融化新变的痕迹，做到自成一家，便可以达于尽善尽美之境。如此，就可以消解“变体”主张对杜诗崇高地位的威胁。

胡应麟之后，许学夷是另一个对杜诗变体说发表了较多看法的明后期诗

---

① (明)胡应麟：《诗薮》内编卷五，上海：上海古籍出版社，1979 年，第 95 页。

② (明)胡应麟：《诗薮》内编卷五，上海：上海古籍出版社，1979 年，第 103 页。

③ (明)胡应麟：《诗薮》内编卷五，上海：上海古籍出版社，1979 年，第 103 页。

论家。许学夷大体上继承了胡应麟的杜诗“变体”思想，也主张“化境”之论。其变化则是将杜诗分为正体（或名正变）、大变、小变等三种，以杜诗七律为例：

> 子美七言律，如“风疾天高”“重阳独酌”“楚王宫北”“秋尽东行”“花近高楼”“玉露凋伤”“野老篱前”“群山万壑”等篇，沉雄含蓄，是其正体，国朝诸公多能学之，而稳贴匀和较胜。如“年年至日”“近闻宽法”“使君高义”“曾为掾吏”“寺下春江”等篇，其格稍放，是为小变，后来无人能学。至如“黄草峡西”“苦忆荆州”“白帝城中”“西岳崚嶒”“城尖径昃”“二月饶睡”“爱汝玉山”“去年登高”等篇，以歌行入律，是为大变。宋朝诸公，即李献吉辈，虽多学之，实无有相类者。[①]

许学夷以例说明，什么是他心目中杜律正体、小变和大变。总的来看，许学夷的这种变分大小的做法，颇有琐碎饾饤之感，于诗学建树来说意义不大。而且他在使用这些概念的时候，前后逻辑又往往并不一致。比如他评杜诗五律时，总结的小变定义是“气格遒紧，而语复矫健”，与七律“其格稍放”的概括差别明显；评价元和诗人时，说“快心露骨，故为大变”，则与“以歌行入律，是为大变”并不完全相同。既说“子美众作虽与诸家不同，然未可称变”，紧接着又举了杜诗五古《柴门》、七古《忆昔行》等为例，说“皆变体也”[②]，前后矛盾，莫名其妙。又说：“子美七言律，变胜于正。”[③]与前所引文中正体、变体之诗例相比较，“变胜于正”的说法难免有故作惊人之论的嫌疑。许学夷论杜诗变体虽不少，但缺乏胡应麟的严谨性、系统性。

三、明代杜诗变体说中的几个问题

首先，明人杜诗变体说主要表现为对杜诗具体诗体的辨析。

---

① （明）许学夷：《诗源辩体》卷十九，北京：人民文学出版社，1987年，第218页。

② （明）许学夷：《诗源辩体》卷十九，北京：人民文学出版社，1987年，第220页。

③ （明）许学夷：《诗源辩体》卷十九，北京：人民文学出版社，1987年，第218～219页。

诗学辩体批评，从其逻辑层次而言，通常包括了时代之辨、诗人之辨、诗体之辨、诗篇之辨等不同层次。明代杜诗"变体"批评，主要是从诗体之辨的角度立论的。像王世贞说："太白之七言律，子美之七言绝，皆变体，间为之可耳，不足多法也。"这是拿李白与杜甫相比较立论，类于诗人之辨，但其还是谈论杜甫的七绝，属于诗体之辨；明代很多人接续宋人话题，讨论杜甫与贾至、岑参、王维等四人《早朝》诗优劣，张志淳云："唐贾至《早朝》诗，王维、杜甫、岑参皆和之。今天下善书者皆书之。胡仔评：'四诗佳绝。'恐未深究。四诗至虽首倡，视三诗少劣。岑不及王，杜前四句浑雄奇特，三家皆当逊；后四句似乎力竭，视王若少贬焉。胡皆以佳绝，似欠别白矣。不识知诗者以为然否?"[①]虽然看起来似乎讨论的是四篇诗作的高下，但辨析的最终指向是应制体七律何者为正宗的问题，仍然是诗体之辨。统观明人杜诗"变体"话语，主要讨论的是杜甫七古、绝句及七律不同于盛唐格调的特点[②]。下面我们以杜甫绝句为例，看看明人是如何进行杜诗变体说辨析的。

有明一代对于杜甫绝句的主体认识，是由高棅奠定的。高棅在《唐诗品汇》中定杜甫绝句为"羽翼"一品，位列第三等次，排在正宗李白、王昌龄及名家王维、贾至等人之后。高棅只是比较含糊地说："杜少陵所作虽多，理趣甚异。"[③]但他在正文前的《历代叙论》中引用了严羽和刘辰翁的论述，间接地补充了自己对杜甫绝句的认识："五言绝句，众唐人是一样，少陵是一样""绝句难作，要一句一绝，短语长事，愈读愈有味为正。"高棅借助前人的话表达了自己关于杜甫绝句的两点认识：一是杜甫绝句与唐人相比，自是一样；二是绝句以言短味长、含蓄蕴藉为正宗，而杜甫绝句的"理趣"异于唐代正宗作手，所以被降格为"羽翼"。高棅此论一出，便几乎成为对杜甫绝句的定评，后来者的

① (明)张志淳:《南园漫录》卷八《早朝诗》,《文渊阁四库全书》本。

② 胡应麟曾提到杜甫五古咏物诗也是"变体"，但只是片言及之，没有展开论述。其《诗薮》内编卷五云："杜公诸作，真所谓正中有变，大而能化者。今其体调之正，规模之大，人所共知。惟变化二端，勘核未彻，故自宋以来，学杜者什九失之。……如五言咏物诸篇，七言拗体诸作，所谓变也。宋以后诸人竞相师袭者是，变化境殊不在此。"

③ (明)高棅:《唐诗品汇》,上海:上海古籍出版社,1982年,第428页。

认识几乎就没有超出他的范围。杨慎云："杜子美诗，诸体皆有绝妙者，独绝句本无所解。"[①]王世贞云："太白之七言律，子美之七言绝，皆变体，间为之可耳，不足多法也。"[②]钟惺评杜甫《绝句》云："少陵七言绝，非其本色。其长处在用生，往往有别趣。"[③]王昌会云："老杜《答严公送酒》诗云：'山瓶乳酒下青云，气味浓香幸见分。鸣鞭走送怜渔父，洗盏开尝对马军。'此绝句之变体也。"[④]在众人看来，杜甫作为诗坛大家，诸体"妙绝"，唯有绝句是其短板；于盛唐绝句正宗作手言，杜甫之绝句乃等而次之者[⑤]。唯有胡应麟对此稍有回护。他虽然延续了高棅对杜甫绝句的总体评价，说："五、七言（绝）各极其工者，太白；五、七言（绝）俱无所解者，少陵。"[⑥]但在具体情况的分析上能够客观地评价杜甫绝句的特殊之处，比如对杜甫绝句中形式严谨的律绝一类诗作给予了充分的肯定："自少陵绝句对结，诗家率以半律讥之。然绝句自有此体，特杜非当行耳。如岑参《凯歌》'丈夫鹊印摇边月，大将龙旗掣海云''洗兵鱼海云迎阵，秣马龙堆月照营'等句，皆雄浑高华，后世咸所取法，即半律何伤。"[⑦]

那么，明人以变体评杜甫绝句，依据的审美标准是什么？杜甫绝句之风貌与诸家究竟有何不同？清人沈德潜曾概括七绝之审美风格云："七言绝句，以语近情遥、含吐不露为主。只眼前景、口头语，而有弦外音、味外味，使人神

① （明）杨慎：《升庵诗话》卷十三《锦城丝管》，见《历代诗话续编》，北京：中华书局，1983年，第903页。

② （明）王世贞：《艺苑卮言》卷四，《历代诗话续编》，北京：中华书局，1983年，第1006页。

③ （明）徐树丕：《杜诗执鞭录》卷十《赠李白》眉批，手稿本。

④ （明）王昌会：《诗话类编》卷二，万历四十四年（1616）刊本。

⑤ 例外的是杜甫绝句中类似于《竹枝词》的古绝一类，得到了明人的肯定。比如，李东阳《麓堂诗话》中有云："杜子美《漫兴》诸绝句，有古《竹枝》意。跌宕奇古，超出诗人蹊径。"许学夷《诗源辩体》卷十九云："子美七言绝虽是变体，然其声调实为唐人《竹枝》先倡。须溪谓'放荡自然，足洗凡陋'，是也。"

⑥ （明）胡应麟：《诗薮》内编卷六，上海：上海古籍出版社，1979年，第116页。

⑦ （明）胡应麟：《诗薮》内编卷六，上海：上海古籍出版社，1979年，第115页。

远。太白有焉。”“王龙标绝句，深情幽怨，意旨微茫。”[①]可见，含蓄蕴藉是绝句的核心特质。所以，王昌龄的《长信秋词》《出塞》、李白的《早发白帝城》《送孟浩然之广陵》等七绝名作，无不是富于弦外音、味外味。而杜甫“恣其倔强之性，颓然自放，独成一家”[②]，其绝句评论时政，检校诗艺，内容上大都不适宜“含吐不露”的表达方式，其主旨大都以直露不隐为主。而对杜甫绝句持否定态度的杨慎，特意称许杜甫的《赠花卿》等个别作品，盖因该诗表面赞赏宴会上音乐美妙如天上仙乐，实际却是暗讽花卿在僭用天子礼乐，整首诗“意在言外，最得诗人之旨”[③]。杜甫绝句别于盛唐诸家，还在于其外在表达形式的不同。杨慎专门论述了这一点，他说：“少陵虽号大家，（绝句）不能兼善。一则拘乎对偶，二则汩于典故。拘则未成之律诗，而非绝体；汩则儒生之书袋，而乏性情。”[④]杨慎认为杜甫绝句之所以低于李白、王昌龄等人，在于讲究诗句对仗和使用典故。以杜诗对仗看，盛唐李白、王昌龄等人的名篇如《出塞》《早发白帝城》《送孟浩然之广陵》《凉州词》等，都是散句成篇，没有对仗。而杜甫的134首绝句中，一联使用对仗者64首，两联使用对仗者24首，完全不用对仗者仅46首[⑤]。从整体看，杜甫绝句体式整严有之，风韵天然或缺，所以杨慎便评之为“乏性情”。杜甫绝句评价低于盛唐诸人，还在于不能入乐传唱。唐人绝句名篇往往有被乐师谱曲，“被之管弦”之例，如“旗亭画壁”之类轶事可为证明。所以杨慎云：“唐人乐府，多唱诗人绝句，王少伯、李太白为

① （清）沈德潜：《说诗晬语》卷上，见潘务正编：《沈德潜诗文集》第4册，北京：人民文学出版社，2011年，第1948页。

② （明）卢世㴶：《紫房余论》，见王琦辑注：《李太白全集》，北京：中华书局，2011年，第1324页。

③ （明）杨慎：《升庵诗话》卷十三《锦城丝管》，见《历代诗话续编》，北京：中华书局，1983年，第903页。

④ （明）杨慎：《升庵集》卷卷二《唐绝增奇序》，《文渊阁四库全书》本。

⑤ 据韩成武先生《杜甫绝句体制研究》一文统计，载《南都学坛》，2015年第1期，第48页。

多。”[①]但杜甫绝句“非漫兴则拗体，以入歌曲自不宜”[②]，其题材内容与音韵形式等大多不适合于大庭广众中演唱。

其次，与杜诗大家说兼指内容与形式不同，明人杜诗变体说相对单纯地局限于杜诗的外在体制风貌的辨析，基本上不涉及其思想内容的讨论。因为明人认为“诗者源于德性，发于才情，心声不同，有如其面。故法度可学而神意不可学”[③]。持复古观念的诗人，出于学习杜甫等前贤的实用目的，从诗歌作品“体制、声调入手，上窥诗歌的兴象风神，直至体味诗人的性情和才能”[④]。因此，杜诗变体说关注的都是杜诗语言音韵、谋篇布局以及审美风貌等外在的“法度”特征。如王世懋云：“少陵故多变态，其诗有深句，有雄句，有老句，有秀句，有丽句，有鲜句，有拙句，有累句。”[⑤]这是从杜诗句法的角度论其诗体之变。梁桥云：“盛唐工七言古调者多……七言古诗，要铺叙，要有开合，有风度，要迢递险怪，雄俊铿锵，忌庸俗软腐。七言古诗，其波澜开合，如江海之波，一波未平，一波复起。又如兵家之阵，方以为正，又复为奇；方以为奇，忽复是正。出入变化，不可纪极。备此法者，唯李杜而已。开合粲然，音韵铿然，法度森然，神思悠然，学问充然，议论超然。”[⑥]这是以七古为例，论杜诗奇正相依、开合起伏的篇章之变。张著云：“昔杜子美北游秦晋，西行巴蜀，南入衡湘，东极吴越、鲁宋之墟。凡而泰华之高，沧海洞庭之大，瞿塘滟滪三峡之奔激险绝，靡不尽之。故其放为歌诗，往往雄豪苍老，变态百出焉。犹至夔州，而句法益高。”[⑦]这是结合杜甫的生平经历论其整体审美风格之变。明人对杜诗“变体”之判断，虽说归结点是整体的体制风貌，但具体辨析往往是

---

① (明)杨慎：《升庵诗话》卷十三《锦城丝管》，见《历代诗话续编》，北京：中华书局，1983年，第903页。

② (明)胡应麟：《少室山房笔丛》卷十九续乙部《艺林学山》一，明万历刻本。

③ (明)高棅：《唐诗品汇》卷首《历代名公叙论》，上海：上海古籍出版社，1982年。按：所引虽非高棅言论，但高氏特意称引于书前，显然自己是认同其观点的，故引以为证。

④ 朱易安：《唐诗学史稿》，桂林：广西师范大学出版社，2000年，第204页。

⑤ (明)王世懋：《艺圃撷余》，《历代诗话》下册，北京：中华书局，2004年，第777页。

⑥ (明)李贽：《骚坛千金诀》，见《明诗话全编》，南京：江苏古籍出版社，1997年，第4639页。

⑦ (明)张著：《永嘉集》卷十一《虞山廿咏诗序》，《敬乡楼丛书》本。

从字法、句法、章法、用事、比兴等技法细节处入手的。谢榛《诗家直说》中有大量的关于杜诗用字异于他人之处的辨析，胡应麟曾详细地分析了杜诗的字法之化、句法之化、篇法之化，许学夷对杜甫律诗的章法结构多有探讨，限于篇幅，这里不再一一举例。

最后一点是明人变体说中包含的杜诗诗学价值判断问题。明人杜诗大家说中表达基本都是对杜诗正面性的诗学价值判断，变体说的价值评判则相对复杂一些。以诗体论，关于绝句与七古的情况，从上面的分析我们可以了解到：杜诗绝句，基本上倾向于低评；七古、歌行除了何景明外，很少再见到负面性的评价。至于杜诗七律，则几乎是正面的推崇。原因在于，律诗乃近体，与古体诗相比较，辨音定律，平仄粘对，讲求字句，照应篇章，正是律诗本色。杜甫于律诗用力较他人为多，晚岁尤其如此，一向被视为唐代律诗的正宗作手。故而凡是其刻意新变，拗怒奇拙，种种变态之处，也都被视为杜甫精于诗律的表现。从明初到明末，对于杜律变化的评价罕见差评。试举数例，以见其一斑。高棅称杜甫"律法独异诸家"，而"变化尤高，难以句摘"。黄淮云："律诗始于唐而盛于杜少陵，盖其志之所发也。振迅激昂不狃于流俗，开阖变化不滞于一隅。如孙吴用兵，因敌制胜，奇正迭出，行列整然而不乱。……诚一代之杰作也。"[①]黄认为杜甫奇正相参的律诗是"一代之杰作"。方弘静云："杜晚年律细，非正音也。……杜圣于诗、僻于诗者也，变化出入，从容规矩之中；疾徐自得，风韵故殊。苟不得其妙而袭其句，往往硬涩，失和平之旨，而自以为杜体，未深晓者亦曰此杜体。非杜误人，乃人不善学杜耳。"[②]在方弘静看来，杜律虽非正音，但"圣于诗"，其变化出入，自具风韵，最为难学。以价值判断之流变言，大体上是从早期申正黜变逐渐演化为后期的申正融变。因为诗体正变批评本身就包含有崇正抑变的含义，时代升降，诗体迁演，正体为宗源，变体为歧流。推崇兴象风神，高棅将杜甫绝句归类为唐诗"羽翼"一品；研讨歌行源流，何景明认为杜甫七古歌行低于初唐四杰。及至胡应麟、许学夷

① (明)黄淮：《介庵集》卷十一《杜律虞注后序》，《文渊阁四库全书》本。

② (明)方弘静：《千一录》卷九"诗释一"，明万历刻本。

等人出，推出“化”之概念，认为杜诗正而有变，变而能化，以对达于“化境”的杜诗作品之推扬，中和了变体说中暗含的申正黜变，意味着对杜诗崇高地位的消解。

杜诗变体说的确立与发展，离不开明代中期格调论辩体思想的深化，也与明人反宋诗、宋学之心理紧密关联。杜诗之有别于盛唐诸家的种种变体特征，正是开启宋诗格调之源头。明人认为“盖诗自唐后大厄于宋”[①]，批评宋诗遂追根溯源至杜甫，“宋诗之先拙，杜诗启之也”[②]。因此，以“变体”论杜诗，实际上是包含着一定的反宋诗的意味。由此可见，与大家说一样，杜诗变体说也是明代诗学认知之传统与明代杜诗接受之特殊语境相互作用的结果。明人确立杜诗“变体”批评的概念与规范后，在清代得到了进一步的发展。比如，清代格调论诗学的集大成者沈德潜有云：“少陵才力标举，篇幅恢张，纵横挥霍，诗品又一变矣。感时伤乱，忧黎元，希稷契，生平抱负悉流露于楮墨间。诗之变，情之正也。”[③]这既从诗体演变的角度肯定了明人杜诗别于盛唐且开启宋人的“变体”之说，又从人格伦理角度重新捡拾起被明代格调论者忽视的杜诗道德价值。他认为杜诗“诗之变”与“情之正”兼具，从人格与诗格兼顾的角度，解除了变体说对杜诗潜在的否定意味，最终实现了杜诗“变体”批评的理论自足。从中唐至清代的杜诗接受史看，杜诗变体说的确立，是杜诗大家说之后，明人对杜诗接受的又一个重要的理论贡献。

第三节　明代杜诗诗史说

——以杨慎诗史说为中心的诗史之辨

在唐人发现杜诗的叙事价值并以“诗史”命名之后，宋人建立了以杜诗即史为核心判断的诗史观。明人以杨慎为代表，以对宋人诗史说的批判为起点，形成了诗、史有别的诗史观。明代之后，学者、诗论家或延续明人思路，或

① （明）祝允明：《罪知录》卷九，明刻本。

② （明）于慎行：《谷山笔麈》卷八《诗文》，清康熙十六年（1677）补修明万历刻本。

③ （清）沈德潜：《唐诗别裁集·凡例》，上海：上海古籍出版社，1979年，第2页。

回归宋人态度，王夫之倡言“诗不可以史为”，钱谦益主张“诗本于史”，黄宗羲认为诗、史“互为表里”。千年来，共同构成了一条延绵不绝的“诗史”批评之长河。可见，杜诗诗史说是一个漫长的不断重构内涵的动态进程。明代的诗史说虽然不像“大家”“变体”之说那样出自明人首创，但在杜诗接受史上亦有其特别的价值——明人在宋人之后，建立起另外一种“诗史”批评的视角，对“诗史”理论的深化与完善起到了重要作用。

一、明前期杜诗诗史说的概念确立与内涵界定

众所周知，以“诗史”论杜诗，首见于晚唐孟棨《本事诗》：“（李白）以永王招礼累，谪于夜郎，及放还，卒于宣城。杜所赠二十韵，备叙其事，读其文，尽得其故迹。杜逢禄山之难，流离陇蜀，毕陈于诗，推见至隐，殆无遗事，故当时号为‘诗史’。”[①]孟棨在李白本事的末尾谈及杜甫寄给李白的诗作，认为能够尽得李白一生行迹。然后顺带提及对杜甫那些记述大唐帝国盛衰之变作品的评价，借用了司马迁评《春秋》“推见至隐”[②]的说法，推崇杜诗鲜明的记时纪事价值，奉以“诗史”之桂冠。按：孟棨所称“当时”云云，意即杜甫生前。考校杜甫生前身后有关状况，孟棨的对诗史说发生时间的判定与事实显然是有一定距离的。杜甫生前与盛唐代表性诗人李白、孟浩然、岑参、高适等都有较紧密的来往，其推美对方诗艺的诗作在集中屡见，诸家对杜诗之褒扬则罕闻一语。所可见与杜诗有关者，只有李白“作诗苦”一句，然其意实为嘲谑[③]。杜甫时代的唐人所选唐诗选本也几乎未见杜诗，又可见杜甫生前基本上未进入当时诗学舆论的视野范围。杜甫晚年有诗云：“百年歌自苦，未见有知

① （唐）孟棨：《本事诗・高逸第三》，见《历代诗话续编》，北京：中华书局，1983年，第15页。

② （汉）司马迁：《史记》卷一百十七《司马相如列传》，北京：中华书局，1982年，第3073页。

③ （唐）李白：《戏赠杜甫》云：“饭颗山头逢杜甫，头戴笠子日卓午。借问何来太瘦生，总为从前作诗苦。”见孟棨《本事诗・高逸第三》。按：此诗《全唐诗》《李太白集注》等都收入，但亦有人怀疑或出于伪托。

音。”[①]其所感叹者，除了当时流落巴蜀、知交零落的孤独寂寞之情，当亦包含有一生用力于诗歌而世无所赏的自伤自悼之意。与杜甫同时而稍后的樊晃，被后世称为杜甫的第一个知音，但其大历年间编《杜工部小集》，所收杜诗也不到三百首，他在《序》中说当时见于传播的杜诗只是“公之戏题剧论”，人们根本不知道杜甫尚有“大雅之作”[②]。所以，罗时进先生认为，在当时的审美倾向下，“对杜甫的诗歌作出‘诗史’的概括是断乎不可能的”[③]。那么，杜诗之“诗史”品格在唐代是什么时候被人“发现”的呢？笔者认为，中唐贞元、元和间诗人群体对杜诗独特成就的肯定与推尊，是其后孟棨得出杜诗“诗史”判断的基础。当时，韩愈称杜诗“光芒万丈长”，元稹认为杜诗是“兼人人之所独专”，白居易继承杜甫“即事名篇”的做法开展新乐府运动，杜诗的历史认识价值被发掘，关于杜诗“诗史”品格的认识应该形成于这一时期。孟棨是唐僖宗乾符年间进士，距杜甫的时代已经过去一个世纪，离韩愈、元稹等也有数十年，因为这种时间的距离，孟棨便误将杜诗再发现时期评论界所形成的“诗史”观念提前到了杜甫生前的“当时”——或许，这种“误判”是出于故意，熟悉盛唐诗坛轶闻雅事的孟棨，哀怜于一代诗人生前的漂泊落寞，内心期望杜甫生前即已经享有“诗史”美名的荣耀。

诗史说提出后，在两宋时期，成为杜诗批评的核心概念之一。诗史说成为其时诗学舆论场的热点之一，与宋代杜诗学的整体繁荣紧密关联。经历过宋初几十年的相对沉寂之后[④]，随着诗文革新运动的兴起，在中唐韩愈、元稹之后，杜诗被北宋中期诗人学者“再次发现”，尊杜、学杜、注杜成为两宋时代的风气，以至出现了所谓“千家注杜”这样热闹的杜诗传播与接受的局面。杜

① (唐)杜甫:《南征》，见《杜诗详注》卷二十二。按:杜甫此诗一说作于广德二年(764)，一说为大历四年(769)。

② (唐)樊晃:《杜工部小集序》，见《杜诗详注》附录，北京:中华书局，1979年，第2237页。

③ 罗时进:《论‘诗史’》，载《宁波大学学报》，1992年第1期，第20～28页。

④ 宋初杨亿称杜甫为“村夫子”，一代文宗欧阳修学李白而不学杜甫，虽然有王禹偁对杜甫的尊崇，但总体看，宋初近半个世纪是杜诗接受的低潮期。

诗“诗史”品质的被重视，除了宋代史学意识发达的学术风尚外[①]，现实政治状况之刺激亦有很大关系。宋朝与历史上的汉唐时代不同，自立国始，就处于金瓯有缺的状态，文化昌明但外竞不力。数百年间，面对辽、西夏、金及蒙古的相继侵扰，宋人军事未强，而对外交涉愈益卑弱，从“奉之如骄子”到“敬之如兄长”以至“事之如君父”[②]，其间甚至有徽宗、钦宗二帝被俘虏、羁押敌国不归的千年罕见的靖康之耻。在这一充满了屈辱与忧患、动荡与危机的历史政治背景下，以天下为己任的宋代诗人学者们，很容易对杜甫那些“善陈时事”[③]的作品包含的深沉忧患意识、爱国忠君情怀产生心灵上的强烈共振，故而对孟棨首倡之杜诗诗史说给予了特别的关注。自宋祁修《新唐书·杜甫传》重弹孟棨旧调，到文天祥、汪元量等大宋忠臣遗民以“诗史”自励自期，宋人对杜诗诗史说作了详尽的探讨与辨析，诗史说之内涵在宋代得到了很大的丰富与发展，后世千年杜诗诗史说的主体内涵与基本规范由此建立[④]。按：“诗史”一词，由“诗”“史”二字共同构成，因此单从字源角度看，诗史说之立论不外乎偏于“诗”、“诗”“史”兼重、偏于“史”这三种方向。考察宋人繁复的“诗史”言说，其对杜诗“诗史”内涵之判断虽然众说纷纭[⑤]，但无不显示对“史”之方向的特别关注：

杜少陵子美诗多纪当时事，皆有依据，古号“诗史”。[⑥]

世称子美为诗史，盖实录也。[⑦]

---

① 郝润华：《宋代史学意识与“诗史”观念的产生》，载《西北师大学报》，2000年第2期，第1～7页。

② （明）杨慎：《升庵集》卷四十八，《文渊阁四库全书》本。

③ （宋）宋祁等：《新唐书》卷二百一卷《杜甫传》，北京：中华书局，1975年，第5738页。

④ 对于宋代诗史说，当今学者已有极为深入的研究。张晖博士对宋代诗史说内涵之衍变及今人之相关论点，作了系统的梳理，最为详尽。见张晖：《中国“诗史”传统》第二章“以诠释杜诗为中心的宋代诗史说”，北京：三联书店，2012年，第17～76页。

⑤ 杨松年《宋人称杜诗为诗史说析评》将宋人纷杂的“诗史”概念内涵归纳为九大类，见《中国古典文学批评论集》，香港：三联书店，1987年，第127～162页。

⑥ （宋）陈岩肖：《庚溪诗话》卷上，《历代诗话续编》，北京：中华书局，1983年，第167页。

⑦ （宋）王得臣：《麈史》卷二，《文渊阁四库全书》本。

杜诗谓之诗史，以班班可见当时，至于诗之序事，亦若史传矣。[①]

史缺失而谬误，独少陵载之，号诗史，信矣。[②]

子美世号“诗史”，观《北征》诗云……史笔森严，未易及也。[③]

（杜甫《八哀诗》）笔力变化，当与太史公诸赞方驾。[④]

唐人称子美为诗史者，谓能纪一时事耳。[⑤]

昔人评杜诗为“诗史”，盖其以咏歌之辞，寓纪载之实，而抑扬褒贬之意，灿然于其中，虽谓之史可也。[⑥]

三代而下，诗独称少陵，盖其以史为诗，不以诗为诗也。[⑦]

从上面诸多征引可以看出，从北宋到南宋末年之间，以史论诗可谓是杜诗诗史说之常谈俗见。其极端者，乃径直以杜诗为史料。释文莹有云：“真宗尝曲宴群臣于太清楼，君臣欢浃，谈笑无间。忽问：廛沽佳者何处？中贵人奏有南仁和者，亟令进之，遍赐宴席。上亦颇爱，问其价，中贵人以实对。上遽问近臣曰：唐酒价几何，无能对者，惟丁晋公奏曰：‘唐酒每升三十。’上曰：‘安知？’丁曰：‘臣尝读杜甫诗曰：“蚤来相就饮一斗，恰有三百青铜钱。”是知一升三十钱。’上大喜曰：‘甫之诗自可为一时之史。’”[⑧]释文莹这一段颇似小说家言的记载，多见宋人转引称述，以杜诗判唐代酒价之事也成为杜诗接受史中一段争讼不休的公案。肯定者固然认杜诗为史实，从李白、王维记酒诗句而生怀疑之论者，也是以“酒有美恶，价有不同”[⑨]自解困惑，从反面证明了宋人对以

① （宋）李复：《潏水集》卷五《与侯谟秀才》，《文渊阁四库全书》本。

② （宋）蔡绦：《西清诗话》卷上，台北：广文书局有限公司，1973 年，第 64 页。

③ （宋）黄彻：《䂬溪诗话》卷一，《历代诗话续编》，北京：中华书局，1983 年，第 348～349 页。

④ （宋）韩驹语，见刘克庄：《后村诗话》“后集”卷二引，《四部丛刊》本。按，韩驹《陵阳集》中无此条。

⑤ （宋）李朴：《与杨宣德书》，见王正德：《余师录》卷三，《文渊阁四库全书》本。

⑥ （宋）文天祥：《文信国集杜诗》卷首《自序》，《文渊阁四库全书》本。

⑦ （宋）方逢辰：《蛟峰文集》卷四《周月潭诗序》，《文渊阁四库全书》本。

⑧ （宋）释文莹：《玉壶野史》卷一，《文渊阁四库全书》本。

⑨ （宋）赵与时：《宾退录》卷三，《文渊阁四库全书》本。

史论诗观念的坚定。论杜如此，释杜、注杜亦莫能外。注杜之“千家”往往“专以新、旧唐史为案，诗史为断”，“研寻补缀，必欲史与诗无一事不合，至于年月日时，亦下算子，使之归吾说而后已。”[①]总的来说，“诗史”之概念所指，自唐至宋期间，已发生了较大的变化：从晚唐孟棨时代特指具体时间内（“流离陇蜀”）具体内容（“禄山之难”）的具象概括，渐变为宋人对杜诗作为整体的一种普遍判断；从唐人相对审慎、客观的“诗中有史”的认识，最终进化为宋人外延泛化的“杜诗即史”的观点。

二、明人对宋代诗史说的挑战

宋代以后，元人论杜诗“诗史”之说，大多延续前人观点，少有发明。明代前期，杜诗接受中涉及“诗史”话题的，也大多是这种状况。聊引数条如下：

> 马君易之……为诗有法，善以长篇述事，诚所谓诗史者。[②]
>
> 杜甫、李白又各以其学自见，明王道，具时政，谓之诗史。[③]
>
> 老杜之《八哀》……不必历考史传，而斯人之生平大概历历然在目中矣。昔人谓杜诗为诗史。[④]
>
> 惟诗之用与史通，而昔之人或有所谓诗史者。[⑤]
>
> 杜诗多具唐家史，陶集惟书晋希年。[⑥]

由上所引可以看出，明前期论及诗史说的，以篇幅言，都是寥寥数笔；以内容论，都是泛泛而谈。和宋人相较，难睹深入之论，罕见新创之辞，这和整个明朝前期诗学发展相对低迷的背景状况是一致的。

然而，弘治前后，论杜者对宋人论杜诗唯史是尚的做派开始产生怀疑，对

① （宋）刘克庄：《后村集》卷一百六《再跋陈禹锡杜诗补注》，《四部丛刊》本。

② （明）林弼：《林登州集》卷九《马翰林易之使归序》，《文渊阁四库全书》本。

③ （明）刘昌：《大全集序》，见《大全集》卷前，《文渊阁四库全书》本。

④ （明）邱濬：《重编琼台会稿》卷十五《丁守彝哀诗序》，《文渊阁四库全书》本。

⑤ （明）李东阳：《怀麓堂集》卷二十八《徐中书挽诗序》，《文渊阁四库全书》本。

⑥ （明）费宏：《费文宪公摘稿》卷四《次韵答娄诚善先生见赠五首》其三，明嘉靖刻本。

杜诗诗史说的认识开始有了微小的变化。

程敏政论杜诗时对诗史说作了发挥。他在《咏史绝句序》中说："《诗》美刺与《春秋》褒贬，同一扶世立教之意。后世词人遂有以诗咏史者，唐杜少陵之作妙绝古今，号诗史。第其所识者皆唐事，且多长篇，读者未能遽了。胡江东有《咏史》绝句，则自上古以至南朝，分题纪要，殆庶几矣。顾其词意并弱，作者未有取焉。"[①]程敏政这段话虽然不太长，但包含的意思还是比较丰富的：他最先是从《诗经》和《春秋》的比较入手，认为诗歌与史书都有"扶世立教"的教化认识功能，这是宋人诗史说已有的内涵。然后他又紧接着指出，杜诗之所以为"诗史"，一在于"以诗咏史"，这是宋人常调；二在于"妙绝古今"，这是从杜诗的艺术成就角度立言，是宋人诗史说中很少提及的观点[②]。可见，程敏政的诗史观是一种相对平衡的诗、史兼指的说法。最后，程敏政又以胡曾的咏史绝句创作为例，认为胡曾的诗作在后世之所以不被认可，因为"词意并弱"。这一层的含义就是，单纯的咏史纪实并不能让胡曾取得如杜甫那般的"诗史"地位，必须还要依赖于外在诗艺（"词"）与内在情思（"意"）的高妙。程敏政的这种论调，显然与宋人对于杜诗诗史说的惯常看法已有一定的区别。而游潜也云："世称李太白为诗仙，杜子美为诗圣。敖器之评云：'太白如刘安鸡犬，遗响白云，核其归存，恍无定处；子美如周公制作，尽善尽美，后世莫容拟议。'确论也。或以善陈时事，称子美为诗史者，岂足以尽之哉？"[③]游潜从李杜比较的角度入手，引用了宋人敖陶孙的话，认为杜诗是"尽善尽美"、后世难以企及的。所以，单从杜诗"善陈时事"的一个方面出发，以"诗史"来概括杜诗的特点与成就，难以完全反映出杜诗的实际情况。在游潜这里，有两点要特别注意：一是诗史说回归到早期相对具体、简单的范畴，即"善陈时事"；二是杜诗非"诗史"所能概括。游潜对宋人诗史说的不赞同，较程敏政更加明显。

---

① （明）程敏政：《篁墩文集》卷二十三，《文渊阁四库全书》本。

② 按：宋人诗史说很少涉及相关诗作之诗艺的探讨，个别人的"诗史"言说提到了杜诗"兼备众体"问题，这是将杜诗集大成说的内涵借入"诗史"概念之中。程敏政"妙绝古今"的判断，与其不是同一思路。

③ （明）游潜：《梦蕉诗话》卷上，明刻清康熙修补本。

正式对宋人诗史说发起挑战的，是稍后嘉靖年间的杨慎。杨慎从反宋人成说的立场出发，对宋人杜诗诗史说开展了深入的讨论和系统的辩驳。笔者检索杨慎《升庵集》《升庵诗话》等著作，直接涉及"诗史"概念的材料共有 7 条之多。单以材料的多寡言，唐代以来，没有人曾对诗史说给予如此集中的关注。杨慎论"诗史"，其最著名的一段如下：

> 宋人以杜子美能以韵语纪时事，谓之"诗史"。鄙哉宋人之见，不足以论诗也。夫六经各有体，《易》以道阴阳，《书》以道政事，《诗》以道性情，《春秋》以道名分。后世之所谓史者，左记言，右记事，古之《尚书》《春秋》也。若《诗》者，其体其旨，与《易》《书》《春秋》判然矣。《三百篇》皆约情合性而归之道德也，然未尝有道德字也，未尝有道德性情句也。二南者，修身齐家其旨也，然其言琴瑟钟鼓，荇菜芣苡，夭桃秾李，雀角鼠牙，何尝有修身齐家字耶？皆意在言外，使人自悟。至于变风变雅，尤其含蓄，言之者无罪，闻之者足以戒。如刺淫乱，则曰"雍雍鸣雁，旭日始旦"，不必曰"慎莫近前丞相嗔"也；悯流民，则曰"鸿雁于飞，哀鸣嗷嗷"，不必曰"千家今有百家存"也；伤暴敛，则曰"维南有箕，载翕其舌"，不必曰"哀哀寡妇诛求尽"也；叙饥荒，则曰"牂羊羵首，三星在罶"，不必曰"但有牙齿存，可堪皮骨干"（引者按：通行杜集"但有"作"幸有"，"可堪"作"可悲"）也。杜诗之含蓄蕴藉者，盖亦多矣，宋人不能学之。至于直陈时事，类于讪讦，乃其下乘，而宋人拾以为己宝，又撰出"诗史"二字以误后人。如诗可兼史，则《尚书》《春秋》可以并省。又如今俗《卦气歌》《纳甲歌》，兼阴阳而道之，谓之《诗》《易》可乎？[①]

杨慎的这段话包含了下面几层意思：第一层，杨慎对宋人"诗史"之说给予了直接否定，并以"以韵语记时事"来概括宋人的"诗史"观。虽然宋人繁复的杜

---

① （明）杨慎：《升庵诗话》卷十一《诗史》，见《历代诗话续编》，北京：中华书局，1983 年，第 868 页。

诗诗史说并不是“以韵语记时事”能够完全概括得了的，但诚如我们上文的引证所指出的那样，杨慎的这个看似简单化的判断还是突现了宋人诗史说的核心内涵。第二层，杨慎追本溯源至中国古典诗歌的源头，从《诗经》与《春秋》等先秦儒家经典的比较入手，以六经在中国历史上承担的文化功能的不同为依据，得出“六经各有体”的认识，并进而指出《诗经》“其体其旨”与《春秋》《尚书》等史体判然有别。因此，从诗歌的源头证明了诗不兼史，记录历史之责非诗体之本分。杨慎的这个说法，显然是试图从根本上瓦解宋人“杜诗即史”观念的正当性——在中国古代诗学体系中，《诗经》一向被视为诗歌的源头和最高典范。既然自《诗经》时代起，诗歌就不是必须具有记录历史的功能，那么宋人的“诗史”之说显然是一种对传统的背离。第三层，杨慎从《诗经》的审美特征出发，给出了诗尚含蓄的判断，并以一向被宋人视为“诗史”之作的《丽人行》《白帝》《垂老别》等作品的诗句与《诗经》之诗句对比，证明了“意在言外”的含蓄之美，才是诗歌之正派。在这一层，杨慎探讨了诗歌的创作手法自源头就是以“含蓄”为是，“直陈”为非。第四层，杨慎认为杜诗中也同样有众多作品是“含蓄蕴藉者”，杜甫很好地继承了《诗经》以来的诗歌传统。但宋人专尚杜诗“直陈时事”这样的作品，以“诗史”誉之。杨慎对此直接予以抨击，认为宋人所好乃杜诗中“下乘末脚”一类，原因就是这些作品缺乏含蓄之美，“类于讪讦”，回应了开头“鄙哉宋人之见，不足以论诗”的观点。第五层，杨慎从设问的角度，对前面的论辩作了总结，得出诗不可以兼史和诗史有别的结论。杨慎的这篇《诗史》是其反宋人诗史说之总纲，他的其余关于诗史说的辩论都是围绕此篇文章的观点来展开的，后文讨论“诗、史有别”一节时我们再详细辨析，这里先略过不提。

自杨慎具有强烈反宋色彩的诗史说提出后，明代中后期关于“诗史”问题的相对具有深度的辩论，基本上都是围绕杨慎的立论展开的。就其态势而言，大体有三种取向：

一是批评杨慎的说法，承认宋人诗史说相关内容的合理性。这一派以王世贞、方弘静等人为主。王世贞云：

杨用修驳宋人诗史之说，而讥少陵云："《诗》刺淫乱，则曰'雝雝鸣雁，旭日始旦'，不必曰'慎莫近前丞相嗔'也；悯流民，则曰'鸿雁于飞，哀鸣嗷嗷'，不必曰'千家今有百家存'也；伤暴敛，则曰'维南有箕，载翕其舌'，不必曰'哀哀寡妇诛求尽'也；叙饥荒，则曰'牂羊贲首，三星在留'，不必曰'但有牙齿存，所堪骨髓干'也。"其言甚辩而核。然不知向所称皆兴、比耳。《诗》固有赋，以述情切事为快，不尽含蓄也。语荒，而曰"周余黎民，靡有孑遗"；劝乐，而曰"宛其死矣，它人入室"；讥失仪，而曰"人而无礼，胡不遄死"；怨谗，而曰"豺虎不受，投畀有昊"。若使出少陵口，不知用修如何贬剥也。且"慎莫近前丞相嗔"，乐府雅语，用修乌足知之？[①]

王世贞反对杨慎诗史说主要体现于两点：首先是对杨慎一概否定杜诗"以述情切事为快，不尽含蓄"之作的态度甚为不满。他模仿杨慎立论的策略，从作为诗歌源头的《诗经》举例说起，认为杨慎所极力否定的那种直露的叙事也自是诗家之法。其次是批评杨慎不知道杜诗与乐府的联系，认为杨慎所非议的"慎莫近前丞相嗔"等诗句的写法，正是一种"雅语"。当代学者都认为王世贞的反杨论点切中要害，对之持肯定的态度[②]。但仔细比较王世贞与杨慎的观点，我们会发现作出是王而非杨的判断将难免有轻率之嫌。杨慎对宋人诗史说的检讨意在反宋人之说，而非以反杜为旨归；杨慎对诗史说之批判，并非简单地抹杀诗中叙事之一类，反对"以述情切事为快"，而是反感过于直露、"类

① (明)王世贞：《艺苑卮言》卷四，见《历代诗话续编》，北京：中华书局，1983年，第1010页。

② 比如陈友琴说："驳斥得很中肯，对一味强调含蓄蕴藉的批评家是最好的回敬。"(见《论杨慎批评杜甫》，《杨慎研究资料汇编》第834页)刘明今说："比兴的手法、含蓄的风格是诗歌创作的重要特点，但并不足以概括全部。王世贞正对此说指出……因此，杨慎此说颇遭后人訾议也是必然的。"(袁振宇、刘明今著《明代文学批评史》第198页)张方说："这辩驳有理有据，道出了杨慎对诗史说发难，乃是其个人的偏好甚至可以说是偏见作祟。"(张方《文论通说》第122页)

于讪讦”的做派[①]。而王世贞之着眼处，是从比较宏观的层面探讨诗歌情貌特征，不是就诗史说来反驳杨慎，可见王、杨之歧异并非建立在完全相同的立论对象上。

另外，在王世贞的反驳中，以赋与比兴的概念分别来代替杨慎“直陈时事”与“含蓄蕴藉”诗风、诗法之区分，将《诗经》的赋比兴之说引入明人“诗史”之辩中，可以看作明代诗史说之阐释的新尝试。但归结到辩论本身来说，赋与比兴之别与“直陈时事”与“含蓄蕴藉”之分很难说是完全一致的。而且，已有学者指出，杨慎反宋人“诗史”之说时提出的几个被王世贞视为“比兴”一体的《诗经》例句，以及王世贞本人反驳杨慎时所举的几条自认为是赋法的《诗经》例句，究竟是赋是比是兴，历史上并无统一的认识。王世贞视为赋法者，前人往往视为比兴；王世贞视为比兴者，宋儒视为赋法[②]。杨慎本身并没有以赋比兴论“诗史”，而王世贞所标举的赋比兴之例本身又并非确定可靠之论据。由此可见，王世贞以赋比兴之概念批驳杨慎之“诗史”认识，总有些似是而非的色彩。至于王世贞以《丽人行》诗句乃“乐府雅语”来批评杨慎的“诗史”认识，反映的是王世贞本人的诗学偏向，是个见仁见智的问题，很难说谁对谁错。比如，许学夷曾云：“子美《丽人行》，歌行用乐府语，不称。《品汇》不录，良是。”[③]许学夷的言论虽然并非针对王世贞而发，但二者关于杜诗《丽人行》用乐府的观点几乎完全相反。所以，就王世贞对杨慎诗史说的第二点批评来看，王、杨之间也是不好判出高下是非的。总的来看，放眼于整个杜诗诗史说之衍变进程，“宋人推尊子美太过，杨用修掊击子美亦太过”[④]，杨慎标举

---

① 杨慎对诗史说采取的是相对客观、辩证的态度，他反对宋人诗史说中对“史”之一端的过分偏向，但并不反对“诗史”概念本身。他自己就曾屡次在诗歌批评中正面性地使用“诗史”一词，比如《升庵诗话》卷十一《咏王安石》有云：“刘文靖公因《书事绝句》云：‘当年一线魏瓤穿，直列横流破国年。草满金陵谁种下，天津桥上听啼鹃。’宋子虚《咏王安石》亦云：‘投老归耕白下田，青苗独未罢民钱。半山春色多桃李，无奈花飞怨杜鹃。’二诗皆言宋祚之亡由于安石，而含蓄不露，可谓诗史矣。”

② 杨晖：《中国“诗史”传统》，北京：三联书店，2012 年，第 106～108 页。

③ （明）许学夷：《诗源辩体》卷十九，北京：人民文学出版社，1987 年，第 214 页。

④ （明）谢肇淛：《小草斋诗话》卷二外篇上，旧抄本。

“含蓄蕴藉”，纠正了宋人诗史说对“史”之一端的偏执；王世贞论“诗史”，弥补了杨慎批评宋人时稍显绝对化的不足。换言之，杨慎扭转了诗史说之大方向，王世贞完善了杨慎诗史说具体表述的过犹不及之憾。以“诗史”批评的理论建设来说，两家都是杜诗诗史说之功臣。

方弘静对杨慎诗史说的看法和王世贞基本类似。他说：“用修以‘诗史’二字误人，以史为诗则误矣，而谓诗不可以陈事亦误也。‘千家今有百家存’，即诗之‘靡有孑遗’也；‘哀哀寡妇诛求尽’，即诗之‘杼柚其空’也；‘慎莫近前丞相嗔’，则汉魏以来乐府余音也。用修所引诗皆兴也，而杜则赋体。诗固有六义非相戾也，词人之作多胜质而失实，杜则不然。如‘受谏无今日，临危忆古人’等句可继风雅，《八哀》等作史多可稽，故曰‘诗史’，言录实而不溢也。鄙哉之诮，亦近于作丑矣。”[①]方弘静对杨慎的批评，无论是立论角度还是批评方法，都和王世贞很相像，显然是受到了王世贞主张的影响[②]。不过，方弘静的观点较王世贞还是有所变化。首先，他既像王世贞一样批评杨慎“诗不可以陈事”的错误，同时又认为“以史为诗”也是不妥的，这和杨慎显然是同调；其次，王世贞以赋比兴论诗史，且通过对赋的强调来批评杨慎的观点，方弘静虽继承了王世贞以赋比兴论说“诗史”的策略，但是他在辨析中直接忽略赋与比兴的区别，认为“诗固有六义非相戾”，则又是对王世贞说法的解构式继承。方弘静虽然肯定宋人以来杜诗“史多可稽”“录实”等“诗史”特点，但他对宋、元人诗史说中的泛史化倾向也十分不满，他说：“《沙苑行》，天厩云屯，骕骦当御，长鱼如人，丹砂之尾，黄金之鳞，固足咏也。而谓马以比禄山，鱼以比思明，注者好不通之思乃尔，殆以‘诗史’二字茅塞其胸中耶？《疲马行》咏病马也，‘愿试明年春草长’，即古辞志在千里，非无比兴，而以为为房琯作，则

① (明)方弘静:《千一录》卷十一“诗释三”，明万历刻本。

② (明)王世贞:《弇州四部稿》刻于万历五年(1577)，《艺苑卮言》收录于书中第一百四十四卷至一百五十五卷；《千一录》始作于万历十二年(1584)方弘静湖北郧阳为官期间，完成于万历三十七年(1610)乡居期间。王世贞《弇州四部稿续稿》中提及方弘静数次，方氏文集中提及王世贞的则更多，可见二人有一定的交往。所以，我们说方弘静的“诗史”之论受到其时诗坛宗主王世贞相关说法的启发，是可以成立的。

不然。”[1]他以《沙苑行》《疲马行》为例，批评宋元注杜者过分拘泥于“诗史”之说，认为前人将杜甫的即时抒情之诗往纪实陈事之作上理解，导致杜诗解注的“不通”，原因就在于“以‘诗史’二字茅塞其胸中”。所以，方弘静辨析“诗史”，实际上是试图在宋人、杨慎、王世贞等之间折中取衡。

二是基本支持杨慎的观点，以许学夷、郝敬为代表。许学夷云：

> 杨用修云：“宋人以子美能以韵语纪时事，谓之‘诗史’。……如《诗》可兼史，则《尚书》《春秋》可以并省矣。”愚按：用修之论虽善，而未尽当。夫诗与史，其体其旨固不待辨而明矣。即杜之《石壕吏》《新安吏》《新婚别》《垂老别》《无家别》《哀王孙》《哀江头》等，虽若有意纪时事，而抑扬讽刺，悉合诗体，安得以史目之？至于含蓄蕴藉子美所长，而感伤乱离、耳目所及，以述情切事为快，是亦变雅之类耳，不足为子美累也。[2]

许学夷认同杨慎诗与史体旨有别的判断，同样倾向于作诗要以“含蓄蕴藉”为尚的主张，不认同宋人杜诗即史的诗史说。作为一个典型的辩体诗论家，许学夷是反感诗中叙事的，“从根本上是反对‘诗史’的存在”[3]。但是，他批评宋人的“诗史”认识时，也是特别注意避免杨慎式的“误伤”——批宋人“诗史”而连带形成了对杜诗一定程度的否定。他认为“三吏”“三别”等作品虽然“纪时事”，但能够做到“抑扬讽刺”，也属于“诗体”，自然应该给予肯定。而杜诗中那些“以述情切事为快”，没有体现“抑扬讽刺”特征的作品，仍是杜诗中的“变雅”，不至于成为杜诗之赘病。郝敬是和许学夷同时代的经学家、思想家，在《明史》入的是儒林传，并不以诗文著名。他在自己的《艺圃伧谈》中发表了带有儒学思想家色彩的诗史说意见：

> 宋人谓杜甫为诗史，近世杨慎驳之云：“《三百篇》刺淫乱……不

① (明)方弘静：《千一录》卷十“诗释二”，明万历刻本。

② (明)许学夷：《诗源辩体》卷十九，北京：人民文学出版社，1987 年，第 221 页。

③ 杨晖：《中国“诗史”传统》，北京：三联书店，2012 年，第 119～120 页。

必曰‘但有牙齿存，所悲骨髓干’也。”宗城非之曰：“此所称者，比兴耳。诗固有赋，以述情切事为快，不尽含蓄。如语荒曰……此乐府雅语。”按：二家之说，各有攸当，含蓄切直，惟其所宜。宗谓赋主切事，不尽含蓄，非也。夫诗虽有六义，经可离，纬不可离也。赋何尝离比兴？比兴何尝非赋？朱元晦解诗，离赋比兴，所以谬也。比兴可含蓄，赋独可径直乎？乐府本郑声，何得称雅？乐府称雅，“二南”反为伧父耶？[①]

郝敬全文引用了杨慎、王世贞二家“诗史”之说，以折中的姿态评说二家是“各有攸当，含蓄切直”，似乎未作褒贬。但随后的辨析文字中，对王世贞诗史说的两点主张给予全部的否定：既不认同以赋比兴强分诗体的做法，也反对“乐府雅语”的主张。按：郝敬作为明后期的经学大家，“疏通证明，一洗训诂之气。明代穷经之士，先生实为巨擘”[②]，其儒学思想上承王阳明知行之说，对朱熹等宋儒以赋比兴解《诗》的做法大不以为然，“朱子断以某诗为赋，某诗为兴，某诗为比，非也”[③]，提出了“一诗三义说”[④]，反对僵化地对诗歌作品作具体的赋比兴的区分。所以，虽然郝敬没有明确地赞同杨慎对宋人诗史说的批评，但他对从朱熹到王世贞以赋比兴论说诗体的反对，昭示了郝敬和许学夷一样，都是杨慎反宋人诗史说的同路人。

三是对“诗史”概念缘起的辨析，不关乎诗学内涵的论争。杨慎在论述中，把“诗史”批评的发明权归于宋人，“宋人拾以为己宝，又撰出‘诗史’二字，以误后人”。他的这种失误立刻引起了后来者的关注。本身就对杨慎的立论主张不满的王世贞，立刻指出了“诗史”二字的缘起要远早于宋代：“沈休文云：‘子建函京之作，仲宣灞岸之篇，子荆零雨之章，正长朔风之句，并直举胸

---

① (明)郝敬：《艺圃伧谈》卷三《唐体》，见《明诗话全编》，南京：江苏古籍出版社，1997年，第5933页。

② (明)黄宗羲：《明儒学案》卷五十五，《文渊阁四库全书》本。

③ (明)郝敬：《毛诗原解》卷一《关雎》注，明刻本。

④ [日]西口智也：《郝敬的赋比兴论》，载《陕西师范大学继续教育学报》，2004年第2期，第60～63页。

情，非傍诗史，正以音律，取高前式。'然则少陵以前，人固有诗史之称矣。"[①]王世贞将"诗史"缘起追溯至南朝沈约的时代，但是沈约笔下的"诗史"与后来用于杜诗批评之"诗史"并非一回事，只是单纯的一个词组，还不是具有完整诗学批评意味的概念。杜诗诗史说真正起源的"发现"，是由王世贞的学生胡应麟完成的："以杜为'诗史'，其说出孟棨《本事诗话》，非宋人也。若'诗史'二字所出，又本钟嵘'直举胸臆，非傍诗史'之言，盖亦未尝始于宋也。杨生平不喜宋人，但见诸说所载，则以为始于宋世，漫不更考，恐宋人有知，揶揄地下矣，以明人卤莽至此乎。"[②]胡应麟以嗜学著称，早岁曾苦读杨慎诸书，不满于杨慎著作的粗糙，特作《艺林学山》一书，对杨慎书中失误不当处细加考订。胡应麟考论"诗史"一词，认为其说出于孟棨的《本事诗》，其词出于钟嵘；并推究杨慎论"诗史"缘起出错的原因在于其"不喜宋人"。明后期唐诗批评大家胡震亨也提到了"诗史"出于《本事诗》[③]。

综上可见，明代诗史说是在杨慎反对宋人"诗史"观念基础上建立起来的。无论后继者是否赞同杨慎的具体判断，明人的主流"诗史"论述都或多或少对宋人的诗史说进行了修正，从宋人以史论诗、杜诗即史的偏执中解放了出来，建立了一种明人的杜诗诗史说认知——诗不可兼史，诗史有别。

三、明人诗史有别论的具体内涵

由杨慎建立的明代杜诗诗史说，其理论的支点和核心内容，就是诗史有别。考察明中后期诸家之诗史说，其于诗史之别的讨论主要涉及三个层面的问题。

首先，诗体与史书有别。在前所引杨慎《升庵诗话》卷十一《诗史》一文中，杨慎展现了鲜明的辩体意识：

---

① (明)王世贞：《艺苑卮言》卷三，见《历代诗话续编》，北京：中华书局，1983 年，第 991 页。

② (明)胡应麟：《少室山房笔丛》卷十九续乙部《艺林学山》"诗史"，明万历刻本。

③ (明)胡震亨：《唐音癸签》卷六："孟棨《本事诗》云：'杜甫逢禄山之难，流离陇、蜀，毕陈于诗，推见至隐，殆无遗事，当时以为"诗史"。'知'诗史'之评，原出唐人也。"

> 夫六经各有体：《易》以道阴阳，《书》以道政事，《诗》以道性情，《春秋》以道名分。后世之所谓史者，左记言，右记事，古之《尚书》《春秋》也。若《诗》者，其体其旨，与《易》《书》《春秋》判然矣。……如诗可兼史，则《尚书》《春秋》可以并省。又如今俗《卦气歌》《纳甲歌》，兼阴阳而道之，谓之《诗》《易》可乎？

在这段话里，杨慎从六经各自文化功能的差别（“六经各有体”）入手，以《诗经》和《尚书》《春秋》的对比，说明了在诗歌与史书的源头时期，诗史之间，“其体其旨”（形式与内容）都判然有别——诗不可以兼史，也不应该兼史。诗体与史书有别的观点，是杨慎诗史说的逻辑起点，意在从根本上消解宋人“杜诗即史”观念的合理性，是杨慎打响的反宋人诗史说的第一枪。杨慎之后，诗史有别的认识得到了很多人的响应。臧懋循云：“夫诗之不可为史，犹史之不可为诗。世顾以此称少陵大家，此予所未解也。”[①]臧懋循虽然没有引用“诗史”的概念，但他明确指出了诗歌与史书之间不能相兼，并对人们以诗史相兼来称誉杜甫，深感不解。而许学夷云：

> 夫诗与史，其体其旨固不待辨而明矣。即杜之《石壕吏》《新安吏》《新婚别》《垂老别》《无家别》《哀王孙》《哀江头》等，虽若有意纪时事，而抑扬讽刺，悉合诗体，安得以史目之？

许学夷论诗史之别，“其体其旨固不待辨而明矣”的措辞，当是转杨慎的话而来——这显示他对杨慎的诗史有别的判断是极为认同的。许学夷还特意举了杜诗中一向被视为“诗史”代表作的众多作品，说他们虽然是“有意纪时事”，但都合于“诗体”，不应以史论之。许学夷作为一个辩体理论家，其诗史说显然是重“诗”而轻“史”，一反宋人而同于升庵。谢肇淛对诗史关系的论述较许学夷等人要更深入一些。他说：

① (明)臧懋循：《冒伯麟诗引》，见赵红娟点校：《臧懋循集》，杭州：浙江古籍出版社，2012年，第120页。

诗不可太着议论，议论多则史断也。不可太述时政，时政多则制、策也。……故子美《北征》、退之《南山》、乐天《琵琶》《长恨》、微之《连昌》，皆体之变，未可以为法也。[①]

他指出诗中“太着议论”“太述时政”，会削弱诗歌的文体属性，从反面强调了辨别诗、史差异的必要性。谢还举了杜甫《北征》等一批“史”的特质比较突出的诗作为例，认为这些唐代名作就是因为“太述时政”等缘故，都只能归为诗体之变格，不是后世学习的正宗榜样。又云：

少陵以史为诗，已非风雅本色，然出于忧时悯俗，牢骚呻吟之声犹不失《三百篇》遗意焉。至胡曾辈之咏史，直以史断为诗矣。李西淮之乐府，直以史断为乐矣。以史断为诗，读之不过呕哕；以史断为乐，何以合之管弦？野狐恶道，莫此为甚。[②]

他称杜甫“以史为诗”之作都“已非风雅本色”，虽然“不失《三百篇》遗意”，但并不值得推许。而对于以咏史著名的胡曾和模拟乐府诗的李东阳则毫不客气地称之为“野狐恶道”，反映了谢氏对以史为诗的诗史观的强烈质疑。对诗体与史书之间的总体性区分，是明人诗史有别论的第一层内涵。

其次，诗法与史笔有别。杨慎对宋人“以韵语纪时事”的批判，让很多人以为他是完全否定诗史说的。然细细考校杨慎的相关说法，我们会发现这是一个误解。杨慎在其著作中多次运用了“诗史”这一概念。比如，他在谈及苏洵“经史相表里”的儒学话题时，顺带提及了自己的一个著述计划：“余尝欲以汉唐以下事之奇奥罕传者汇之，而以苏、李、曹、刘、李、杜、韩、孟诗证之，名曰《诗史演说》。”[③]他在评论元稹与苏轼的有关诗作时，以“诗史”称之。他说：

“天宝遗余事，元和盛圣功。二凶枭帐下，三叛斩都中。始服沙陀虏，方吞逻逤戎。狼星如要射，犹有鼎湖弓。”二凶谓杨惠琳、李师

① （明）谢肇淛：《小草斋诗话》卷一内篇，旧抄本。

② （明）谢肇淛：《小草斋诗话》卷二外篇上，旧抄本。

③ （明）杨慎：《升庵集》卷四十七《经史相表里》，《文渊阁四库全书》本。

道传首京师，三叛谓刘辟、李锜、吴元济斩于都市，斯亦近诗史矣。[①]

又云：

东坡先生在杭州、颍州、许州皆开西湖，而杭湖之功尤伟。其诗云："我在钱唐拓湖渌，大堤士女争昌丰。六桥横绝天汉上，北山始与南山通。忽惊二十五万丈，老葑席卷苍云空。"此诗史也，而注殊略。[②]

在上述三例中，第一例"诗史"概念的运用或可说是中性的，后两例则显然是褒扬性的，是对元稹、苏轼诗歌记录历史的确实可信的赞誉。虽然三例皆与杜诗批评无关，但也反映了杨慎对"诗史"概念本身并非彻底的否定。那么，杨慎一方面对宋人诗史说大加挞伐，另一方面又正面运用"诗史"概念于诗学批评之中，这种乍一看似乎是分裂对立的"诗史"观的背后，有其自身的立论逻辑的：他极力反对的是宋人的杜诗诗史说，而并非杜诗本身；他反对的是诗歌中直接的纪录时事，但并不是叙事本身。在杨慎看来，诗法与史笔截然不同，诗歌以"意在言外""含蓄蕴藉"为高，史笔以"直陈时事"的实录精神为尚。所以，《诗经》中刺淫乱、悯流民，以比兴为之，含蓄有致，自是高妙；杜甫《丽人行》诸作，记述唐王朝之淫靡乱离，"直陈时事，类于讪讦"，当属"下乘末脚"。以杜诗论，杨慎认为其中有很多"含蓄蕴藉"的作品，但宋人推许的是"直陈时事，类于讪讦"的一类，称誉之为"诗史"。所以，杨慎说宋人"不足与论诗"，贬斥宋人的诗史说。

杨慎尚含蓄、反直陈的诗史观念在明代并非是一种孤立的判断，除了王世贞等少数人外，我们可以发现，在杨慎之前或之后，与其持同调者原非一人。在杨慎之前，陈谟有云："昔贤称杜诗似《史记》，岂不以天宝以来间事，不

① (明)杨慎：《升庵诗话》卷二《元微之〈唐宪宗挽词〉》，见《历代诗话续编》，北京：中华书局，1983 年，第 663 页。

② (明)杨慎：《升庵诗话》卷十四《苏堤始末》，见《历代诗话续编》，北京：中华书局，1983 年，第 927 页。

得少陵载而传之，安能如画？此史传所不及也。”[①]陈谟这段话的本意是赞赏杜诗记述“天宝以来间事”的高妙，达到了“如画”的程度。所谓“如画”，即诗中所记之人、所述之事，生动鲜明，历历眼前。虽然并没有直接归纳出诗歌要含蓄蕴藉，但杜诗记述时事“史传所不及”的说法，反映的正是于叙事一途诗法超越史笔之认识，与杨慎的说法虽用语不同但意则相近。而周叙在谈论七言律诗的创作问题时，对杜甫的咏史怀古之作《蜀相》进行了详细的分析。周叙认为，杜甫写诸葛亮与刘备君臣相得之事，避免了“粘皮带骨”，注意到“言外之意”，将自己对诸葛亮出师未捷的无尽感喟在四联中曲折道出，使全诗达到了“词华典雅，气象深沉”的境界，最后得出结论云：“多少笔力，多少意思，杜诗谓之史者，非以此乎？”[②]他认为杜诗之所以被誉为“诗史”，是因为杜甫用包含了无限“笔力”和“意思”的诗法去吟咏历史人物或事件。反过来说，没有“笔力”与“意思”的直陈其事，是达不到周叙心目中“诗史”的层次的。在杨慎之后，郑善夫云：“诗之妙处，正在不必说到尽，不必写到真，而其欲说欲写者，自宛然可想。虽可想而又不可道，斯得风人之旨。杜公往往要到真处尽处，所以失之。”[③]郑善夫所称的能代表“诗之妙处”的“风人之旨”，就是指诗歌的比兴象征，这正是杨慎所主张诗歌“含蓄蕴藉”之美的来源；他批评杜甫有的作品“到真处尽处”，失去了“风人之旨”，与杨慎所批评的“直陈时事，类于讪讦”也是一意。又唐元竑云：

> 稻为鹦鹉粒，纪实也；梧实凤凰枝，不以凡鸟栖，故没其本色也。五谷养人，乃以饲鸟；凤皇不至，梧亦虚名。世称公《诗史》，此等句法，颇类史笔，言外各有含蓄。[④]

---

① （明）陈谟：《海桑集》卷五《周石初集序》，《文渊阁四库全书》本。

② （明）周叙：《诗学递航》之《述作下·专论唐律》，见周维德集校：《全明诗话》，济南：齐鲁书社，2005年，第102页。

③ （明）郑善夫：《郑堂读书记跋语》，见《焦氏笔乘》附录，北京：中华书局，1986年，第434页。

④ （明）唐元竑：《杜诗捃》卷三，《文渊阁四库全书》本。

唐元竑评价的是杜甫《秋兴八首》第八首的第二联，后世诗论家称赞杜诗句法高超时经常举以为例。唐元竑认为杜诗之所以被称为“诗史”，就在于有此等诗法。他还具体指出此联之妙在于两点：一是作为对以往长安生活的追忆，“鹦鹉粒”等具有鲜明的写实性，对天宝年间奢靡铺张、贤者不得其位的状况形容毕至，类于史家不虚美、不隐恶的纪实精神；二是杜甫对时弊之批评并非“直陈”式的，而是通过比兴的方式含蓄道出。因为“鹦鹉粒”“凤凰枝”等句表层之意是作者写自己当年在长安美陂所见之香稻、碧梧等实景，杜甫借以起兴，以讽喻当年朝廷的浪费民力（辛苦所种之香稻只是贵族玩物之粒）、轻弃贤德（天宝年间玄宗怠于政事，任用李林甫等奸邪之辈，天下贤德之士难以为朝廷选用，怀抱“致君尧舜”理想的杜甫困守长安十年，杜甫以凤不栖梧喻贤才不得其位也），又暗含盛衰之叹、今昔之感于其中，言外有无限含蓄之意。所以，唐元竑诗史说虽看重诗歌的社会认识功能，但他重视的是史之纪实精神而非史之直陈笔法，在如何叙事上他强调的显然是诗体比兴含蓄的审美价值。在“诗史”叙事上对诗法与史笔进行区分，推崇诗之含蓄蕴藉，是明人诗史有别论的第二层内涵。从逻辑关系上讲，这是明人诗体与史书有别观念的延伸与具体展开。

再次，诗情与史实有别。杨慎对宋人杜诗即史说法的不满，除了辩体意识、审美倾向等原因外，也源于他以前人的诗史观念去审察杜诗具体作品时遇到的困惑与不解。杨慎《升庵诗话》卷十二有《滕王》一条，云：“杜子美《滕王亭子》诗：‘民到于今歌出牧，来游此地不知还。’后人因子美之诗，注者遂谓滕王贤而有遗爱于民，今郡志亦以滕王为名宦。予考新、旧《唐书》，并云元婴为荆州刺史，骄佚失度。太宗崩，集宦属燕饮歌舞，狎昵厮养。巡省部内，从民借狗求置，所过为害，以丸弹人，观其走避则乐。及迁洪州都督，以贪闻。高宗给麻二车，助为钱缗。小说又载其召属宦妻于宫中而淫之。其恶如此，而少陵老子乃称之，所谓‘诗史’者，盖亦不足信乎？未有暴于荆、洪两州而仁于阆州者也。”[①]按：杜甫《滕王亭子》共有两首，一首七律，一首五律。为了更好地解决杨慎的困惑，我们有必要看看杜甫这两首究竟写了什么。诗如下：

(其一)君王台榭枕巴山，万丈丹梯尚可攀。春日莺啼修竹里，仙家犬吠白云间。

清江锦石伤心丽，嫩蕊浓花满目斑。人到于今歌出牧，来游此地不知还。

(其二)寂寞春山路，君王不复行。古墙犹竹色，虚阁自松声。

鸟雀荒村暮，云霞过客情。尚思歌吹入，千骑把霓旌。

杜甫广德二年(764)自梓州往阆州，曾游览滕王亭，因而有作。从诗歌内容看，《滕王亭子》是典型的写景纪游诗，第一首有七句是写景，第二首有五句写景，全诗的主体内容是写滕王亭子周围风物美好，游人如织。滕王为高祖第二十二子，太宗异母弟，精画艺，喜游乐，恃宠放纵，游乐无度。高宗恼怒于滕王骄奢无忌，将其从洪州贬滁州再贬阆州为刺史。但滕王不改初度，仍广建馆阁，嬉游如旧。杜甫在距滕王近百年之后的安史之乱后期，登临滕王旧亭，遥想滕王当年身处太平之世，歌吹如云、千骑扈驾的奢靡景象，如今风物如昔，而升平不再(“君王不复行”)，漂泊的诗人不免要生出今昔盛衰之感来。诗中“人到于今歌出牧”之句，其意并非歌赞滕王遗爱阆州，而是表达对滕王所处的那个可以纵情游赏的太平时代的怀想之情，所以诗中有“尚思”等词。可见，《滕王亭子》实为即景抒情之诗，并非记述滕王行迹的纪实之作[②]。宋人注杜，沿袭泛化了的“诗史”之说，处处力图凿实，臆想滕王贤德；杨慎据史书而考滕王之实况，称杜诗“不可信”，借以排斥前人“诗史”之说，其立论所据，其实与宋人一样，都是从杜诗即史的思维角度出发。差别在于，宋人肯定杜诗即史，杨慎反对杜诗即史。所以，杨慎针对《滕王亭子》的困惑，昭示了诗

---

① (明)杨慎：《升庵诗话》卷十二，见《历代诗话续编》，北京：中华书局，1983年，第886页。

② 杜甫同期还有《玉台观》二首，结构上也是一首七律，一首五律。玉台观与滕王亭子属于一地，都是滕王所造。《玉台观》诗中也是以写景抒情为主，未录滕王事迹，诗情同于《滕王亭子》二首。

人所咏之情不能等同于史上之实。以史之实断诗之情，其结果不是误读诗义，就是苛责古人。杨慎之后，周复俊亦有云："自古文人罕实，而诗人之言亦未足信。如子美称郑广文云：'先生有道出羲皇，先生有才过屈宋。'才过屈宋未尝见之，道出羲皇又何舛也？少陵诗史而亦若是邪？"①方弘静亦云："郑广文贬台州，台州佳境也，薄谪矣。而子美以为'御魑魅'，乃有'山鬼一脚，蝮蛇如树'之语，词人之作过实，虽号诗史者不免耶。"②这二人批评的都是杜甫和郑虔有关的诗作，感慨于杜诗虽号称"诗史"，竟然也有"未足信"或"过实"之处。我们知道，"才过屈宋"云云，是杜甫用夸张的笔调赞誉好友才华过人，品德高尚，叹息他的落拓不遇；"蝮蛇如树"云云，是形容台州山水险恶，表达作者对远谪老友的惦念担忧。二者从诗情的表达上看，自是妥帖；若凿实论，确是不合实际。所以，虽然杨慎等人并没有直接探讨诗情与史实之间的关系问题，但他们的疑惑也正好表明了诗史之间的距离：诗情不必拘泥于史实，诗情也不便以史实为衡量标准。这是明人诗史有别论的第三层内涵。

四、余论

我们对明代诗史说之建构进程与基本内涵进行一定的探讨后，关于明人诗史说的建构背景也有必要稍作讨论。

纵观中国古代千余年的杜诗诗史说发展历史，我们可以看到，诗史说的提出是在一个相对混乱的晚唐时代，诗史说得到强烈关注的两宋是一个始终面临巨大外患压力的王朝，诗史说在清代的繁荣是由王夫之、钱谦益、黄宗羲、屈大均、钱澄之等一大批曾身经易代变局的诗人、学者奠定的。也就是说，对杜甫安史之乱前后相关诗作叙事纪实品格给予的特别关注，一般都是发生在社会政治相对激荡的历史时期，诗史说的命名与发展有着非诗学的因素牵连其中。而明代以诗史有别为核心的诗史说，其发起与延展主要是在嘉靖到万历时期社会相对平静的百年间；与其他时期相较，明代诗史说的发生

① (明)周复俊：《泾林杂纪》卷二，明刻本。

② (明)方弘静：《千一录》卷十一"诗释三"，明刻本。

背景更具有纯粹性，大多是在文学性因素的激发下而形成的诗学辨析与检讨。

首先是明人强烈的辩体意识催生了杨慎的诗史有别论。辩体是古代文学批评的一个主要内容，《文心雕龙》等魏晋南北朝时期的诗学专著已有不少论述。但纵观古代文学批评的历史，有明一代是辩体意识最严密的阶段，其原因在于："盖自秦汉而下，文愈盛；文愈盛，故类愈增；类愈增，故体愈众；体愈众，故辨当严。"[①]终明之世，"文章以体制为先"[②]的表述比比皆是。"文章自有体裁，凡为某体，务须寻其本色，庶几当行。"[③]"文莫先于辨体，体正而后意以经之，气以贯之，辞以饰之。体者，文之翼也；辞者，文之华也。"[④]"诗有源流，体有正变……体制、声调，诗之矩也。"[⑤]风气所及，涌现了《文体明辨》《文章辨体》《文章辨体汇选》等专门性的辩体著作。在如此热烈的辩体批评潮流中，诗学辩体尤其是唐诗之辩体一直是中心话题。除了《诗林辩体》《诗源辩体》这样以辩体为标榜的诗学专著外，其他如《四溟诗话》《艺苑卮言》《诗薮》等明代诗话之作，虽然没有辩体之名，但事实上皆以辩体为要务。在同时期，很多唐诗选本的编撰，也往往是某类辩体意识主导下的结果。像高棅的《唐诗正声》、杨慎的《绝句辩体》等，都是在书名中便揭示了诗选的辩体立意。其中，弘治以后的诗坛，为了满足学古、拟古的功利需求，辩体意识尤其强烈。就杜诗接受而言，便出现了何景明等人的杜诗"变体"之说。杨慎本人虽然并不属于前七子等派，诗学认知也大有差别，但他和弘治到嘉靖间诗坛主流人物往往是师友关系，其诗学体系不可避免包含了一定的辩体色彩。因此，他从"六经各自有体"的基点出发，批评宋人的杜诗即史之说，提出诗史有别的新"诗史"观。

---

① (明)徐师曾:《文体明辨序说·自序》，北京：人民文学出版社，1998年，第78页。

② (明)徐师曾:《文体明辨序说·文章纲领》，北京：人民文学出版社，1998年，第80页。

③ (明)胡应麟:《诗薮》内编卷一，上海：上海古籍出版社，1979年，第21页。

④ (明)陈洪谟:《文章纲领引》，见《文体明辨序说》，北京：人民文学出版社，1998年，第80页。

⑤ (明)许学夷:《诗源辩体》卷首《自序》，北京：人民文学出版社，1987年，第1页。

其次，杨慎诗史说包含的崇尚“含蓄蕴藉”而排斥“直陈时事”的诗学倾向，是当时师友间具有相当共识性的一种诗歌审美选择。现将诸家有关言说罗列如下：

> 诗有三义，赋止居一，而比兴居其二。所谓比与兴者，皆托物寓情而为之者也。盖正言直述，则易于穷尽，而难于感发。惟有所寓托，形容摹写，反复讽咏，以俟人之自得，言有尽而意无穷，则神爽飞动，手舞足蹈而不自觉，此诗之所以贵情思而轻事实也。[①]（李东阳）
>
> 古诗妙在形容之耳，所谓水月镜花，所谓人外之人、言外之言。宋以后则直陈之矣，于是求工于字句，所谓心劳日拙者也。形容之妙，心了了而口不能解，卓如跃如，有而无，无而有。[②]（李梦阳）
>
> 夫诗贵意象透莹，不喜事实粘着。古谓水中之月，镜中之影，可以目睹，难以实求是也。《三百篇》比兴杂出，意在辞表；《离骚》引喻借论，不露本情。……言征实则寡余味也，情直致而难动物也，故示以意象，使人思而咀之，感而契之，邈哉深矣。此诗之大致也。[③]（王廷相）
>
> 仆始读杜子七言歌行，爱其陈事切实，布辞沉着。鄙心窃效之，以为长篇圣于子美矣。既而，读汉魏以来歌诗及唐初四杰者之所为，而反复之……乃知子美辞固沉着，而调失流转；虽成一家语，实则诗歌之变体也。夫诗本性情之发者也……子美之诗，博涉世故，出于夫妇者常少，致兼雅颂，而风人之义或缺，此其调反在四子之下欤？[④]（何景明）

上面所引之言，都是出于弘治、正德间最有影响力的诗人之口。他们在诗论中所推崇者，就具体措辞言，有“贵情思”“妙在形容”“意象透莹”“风人之义”等；但据其大义言，即杨慎“含蓄蕴藉”之意。他们所批判者，或云“正言直

---

① （明）李东阳：《麓堂诗话》，见《历代诗话续编》，北京：中华书局，1983年，第1374～1375页。

② （明）李梦阳：《空同集》卷六十六《论学下篇》第六，《文渊阁四库全书》本。

③ （明）王廷相：《王氏家藏集》卷二十八，明嘉靖刻本。

④ （明）何景明：《何大复集》卷十四《明月篇并序》，《文渊阁四库全书》本。

述”,或云“事实粘着”,或云“征实寡味”,或云“陈事切实、博涉世故”,和杨慎极力抨击的“直陈时事”大体相像。因此可见,杨慎诗史说的提出并非是个人心血来潮式的故为惊人之论,其诗史有别论中包含的重含蓄、轻直陈的思想,正是当时主流诗学审美偏向的一个映射。也就是说,以杨慎为代表的明代“诗史”认识,是明代中期诗学发展的必然产物。

第五章

微观视角下的明代杜诗接受

在有明一代的杜诗接受中，除了大家说、变体说等批评概念或诗学主张能够代表当时杜诗接受者在理论层面的建树之外，从一些具体的杜诗传播或阐释事例上，我们也能够看到当时杜诗接受的一些细节内容，反映出明代特殊文化语境或诗学偏向对明人杜诗接受的影响。比如，书法家以杜诗为书写素材，文人墨客以杜诗命名书斋亭榭，画家以杜诗诗意入画，如此等等，都是明代诗学批评范畴之外比较常见的杜诗传播与接受之例，反映的是杜诗在诗学之外的影响力。但是，如果细细推究这些比较具体的事例，往往能从意外的角度发现明代杜诗接受的特点。以杜甫定居成都草堂时期的生活与诗作为例，明代的画家以“杜甫游春”为意画了很多画，按照中国画诗并作的传统，也就诞生了很多《题杜甫游春》诗。根据笔者的统计，这些以“杜甫游春”为题的诗作有近 20 首，以时间论，基本上是明前期诗人所作；以内容言，大多数都是恬淡愉悦的情调，诗中的杜甫类似于隐逸者的形象。与此同时，明前期还有一些人不是用绘画或诗歌，而是用散文来记述杜甫成都期间的人生状态，比如薛瑄《游草堂记》、刘球《谒少陵杜先生草堂记》、杨廷和《重修杜工部草堂记》、唐龙《杜子祠记》等。在这些“草堂记”中，杜甫则又是一种以天下为己任、忠君忧民的仁者形象。明前期人们对杜甫草堂时期生活的这种认知歧异，反映了诗、文表达功能上的差异，是明人辩体意识的一种体现；与此同时，在“游春诗”与“草堂记”中对杜甫形象的设定，与明前期以性情论杜的整体倾向也是一致的，是从一个特别的角度体现了明前期的杜诗接受状况。下面以一本杜集伪书的传播和一句杜诗的阐释为例，看看明代杜诗传播与阐释中体现出的杜诗接受之状况。

第一节　从《杜律虞注》看明代杜集传播与杜诗接受之间的歧异

《杜律虞注》是一本托名元代著名诗人虞集的杜诗七律选注本。这本书选注杜诗七律151首，分类编次，分为上、下两卷，体例上“本朱子诗传之作，疏其事实，述其旨趣”[①]。在本书刊刻行世不久，曹安《谰言长语》、陆容《菽园杂记》等就已经指出该书来自于元末江西金溪举人张性的《杜律演义》，是一本伪书。其注杜、解杜之浅薄荒唐，一直为后来博学之士所讥讽。比如，杨慎称之为“村学究腐烂讲套语”[②]。谢杰批评云：“虞注芜陋悠谬，以此解杜，是为污杜；以此名虞，是为污虞。”[③]胡震亨称该书“学究气正同宋人”[④]。但令人惊异的是，该书一版再版，风行于有明一代，实在是明代杜诗传播与接受中一个值得玩味的现象。

一、《杜律虞注》补证

关于《杜律虞注》的伪书问题，老一辈学者如程千帆、洪业、周采泉等在其专文或专书中作过一些考证，当代年轻一辈学者如罗鹭、赫兰国、冯小禄等人亦结合《杜律虞注》(后简称《虞注》)与《杜律演义》(后简称《演义》)两书作了进一步的比较研究，对明人关于《虞注》的批评作了一些梳理与辩证。所以，

① (明)王直：《抑庵文后集》卷十一《虞邵庵注杜工部律诗序》，《文渊阁四库全书》本。
② (明)杨慎：《升庵集》卷五《闲书杜律》，《文渊阁四库全书》本。
③ (明)谢杰：《杜律虞注序》，见《杜集书录》，上海：上海古籍出版社，1986年，第667页。
④ (明)胡震亨：《唐音癸签》卷三十二，上海：上海古籍出版社，1981年。

目前关于《杜律虞注》一书的基本情况都大体考辨清楚。但是，仍然有一些具体问题，或言之不详，或缺少更充分的考辨，笔者在这里稍作补充。

首先是关于《虞注》与《演义》两书的关系问题。虽然很早就有人指出《虞注》乃从《演义》而来，但对于两书内容上的相似度或关联性问题，明人的记述可谓言人人殊。比如，孙绪声称两书是“无一字不同”[①]，蒋冕认为“二書篇目次序”是“微有不同”[②]，徐𤊹云：“张本编次与虞本大异，其中训诂张简而虞繁”[③]，如此等等。所以，有当代学者在未作文本比较的情况下，根据明人记述之差异就推论该书有一个“不断被加工的过程”[④]。但笔者在上海图书馆所见《虞注》从正德三年(1507)罗汝生刻本到万历十六年(1588)吴怀保刻本共计5种，除了个别版本外[⑤]，其正文注释内容大多数都是相同的。那么，《虞注》与《演义》究竟异同何在？笔者比较了自己所见正德本《虞注》和嘉靖十六年(1537)汝南王齐刊本《演义》，发现作为伪书的《虞注》并不是简单地变换了《演义》的书名后就刊刻行世。二者之异同如下：

在诗选的基本编排形式上，《演义》选杜诗七律151首，按诗歌题材分为21目，编次为两卷，上卷8目，下卷13目。笺释放在诗歌正文之后，先笺注词语、用典之出处，后训释诗篇大意。《虞注》基本沿袭了《演义》的编排形式，区别是诗篇目次的先后顺序有意颠倒前后卷；而分类变为上卷13目，下卷19目，较《演义》多出11目——但与《演义》稍作对比，就会发现《虞注》多出的11目大都是从《演义》原目次中细分而来的，比如，《演义》“楼阁桥梁”类收诗10首，《虞注》将10首诗细分入“楼阁”“亭榭”“桥梁”等3个目类中；《演义》“寻

① (明)孙绪：《沙溪集》卷十三《无用闲谈》，《文渊阁四库全书》本。

② (明)蒋冕：《书元张伯成杜诗演义后》，见《明文海》卷二百十三，《文渊阁四库全书》本。

③ (明)徐𤊹：《徐氏笔精》卷三《杜律虞注》，《文渊阁四库全书》本。

④ 冯小禄：《伪〈杜律虞注〉补说》，载《杜甫研究学刊》，2007年第2期，第95页。

⑤ 据笔者所见诸版本中，吴怀保刻本最为特殊：全书分为四卷，但杜律目类及顺序与嘉靖本《演义》完全一致，只是将原书两卷拆分为四卷，笺释内容也完全相同，只是将《演义》页眉上标出的异文删去。所以，此本实际上只对《演义》作了最简单的伪化处理。此本是伪《虞注》中比较后出的版本，大约是书商见原书《演义》世上少见，企图以新异之面貌(卷数和内容与通行的《虞注》不同)而达到取利的目的。

访送饯”类17首诗被分为“寻访”“送别”两个目类。可见，除了诗作的先后顺序有调整、目类更细化之外，《虞注》延续了《演义》的体例。

在文本内容上，诗意训释，两书基本一致；笺注字词、用典，大部分作品是《演义》简括而《虞注》繁冗，而《虞注》对《演义》笺注部分的扩充主要是从《集千家注杜工部诗集》《补注杜诗》等流行的宋人杜集而来。以《望岳》“西岳崚嶒竦处尊”一诗的笺注为例，三书情况如下：

> 真诰杨义云：蓬莱仙翁拄九节杖而视白龙。明皇玉女祠前有白石，号洗头盆。箱谷、箭筈关，皆西岳之名迹，或是登岳所由之径。白帝，西方天帝，主岳之神也。梁昭明太子诗：“降道访真源。”（《演义》卷一）
>
> 西岳，华山也。《列仙传》：王烈曾授赤城老人九节苍藤竹杖行地，马不能追。《三峰记》：华山云台上有石盆，可容水数斛，明莹如玉，俗呼为玉女洗头盆。《寰宇记》：华阴县有车箱谷，深不可测。又《华山记》：山下西南入谷口至天井，天井才容人上，可长六丈余，出井望空视明，如在室窥牖。赵叟曰：《华山记》箭筈峰上有穴，才见天，攀缘自穴中而上，有至绝顶者。白帝，西方之帝也。（《虞注》卷二）
>
> 梦弼曰：崚，力膺切；嶒，才登切。山貌。《列仙传》：王烈曾授赤城老人九节苍藤竹杖行地，马不能追。《三峰记》：华山云台上有石盆，可容水数斛，明莹如玉，俗呼为玉女洗头盆。《寰宇记》：华阴县有车箱谷，深不可测。又《华山记》：山下西南入谷口至天井，天井才容人上，可长六丈余，出井望空视明，如在室窥牖。赵叟曰：《华山记》箭筈峰上有穴，才见天，攀缘自穴中而上，有至绝顶者。洙曰：白帝，西方之帝。赵曰：梁昭明太子诗：“降道访真源。”（《集千家注杜工部诗集》卷四）

从上面所引材料可以看出，《虞注》笺注部分远多于《演义》，基本上就是照搬

《千家注》中文字[1]。但也有一些作品,《虞注》的笺注与《演义》完全一样[2]。比如《雨不绝》一诗,《演义》:"零陵有石燕,雨过则飞如燕子。仙衣,高唐神女事也。"《虞注》云:"舞石,零陵有石燕,雨过则飞如燕子。仙衣,高唐神女事也。"而之所以《虞注》没有增扩笺注的字数,是因为《千家注》中也没有更为详细的笺注文字;洙曰:"《湘川记》:'零陵有石燕,遇风雨则飞如生燕,止则为石。'《高唐赋》:'旦为朝云,暮为行雨。'"

由此可见,《虞注》的伪造者并没有用太多的心力于作伪之事上。从《演义》到《虞注》,除了颠倒编次和抄入《千家注》扩充了部分诗作的笺注外,没有什么本质的变动。所以,明人称《虞注》编次不同,训诂有异,自然是合乎事实的;如果从谴责伪书窃占他人著作的愤激心理出发[3],只是看全书的大体相同之处,声称"无一字不同",也是可以理解的。

其次是伪《虞注》到底是元代杜集伪书还是明代伪书的问题。程千帆先生《杜诗伪书考》、张忠纲《杜集叙录》等将《虞注》视为元代伪书,周采泉《杜集书录》认为是明代宣德年间书商朱熊委托之作[4],但周书意在辨正虞集非作伪者,对明人作伪说只作论断而未作辩证。而后来的研究者或未置一词,或只是简单地重复前人看法。目前来看,虽然没有直接具体的材料可以用来判定伪《虞注》的诞生时间,但综合相关的间接信息,可以断定《虞注》乃明代伪书,且如周采泉先生所言,极可能是宣德年间江阴朱熊所伪造。现就所见,稍作论证。

因为《虞注》从《演义》而来,考证《演义》一书的大概编撰情况,自然会有

---

① 也有少数诗作的笺注是从黄鹤《补注杜诗》而来。值得注意的是,伪《虞注》抄录宋人注释之时,最喜欢引用伪苏注材料,这一点很能反映作伪者杜诗接受的水平。

② 赫兰国统计共有 12 首诗的笺注是完全相同的,见四川师范大学 2011 年博士毕业论文《辽金元时期的杜诗学》第 135 页。

③ (明)孙绪:《沙溪集》卷十三《无用闲谈》:"虞邵庵慧识具眼,其所注杜律粗浅牵制不足观。初尝疑之,后见所谓《杜律衍义》者,中无一字不同,乃元初张进士伯成所注而虞欲窃之为己书也。"《文渊阁四库全书》本。

④ 周采泉:《杜集书录》卷十一:"所以嫁名虞集者,实出于朱熊之手。"上海:上海古籍出版社,1986 年,第 666 页。

助于推论《虞注》作伪时间。今天所知的张性《演义》一书主要有宣德四年(1429)初刻本、嘉靖十六年(1537)王齐刻本等。以笔者所见嘉靖本，书前有曾昂夫《元进士张伯成先生传》及吴伯庆《哭张先生诗》等直接关乎张性身世的材料。曾传云：

> 金溪一邑，当元之世，士之学文章其知名于时而可传于后世者，有六君子焉：朱贡士元会氏、危翰林太仆氏、先学士子白氏、刘集贤良甫氏、葛经筵元哲氏、张贡士伯成氏。贡士讳性，伯成字也。……稍长，工举子业，治书经，师于先学士。他日览其为文，大称之。……是年，举于乡……明年试于春官，下第归，而用功益力。其文赡富而明畅，不独可以决科而已。会兵起，科举废。乃日取经子秦汉唐宋之书与文章读之，学为碑铭序记论说箴诔之文。……尝将所著《尚书补传》《杜诗演义》、杂文若干手抄成编，谓门人宋季子曰："吾志在斯，惟求吾师曾先生正之而已。"未达而卒，人悲其志。……伯成虽厄于困穷，其所至与六君子有不同，而其志欲力追六君子而无愧焉则同也。故著为张先生传。

从曾昂夫所作张性传可看到，与张性生活关联紧密的有其老师曾子白也就是作传者曾昂夫的父亲，及张性门人宋季子。按：曾子白，名坚，字子白，金溪人，少与危素齐名，元顺帝至正十四年(1354)进士，累官中大夫，洪武初入朝为礼部侍郎[①]。宋季子，曾作《汉隶字源》，宋濂、苏伯衡等人都曾为之作序，苏伯衡称他"生车书混一之代，年学俱富"[②]，黄佐《翰林记》卷三云"(洪武)十三年(1380)五月……典籍吴伯宗荐儒士宋季子，皆降敕召之"，可见张性的弟子宋季子在洪武中期还是青壮之年。而张性好友吴伯庆《挽张性诗》云："何处重逢说别时，斯文千载尽交期。学怜知己先登早，生愧同庚后死迟。笺疏空令传杜律，志铭谁与继唐碑？寡妻弱子将焉托，节传遗文只益悲。"据诗意，

① (清)谢旻等：《江西通志》卷八十一，《文渊阁四库全书》本。
② (明)苏伯衡：《苏平仲文集》卷四《重校汉隶字源叙》，《文渊阁四库全书》本。

吴伯庆与张性生于同年,“寡妻弱子”云云,可见张性应该是死于中年。而吴伯庆“入明不仕,至洪武戊辰(二十一年,1388)乃卒。以一足病废,自称独足先生”①。综合张性师友门生的仕履、卒年等情况,可以推论张性乃元末明初之人,大约入明未久便去世。其《演义》一书编撰工作的开始,曾传云乃“会兵起,科举废”之后才从科举转向读书、著述,所以最早不会早于元末农民起义爆发之年即至正十年(1551)。书编成后原本计划请其老师曾坚校正,结果“未达而卒”。按:曾坚元末曾回乡定居避乱,明初被征召为礼部侍郎,张性求老师校正《演义》而“未达”,可能就是因为曾坚此时已被征召去了南京,因此《演义》最迟在入明之初期已经完成编撰工作。考虑到这本书内容本身相对比较简短,费时当不长,书稿的完成应当就在元明易代的前后几年间。单从《演义》的成书时间看,伪《虞注》只可能是明代伪书,绝不可能是元人伪造。再加上元末天下大乱,不是刻印伪书的合适时代,伪《虞注》在入明后的承平时期出现才更为可能。总结而言,《虞注》是明人伪书可以确定无疑了。

依据以上考证,我们还可以推论最初的伪造者为谁。伪书之出现,必待原书流传之后。考察《演义》的刊刻传世,可以帮助我们确定伪《虞注》大体出现的时间。据曾昂夫所说“厄于困穷”“寡妻弱子”等语,张性过世之后,其家人当无力短时间内刊刻其遗著。曾昂夫称其父为“先学士”,为张性作传之时最早也应该是洪武中期了,据传中文意,也未见《演义》一书已经被刊行于世的意思。所以,明初相当长一段时间内,《演义》未曾传播天下并为人所知是可以肯定的。一直到张性身后约半个世纪的宣德四年(1537),才有初刻。该版书前有吴巩《刊版告语》,云:“伯成张先生所著《杜律七言演义》极为精详,足以启发后学。传写恐有舛讹,告诸朋友,共刊于版。”“告语”最后列有助刊者 17 人。可见,《演义》此前一直是在家乡后学中“传写”,此刻本乃后辈同人合力资助刊刻,一则致敬于乡里前贤,二则方便时人学杜之用,并不是出于商业盈利考量的书坊行为。《演义》正式传播于世,自此始。而我们今天所知的

① (清)纪昀等:《四库全书总目》卷一百七十四《书山遗集》,《文渊阁四库全书》本。

明代伪《虞注》版本共计至少有20种(见下文表格),其中,宣德九年(1542)有杨士奇等人序跋的朱熊刻本为最早。关于朱熊刊刻所谓《杜律虞注》一书的由来与经过,正德本等《虞注》杨士奇序有云:"江阴朱熊维吉近于京都录而得之,持归将锓诸梓。……逾月而告成。"①可知朱熊所据之书乃京中来,而这本京中之书应该就是五年前刊刻于江西临川金溪的《演义》——明前期江右文人最盛,台阁作家中有很多都是江西籍贯。《演义》很可能是作为乡贤文献,被金溪赴试的士子带入北京,或是进献于朝中江右籍名公,或是作为自己举业之余的吟哦之用。因而才会被江阴的朱熊发现,改头换面后托名于江西前代名公虞集名下,遍邀文坛名家作序,然后刚过一个月便刻版行世。这种草率匆遽的刻书方式,显示的正是书贾之辈在商业算计上的精明与迅捷。所以,周采泉先生认定朱熊是伪《虞注》的始作俑者,应该是一个合乎事实的判断。

二、明代《杜律虞注》传播与接受的背离

对伪《虞注》稍作考辨后,下面再看看该书在有明一代的传播与接受情况。简略言之,《虞注》在明代的传播与接受是处在相反的两端:一面是该书作为一部伪书的性质已经基本上大白于天下,自宣德年间面世以后,被反复传刻,版本数远远超过原书《演义》,成为明代流传最广的一种杜集。该书还成为明代其他杜诗七律评注本的底本,从明中期到后期,都不乏伪《虞注》的衍生品。另一面,杨士奇等为该书作序之后,稍有见识的诗人、学者几乎都对

① 此版本杨序与《东里续集》卷十四《杜律虞注序》后半段文字有一定差别。考察该版前后其他序文,黄淮序中又错间一段通行本杨士奇序中文字,因此,很可能是刊刻者轻率翻刻,各序互相混入而致。嘉靖七年(1528)穆相本与此同,穆相当是从正德本而来。后来诸本大都与《东里续集》中杨序相同,应该是刊刻者见其有语意错乱处,又据杨士奇文集改正过来。又,《东里集》由杨士奇生前勘定,而《东里续集》乃杨士奇身后子孙辈搜集杨士奇黜落之诗文而成。或其时已经得知《虞注》为伪书,所以修改了原序,略去关于朱氏刊刻《虞注》相关表彰性文字,补上"或疑此编非出于虞"一段云云。

该书提出了批评性的意见，或考辨其伪托之状，或批评其笺释之浅薄无学[①]。伪《虞注》之传播与接受的背离，是明代杜诗接受中十分奇异的现象。据笔者所掌握的有限材料，将两方面的情况稍作梳理，以呈其大貌。

首先是伪《虞注》的刊刻版本概况。该书当初翻刻甚多，流传甚广，其大部分版本于今都有传世。但因诸种条件之限制，笔者未能亲见其全部。

现将笔者在上海图书馆、南京图书馆等地所见版本，结合相关著作中的记录，将明代伪《虞注》刊刻情况排比罗列如下：

表 5-1　明代伪《虞注》刊刻情况

书名	卷数	版式	备注
杜工部七言律诗	二卷	宣德九年朱熊刻本。有杨士奇、杨荣、黄淮序。	据二杨、黄淮序。
虞邵庵分类杜诗注	不分卷	正统八年石璞刻本。有林靖序。	据《杜集书录》。
虞邵庵注杜工部律诗	不详	余姚魏仲厚、魏仲英刻本。有王直序。	据《抑庵文后集》卷十一王直序。
杜工部七言律诗	不分卷	明刻本。其他不详。	据《中国古籍善本书目》。
虞注杜律	二卷	成化七年刻本。有杨士奇、杨荣、胡溁、黄淮、林靖序。	据《国家图书馆善本书志初稿》。
杜工部七言律诗	上下卷	正德三年罗汝生刻本。有杨士奇、黄淮、郑庄序。白口无鱼尾，四周单边，半页十一行二十一字。	亲见。
杜工部七言律诗	一卷	嘉靖三年张祐刻本。	据《杜集书录》。
杜律七言注解	二卷	嘉靖七年穆相刻本。有杨士奇、杨荣、胡溁、郑庄序。白口无鱼尾，四周单边，半页九行二十字。又，《杜集书录》卷六云与赵注合刻，而笔者所见无赵书。	《杜集书录》作嘉靖九年，误。亲见。
杜工部七言律诗	二卷	嘉靖龚雷刻本。前有杨士奇序及《旧唐书》杜甫传，书末有龚雷跋语。白口单鱼尾，四周双边，半页八行十八字。	此书是和赵汸《杜工部五言赵注》合刊。亲见。
杜律七言注解	一卷	嘉靖二十六年熊宾旸退省堂刻本。与《杜律五言注解》三卷合刻。	据《中国古籍善本书目》。

① 肯定该书的人也有，比如为朱熊本作序的杨士奇等人。这些人肯定该书的缘由，也往往和该书能在社会上大行其道之诸种原因相贴近，详见后文分析。

续表

书名	卷数	版式	备注
杜工部七言律诗	不详	明王同伦刻本。按：王同伦嘉靖三十五年进士，河南辉县人。	据《中国古籍善本书目》《河南通志》等。
杜工部七言律诗	二卷	明郑秀夫刻本。	据《中国古籍善本书目》。
杜工部七言律诗	二卷	明万历刻本。	据《中国古籍善本书目》。
杜律	二卷	万历五年苏民怀桐花馆刻本。	据《杜集书录》。
杜律虞注	二卷	明东泉张氏刻本。	据《中国古籍善本书目》。
杜律虞注	二卷	明吴登籍校、黄德时刻本。有杨士奇序。白口无鱼尾，四周双边，半页九行二十字。	《杜集书录》等著录书名有误。亲见。
翰林考证杜律七言虞注大成	二卷	万历十六年书林郑云竹刻本。	据《中国古籍善本书目》。
杜律七言注解	四卷	万历十六年吴怀保七松居刻本。前有杨荣、吴怀保序。白口无鱼尾，四周单边，半页九行二十字。	附录《诗法家数》一卷。亲见。
增虞伯生注杜工部诗	一卷	明云根书屋刻本。与《须溪批点选注杜工部诗》二十二卷、《增赵东山类选杜工部诗》一卷合刻。	据《中国古籍善本书目》。
增虞伯生七言杜选	一卷	明方升刻本。与《刘须溪杜选》二十二卷、《增赵东山五言类选》一卷合刻。	据《中国古籍善本书目》。

由上表可见，明代伪《虞注》书名有《杜律虞注》《杜工部七言律诗》《杜律七言注解》《增虞伯生注杜工部诗》《杜律》等多种，卷数有一卷、二卷、四卷等三类，刊刻有单行或合刻。合刻主要就是与赵汸《杜律五言注》，显然是由于虞集、赵汸有师生关系，且二书所注都是杜甫近体诗。就像很多明代的热销书一样，伪《虞注》不仅畅行于大明一朝，而且流传海外：早在成化七年(1471)，朝鲜就曾刊印此书[①]；万历年间，琉球国读书，无儒经，以伪《虞注》代替[②]。

除了频繁的刻版行世外，伪《虞注》还对明代杜诗七律的编选产生了广泛

① “国立中央图书馆”编：《“国立中央图书馆”善本序跋集录》别集类，台北：“中央图书馆”，1994 年，第 112 页。

② (明)谢杰《杜律詹言序》云：“余使琉球，见彼国所读书，独无经，而以《杜律虞注》当之。”见《明文海》卷二百十三，《文渊阁四库全书》本。

的影响。从现有的材料看，有的明人杜诗七律选注本是直接从伪《虞注》而来。比如，嘉靖年间的布衣曾应翔作《选杜律虞注》，因书已不存，难知确切书况，但据题名可知是《虞注》之再选本；托名王维桢的《杜律颇解》，其篇目、体例完全依照伪《虞注》，唯一不同处只是删减了《虞注》的笺注部分；冯惟讷作《杜律删注》，该书又名《杜律虞注删》，是《虞注》的删减本；汪慰《虞本杜律订注》万历年间刻印，今已不见，然据题名也可推知是《虞注》笺注校订本；薛益作《杜工部七言律诗分类集注》，所收诗篇、编次、分类"一秉于虞"[①]；有的是笺释部分自出己意，但所选杜甫七律全部依据《虞注》而来。比如，张孚敬《杜律训解》、张诞《杜律本义》、陈如纶《杜律》、赵统《杜律意注》等书都是延续《虞注》的杜诗篇目而来；而颜廷榘《杜律意笺》、赵建郁《杜注七言律》、范濂《杜律选注》、谢杰《杜律詹言》等书的编撰者大都对《虞注》不满，所作笺注往往是针对《虞注》而发，但其依据之杜诗七律篇目也基本上同于《虞注》。由此可见，明代杜律笺释的热潮实在是由伪《虞注》引发而来的。虽然从接受态度上看大有差别，有的书是承其余绪而生，有的是批驳其书而来。

伪《虞注》在传播层面盛行一世的同时，明代诗学批评领域对此书的主体接受态度则要负面得多。这种负面接受表现在两个方面：一是在《虞注》传播的前期，反复强调该书是张性《演义》的伪书，并辨析伪书情状；二是在《虞注》传播的后半段，针对《演义》的注杜水平提出批评，就其笺注与训释的浮泛不当作具体的辩驳。

参与《虞注》前期辨伪的代表性人物有黎近、曹安、陆容、蒋冕、孙绪等人。黎近是最早参与辨伪之事者，他在指出该书来自于《演义》且有失误之处后，推测虞集并非作伪者，云："按文靖早居禁近，继掌丝纶，尝欲厘析《诗》《书》、汇正《三礼》，弗暇，独暇为此乎！"[②]曹安《谰言长语》指出《虞注》来源于《演义》后，感慨云："往时见《杜律虞注》，以为虞伯生。古今人冒前人之作为己作

① (明)薛益：《跋语》，见《杜工部七言律诗分类集注》卷后，崇祯十四年(1641)刻本。

② (明)黎近：《杜律演义序》，见《杜律演义》卷首，明嘉靖刻本。

者居多。”[①]曹安认为,《虞注》的作伪是出自虞集本人。陆容见过《演义》一书,认为伪《虞注》是“后人谬以为虞伯生所注”[②]。而孙绪却认为“乃元初张进士伯成所注而虞欲窃之为己书也”[③],主张是虞集本人作伪。蒋冕《书元张伯成〈杜诗演义〉后》对此阶段关于《虞注》一书的辨别进行了归纳,云:

> 杨文贞公序、虞文靖公所注《杜少陵七言律诗》,所谓“杜律虞注”者,刻本在江阴,行于天下久矣。序不书年月,惟书荣禄大夫、少傅、兵部尚书、华盖殿大学士官衔,盖在宣德、正统间。而宣德初年,已有金溪进士元人张伯成所注《杜诗演义》,梓行于世。二书篇目次序虽微有不同,而皆用文公传《诗》与《楚辞》例,先明训诂,次述作者意旨,而以一圈别之。其同者盖十之八九。《演义》篇首有曾子白之子昂夫所撰《伯成传》,称伯成之文务在追古。作者尝以所著《尚书补传》《杜诗演义》、杂文若干,手抄成编,谓门人宋季子曰:“吾志在斯,惟求吾师曾先生正之而已。”先生指子白也。传后附录独足翁吴伯庆《哭伯成诗》,亦有“笺疏空令传杜律”之句,则注杜律者乃张伯成,非虞文靖明矣。窃意文靖家临川,去金溪百里而近,伯成所注杜律,文靖岂尝见而爱之?其不同者,岂文靖尝笔削之欤,未可知也?文贞序有云:“或疑此编非出于虞。”盖当时亦未尝不致疑也。暇日曝旧书,偶见《演义》,漫笔识之,以谂知者。[④]

由上面所举材料可以看出,大约从宣德之后到弘治之前《虞注》流传的早期阶段,对《虞注》的接受主要是考论其伪,辨别《虞注》与《演义》的关系,讨论虞集在作伪之事中的作用。总体来看,对于《虞注》是伪书的问题大家基本上没有什么异议;但对于作伪者为谁的问题,有人主张是后人嫁名于虞集,有人认为是虞集有所爱于《演义》一书而窃占之,并无定论。在这一阶段,除了孙绪等

① (明)曹安:《谰言长语》卷上,《文渊阁四库全书》本。
② (明)陆容:《菽园杂记》卷十四,北京:中华书局,1985年,第172页。
③ (明)孙绪:《沙溪集》卷十三《无用闲谈》,《文渊阁四库全书》本。
④ (明)蒋冕:《书元张伯成〈杜诗演义〉后》,见《明文海》卷二百十三,《文渊阁四库全书》本。

少数人批评该书"粗浅牵制不足观"[①]外，一般都没对其注杜水平问题提出特别具体的意见。

弘治以后，前七子等复古文学势力崛起。在"诗必盛唐"观念的影响下，随着人们对杜诗接受的广度与深度的发展，《虞注》的接受者开始从著作内容本身对此书展开批评，代表人物有杨慎、郎瑛、邵经邦、颜廷榘、谢杰、徐𤊹等人。杨慎在《闲书杜律》中指出《虞注》"乃张伯成为之，后人嫁名于伯生耳"，然后举出书中十余处笺释之例，批评该书对杜诗的训解是"村学究腐烂讲套语"，最后对该书作出完全的否决，云："此既晦杜意，又污虞名，曷铲其板，勿误人也。"[②]郎瑛作为一名严谨博学的学者，对《虞注》随文演绎式的杜诗训读深为不满，他以杜甫《早朝》诗"旌旗日暖龙蛇动"一句为例，批评云："虞伯生注：'龙蛇动，谓旌旗上雉尾也。惟日暖，故旗影动耳。'予以古者交龙为旗，析羽而注于旗竿之首曰旌。今日暖则旌旗飞扬，其上见龙蛇之动也。以雉尾释之，又以为影，恐非。"[③]《虞注》中将"龙蛇动"解释为旌旗的雉尾随风而动，可谓对《早朝》一诗的创作背景及中国古代皇家仪仗方面的知识一无了解，郎瑛的批评是非常细腻、准确的。其《七修类稿》中多处辩驳《虞注》之非，特别是对杜甫《秋兴八首》，更是一一辩论张性注杜、解杜之乏善可陈。邵经邦认为《虞注》"附会如《诗传》，皆老生见解"，批评《虞注》对杜诗的训解背离了作品原旨，"若当时作者意果如此，何足为'诗史'乎！"[④]颜廷榘曾作《杜律意笺》一书，专力驳斥《虞注》之非，云："大抵事不核则失察，目不精则失意。如所托为虞者，则两失之矣。"[⑤]谢杰对《虞注》一书作了总结性的批评，云：

> 注杜律者众矣，而莫盛于虞。以伯生闻人，且东里学士为之叙也。然是恶足以注杜乎哉！说者谓为元人张性伯成所为而托之虞

---

① (明)孙绪：《沙溪集》卷十三《杂著·无用闲谈》，《文渊阁四库全书》本。

② (明)杨慎：《升庵集》卷五，《文渊阁四库全书》本。

③ (明)郎瑛：《七修类稿》卷三十一《旌旗日暖龙蛇动》，上海：上海书店出版社，2009年，第339页。

④ (明)邵经邦：《艺苑玄机》第二十八条，见《宏艺录》，清光绪年间丁氏重刻本。

⑤ (明)颜廷榘：《杜律意笺》卷首《上〈杜律意笺〉状》，明刻本。

以显，理或然者。欧阳原功撰虞墓碑不及注杜，东里业已疑之，则此之为赝书可必也。余使琉球，见彼国所读书，独无经，而以《杜律虞注》当之，亦唐鸡林贾之俦与。第贾能辨白傅之赝，彼直以燕石宝少陵，窃谓白傅幸而少陵不幸也。今其书具存，试谛视之。若“莺啼修竹”不知为梁孝之园，“犬吠白云”不知为淮南之宅，“宗臣”之赞不知为萧何，“频繁”之表不知为庾亮，“如意”不知为王戎，“下鞲”不知为桓虞……则其涉于芜陋谬悠也滋甚。曾谓闻人之注有是乎？故以此解杜，是为诬杜；以此名虞，是为诬虞。宜毗陵氏（笔者按：即徐常吉，有《杜七言律注》，极诋《虞注》之浅薄）摈而黜之者。自毗陵说行世，稍知其为赝，不可谓无功于虞。[①]

谢杰首先分析了《虞注》盛行的原因，认为由于所托名的虞集和作序的杨士奇都是名公巨子，促成了该伪书的流行。然后又确认了该书的伪书性质，并记述了自己出使琉球国见到该书盛行海外之状，感慨此书之盛行乃“少陵不幸也”。然后就该书训解注释之中的种种无学不通之处，详加归纳。最后对该书给出“芜陋谬悠”的评价，称赞好友徐常吉的注杜，有功于杜诗接受的拨乱反正，也有助于为虞集洗去污名。徐𤊹也在《徐氏笔精》中全文引述了谢杰批驳《虞注》的文字，显然是认同谢杰对该书的批评意见。他也探讨了后人之所以将张性之书托名虞集的原因，“盖伯生位极人臣而张宦不达故耳”，并对该书“愈久而愈误”的状况深有感慨。

三、伪《虞注》流行的诗学及非诗学之因

伪《虞注》传播与接受之间的背离，并不单纯是一部杜集的传播与接受的个案问题。作为一本注杜、释杜的专门之作，张性《演义》的学术水平十分有限，上文所引诸家对《虞注》的不满，实际批评的正是张性杜诗接受的水平。其本身的传播（明代只有两种版本）在明代的诗学批评领域并没有产生什么

① （明）谢杰：《杜律詹言序》，见《明文海》卷二百十三，《文渊阁四库全书》本。

影响。但托名他人、变为一部杜集伪书的面貌之后，却盛行数百年，引发了持续不断的关注与辩论。在明代杜诗传播史上，这个看似偶发的现象背后却隐藏着一定的必然性因素：既和伪《虞注》作为一本杜诗笺释选本的体例有关，也和明代杜诗接受的发展进程有关，同时在一定程度上也受到了明代书林习气的影响。

就伪《虞注》早期传播的进程看，该书内在体例与台阁派作家杜诗接受视域的契合是其得以“诞生”并流行的主要原因。本书之初刻得到了当时主要台阁派作家的支持，杨士奇、杨荣、黄淮、胡濙以及王直等人都曾为之作序。从表层因素看，初刻者朱熊的父亲朱善继曾因为刻印单复《读杜愚得》之故而与杨士奇早有交往，“其子熊得此编，又请于父而刻之”[①]，因此请到杨士奇等人为之作序扬誉。但从深层因素看，伪《虞注》（也即是《演义》）一书选编杜甫七律 151 首，按照朱熹笺释《诗经》的方式进行字词笺注和诗意训解，无论是措辞还是立意，都明显受到朱熹的影响。杨士奇等台阁诗人论诗崇尚得“性情之正”（详见第一章），声称杜诗“皆由夫性情之正，不局于法律，亦不越乎法律之外，所谓从心所欲不逾矩，为诗之圣者”，认为伪《虞注》“味杜之言，究杜之心，盖得之深矣。观其《题桃树》一篇，自前辈已谓不可解，而伯生发明其旨，了然仁民爱物以及夫感叹之意”[②]。而为同期另一本伪《虞注》作序的王直，对杜诗及伪《虞注》与杨士奇持类似的观点。他评价杜诗具有“开忠君爱国之诚、闵时恤物之志”，是“天下后世之所取法也”，而伪《虞注》则是“疏其事实，述其旨趣，而公所以作诗之意了然明白”[③]。杨荣、黄淮、胡濙等人在序中也表达了相近的意思。由此可见，台阁诸公为伪《虞注》作序，并非仅出于人情之拘，实由于他们对杜诗的推崇及对伪《虞注》之杜诗笺释策略的认可。如此，在台阁诗风主导天下的时代，由杨士奇等台阁派代表人物郑重作序推荐的伪《虞注》可以大行于世，也是很自然的事。杨士奇等人对伪《虞注》的推

① （明）杨士奇：《东里续集》卷十四《杜律虞注序》，《文渊阁四库全书》本。

② （明）杨士奇：《东里续集》卷十四《杜律虞注序》，《文渊阁四库全书》本。

③ （明）王直：《抑庵文后集》卷十一《虞邵庵注杜工部律诗序》，《文渊阁四库全书》本。

许，不仅反映了台阁诗人诗学视野的局限性，也反映了明前期文人学识的匮乏，不能发现该书的浅薄不当——直到明中期随着文化的发展、诗学的复苏，杜诗接受者才有足够的学养去指正伪《虞注》的粗疏无据。

另外，除诗学因素之外，伪《虞注》宣德九年(1542)刻本的面世，也是一次精明的商业策划产物。朱熊的父亲曾刻过《读杜愚得》，其本人刻伪《虞注》是"逾月而成"，可见朱家于运作刻书之事很是熟练，应该是以刻书为业的书贾世家。虞集作为出身江西的元代四大家之一，在明朝前期的江右诗人主导的诗坛中有很大影响力，虞集的文集、著作被伪造远非一例①，朱熊将籍籍无名的张性的《演义》托名于虞集名下，同时又借助父辈的关系，延请杨士奇等既是台阁重臣又是文坛名家的四人为自己的伪造之书作序。如此这般，刻唐诗名家之诗，托名于元代名家作笺释，遍请当代名家写序，这种精心设计的商业包装对伪《虞注》的流行起到了相当的作用。伪《虞注》在后来浅学无识之士那里得到认可和该书的这种包装手段有着不小的关系。而后世的书贾也正是看中这一点，故而屡屡翻版刊刻。在我们上文所列的20种《虞注》版本之中，除了正统本、嘉靖七年(1528)本的刊刻分别由石璞、穆相这样的地方大员主持之外，余下的各种版本绝大多数都是书坊主所为。在杜诗传播史上，这绝非孤例。比如宋代的伪苏注早已被人指出作伪之状及水平之低，但后世很多人因为有苏轼之名而屡屡在著作之中称引传播。

支撑伪《虞注》后期盛行的因素，除了书贾商业势力的推动之外，还包括受到当时诗学风尚的刺激。但其具体依托的诗学旨趣，又与明前期不同。弘治以后，因为前七子的出现，形成了以格调论为基调的文学复古思潮。从指导写作出发，辨别诗体成为格调论复古诗人的主要诗学兴趣之一。就杜诗而论，从前七子到后七子，辩体是他们杜诗接受中最主要的内容。所以何景明从区分杜甫歌行与初唐歌行的角度，提出了杜诗变体说；杨慎从反驳宋人的杜诗诗史说入手，作出了诗史有别的判断；而谢榛、王世贞等人的诗话著作

① 在《四库全书总目》有关虞集著作之提要中，四库馆臣论之甚详。比如卷一百七十四《虞伯生诗续编》提要："此必当时坊贾以集负重名故，掇拾其诗数十篇，梓以射利之本耳。"

中，对杜诗都是从古体与近体、律诗与绝句等不同角度，发表对杜诗的认识与判断。而杜甫的七律一向是被视为杜诗的代表，尤其引人注目。据张忠纲《杜集叙录》等书的著录，整个明代的杜集不到200种，其中杜诗七律著作就有近50种；而在千家注杜的宋代，则几乎没有一本关于杜甫七律的著作。在这样一个强调辩体、重视杜诗七律的大背景下，以笺释杜诗七律为内容的伪《虞注》自然会有一个相对良好的传播环境。而且，伪《虞注》收诗151首，杜甫的七律基本上搜罗无遗。所以，不管其笺释杜诗的水平如何，单就便利地获取杜甫七律以为诵览或评点之用而言，伪《虞注》较杜甫全集显然是一个更佳选择。故而，明代张孚敬、颜廷榘、谢杰、徐常吉等人虽然对伪《虞注》不以为然，但其评说杜甫七律时所依据的往往都是《虞注》本。

最后要指出的是，伪《虞注》在传播层面的大行其道，和它随文演绎、简单浅显的笺释风格也有一定关系。从杜诗接受角度看，伪《虞注》据诗句而随文衍说其意的做法，因为失之浮浅而很难获得后世有学之士的认同；但在传播层面，对于未通诗家精义的初学者而言，浅显的杜诗注本显然是更合适的选择。明人颜廷榘评《虞注》，称“世之读杜律者犹以为指南”①；何瑭亦说自己早年爱读《杜律虞注》，“顾以方事举业，力不能兼，弃去”②。可见，该书在较低年龄或较低文化层次的杜诗接受者那里很受欢迎。这种传播与接受之间的歧异，实际上是明代诗学领域比较常见的现象。比如，书林将李攀龙《古今诗删》唐诗部分抽出单立为《唐诗选》一书，拼凑评点、笺释，以李攀龙之名印行天下。学者对此书的质量多有不满，胡应麟评价该书是“去取乖方，靡关轨筏”③，许学夷称之“似宗雅正，而实多谬戾”④。但与此同时，在传播层面却是另外一种光景：在万历中期到崇祯末年的半个世纪里，先后刻版20余次，“盛行乡塾间”⑤。由此可见，诗集的传播与诗歌的接受之间，并不具有必然的对

① (明)颜廷榘：《杜律意笺》卷首《上〈杜律意笺〉状》，明刻本。

② (明)何瑭：《柏斋集》卷十一《自序》，《文渊阁四库全书》本。

③ (明)胡应麟：《少室山房集》卷一百二十，《文渊阁四库全书》本。

④ (明)许学夷：《诗源辩体》卷三十六，北京：人民文学出版社，1987年，第368页。

⑤ (清)纪昀等：《四库全书总目》卷一百九十二《唐诗选》，《文渊阁四库全书》本。

应关系。所以，像伪《虞注》这样的肤浅之作常常会盛行于世，而王嗣奭颇多独到之见的《杜臆》一书数百年间并没有刻本面世。

第二节　由杜诗“焚银鱼”看明人杜诗接受中的误读与误用

一、“焚银鱼”之疑

“焚银鱼”一词出自杜甫夔州时期的七律《柏学士茅屋》。全诗云：“碧山学士焚银鱼，白马却走身岩居。古人已用三冬足，年少今开万卷余。晴云满户团倾盖，秋水浮阶溜决渠。富贵必从勤苦得，男儿须读五车书。”这首诗不是杜甫的名篇佳作，无论是思想内容还是艺术技法，都算平平。明代之前，在普遍尊杜、学杜的时代风气下，对该诗的步韵唱和或称引致敬的例子极少。在宋代“千家注杜”的热闹局面下，这首杜诗也并未引起其时笺注者过多关注。至于该诗首句“焚银鱼”一词其意何谓，我们翻检宋人编刻的《补注杜诗》《集千家注杜工部诗集》等诸种杜集版本，皆未置一词。显然，在宋人看来，“焚银鱼”一词其意了然，无需置喙，因而根本没有必要对其进行明确的解释。只有郭知达《九家集注杜诗》引用赵次公的话说：“柏君既为学士矣，乃焚银鱼而居于茅屋之下读书。末句又方言及富贵，岂唐有别科目而柏君将应之邪？次公尝观《国史补》云：‘缙绅虽位极人臣，不由进士者终不为美。’又观卢氏《琑杂记》云：‘杜升自拾遗赐绯，却应举及第，又拜拾遗，时号着绯进士。’则柏学士者焚银鱼而别读书，其所图类此矣。”[①]在赵次公看来，“焚银鱼”之银鱼，就是与“绯（衣）”同配的银鱼袋。按：银鱼袋是唐代五品以上官员的一种佩饰，由皇帝赏赐，一般和绯衣同配；金鱼袋则与紫衣同配，赐三品以上官员。[②]此后，凡训说杜诗涉及“焚银鱼”一词者，大都同于赵次公之说。

但明代成化、弘治年间的王鸿儒对“焚银鱼”即焚银鱼袋之说产生了怀

① （宋）郭知达：《九家集注杜诗》卷三十二《柏学士茅屋》引注，《文渊阁四库全书》本。

② （明）彭大翼：《山堂肆考》卷三十七《鱼袋》，《文渊阁四库全书》本。

疑，他质疑道："杜子美《柏学士茅屋》云：'碧山学士焚银鱼，白马却走身岩居。'自昔读之，心以为疑。以为'银鱼'学士之服饰，苟欲弃官为学，抛之可也，藏之可也，何至于焚乎？且谓之'银鱼'，体非草木，可以言'熔'，不可以言'焚'。"王鸿儒认为若将"银鱼"视为唐代官员佩带的"银鱼袋"的简称，"焚"字用得很不妥当。那么"焚银鱼"究竟何谓呢？随后他给出了自己的解释："子美诗事多出《文选》"，而《文选》中有应璩《百一诗》云："前者隳官去，有人适我庐。田家无所有，酌醴焚枯鱼。"所以，"'银鱼'当如应璩之说，言其绝去膏粱，食淡攻学也。"同时，王氏还将视线延续到杜甫身后的宋代，又云："'焚银鱼'事，亦有可稽：欧阳永叔《过张至秘校庄诗》曰：'焚鱼酌白醴，但坐且欢忻。'梅圣俞《赋欧阳永叔、刘原甫、范景仁、何圣徒见访之什》曰：'为君开蓬户，酌酒焚紫鳞。'刘贡甫《夜过曾孚先诗》曰：'度阡仍越陌，酌醴更焚鱼。'是皆用应璩诗意而可以为杜子美之证者也。"①

按："唐人尚《文选》学"②，而杜甫尤重《文选》。在《宗武生日》一诗中，杜甫曾告诫其子宗武学习作诗要"熟精《文选》理"③。对此，宋人高似孙云："杜公训儿熟精《选》理。儿岂能熟，公自熟耳。"④张戒亦云："子美不独教子，其作诗乃《文选》中来。"⑤所以，我们今天在杜集中可以看到，杜诗对《文选》中作品的模仿比比皆是。王鸿儒说"子美诗事多出《文选》"，并由此推断"焚银鱼"之意是由应璩"酌醴焚枯鱼"而来，乍看似乎不无道理。

然而，如果综合考虑到相关情况，我们会发现王鸿儒对《柏学士茅屋》"焚银鱼"一词的新解是不能成立的。

---

① (明)王鸿儒：《凝斋集》卷九《杜诗解辩》，清刻本。

② (清)郎廷槐：《师友诗传录》引王士祯语，《文渊阁四库全书》本。

③ (唐)杜甫：《宗武生日》，见《杜诗详注》卷十七，北京：中华书局，1979年，第1477页。

④ (宋)高似孙：《选诗句图》凡例，见《百川学海》庚集，民国十六年(1927)武进陶氏涉园影宋咸淳本。

⑤ (宋)张戒：《岁寒堂诗话》卷上，见《历代诗话续编》，北京：中华书局，1983年，第456页。

二、“焚银鱼”之辨

我们知道，在中国古代诗歌漫长的发展演变进程中，因为文学内在的传承沿袭或外在社会文化因素的影响，诗歌的意象表达、修辞比兴往往会形成一定的传统与习惯。所以，在古典诗歌的长河中，创作者往往会沿着语言的惯性顺流而行，诗人们的遣词造句虽强调创作者之个性与独创，但也往往包含着共性与成例。比如，咏北斗则喻忠君，赋松竹则比君子，伤春必言落红，悲秋常写夜雨。从此角度出发，我们对有关的诗例进行排比分析，可以推知杜诗“焚银鱼”一词该训解为何意才是妥当。

首先，让我们看看，在杜甫前后，诗人们在创作中是如何使用“焚鱼”这个词语或意思的。为了直观起见，将有关诗句列表如下：

表 5-2　杜甫前后诗人诗中用“焚鱼”一词的情况

朝代	作者	篇名	诗例
三国	应璩	《百一诗》	田家无所有，酌醴焚枯鱼。
南朝	刘孝绰	《归沐呈任中丞昉》	但愿长闲暇，酌醴荐焚鱼。
唐代	王绩	《薛记室收过庄见寻率题古意以赠》	尝爱陶渊明，酌醴焚枯鱼。
唐代	杨炯	《和石侍御山庄》	萧然隔城市，酌醴焚枯鱼。
唐代	罗邺	《自遣》	焚鱼酌醴醉尧代，吟向席门聊自娱。
宋代	欧阳修	《过张至秘校庄诗》	焚鱼酌白醴，但坐且欢忻。
宋代	梅尧臣	《赋欧阳永叔》	为君开蓬户，酌酒焚紫鳞。
宋代	谢邁	《招李商老兄弟》	求船货马事应速，酌醴焚鱼吾岂辞。
宋代	刘攽	《夜过曾孚先》	度阡仍越陌，酌醴更焚鱼。

从上表可以看出，诗中用“焚鱼”是自应璩开始，后世对应氏诗意的模仿痕迹十分明显。比如，初唐的王绩与杨炯在各自的创作中都是直接照搬原句。王、杨之后的几位诗人将“焚枯鱼”减省为“焚鱼”了；同时，诗中“焚鱼”基本上都与“酌醴”同称，鱼、酒意象之并用成了诗家惯例，这也显然是源自应璩诗句。而杜甫“焚银鱼”诗中并无“酌醴”之意，与向来学应璩之惯例有异，此乃王鸿儒之说一可疑也。

其次,从唐人诗歌中“银鱼”一词的使用成例,以及杜甫夔州时期涉及鱼类的诗篇等情况看,将“焚银鱼”等同于“焚鱼”,也是大有不妥之处。从《全唐诗》的检索看,有唐一代诗人们创作使用“银鱼”一词的诗例,除了杜甫的《柏学士茅屋》之外,共有8例。详情如下:

表5-3 杜甫之外的唐代诗人诗中用“银鱼”一词的情况

作者	篇名	诗例
白居易	《自叹二首》	实事渐消虚事在,银鱼金带绕腰光。
白居易	《酬令狐留守尚书见赠十韵》	晓关开玉兔,夕钥纳银鱼。
刘禹锡	《酬严给事贺加五品兼简同制水部李郎中》	初佩银鱼随仗入,宜乘白马退朝归。
李廓	《长安少年行》	倒插银鱼袋,行随金犊车。
李群玉	《留别马使君》	俱来海上叹烟波,君佩银鱼我触罗。
罗隐	《贺淮南节度卢员外赐绯》	骢马早年曾避路,银鱼今日且从军。
罗隐	《送霅川郑员外》	铜虎贵提天子印,银鱼荣傍老莱衣。
徐铉	《送孟宾于员外还新淦》	暂来城阙不从容,却佩银鱼隐玉峰。

从上表8个诗例的诗意可以看到,例句中的“银鱼”指的都是作为佩饰的银鱼袋(其中,有6句诗写明是佩饰鱼袋,“夕钥纳银鱼”与“银鱼今日且从军”这两句虽未明写,但从前后文意也可得知是鱼袋之饰)。有唐一代的诗人在创作中使用“银鱼”这个词汇的时候,指属统一,别无其他用法。因此,若认定杜甫《柏学士茅屋》中的“银鱼”指的是鱼而不是鱼袋,便不免让人有所怀疑了。同时,《柏学士茅屋》作于杜甫迁居夔州时期,检查其时的诗作,我们会看到杜甫曾屡次提到当地饮食上以鱼为蔬的习俗,多首作品中都提到了一种“白鱼”,如《解闷十二首》其一:“山禽引子哺红果,溪女得钱留白鱼。”《峡隘》:“白鱼如切玉,朱橘不论钱。”特别是《白小》一诗云:“白小群分命,天然二寸鱼。细微沾水族,风俗当园蔬。入肆银花乱,倾筐雪片虚。生成犹拾卵,尽取义何如?”诗中“天然二寸鱼”“入肆银花乱,倾筐雪片虚”等关于“白小”这种鱼的描写,和今天我们常见的银鱼的形状十分相像。“银鱼,身圆如筋,洁白无

鳞，目两点黑。……或云一名白小。"[①]由此可见，杜甫夔州期间的诗作屡次提及的小鱼即是银鱼，但却并未以"银鱼"之名称之，而是用了"白鱼""白小"等名。推想可知，当是其时、其地虽多有银鱼之产但并无"银鱼"之名。因此，"焚银鱼"之"银鱼"便不太可能指真的银鱼。此乃王鸿儒之说二可疑也。

另外，应璩以来诗人们使用"焚鱼"这个词汇或概念的时候，指的都是一种以鱼为食材的烹调方式，所谓"焚鱼"就是将鱼置于火上烧烤，类似于今天的烤鱼之法。我们细细推敲《柏学士茅屋》全诗大意，只是说柏学士绝交息游、静居苦读，似乎完全不涉日常饮食起居之事。因此，"焚银鱼"解为学士焚弃鱼袋、决心向学，则与全诗之思想内容契合无缝；如解为焚鱼而食，与后面诗句之意殊为不伦。退一步而言，假设"焚银鱼"就是"焚鱼"，诗中的"银鱼"指的不是鱼袋而是作为食物的银鱼，从事理上看，其意也是难通的。我们知道，作为食材的银鱼乃细微之物，以烹饪方式论，哪里是适合烧烤的食物呢？此乃王鸿儒之说三可疑也。

综上所论，我们可以明确，王鸿儒以应氏的"焚鱼"指代杜诗的"焚银鱼"，是一种张冠李戴式的误读。"焚银鱼"就是焚弃银鱼袋，并非是对应璩《百一诗》中"焚鱼"一词的模拟运用，宋代注杜者对该词的解读没有问题。就表现手法而言，如果我们认真考察杜甫夔州时期的生活状况和有关诗作的情况，就会发现，《柏学士茅屋》"焚银鱼"一词是作者和柏学士交往时所见学士生活状态的即时写照。

我们知道，杜甫从大历元年（766）暮春从云安迁居夔州，到大历三年（768）初春携家乘舟出峡赴江陵，寓居夔州前后近两年。[②] 这一时期夔州地区的主政者是柏茂琳[③]，即杜甫夔州诗作中一再提及的"柏中丞"。杜甫因为替柏氏向皇帝写谢表的缘故而结识了这位地方军阀（其所作《为夔州柏都督

---

① （明）彭大翼：《山堂肆考》卷二百二十四，《文渊阁四库全书》本。

② 封野：《杜甫夔州诗疏论》，南京：东南大学出版社，2007 年，第 1 页。

③ 也有人说是柏贞节。《新唐书》《旧唐书》记录柏茂琳、柏贞节事错乱互见，二者的关系历来争论不休。当下学界一般认为二者实为一人，茂琳、贞节乃名与字之异，或柏氏前后名字有变耳。

谢上表》今存杜集中)，并从柏氏处得到生活上的照顾和经济上的支持[①]。因此，杜甫与柏茂琳及其子侄辈在一段时间内来往比较紧密，杜甫在其诗歌中记录了这些交往，今天我们可以看到的共有《柏学士茅屋》《寄柏学士林居》《题柏大兄弟山居屋壁二首》等 8 首诗。其中《览柏中丞兼子侄数人除官制词因述父子兄弟四美载歌丝纶》云:“蜀中寇亦甚，柏氏功弥存。深诚补王室，戮力自元昆。……子弟先卒伍，芝兰垒玙璠。同心注师律，洒血在戎轩。……奉公举骨肉，诛叛经寒温。”《题柏大兄弟山居屋壁二首》云:“叔父朱门贵，郎君玉树高。”通过这些诗题或诗句，我们可以知道，柏家因为军功，自柏茂琳而下有父子兄弟四人除官，柏学士即其中之一人，其银鱼袋当即此次除官时所得。据史书所载，柏茂琳此次除官是从邛南防御使转升为邛南节度使，其背景是当时主政蜀中的杜鸿渐无力解决地方军阀的纷争，遂上报朝廷，以加官晋职的方法对地方不同势力进行安抚。包括柏学士在内的柏氏子侄的除官与获赐鱼袋，显然也是这次政治安抚之举的构成部分。

至于柏学士获得银鱼袋后为何又轻弃之，推究而言，原因大略如下:

《柏学士茅屋》云:“年少今开万卷余。”《寄柏学士林居》云:“叹彼幽栖载典籍。”《题柏大兄弟山居屋壁二首》云:“山居精典籍，文雅涉风骚。……笔架沾窗雨，书签映隙曛。”可见柏学士其人当是不乐军旅之行，颇喜读书之事；而唐代仕途风气又是“缙绅虽位极人臣，不由进士者终不为美”[②]，是比较推崇科举进身的。所以，诗中的柏学士应当是因为“不屑以门荫进身，而愿以文章显名”[③]，所以才焚弃鱼袋，山居苦读。这是其一。

鱼袋作为一种荣耀象征物，唐前期官方的赏赐一般都是严格地按照规定执行的:银鱼袋需五品官阶、金鱼袋需三品官阶，而且主要是赏赐给“开府仪

① 张晓庆:《杜甫与柏茂琳交游考论》，载《南华大学学报》，2010 年第 5 期，第 102～105 页。

② (五代)王定保:《唐摭言》卷一《散序进士》，见《唐五代笔记小说大观》，上海:上海古籍出版社，2000 年，第 1578～1579 页。

③ (清)陈廷敬:《杜律诗话》卷下《柏学士茅屋》，见《午亭文编》卷五十，《文渊阁四库全书》本。

同三司及京官文武职事”等京中中高级官员[①]。但安史之乱爆发后，这类荣誉象征物的赏赐变得比较随意，任职地方或官阶低于常规而获得鱼袋赏赐的比比皆是。比如，以杜甫为例，肃宗上元二年(761)，因为严武的推荐而授官检校尚书工部员外郎，官阶从六品，赐银鱼袋。柏学士所除何官今史书不载，想来官阶当不会太高，柏学士之得银鱼袋是当时朝廷众多滥赏乱赐之例中的一个。因此可以想象，这种佩饰的荣耀性、庄重性在立志清高的柏学士看来，自是大打折扣。将其焚弃不佩，以表达决意向学之心，也是可以理解的。此为其二。

三、“焚银鱼”之用

从杜诗接受的历史看，经过唐、宋、元三代的积淀，发展至明代，杜诗的经典地位建立已久，当时文人群体对杜诗的接受既普遍又深入。不仅在明人无比热烈的诗学论争中杜诗往往是话题的中心，在明人的诗歌创作实践中杜诗也始终是学习、借鉴的主要对象。这种学习与借鉴，除了唱和模拟、步韵集句之外，最常见的还包括杜诗的典故化，即将杜甫诗歌中的意象或诗句作为一种诗歌“材料”纳入自己的诗篇之中。翻检明人文集，这样的诗例比比皆是。以杜甫《柏学士茅屋》中“焚银鱼”一句为例，此句也被大量地作为诗歌典故来使用，成了当时诗人的创作“材料”。笔者根据《四库全书》《中国基本古籍库》等电子资源，在相对有限的范围内，进行了一次不完全的统计，发现明人文学创作中的杜诗用典涉及“焚银鱼”的共有 65 例。

这 65 例用典，从文体看，有 4 例是散文文体，1 例是戏剧作品，其他都是诗作。这一点反映了“焚银鱼”在明代主要是作为一种诗歌典故，但也旁涉其他文体，有走向广泛传播范围的趋势。从作者时代看，除了 1 例是明初诗人李昱外，其他的用典者都是王鸿儒以后的明中后期作家。我们知道，弘治以后，随着前七子的出现，“文必秦汉，诗必盛唐”的口号一经标举，诗歌创作上

① (五代)刘昫:《旧唐书》卷四十五《舆服志》,《文渊阁四库全书》本。

向唐人尤其是盛唐诗人学习的复古大潮，便风起云涌，一发而不可收。而在这种向唐人致敬的风气中，杜甫始终是最主要的学习和模仿对象。因此，明代中期开始，杜诗传播与接受的广度与深度，远非明前期可比。“焚银鱼”典故在明代中后期诗歌创作中的大量运用，显示了一首原非经典的杜诗被“再发现”并逐步走向经典化的过程，是明代杜诗学整体的发展轨迹在一个微观个案上的映射。

另外，从明人写作中具体使用“焚银鱼”典故的用字情况看，有 9 例是直接使用了“焚银鱼”三个字，但其他例子则全部是简化为“焚鱼”二字。使用“焚银鱼”的诗例情况比较简单，比如李昱《次韵李师文见柬》云：“无官不用焚银鱼，自分茅屋深山居。”①文肇祉《嘉靖乙未暮春寄罗念庵石莲洞歌》云：“忽然兴动碧山栖，飘然长往焚银鱼。”②大体上都是沿用杜句，以为典故。

使用“焚鱼”的情况有点复杂，可以分为两类：一是“焚鱼”和“酌醴”之类的词语或意象关联使用，共计 3 例。比如，王世贞《过饮陈体干少卿时石拱辰大卿迟一驿未到》云：“驿骑关河新雨余，逢君设醴更焚鱼。”③殴大任《高祖处士南野府君行状》云：“唯与南海孔伯平、古冈邓林游，时乘扁舟相访，酌醴焚鱼，赋诗言志。”④从前文的辨析我们可以得知，“焚鱼”一词与“酌醴”搭配而用，是自三国应璩到宋代以来的固定表达模式，主要是用于描写友朋过访的情景，写主人以“焚鱼”“酌醴”这样比较简朴的方式招待友好，借以表达主客间脱略虚仪、相知情深之意。上面所引王世贞等 3 例，从诗题与词意看，都是应璩一类的表达方式，与杜诗“焚银鱼”之典无涉。第二类情况，“焚鱼”则是与“碧山”“学士”等词关联使用，共计 53 例(除了一个文例外，都是诗例)。为了更直观地展示相关情况，下面将最具代表性的诗作举例：

① (明)李昱：《草阁诗集》卷五，《文渊阁四库全书》本。

② (明)汪珂玉：《珊瑚网》卷十八续稿《国朝名公诗翰后卷》，《文渊阁四库全书》本。

③ (明)王世贞：《弇州四部稿》续稿卷十四，《文渊阁四库全书》本。

④ (明)殴大任：《欧虞部集》卷十一，明刻本。

表 5-4　“焚鱼”与“碧山”“学士”关联使用的典型诗例

作家	诗例	出处
马中锡	铜柱功名羞据马，碧山风致在焚鱼。	《东田漫稿》卷四《读骚有感》
文征明	君行问寝辞青琐，我已焚鱼住碧山。	《甫田集》卷十一《送陆举之》
王立道	碧山莫动焚鱼兴，紫诰黄麻宠正繁。	《具茨集》卷四《题张学士仰宸楼卷》
畲翔	学士碧山隐，焚鱼问草堂。	《薜荔园诗集》卷一《碧山堂》
邹元标	骑鹤仙人诗可在，焚鱼学士榻空留。	《愿学集》卷一《玄潭观》
何良俊	载笔曾为丹禁客，焚鱼今遂碧山情。	《何翰林集》卷五《重赠一首》
顾起元	焚鱼常作碧山缘，鹫岭鸡笼地接连。	《雪堂随笔》卷四《水亭望鸡鸣寺》
邓原岳	碧山学士焚鱼后，旧物犹存三径松。	《西楼全集》卷六《题黄葵阳先生斋古松》

从字面上看，这些诗句中的“焚鱼”意象，显然是由《柏学士茅屋》中“碧山学士焚银鱼”而来，“焚鱼”一词是对杜诗“焚银鱼”的简化使用。但从表达功能看，明人在诗作中使用“焚鱼”一词展示的是厌弃功名、寄情山林的隐逸之趣，具有明显的象征性。这与杜诗“焚银鱼”一词焚弃鱼袋、即时纪事的表达颇有差距，反而与应璩《百一诗》中“焚鱼”之意更为接近。也就是说，在明代中后期的杜诗接受史上，有很多人对“焚银鱼”一词的解读与我们前面所辩驳的王鸿儒的看法相同：“焚银鱼”即是“焚鱼”。由此可见，对杜诗“焚银鱼”的误读，并不止王鸿儒一个人，而是明代杜诗接受史中一个普遍存在的现象。

我们知道，在前面所统计的诗例的作者中，既包括明中期的马中锡、李梦阳、康海、王世贞、文征明等名满天下的大才子、大名士，也还有何良俊、顾起元、范钦等明后期的学问家、藏书家。以这些人的学养、才识，在正常情况下，他们是不可能不知道唐代的鱼袋之制的，对宋代以来“焚银鱼”即焚银鱼袋的常规解说也应该是有所了解的。比如，我们统计的 65 例中，王世贞的诗共有 4 例。其中，既有前面所举的“驿骑关河新雨余，逢君设醴更焚鱼”之例，也有“君家学士亦如此，碧山焚鱼尚年少”①的用典。因此，明人对杜诗“焚银鱼”的误读，显然不是由于作家们学力浅薄、见闻不广，而更像是出于一种“故意”。

① （明）王世贞：《弇州四部稿》卷十六《华员外改南司马部分韵》，《文渊阁四库全书》本。

那么，明人为何要“故意”误读、误用杜诗呢？窃以为，至少有以下几方面原因：第一，“故意”误读、误用杜诗“焚银鱼”的典故是出于对前代，尤其是宋人杜诗接受成说的一种反动。中唐以下，对杜诗的传播、解读与批评沿缘有自，蔚为大观，所以元好问直接以“杜诗学”名之。而宋代杜诗的传播与接受尤其发达，出现了所谓“千家注杜”的局面。因此，在明人看来，对杜甫及其诗歌创作的论说已经早有规范：举凡杜甫家世生平之考订、集大成诗学地位之辨析、具体作品词义之解说与评点、杜诗接受角度与批评范式之探索，如此等等，全无遗漏。在如此丰富的杜诗学成果前，同样推崇杜诗的明人，在延续、承接前人之外，如果想别开生面，更上层楼，从一反前代成说的角度入手，将会是一种相对讨巧的杜诗接受策略。所以，王鸿儒对“焚银鱼”以往解说产生质疑，杨慎对宋人杜诗诗史说大不以为然，谢榛轻视宋人的杜诗校勘之功而以己意径改杜诗诗句。大而言之，在以杜甫为中心的整个明代唐诗接受中，明人也都有一种与宋人成说争风头的倾向。最著名的例子，便是“唐人七律第一”的争论——自南宋诗论家严羽标举崔颢《黄鹤楼》为唐人七律第一之后，明代中后期文坛将近有 10 人参与了这场争辩，其中包括王世贞、胡应麟等大家，他们虽然对唐人七律第一的具体判断言人人殊，但都毫无例外地反对宋人严羽的主张。所以，明人在杜诗接受上的种种反宋人之举，其背后的心理动因就在于急切地想在宋代杜诗学高峰之后确立明人的建树与成就。

第二，对“焚银鱼”的误读也与文本的创作者与接受者的时代隔阂不无关系。中国传统的文学批评主张“以意逆志”，但在不同的历史语境下，文本接受者的“意”显然是不可能完全同一的，他们“逆”的方式与角度也可能大有差别，因而所得之“志”自是难说契合作者本义。西谚云：有一千个读者就有一千个哈姆雷特。在误用杜诗“焚银鱼”典故最频繁的明代中后期，虽然不能说是政治贤明的美好时代，但大体上可以算是太平之世。生于这样一个相对安稳的统一帝国中的诗人们，与安史之乱后天下纷扰、漂泊流离的杜甫的生活状态差别明显。对杜甫后期相关诗作中的深沉内涵，这些杜诗接受者往往缺乏直接的生命体验，对作品的精神内核难以产生深切的感悟与共鸣，很容易从自己的生命际遇出发，去“填充”杜甫诗歌字里行间的空白之处，附加以自己内心的期待与想象，因而，对杜甫其人其诗的评说便很可能存在与事实相背离的误差与误解。杜甫《柏学士茅屋》的内容虽然也附带了一点离尘远俗的隐者情趣，但全诗的根本主旨是对柏学士的弃武从文、苦心向学表达鼓励与期许之意，所以诗篇结语云：“富贵必从勤苦得，男儿须读五车书。”这一点，从同期写给柏学士兄弟的其他诗作中也能看出，比如《题柏大兄弟山居》中夸赞山居的柏氏兄弟道：“萧萧千里足，个个五花文。”《寄柏学士林居》则鼓励学士立志济世，云：“几时高议排金门，各使苍生有环堵。”按：夔州地僻，文化不发达。据《夔州府志》记载，整个唐代才出了李远一个进士①。杜甫居夔州时能够结识的文学之士想来当是寥寥，寂寞之感自不待言；同时，杜甫对当时天下武人横行、文道不昌的形势甚为愤恨无奈。所以，结识了弃武从文、苦心向学的柏学士兄弟后，很容易便产生知己之意、同道之感，反复寄诗，推重、期许之情溢于言表。杜甫《柏学士茅屋》意在劝勉学士入世上进，并非称誉其出世隐逸②。明人以“焚鱼”代指“焚银鱼”，以隐逸之意附加于杜诗典故“焚银鱼”之上，是对杜甫《柏学士茅屋》全诗内涵的一种浅表化理解，反映了在不同社会背景与历史语境下的创作者与接受者之间审美心理的差异，达成“共识”的难度③。明代有很多以“杜甫游春”为题的画作与题咏，在这些画作或题咏里，依据杜甫定居成都期间涉及当地当时自然风物描写的一些作品，单纯地以一个恬静安详的隐居者形象来概括成都草堂时期的杜甫生活状况与精神状态。这样的杜诗接受策略，与“焚银鱼”的误读与误用一样，同出于一理：杜诗接受者在非乱世的时代环境里，虽然也可能会正面肯定乱世诗人作品里深

① 《夔州府志》卷十一，《故宫珍本丛刊》本。

② 《临安志》卷十一：“孝宗少年时，尝题杜甫诗句于壁，云：‘富贵必从勤苦得，男儿须读五车书。’并刻置殿上。理宗皇帝又书全篇，锓于东宫厅之屏。”可见宋代时，该诗被普遍认为意在鼓励向学上进。

③ 即便如王嗣奭这样的学者型明代杜诗接受者，他的杜诗评说虽然富于卓识独见，后世广受称赞，但关于《柏学士茅屋》诗意的解读也有不妥之处。《杜臆》卷九《柏学士茅屋》说：“落句谓学士且然，况志求富贵者，盖借学士以勉人也。”

沉的情怀，但他们可能更愿意从那些作品中“寻找”出相对轻松愉悦的趣味。所以，我们回过头来看王鸿儒对杜诗“焚银鱼”的质疑与解释，可以总结说：这不是王氏一人的偶然的误读，而是整个时代精神错位后的普遍的“故意”误解。

像这样的“故意”之举，不仅见于杜诗的接受，也见于对作者本身的评价。比如，前七子之一的康海，曾经这样评价杜甫：“古今诗人，予不知其几何许也。曹植而下，才杜甫、李白尔。三子者，经济之略停畜于内，滂沛洋溢，郁不得售。”[①]康海对曹植、李白的评说姑且不说，但就对杜甫的评价而言，明显是一种“误读”：考察史书记载和杜甫自己诗作中的描写，虽然杜甫自己有“致君尧舜上，再使风俗淳”的宏大抱负，但其困居长安期间，苦于为衣食奔波；任职左拾遗等官职期间，除了疏救房琯一事外，似乎别无作为；流寓川、巴、湖、广期间，也只是忠君忧国之思时见于诗篇。再考察其传世不多的几篇赋作、表文，都是颂圣歌德之作，全无匡时济世之策。康海一代才士，受刘瑾案牵连而在壮年贬官家居，壮志难申，以“经济之略停畜于内”评价杜甫，可谓以他人之酒杯浇自家之块垒，属于典型的“误读”。

① (明)康海：《对山集》卷四《韩汝庆集序》，《文渊阁四库全书》本。

主要参考文献

B

《白榆集》屠隆著，明万历刊本。

《百年杜甫研究之平议与反思》赵睿才著，北京：人民出版社 2014 年版。

《被开拓的诗世界》程千帆等著，上海：上海古籍出版社 1990 年版。

《泊庵集》梁潜著，《文渊阁四库全书》影印本。

C

《陈献章集》陈献章著，孙通海点校，北京：中华书局 1987 年版。

《程千帆全集》程千帆著，石家庄：河北教育出版社 2001 年版。

《诚意伯文集》刘基著，《文渊阁四库全书》影印本。

《沧溟集》李攀龙著，《文渊阁四库全书》影印本。

《藏书》李贽著，北京：中华书局 1975 年版。

《翠屏集》张以宁著，《文渊阁四库全书》影印本。

D

《读杜愚得》单复著，《四库全书存目丛书》本。

《大全集》高启著，《文渊阁四库全书》影印本。

《东里集》杨士奇著，《文渊阁四库全书》影印本。

《东里续集》杨士奇著，《文渊阁四库全书》影印本。

《迪功集》徐祯卿著,《文渊阁四库全书》影印本。

《读杜私言》卢世潅著,明毛氏汲古阁《钱卢两先生读杜合刻二种》本。

《杜甫评传》莫砺锋著,南京:南京大学出版社 1993 年版。

《杜甫新论》韩成武著,保定:河北大学出版社 2007 年版。

《杜甫传》冯至著,天津:百花文艺出版社 2007 年版。

《杜甫夔州诗论稿》蒋先伟著,成都:巴蜀书社 2002 年版。

《杜甫夔州诗疏论》封野著,南京:东南大学出版社 2007 年版。

《杜甫〈秋兴八首〉集说》叶嘉莹著,石家庄:河北教育出版社 1997 年版。

《杜甫亲眷交游行年考》陈冠明、孙愫婷著,上海:上海古籍出版社 2006 年版。

《杜甫全集校注》萧涤非主编,北京:人民文学出版社 2014 年版。

《杜甫诗话六种校注》张忠纲编注,济南:齐鲁书社 2002 年版。

《杜甫诗歌讲演录》莫砺锋著,桂林:广西师范大学出版社 2007 年版。

《杜甫诗学引论》胡可先著,合肥:安徽大学出版社 2003 年版。

《杜甫学史》刘文刚著,成都:巴蜀书社 2012 年版。

《杜甫批评史》吴中胜著,北京:中国社会科学出版社 2012 年版。

《杜甫研究学刊》杂志历年版,四川省杜甫学会、成都杜甫草堂博物馆主办。

《杜甫引得》洪业等编纂,上海:上海古籍出版社 1985 年版。

《杜甫与杜诗学研究》左汉林著,北京:东方出版社 2015 年版。

《杜甫与儒家文化传统研究》赵海菱著,济南:齐鲁书社 2007 年版。

《杜臆》王嗣奭著,上海:上海古籍出版社 1983 年版。

《杜工部诗歌辑注》朱鹤龄著,韩成武等整理、点校,保定:河北大学出版社 2009 年版。

《杜集书录》周采泉著,上海:上海古籍出版社 1986 年版。

《杜集书目提要》郑庆笃等著,济南:齐鲁书社 1986 年版。

《杜集叙录》张忠纲等编,济南:齐鲁书社 2008 年版。

《杜诗学发微》许总著,南京:南京出版社 1989 年版。

《杜诗研究论文集》(第一、二、三辑),北京:中华书局 1962、1963 年版。

《杜诗详注》仇兆鳌著,北京:中华书局 1979 年版。

《杜诗年谱》四川省文史研究馆编,成都:四川人民出版社 1981 年版。

《杜诗评传》陈贻焮著,上海:上海古籍出版社 1988 年版。

《杜诗名篇新析》许永璋著,南京:南京大学出版社 1989 年版。

《杜诗五种索引》钟夫、陶钧编,上海:上海古籍出版社 1992 年版。

《杜诗赵次公先后解辑校》林继中著,上海:上海古籍出版社 1994 年版。

《杜诗学通论》许总著,台北:圣环图书公司 1997 年版。

《杜学与苏学》杨胜宽著,成都:巴蜀书社 2003 年版。

《杜诗释地》宋开玉著,上海:上海古籍出版社 2004 年版。

《杜诗版本及作品研究》蔡锦芳著,上海:上海大学出版社 2007 年版。

《杜诗学研究论稿》孙微、王新芳著,济南:齐鲁书社 2008 年版。

《杜诗学与杜诗文献》郝润华著,成都:巴蜀书社 2010 年版。

《对山集》康海著,《文渊阁四库全书》影印本。

F

《方洲集》张宁著,《文渊阁四库全书》影印本。

《方回的唐宋律诗学》詹杭伦著,北京:中华书局 2002 年版。

《霏雪录》刘绩著,《文渊阁四库全书》影印本。

《焚书、续焚书》李贽著,北京:中华书局 1959 年版。

《负苞堂集》臧懋循著,上海:古典文学出版社 1958 年排印本。

《凫藻集》高启著,《文渊阁四库全书》影印本。

G

《古典诗学的文化观照》莫砺锋著,北京:中华书局 2005 年版。

《古典文学研究资料汇编(杜甫卷)》华文轩编,北京:中华书局 1964 年。

《顾华玉集》顾璘著,《文渊阁四库全书》影印本。

《管锥编》钱钟书著,北京:三联书店 2001 年版。

H

《何大复集》何景明著,《文渊阁四库全书》影印本。

《胡应麟诗论研究》陈国球著,香港:华风书局有限公司 1986 年版。

《华泉集》边贡著,《文渊阁四库全书》影印本。

《怀麓堂集》李东阳著,《文渊阁四库全书》影印本。

《怀星堂集》祝允明著,《文渊阁四库全书》影印本。

《皇甫司勋集》皇甫汸著,《文渊阁四库全书》影印本。

《皇墩文集》程敏政著,《文渊阁四库全书》影印本

J

《嘉靖前期诗坛研究(1522—1550)》余来明著,武汉:武汉大学出版社 2009 年版。

《江盈科集》江盈科著,黄仁生辑校,长沙:岳麓书社 1997 年版。

《焦氏澹园集、续集》焦竑著,《四库禁毁书丛刊》本。

《焦氏笔乘》焦竑著,上海:上海古籍出版社 1986 年版。

《椒丘文集》何乔新著,《文渊阁四库全书》影印本。

《介庵集》黄淮著,《敬乡楼丛书》本。

《金元明清诗词理论史》丁放著,合肥:安徽大学出版社 2000 年版。

《竟陵派与明代文学批评》邬国平著,上海:上海古籍出版社 2004 年版。

《旧唐书》刘昫等著,北京:中华书局 1975 年版。

《九家集注杜诗》郭知达集注,《文渊阁四库全书》影印本。

《拘虚诗谈》陈沂著,《四明丛书》本。

K

《珂雪斋集》袁中道著,明万历刻本。

《珂雪斋近集》袁中道著,明万历刻本。

《空同集》李梦阳著,《文渊阁四库全书》影印本。

L

《谰言长语》曹安著,《文渊阁四库全书》影印本。

《李杜论略》罗宗强著，呼和浩特：内蒙古人民出版社 1980 年版。

《李杜诗学》杨义著，北京：北京出版社 2001 年版。

《理学文化与文学思潮》韩经太著，北京：中华书局 1997 年版。

《历代诗话》何焕文辑，北京：中华书局 1981 年版。

《历代诗话续编》丁福保辑，北京：中华书局 1983 年版。

《历代唐诗论评选》陈伯海主编，保定：河北大学出版社 2003 年版。

《辽金元杜诗学》赫兰道著，郑州：河南人民出版社 2012 年版。

《列朝诗集》钱谦益著，北京：中华书局 2007 年版。

M

《明代复古派唐诗论研究》陈国球著，北京：北京大学出版社 2007 年版。

《明代隆庆万历间文学思想转变研究》饶龙隼著，重庆：西南师范大学出版社 1995 年版。

《明代前中期诗学辩体理论研究》邓新跃著，上海：上海古籍出版社 2007 年版。

《明代诗学》陈文新著，长沙：湖南人民出版社 2000 年版。

《明代诗学的逻辑进程与主要理论问题》陈文新著，武汉：武汉大学出版社 2007 年版。

《明代诗学与唐诗》孙学堂著，济南：齐鲁书社 2012 年版。

《明代诗文的演变》陈书录著，南京：江苏教育出版社 1996 年版。

《明代唐诗接受史》查清华著，上海：上海古籍出版社 2006 年版。

《明代唐诗学》孙春青著，上海：上海古籍出版社 2006 年版。

《明代唐诗选本研究》金生奎著，合肥：合肥工业大学出版社 2007 年版。

《明代文学批评史》袁震宇、刘明今著，上海：上海古籍出版社 1991 年版。

《明代文学复古运动研究》廖可斌著，上海：上海古籍出版社 1994 年版。

《明代文学思想史》罗宗强著，北京：中华书局 2013 年版。

《明代文学思想研究》左东岭著，北京：商务印书馆 2013 年版。

《明代心学与诗学》左东岭著，北京：学苑出版社 2002 年版。

《明洪建二朝文学理论研究》龚显宗著，台北：华正书局有限公司 1986 年版。

《明末清初杜诗学研究》刘重喜著，北京：中华书局 2013 年版。

《明清江南私人刻书史略》叶树声著，合肥：安徽大学出版社 2002 年版。

《鸣盛集》林鸿著，《文渊阁四库全书》影印本。

《明史》张廷玉等著，北京：中华书局 1974 年版。

《明史讲义》孟森著，上海：上海古籍出版社 2003 年版。

《明诗评》王世贞著，《丛书集成初编》本。

《明诗别裁集》沈德潜编，上海：上海古籍出版社 1979 年版。

《明诗话全编》吴文治主编，南京：江苏古籍出版社 1997 年版。

《明诗纪事》陈田著，上海：上海古籍出版社 1993 年版。

《明诗综》朱彝尊编，《文渊阁四库全书》影印本。

《明文海》黄宗羲编，《文渊阁四库全书》影印本。

《明永乐至嘉靖初诗文观研究》黄卓越著，北京：北京师范大学出版社 2001 年版。

N

《鸟鼠山人小集》胡缵宗著，明刻本。

《鸟鼠山人后集》胡缵宗著，明刻本。

P

《批点唐诗正声》高棅编，桂天祥批点，明嘉靖胡缵宗刻本。

《批选唐诗》郝敬批选，明崇祯元年(1628)刻本。

《曝书亭集》朱彝尊著，《文渊阁四库全书》影印本。

Q

《七修类稿》郎瑛著，上海：上海书店 2001 年版。

《〈钱注杜诗〉与诗史互证方法》郝润华著，合肥：黄山书社 2000 年版。

《钱注杜诗》钱谦益笺注，上海：上海古籍出版社 1979 年版。

《千一录》方弘静著，明万历刻本。

《清江文集》贝琼著,《文渊阁四库全书》影印本。

《清诗话续编》郭绍虞编选,富寿荪点校,上海:上海古籍出版社 2016 年版。

《清代杜诗学史》孙微著,济南:齐鲁书社 2004 年版。

《清代杜诗学文献考》孙微著,南京:凤凰出版社 2007 年版。

《清诗话考》蒋寅著,北京:中华书局 2005 年版。

《全明诗话》周维德集校,济南:齐鲁书社 2005 年版。

《全闽诗话》郑方坤著,《文渊阁四库全书》影印本。

S

《山东杜诗学文献研究》张忠纲等著,济南:齐鲁书社 2004 年版。

《升庵集》杨慎著,《文渊阁四库全书》影印本。

《升庵著述序跋》王文才、张锡厚辑,昆明:云南人民出版社 1985 年版。

《沈德潜诗文集》潘务正编校,北京:人民文学出版社 2011 年版。

《盛唐诗》宇文所安著,贾晋华译,北京:三联书店 2004 年版。

《少室山房笔丛》胡应麟著,北京:中华书局 1964 年版。

《少室山房类稿》胡应麟著,《金华丛书》本。

《少谷集》郑善夫著,清道光四年(1824)刻本。

《诗源辩体》许学夷著,北京:人民文学出版社 1987 年版。

《诗归》钟惺、谭春元编,明万历四十五年(1617)刻本。

《诗薮》胡应麟著,上海:上海古籍出版社 1979 年版。

《诗镜》陆时雍编,越东岚校,保定:河北大学出版社 2010 年版。

《诗圣:忧患世界中的杜甫》韩成武著,保定:河北大学出版社 2000 年版。

《诗圣杜甫三峡诗新论》鲜于煌著,重庆:重庆出版社 2001 年版。

《诗史运动与作家创造——杜甫与六朝诗歌关系研究》吴怀东著,合肥:安徽教育出版社 2004 年版。

《四库全书总目》纪昀等著,北京:中华书局 1965 年版。

《书林清话》叶德辉著,沈阳:辽宁教育出版社 1998 年版。

《菽园杂记》陆容著，北京：中华书局 1985 年版。

《四友斋丛说》何良俊著，北京：中华书局 1959 年版。

《苏平仲文集》苏伯衡著，《四部丛刊》本。

《宋代杜诗阐释学研究》杨经华著，北京：中国社会科学出版社 2011 年版。

《宋诗话考》郭绍虞著，北京：中华书局 1979 年版。

《宋诗话辑佚》(上、下)郭绍虞辑，北京：中华书局 1980 年版。

《苏轼文集》苏轼著，北京：中华书局 1986 年版。

T

《谈艺录》钱钟书著，北京：中华书局 1998 年版。

《唐才子传》辛文房著，王大安校订，哈尔滨：黑龙江人民出版社 1986 年版。

《唐诗品汇》高棅编，上海：上海古籍出版社 1982 年版。

《唐诗选》李攀龙编，明万历二十八年(1600)武林一初斋刻本。

《唐诗所》臧懋循编，明万历三十四年(1606)刻本。

《唐诗选本六百种提要》孙琴安著，西安：陕西人民教育出版社 1987 年版。

《唐诗书录》陈伯海、朱易安编，济南：齐鲁书社 1988 年版。

《唐诗论评类编》陈伯海主编，济南：山东教育出版社 1993 年版。

《唐诗汇评》陈伯海主编，杭州：浙江教育出版社 1995 年版。

《唐诗学史稿》陈伯海著，石家庄：河北人民出版社 2004 年版。

《唐诗接受史》张毅著，北京：人民文学出版社 2012 年版。

《唐诗学史论稿》朱易安著，桂林：广西师范大学出版社 2000 年版。

《唐宋诗之争概述》齐治平著，长沙：岳麓书社 1984 年版。

《唐音癸签》胡震亨著，上海：上海古籍出版社 1981 年版。

《谭友夏合集》谭元春著，《续修四库全书》本。

W

《晚明文学思潮研究》吴承学、李光辉主编，武汉：湖北教育出版社 2002 年版。

《王世贞研究》郑利华著，上海：学林出版社 2002 年版。

《王氏家藏集》王廷相著，明嘉靖刻本。

《王忠文集》王祎著，《文渊阁四库全书》影印本。

《王文成公全书》王阳明著，《四部丛刊》本。

《文敏集》杨荣著，《文渊阁四库全书》影印本。

《文氏五家集》文徵明著，《文渊阁四库全书》影印本。

《文宪集》宋濂著，《文渊阁四库全书》影印本。

《文章辨体序说》吴讷著，北京：人民文学出版社 1998 年版。

X

《息园存稿》顾璘著，《文渊阁四库全书》影印本。

《小草斋诗话》谢肇制著，旧抄本。

《萧涤非杜甫研究全集》萧光乾整理，哈尔滨：黑龙江教育出版社 2006 年版。

《香祖笔记》王士祯著，上海：上海古籍出版社 1982 年版。

《新唐书》欧阳修、宋祁著，北京：中华书局 1975 年版。

《徐渭集》徐渭著，北京：中华书局 1983 年版。

《许学夷诗学思想研究》方锡球著，合肥：黄山书社 2006 年版。

《逊志斋集》方孝孺著，徐光大点校：宁波：宁波出版社 2000 年版。

Y

《俨山集》陆深著，《文渊阁四库全书》影印本。

《弇州四部稿、续稿》王世贞著，《文渊阁四库全书》影印本。

《颐庵文选》胡俨著，《文渊阁四库全书》影印本。

《隐秀轩集》钟惺著，上海：上海古籍出版社 1992 年版。

《由拳集》屠隆著，明万历刻本。

《元代诗格校考》张健著，北京：北京大学出版社 2001 年版。

《元代唐诗学研究》张红著，长沙：岳麓书社 2006 年版。

《袁宏道集笺校》袁宏道著，钱伯城笺校，上海：上海古籍出版社 1981 年版。

Z

《中国古代阐释学研究》周裕锴著，上海：上海人民出版社 2003 年版。

《中国古代诗歌接受史研究》陈文忠著，合肥：安徽大学出版社 1998 年版。

《中国古代文学批评方法研究》张伯伟著，北京：中华书局 2002 年版。

《中国古典文学接受史》尚学锋等著，济南：山东教育出版社 2000 年版。

《中国古籍善本书目》该书编辑委员会主编，上海：上海古籍出版社 1989 年版。

《中国历代文论选》郭绍虞主编，上海：上海古籍出版社 2002 年版。

《中国“诗史”传统》张晖著，北京：三联书店 2012 年版。

《中国诗学》汪涌豪、骆玉明主编，上海：东方出版中心 1999 年版。

《中国诗学史》陈伯海、蒋哲伦主编，厦门：鹭江出版社 2002 年版。

《中国诗学思想史》萧华荣著，上海：华东师范大学出版社 1996 年版。

《中国诗学通论》袁行霈、丁放等著，合肥：安徽教育出版社 1994 年版。

《中国诗学之精神》胡晓明著，南昌：江西人民出版社 2001 年版。

《中国评点文学史》孙琴安著，上海：上海社会科学院出版社 1999 年版。

《中国文学评点研究论集》章培恒主编，上海：上海古籍出版社 2002 年版。

《中国善本书提要》王重民著，上海：上海古籍出版社 1983 年版。

《中国选本批评》邹云湖著，上海：三联书店 2002 年版。

《祝子罪知录》祝允明著，明刻本。

《宗子相集》宗臣著，《文渊阁四库全书》影印本。

后　记

春寒已远，夜色渐深。白日的喧嚣退去后，在一天中最好的时光里，于灯下秉笔写此后记。回顾这本小书拖拖拉拉的"成长"历史，不禁让人大有感慨矣。

记得以前读书的时候，曾旁听某君博士论文答辩，席上有先生戏云：注释显功力，后记见才情。盖此君不仅学位论文写得出色，引证宏博，深得师友称赏，其后记亦洋洋洒洒数千言，道尽其负笈南雍以来的经历、体悟与感慨。其求学之诚、用功之深、师友交谊之种种可亲可怀的细节，备见于后记的字里行间。余之小书《明代杜诗接受研究》缘起于 2009 年的国家社科项目"明代杜诗传播与接受研究"，迄今已 10 年，时间不可谓不久。在初期工作中，也曾不避烦琐，用心力于收集明人杜诗批评资料，费时两三年，集有五六十万字，以期为研究的展开积累起比较坚实的材料基础。但今日所成之书与原初之规划设想实大有差别：杜集传播层面的研究基本上付之阙如；明后期杜诗批评最丰富多向，然书中第三章只略微理出了一个框架；明代杜诗接受之微观方向研究，竟以两节凑数。凡此种种缺漏不足，不仅见学力之浅薄，亦可窥性情之惫懒。余曾窃恨于昔年博士论文之匆匆成书，不意这第二本书仍然保持了"半成品"的品质。今夜灯下重读小书一过，不免汗出如浆矣。所著之书既难见功力，岂可复求后记之"才情"耶！今为此记，一感慨也。

虽然小书浅陋不足称言，但是回顾整个研究的开展和最后的成书，实在有赖于一些师友、同事及亲人的鼓励与襄助。首先要感谢我的博导许结先生在百忙之中为小书慨然赐序，以及当初求学之时的教育之恩。记得读书时所见诸先生之教弟子，有庄重端正令人敬者，有崖岸自高令人畏者。而许师之于学生，则一直是春风化雨般的姿态，身教与言传并重，弟子贤与不肖，都一视同仁、有教无类，故此学生也乐与许师亲近，师门氛围十分融洽。即便如今已经毕业十余年，那一份特别的师生之情仍感怀在心。在本项目启动时，曾拜访过安徽师范大学余恕诚教授，得以亲聆教诲，如今余先生虽已驾归道山，但那温润如玉的长者形象仍恍若眼前。中国人民大学文学院博导朱万曙先生多年来对后学末进的关怀之情与扶助之义，一直铭记在心头。安徽大学文学院博导丁放先生、安徽师范大学文学院博导胡传志先生、安庆师范大学文学院方锡球先生，以及同门潘务正教授、刘小兵教授，都曾或直接或间接地给予我帮助和鼓励。在项目研究开展期间，我的同事阳国华、孙宏新、管军等人都曾对此多有关心与照顾，这里一并致以感谢。我的妻子王萍女士，在书稿写作的那大半年期间，承担了绝大部分的家务劳作，对此我有一份特别的谢意，同时我也很愧疚。本书责编李加凯在工作中的尽职尽责与细致耐心，让人特别感佩。世上有些一等的人，他们或有大智慧，或有高才情，或有特别的勇力，或有十分的运势，凭一己之力便可获非凡之成绩、惊人之创造。但也有资质愚钝、疏懒难化如我辈者，其生活、工作中即便只是获得些微寸进，都离不开师亲友好的关爱与帮助。今为此记，再一感慨也。

余之书房也是幼女的闺房。余得女也晚，陪伴她成长的十年，也正是书稿从肇始到最终成书的十年。回首这已经逝去的十年，这半成品的书稿诚然让人难堪；而女儿的到来与长大，余之生活因此有了一份未曾预期的收获与丰美。此刻，身后娇女早已入睡。她酣眠中轻微的鼻息，似乎为这间小小的书房带来了额外的沉静与安宁，也为一个居于偏僻之地、渐成懈怠之态的父亲，带来了别样的力量与生气。今为此记，又一感慨也。

己亥仲春于淮上